CLAUDIA PUHLFÜRST

Das sechste Herz

Buch

An einem düsteren Novembertag wird der *Tagespresse* ein Umschlag mit der Geländeskizze eines stillgelegten Fabrikgeländes zugestellt. Drei Stellen sind mit roten Kreuzchen markiert – laut Begleitbrief befinden sich dort »interessante Informationen«. Der junge Volontär, der zum Werksgelände geschickt wird, findet jedoch keine Papiere, sondern drei altertümliche Thermosbehälter. In jedem liegt ein menschliches Herz. Von den Opfern gibt es keine Spur.

Noch bevor die Polizei Hinweise auf den Täter ermitteln kann, erhält die *Tagespresse* ein erneutes Schreiben mit einer Lageskizze. Auch die freie Journalistin Lara Birkenfeld hat mittlerweile von dem Fall erfahren. Ihre Recherchen führen sie zu einer geschlossenen Psychiatrie, in der ein verurteilter Mörder seine Strafe absitzt. Mithilfe ihres Freundes Dr. Mark Grünthal, eines Psychologen, versucht Lara, an Informationen zu gelangen. Doch Lara und Mark ahnen nicht, wie perfide der gesichtslose Mörder zu Werke geht. Denn auch sie selbst sind längst zu Schachfiguren in einem grausigen Spiel geworden …

Autorin

Claudia Puhlfürst, Jahrgang 1963, stammt aus Zwickau, wo sie auch heute lebt. Ihr Spezialgebiet ist die Humanethologie (menschliches Verhalten), insbesondere die nonverbale Kommunikation. Wenn sie nicht gerade schreibt, arbeitet sie als Schulberaterin für den Duden Schulbuchverlag. Zudem ist sie Organisatorin der Ostdeutschen Krimitage, Mitglied im *Syndikat* und bei den *Mörderischen Schwestern*, dem deutschen Ableger der amerikanischen *Sisters in Crime*.

Das sechste Herz ist Claudia Puhlfürsts vierter Thriller im Blanvalet Verlag. Weitere Informationen finden Sie unter: www.puhlfuerst.com und www.blanvalet.de.

Von Claudia Puhlfürst sind außerdem lieferbar:

Ungeheuer (37354) – Sensenmann (37355) – Sündenkreis (37697)

Claudia Puhlfürst

DAS SECHSTE HERZ

Thriller

blanvalet

Die Handlung und alle handelnden Personen sind frei erfunden. Jegliche Ähnlichkeit mit lebenden oder realen Personen wäre rein zufällig.

FSC www.fsc.org
MIX
Papier aus verantwortungsvollen Quellen
FSC® C014496

Verlagsgruppe Random House FSC® N001967
Das FSC®-zertifizierte Papier *Holmen Book Cream*
für dieses Buch liefert Holmen Paper, Hallstavik, Schweden.

1. Auflage
Deutsche Originalausgabe Juni 2013
bei Blanvalet, einem Unternehmen der
Verlagsgruppe Random House GmbH, München

Dieses Werk wurde vermittelt durch die Literarische Agentur
Thomas Schlück GmbH, 30827 Garbsen.
Umschlaggestaltung: Umschlagmotiv: © Johannes Wiebel | punchdesign,
unter Verwendung eines Motivs
von Gregor Kervina/Shutterstock.com
Redaktion: Eva Seifert
AF · Herstellung: sam
Satz: Uhl + Massopust, Aalen
Druck und Bindung: GGP Media GmbH, Pößneck
Printed in Germany
ISBN: 978-3-442-37698-8

www.blanvalet.de

Prolog

»Ja, wenn dir einer eurer Herren Chirurgen das Herz aus dem Leibe operieren wollte, da müßtest du wohl sterben; bei mir ist dies ein andres Ding; doch komm herein und überzeuge dich selbst.« Er stand bei diesen Worten auf, öffnete eine Kammertür und führte Peter hinein. Sein Herz zog sich krampfhaft zusammen, als er über die Schwelle trat, aber er achtete es nicht, denn der Anblick, der sich ihm bot, war sonderbar und überraschend. Auf mehreren Gesimsen von Holz standen Gläser mit durchsichtiger Flüssigkeit gefüllt, und in jedem dieser Gläser lag ein Herz, auch waren an den Gläsern Zettel angeklebt und Namen darauf geschrieben, die Peter neugierig las; da war das Herz des Amtmanns, das Herz des dicken Ezechiels, das Herz des Tanzbodenkönigs, das Herz des Oberförsters; da waren sechs Herzen von Kornwucherern, acht von Werboffizieren, drei von Geldmäklern – kurz, es war eine Sammlung der angesehensten Herzen in der Umgegend von zwanzig Stunden.

Schnelle Schritte näherten sich. Vorsichtig legte er den Finger zwischen die Seiten, klappte das Buch zu und lauschte, ob der Jemand hereinkommen würde, aber das Getrappel entfernte sich schnell wieder. An Märchen war nichts Ungehöriges. Er hatte sein Interesse für diese Art von Literatur entdeckt, nachdem die Stimme ihn darauf aufmerksam gemacht hatte. Schon Kinder bekamen Märchen vorgelesen. Obwohl das, was dieser Wilhelm Hauff aufgeschrieben hatte, ziemlich starker Tobak für die Kleinen war. Aber der rote, pulsierende Klumpen in der Brust schien Dichter, Märchenerzähler und Sänger schon immer fasziniert zu haben. Was ja auch kein Wunder war. Er klemmte einen abgerissenen Papierfetzen zwischen die Seiten und schob das Buch beiseite.

Das Herz galt seit Jahrtausenden als Sitz der Seele, als emotionales Zentrum, als Bewahrer der unverwechselbaren Eigenheiten des Menschen. Es war untrennbar verbunden mit Verliebtheit und Liebe und brachte so zugleich eine bittere Mitgift mit: Eifersucht, Enttäuschung, Trauer und sogar Hass beim Verlust des geliebten Objekts – das sprichwörtliche gebrochene Herz, Herzschmerz.

Herz
Herz, Herz
Ein Herz ist ein Herz ist ein Herz

Ohne dass er es wollte, kritzelte der Bleistift Worte auf den karierten Block, sinnlose Splitter seiner Gedanken. Hastig verdeckte er die Zeilen mit der Handfläche. Es war verboten, etwas aufzuschreiben. Das hatte die Stimme ihm eindringlich befohlen. Niemand durfte irgendwelche Aufzeichnungen finden, alles musste in seinem Kopf stattfinden, nur in seinem Geist sein, sonst gefährdete er das Projekt.

Und doch wollte die Hand unentwegt den Stift über das Papier führen, Gedankenfetzen aufschreiben, Ideen, Bruchstücke, Zitate aus den Märchen, Gedichtfragmente. Ohne es zu merken, hielten seine Zähne sich an dem Bleistift fest und bissen immer tiefer in das weiche Holz. Er würde den Zettel aufessen müssen. Ihn in winzige Teile zu zerreißen wäre nicht sicher genug. Wie in Zeitlupe zog er einen langen dünnen Streifen ab und begann zu kauen.

Um sich abzulenken, griff er erneut nach dem Märchenbuch und senkte seinen Blick auf die verschnörkelten Buchstaben. Das Herz fand sich in allen Geschichten, hier fasste sich einer ein Herz, da verlor ein anderer seines, dort hörte der nächste auf die Stimme seines Herzens. Herzen allüberall.

Ein kurzes Grinsen huschte über sein Gesicht, dann riss er den nächsten Fetzen von dem Block. Das Papier schmeckte gar nicht schlecht.

Neben all diesen Metaphern war das Herz jedoch schlicht auch ein Organ. Es pumpte Blut durch den Körper. Rubinfarbenes Lebenselixier. Aber er vermischte schon wieder die Ebenen. Es war nicht leicht, sich auf die vor ihm liegenden Aufgaben zu konzentrieren. Sein Zeigefinger wanderte zu dem Fleck am Hinterkopf, wo das Haar schon ganz dünn wurde, und kratzte. Dort, wo sie ihm die Elektroden eingepflanzt hatten. Die Stimme hatte ihm erklärt, dass man die Stelle fühlen könnte, wenn man sich bemühte. Und es stimmte. Er hatte die kleine Erhebung schon oft ertastet.

Ohne Herz konnte kein Tier und kein Mensch überleben, es war der Ursprung allen Seins. Natürlich war ihm bewusst, dass diese Aussage nicht ganz korrekt war. Es gab durchaus Tiere, die ohne Herz auskamen, ja sogar ohne Blut. Aber das waren primitive Wesen, sie vegetierten ohne Bewusstsein auf einem niederen Niveau dahin, besaßen keinen Geist. Über allem stand der Mensch. Folglich besaß er auch das am höchsten entwickelte Herz. Die Stimme hatte ihm das alles wieder und wieder erklärt, und er hatte verstanden. Ein menschliches Herz war das sonderbarste und gleichzeitig das imponierendste Gebilde, das es gab.

Das Faszinierendste aber war es zu sehen, wie so ein Herz arbeitete. Wie es sich zusammenzog und dunkelrot pulsierte, wie es Lebenssaft in die Adern spie und sich dann wieder entspannte, um sofort darauf von Neuem zu beginnen. Es gab Filme davon. Aber nichts übertraf den Anblick des echten, des lebenden Objekts. Die Erinnerung daran, wie er vor Ehrfurcht fast ohnmächtig geworden wäre, als es ihm das erste Mal gelungen war, die perfekte Arbeit dieses Organs zu beobachten, war noch immer übermächtig.

Die Stimme hatte ihm genaue Anweisungen gegeben, wie er vorgehen sollte. Zuerst standen Übungen an kleineren Tieren auf dem Plan, danach waren die größeren dran gewesen: Meerschweinchen, Kaninchen, Schafe. Von Katzen und Hunden sollte er die Finger lassen, sie wehrten sich zu stark und hätten ihn während der Arbeit mit ihren Fangzähnen verletzen können. Pflanzenfresser hingegen waren dumm und schauten ihrem Schicksal paralysiert in die Augen. Die putzigen Kleintiere gab es in jedem Zoofachgeschäft, und Schafe konnte man sich nachts von irgendeiner Weide holen. Es war fast *zu leicht* gewesen, die Übungsobjekte zu betäuben und dann auf dem Tisch so zu befestigen, dass er ungehindert an den Brustkorb herankam.

Ein Herz freizulegen und anschließend sauber zu entfernen, war eine Kunst. Das Wunderwerk verbarg sich im Brustkorb, gut geschützt hinter den Rippen. Zappelte der Spender, bestand die Gefahr, das wertvolle Gut beim Aufbrechen der Knochenbogen zu verletzen. Eine Fixierung des Körpers war unerlässlich. Dann musste man vorsichtig durch mehrere Hautschichten schneiden, was bei lebenden Objekten eine ziemlich blutige Angelegenheit war, und anschließend die Rippen aufsägen und spreizen. Erst jetzt wurde die Umhüllung, die das Herz umschloss, sichtbar, und es bedurfte jedes Mal einer gründlichen Spülung, ehe die weiß-gelbliche Färbung unter all der roten Flüssigkeit zutage trat.

Die Stimme hatte ihn gelehrt, zu üben und sein Handwerk zu verfeinern. Es gab derzeit keinen Besseren als ihn. Er schluckte den letzten Brocken weich gekauten Papiers hinunter und erhob sich.

Es war an der Zeit, sich auf die Suche nach einem menschlichen Spender des grandiosen Organs zu machen.

1

Das Fahrrad schlingerte beim Bremsen über die Eisplatten, die sich in den Senken der gepflasterten Straße gebildet hatten. Patrick fuhr auf den Gehweg und stieg ab. Sein Atem kondensierte in weißen Spiralen, die in der Frostluft zerfaserten und dann nach oben schwebten, während sie immer durchscheinender wurden.

Obwohl sie in gefütterten Handschuhen steckten, waren seine Finger so taub, dass ihm der Schlüsselbund zweimal auf die rissigen Gehwegplatten fiel, ehe er ihn richtig packen konnte. Mit einem Auto hatte man es im Winter leichter. Wenn über Nacht viel Schnee gefallen war, musste er manchmal sogar morgens das Rad stehen lassen und die Bahn nehmen. Aber er hatte weder das nötige Geld, um sich einen Wagen zu kaufen, noch das Einkommen, um die monatlichen Kosten zu tragen. Also blieb ihm nichts anderes übrig, als das Rad oder die öffentlichen Verkehrsmittel zu benutzen. In einer Großstadt wie Leipzig war das jedoch zu ertragen.

Er befestigte das Bügelschloss an dem rostigen Zaun und ließ seinen Blick prüfend über die verfallenen Gebäude gleiten, die hinter den nackten Ästen der Birken hervorragten. Der bleifarbene Novemberhimmel hatte der maroden Fabrik alle Farben genommen, in ausgewaschenen Grau- und Brauntönen wirkte die Szenerie wie ein gelbstichiges Foto aus den Dreißigern. Patrick stellte sich vor, wie ein Vermummter mit einer Kettensäge in dem Haus mit dem Natursteinfundament auf ihn lauerte, fast vermeinte er, das Jaulen des Motors hören zu können und erschauerte. Dann zwang er ein Grinsen in sein

Gesicht und schüttelte unmerklich den Kopf. Er hatte entschieden zu viele Horrorfilme gesehen.

Das Schreiben und der Lageplan befanden sich in der Umhängetasche. Mit klammen Fingern kramte er nach dem gefütterten Umschlag, zog ein Blatt daraus hervor und betrachtete die Luftaufnahme mit den drei roten Kreuzchen. Zog man eine gedachte Linie zwischen ihnen, bildeten die Markierungen ein fast perfektes Dreieck. Den zugehörigen Brief musste Patrick nicht noch einmal lesen. Er kannte den Wortlaut inzwischen auswendig.

»Sehr geehrte Redaktion«, hatte der Verfasser geschrieben, »ich übersende Ihnen hier eine Lageskizze. An den gekennzeichneten Stellen werden Sie interessante Informationen entdecken. Prüfen Sie es nach! Sie werden überrascht sein. Sicher ist Ihnen dies einen Bericht wert.«

»Interessante Informationen« war fettgedruckt gewesen. Unterschrieben war das Ganze mit »Ein Informant«. Nicht handschriftlich natürlich. Heutzutage bekam man alles als Computerausdruck.

Die Redakteure hatten in der gestrigen Konferenz eine Viertelstunde lang diskutiert, ob es sich überhaupt lohnte, das Ganze ernst zu nehmen und jemanden hinzuschicken – wussten sie doch weder, was sich hinter den braunroten Kreuzchen verbarg, noch, ob man sie nicht einfach auf die Schippe nehmen wollte. Schließlich hatte der Redaktionsleiter entschieden, dass keiner der Festangestellten seine Zeit damit vergeuden sollte. Sich Informationen entgehen zu lassen, die sich womöglich als brisant entpuppen könnten, lag jedoch auch nicht in seinem Interesse.

Und so hatte es Patrick Seiler getroffen, Praktikant bei der *Tagespresse* seit exakt drei Wochen und zwei Tagen. Stellte sich das Schreiben als Scherz heraus, hatte die Zeitung nichts verloren, außer etwas von Patricks Zeit. War es jedoch ein ernstgemeinter Hinweis, würden sie in der Berichterstattung die Nase vorn haben. Was auch immer sich hinter den drei Markierungen verbergen mochte.

Patrick faltete den Lageplan wieder zusammen und schob ihn in die Seitentasche seines Anoraks. Es wurde Zeit nachzusehen, was da auf dem Gelände versteckt war. Der Mann mit der Kettensäge war es sicher nicht. Er ging ein paar Schritte in Richtung des Eingangstores, als ihm einfiel, dass er etwas vergessen hatte.

Der Fotoapparat war eine billige Digitalkamera, aber für das hier würde es bestimmt reichen. Hubert Belli, der das Ressort »Lokales« betreute und derzeit für Patrick zuständig war, hatte ihm empfohlen, alles zu dokumentieren. Man wusste vorher nie, wozu man die gesammelten Informationen einmal brauchen würde. Eigentlich fotografierte Patrick alles mit seinem Handy, aber das war in der Redaktion nicht gern gesehen. Und so schob er das silberne Gerät durch die braunfleckigen Eisenstangen, schwenkte die Kamera von links nach rechts und versuchte, den gesamten Bereich zu erfassen. Auf der schwarz-weißen Kopie hatte das Gelände irgendwie anders gewirkt. Obwohl der Ausdruck der Luftaufnahme ziemlich unscharf war, hatte es gestern nicht lange gedauert, bis Hubert und er den Ort gefunden hatten, der auf dem Bild zu sehen war. Eine Stadt hatte der Informant nicht dazugeschrieben, aber sie waren der Einfachheit halber davon ausgegangen, dass es sich um Leipzig handelte. Der Plan war eine Kopie eines Satellitenbildes gewesen, wie man sie bei Google Maps finden konnte. Er enthielt nur einen einzigen Straßennamen, das jedoch hatte ausgereicht, um die Gegend zu finden. Man konnte im Internet genau jenen Ausschnitt heranzoomen, den der Informant kopiert und ihnen geschickt hatte.

Patrick ließ den Fotoapparat in die Jackentasche gleiten, zog die Handschuhe wieder an und ging in Richtung des Eingangstores. Es war mit einer Kette und einem mächtigen Vorhängeschloss gesichert. Einen Wachschutz gab es nicht – das hatte Hubert recherchiert. Wozu auch? Der ehemalige *VEB Metallwaren* war eine Industriebrache, die keinen Investor interessierte. An den beiden Säulen links und rechts des Tores blätterte der Putz ab. Die Scheiben im Pförtnerhäuschen waren eingeschlagen. Ein rostiges Blechschild verkündete, dass es sich hier um ein Betriebsgelände handelte und der Zutritt verboten war. Vorsichtig balancierte Patrick um ein paar schmutzige Schneehaufen herum ganz dicht an das Tor und betrachtete die Eisenstäbe. Keine frischen Kratzspuren, auch Kette und Schloss waren unbeschädigt und rosteten stumm vor sich hin. Hier war seit Jahren niemand hindurchgegangen. Er schaute in den anthrazitfarbenen Himmel und seufzte, während er darüber nachdachte, in die Redaktion zurückzufahren. Wahrscheinlich war das ganze Schreiben ein Witz. Jemand machte sich über die *Tagespresse* lustig.

Als hätten sie einen eigenen Willen, umklammerten seine behandschuhten Finger die Gitterstäbe und rüttelten daran. Das Tor bewegte sich keinen Millimeter. Wenn jemand hier drin gewesen war und etwas versteckt hatte, dann war derjenige nicht durch diesen Eingang gegangen. Patrick beschloss, sich die Skizze noch einmal anzuschauen und dann eine Entscheidung zu fällen.

Das erste Kreuz befand sich nicht weit von der Einfahrt entfernt an einem Gebäude, das einen spitzgiebeligen, mit Schieferplatten verkleideten Turm trug. Auf dem Satellitenbild schien sich die rote Markierung auf der rechten Ecke des Daches zu befinden. Das konnte heißen, dass die »Information« in dem Haus oder direkt davor versteckt war. Das zweite Kreuz war weiter hinten im Gelände eingezeichnet, das dritte an einer Linie, die wie ein schmaler Weg aussah. Von seinem Standpunkt aus konnte er beide Stellen nicht sehen.

Mit misstönendem Kreischen flog ein Schwarm Krähen von einem der Bäume auf. Sie flatterten ein paar Sekunden über dem Haus mit dem Turm, drehten dann in seine Richtung ab und flogen über seinen Kopf hinweg davon. Patrick hatte den Eindruck, dass die schwarzen Vögel ihn im Vorbeifliegen argwöhnisch musterten, ehe sie im Grau des Vormittags verschwanden. Was mochte sie aufgeschreckt haben?

Das Klingeln seines Handys ließ ihn erschauern. Ehe er es aus der Hosentasche genestelt hatte, war es schon verstummt. Auf dem Display stand »Hubert«. Patrick beschloss, nicht sofort zurückzurufen. Er hatte sich entschieden. Zuerst wollte er einen Zugang zu dem Gelände finden und sehen, was sich hinter der ersten Markierung verbarg. Danach konnte er sich bei Hubert melden und mit ihm zusammen besprechen, was weiter geschehen sollte. Noch einmal glitt sein Blick über den Lageplan, bevor er das Papier in der Jackentasche verstaute. Der Absender hatte um jedes Kreuzchen fein säuberlich einen runden Kreis gemalt. Das Ganze hatte etwas von einer Schatzsuche. Patrick verkniff sich ein Grinsen und setzte sich in Bewegung. Wenn er weiter so herumtrödelte, würde er mittags immer noch hier stehen. Seine Füße wurden auch allmählich kalt.

Links vom Tor war das Gelände von einer zwei Meter hohen Mauer abgegrenzt. Rechts vom Pförtnerhäuschen dagegen erstreckte sich der rostige Zaun, an den er sein Fahrrad angeschlossen hatte. Patrick ging an seinem Drahtesel vorbei und überprüfte dabei die Eisenstäbe und das dichte Gestrüpp dahinter. Nach etwa zweihundert Metern machte der Weg einen Bogen und knickte nach links ab, wo er sich in einem Wäldchen verlor. Die Metallstreben der Umzäunung schienen hier, abseits der Straße, weniger stabil und standen nicht so dicht beieinander. Er kam nur langsam vorwärts. Der Boden war uneben, gefrorene Pfützen machten den Trampelpfad zu einer rutschigen Angelegenheit. Äste und Gesträuch beiseitebiegend, tastete Patrick sich vorwärts. Vielleicht fand sich weiter hinten eine Stelle, an der man ohne große Kletterkünste auf das Gelände kam. Nach geschätzten hundert Metern war er außer Atem. Wie eine asthmatische Dampflok stieß sein Mund weiße Wölkchen hervor.

Langsam ging er weiter. Im gleichen Augenblick, in dem er sich erneut fragte, ob das hier überhaupt einen Sinn hatte, machte das Gestrüpp einer kleinen Lichtung Platz. Vertrocknetes Gesträuch umsäumte den Platz, von dem aus ein schmaler Trampelpfad wegführte, ein paar Hundert Meter am Zaun entlang, bis zu einem weiteren Waldstück.

Patrick stieg über eine silbern leuchtende Coladose und betrachtete die Eisenstangen, die jemand in der Mitte auseinandergebogen hatte. An den rostig braunen Stäben links und rechts glänzten frische parallele Kratzspuren. Er beugte sich nach vorn und inspizierte die Stelle und das dahinterliegende Gelände. Hier war eindeutig vor Kurzem jemand durchgegangen. Und nicht nur einmal. Gelbe Grashalme waren abgeknickt, verdorrte Blütenstände niedergetreten. Patrick konnte selbst nicht sagen, warum er das Bedürfnis hatte, die Stelle zu fotografieren; aber er zog die Kamera heraus, schoss ein paar Bilder, markierte die Stelle auf dem Lageplan, verstaute beides wieder in den Taschen und schob seine froststarren Finger zurück in die Handschuhe.

Dann quetschte er sich durch die Öffnung und hoffte dabei, dass der feuchte Rost keine bleibenden Flecken an seinem neuen grauen Anorak hinterlassen möge. Wenn sein Orientierungssinn ihn nicht trog, musste er jetzt nur geradeaus laufen, um zu dem Gebäude mit dem Turm zu kommen, bei dem eins der Kreuze eingezeichnet war. Feiner Schneeregen legte sich nun wie ein feuchter Schmierfilm auf sein Gesicht, und Patrick zog den Schal fester, während er voranstampfte. Die Krähen waren zurückgekommen und drehten ärgerlich krakeelend ein paar Runden über dem ungebetenen Eindringling, ehe sie sich auf einer der Pappeln niederließen.

Das Haus mit dem Turm wurde auf beiden Seiten von niedrigeren Gebäuden flankiert. Links gab es einen zweigeschossigen Flachbau mit einer Rundbogentür, rechts einen spitzgiebeligen Anbau, dessen Sprossenfenster von außen vergittert waren. Patrick verlangsamte seine Schritte. In seinen Ohren hallte das feine Knirschen toter Äste wider, die unter den Füßen zerbrachen. Sein Blick wurde magisch von dem Haus in der Mitte angezogen. Beim Näherkommen merkte er, dass das, was von der Straße aus wie ein Turm ausgesehen hatte, gar kein Turm im eigentlichen Sinne war. Das mittlere Gebäude hatte vier, nur wenige Meter breite Stockwerke. Die oberste Etage war außen mit grauen Schieferplatten verkleidet und endete in einem spitzen Dach, neben dem ein hoher Schornstein aufragte. Das, was er von fern für den Turm gehalten hatte, entpuppte sich als halbrunder Treppenaufgang, der bis zum dritten Stock reichte. Er war aus verschiedenfarbigen Natursteinen gemauert. Die nur wenige Zentimeter breiten Fensterlöcher glichen Schießscharten, das Dach bildete einen halbrunden Hut aus schwarzen Schindeln.

Patrick fröstelte. Für ihn gab es keinen Zweifel – dies hier war die Stelle der Markierung. Er musste nicht noch einmal auf die Kopie schauen, um sich zu erinnern, dass eins der Kreuzchen genau auf diesem Turm, an der rechten Seite des Gebäudes, eingezeichnet war.

Die Wildnis war einem mehrere Meter breiten Weg aus Betonplatten gewichen. Ein Blick auf sein Handy zeigte Patrick, dass seit Huberts Anruf noch nicht einmal eine Viertelstunde vergangen war, obwohl ihm der Zeitraum viel länger vorgekommen war. Der Gedanke an Hubert brachte die Erinnerung an dessen Ermahnungen mit, und Patrick schoss ein paar schnelle Fotos. Um ihn herum war es jetzt still. Unnatürlich still. Er hob die Füße und stampfte ein paarmal auf, aber das änderte nichts an seinem Unwillen, dieses Gebäude zu betreten. Die scharfkantigen Ränder der zerbrochenen Scheiben schienen ihn höhnisch anzugrinsen.

Langsam schritt er auf den Treppenturm zu. Der Eingang befand sich an der linken Seite, die Tür aus massivem Metall schien verschlossen. Als Patrick eine Hand ausstreckte und die gebogene Klinke berührte, schwang sie jedoch lautlos nach innen und gab den Blick auf ein Treppenhaus im düsteren Zwielicht frei, dessen ausgetretene Stufen im Rund nach oben führten.

Während er sich am Türrahmen abstützte, reckte Patrick den Kopf nach innen und versuchte, im Halbdunkel Einzelheiten zu erkennen, aber es gelang ihm nicht. Die Sicht endete an der ersten Biegung. Es würde ihm wohl nichts anderes übrig bleiben, als hineinzugehen und nachzuschauen. Ärgerlich, dass er keine Taschenlampe dabeihatte. Er setzte den linken Fuß nach innen, wartete einen Moment und zog das rechte Bein nach. Die Kälte war ihm inzwischen unter den Anorak gekrochen und tastete sich die Wirbelsäule hinab. Es roch nach Urin und faulendem Laub, vermengt mit Schimmel. Angewidert betrachtete er den Unrat auf dem Boden. Von zerdrückten Dosen über feuchte Zeitungen bis hin zu leeren Weinflaschen gab es hier alles. Sogar Toilettenpapier schimmelte in einer Ecke vor sich hin. Wie von selbst blähten sich Patricks Nasenflügel, dann rief er sich zur Räson. Seine Aufgabe war es, eine »Information« zu finden. Ungünstig nur, dass auf dem zweidimensionalen Bild nicht auszumachen war, in welchem Stockwerk sich der Anhaltspunkt befand. Die Eisfinger waren inzwischen seinen Rücken weiter hinuntergekrabbelt, und er schauderte. Was von außen nicht zu sehen gewesen war – im Innern des Turms ging es nicht nur nach oben, sondern auch nach unten.

Mit vorgerecktem Hals spähte Patrick um die Ecke. Die Stufen führten in eine schier undurchdringliche Schwärze hinab. In der Hoffnung, den Hinweis *oben* zu finden, setzte er sich in Bewegung. Hinauf war es nicht gänzlich dunkel, ein dämmriges Zwielicht tauchte alles in graublaue Schatten. Die Stufen waren feucht und rutschig. An der Wand schwang sich ein rundes Holzgeländer entlang. Patrick vermied es, den Handlauf zu berühren.

Schon nach einer knappen Umrundung kam das erste der winzigen Fenster in Sicht. Die Scheibe war zwar noch intakt, jedoch von Spinnweben fast blind. Er ging schneller, ließ den Blick von Wand zu Wand schweifen, musterte die Stufen und die Decke über seinem Kopf und hielt dabei nach etwas Ungewöhnlichem Ausschau, nach etwas, das sich nicht schon seit Jahren hier befand, etwas, hinter dem sich die »Information« verbergen konnte, die der Briefschreiber der *Tagespresse* angekündigt hatte. Zwei weitere Fenster folgten jeweils nach sechs Stufen, dann öffnete sich ein Durchgang, der von einer Metalltür verschlossen war. Wahrscheinlich gelangte man von hier aus in die erste Etage. Patrick drückte vorsichtig die Klinke herab, es rührte sich jedoch nichts. Im Gegensatz zur Eingangstür war diese hier verschlossen. Die Abfolge wiederholte sich zur nächsten Etage: drei schmale Fenster, auf die eine verschlossene Tür folgte. Danach endete das Treppenhaus. Über ihm wölbte sich die hölzerne Dachkonstruktion, ein runder Hut aus schwärzlichen Balken. Noch einmal ließ Patrick seinen Blick rundherum schweifen. Hier war absolut nichts. Er betastete sein Handy, beschloss dann aber, es in der Tasche zu lassen und Hubert noch nicht anzurufen. Zuerst wollte er noch den unterirdischen Bereich des Turms erforschen. Am obersten Fenster blieb Patrick stehen. Diese Scheibe war nicht so schmutzig wie die anderen. Jemand schien sie erst vor Kurzem grob gesäubert zu haben.

Von hier aus konnte man den östlichen Teil des Geländes gut überblicken. Hinter dem Betonweg drängten sich Büsche und wildwachsende Bäume und bildeten ein unzugänglich erscheinendes Dickicht. Wenn man sich anstrengte, konnte man sogar den Durchgang am Zaun, durch den er gekrochen war, erahnen. Patrick wandte sich ab, um weiterzugehen, als ein seitlich durchs Bild huschender dunkler Schatten ihn innehalten ließ. Fast hätte er aufgeschrien. Dann schalt er sich einen Narren. Das war doch hier kein Horrorfilm, in dem ein fleischfressendes Monster auf den naiven Protagonisten lauerte. Und doch konnte er ein Frösteln nicht unterdrücken. Hastig drehte er sich wieder zum Fenster, neigte das Gesicht bis dicht vor das Glas und prüfte die Umgebung. Außer einer Krähe, die auf den Zweigen einer Birke auf und nieder wippte, fand er nichts, was sich bewegte. Entweder hatten seine überreizten Nerven ihm etwas vorgegaukelt, oder das Tier, welches dort drüben entlanggerannt war, hatte sich aus dem Staub gemacht.

Patrick schüttelte den Kopf. Wenn er weiter so herumtrödelte, wäre er heute Nachmittag noch hier. Mit einem nervösen Kichern setzte er seinen Abstieg fort. Im Eingangsbereich angekommen, hielt er an und schaute nach draußen. Ein eisiger Wind fegte Blätter zur Tür herein. Es schien, als sei die Temperatur in der Zeit, in der er hier war, um mehrere Grad gefallen. Mit langsamen Schritten näherte Patrick sich der Biegung, von der aus die Stufen hinabführten. Er würde jetzt schnell noch unten nachsehen und sich dann zu den anderen beiden Punkten begeben, die auf dem Plan eingezeichnet waren. Wenn er recht hatte, befanden sich diese unter freiem Himmel und würden vielleicht ihre Geheimnisse eher preisgeben als dieser Spukturm hier.

Mit jeder Stufe wurde es um ihn herum finsterer. Patrick stolperte und unterdrückte ein Seufzen. Jetzt musste er den

Handlauf doch benutzen. Widerwillig glitten die Finger über das glatte Holz. Wie gut, dass seine Hände durch den Stoff der Handschuhe geschützt waren. Mit tastenden Schritten stieg er abwärts und überlegte bei jeder Stufe, ob es sinnvoll war weiterzugehen. Wenn er richtig mitgezählt hatte und der Aufbau dem oberen Teil glich, musste er sich jetzt wieder an einem Durchgang befinden, der nach innen führte.

Oben knirschte es leise, und Patrick erstarrte mitten in der Bewegung. Ein dumpfer Laut ließ ihn zusammenzucken. Jetzt war es völlig finster. In seiner Einbildung verwandelte sich das schabende Geräusch über seinem Kopf in Schritte. Hastig nestelte er seine Finger aus dem Handschuh und zog das Handy aus der Tasche. Auf einen Tastendruck hin erwachte es zum Leben. Gleichzeitig verstummten auch die Geräusche. Wahrscheinlich hatte der Wind die Eingangstür zugeworfen, und die anderen Geräusche waren von dem hereingewehten Laub verursacht worden. Dass das Rascheln erst nach dem Poltern hörbar gewesen war, fiel Patrick erst viel später wieder ein, lange nach der grausigen Entdeckung, die ihm noch bevorstand. In jenen Augenblicken im Kellerbereich des verfallenen Gemäuers beruhigte ihn die sachliche Erklärung.

Er klickte auf die Taschenlampen-App, richtete das Licht auf seine Füße, betrachtete den Boden und schwenkte dann langsam nach oben. Die Stufen in den Untergrund endeten hier. Und genau wie er es angenommen hatte, befand sich links eine Eisentür. Die behandschuhte Rechte drückte die Klinke herab, aber es rührte sich nichts. Er ließ den Lichtstrahl über die Wände gleiten und hätte dabei fast das Zeichen übersehen.

Hektisch schwenkte er zurück, leuchtete auf das Symbol auf der Wand. Da war es: ein etwa zwanzig Zentimeter großes rotes Kreuz mit einem Kreis darum, in Höhe seiner Hüfte. Alles erstarrte für einen Moment mitten in der Bewegung, dann hörte Patrick sich selbst scharf einatmen. Der Lichtstrahl zitterte über dem Kreuz hin und her. Im Zeitlupentempo ließ er den Schein nach unten gleiten. Direkt darunter stand ein Behälter auf dem Boden. Er machte zwei Schritte darauf zu, ging in die Knie und leuchtete den Zylinder ab. Das Gefäß glich einem altmodischen Topf und schien aus olivgrünem Metall zu bestehen. Quer über den Deckel führte ein Metallriegel, der an beiden Seiten mit einem Klappverschluss befestigt war. Den Gedanken, das Gefäß gleich an Ort und Stelle zu öffnen, verwarf Patrick schnell wieder. Zum Öffnen würden beide Hände vonnöten sein, und dann fehlte das Licht. Der Behälter musste nach oben. Er prägte sich die genaue Lage ein und schob das Handy zurück in die Tasche. Die plötzliche Finsternis schien absolut. Vorsichtig umfassten die Hände das Gefäß, er hob es an, prüfte dabei automatisch das Gewicht und schätzte es auf fünf Kilogramm.

Schritt für Schritt tastete er sich dann, mit der rechten Schulter die Wand berührend, die Stufen nach oben, bemüht, die kostbare Fracht gerade zu halten. Nach der letzten Biegung stellte Patrick fest, dass er vorhin recht gehabt hatte – der Wind hatte die Eingangstür zugedrückt. Er öffnete sie mit dem Ellenbogen und trat hinaus. Feine Schneeflocken schwebten vom grauen Himmel herab und ließen sich flüsternd auf dem Beton nieder.

Er stellte seine Fracht ab und betrachtete den Topf eingehend, während er darüber nachdachte, ob er ihn öffnen sollte. Das Gefäß sah aus wie einer dieser Thermobehälter, die beim Camping oder bei der Armee verwendet wurden. Zumindest stand jetzt fest, dass sich hinter den Markierungen auf dem Lageplan tatsächlich etwas verbarg.

Patrick entschied sich, ihn zu öffnen. So konnte er selbst entscheiden, ob das, was sich im Innern verbarg, von Bedeutung war, oder nicht. Die Kollegen in der Redaktion würden sich mit Sicherheit über ihn lustig machen, wenn er das verschlossene Gefäß mitbrachte und sich der Inhalt als Müll entpuppte. Irgendetwas war jedenfalls da drin, so viel schien ihm sicher, sonst wäre das Ding nicht so schwer gewesen.

Er zog die Handschuhe ab, hockte sich hin und betrachtete die Verriegelung. Es handelte sich um einen Bügelverschluss, der an einer Seite eingehängt war und an der anderen mit einem Klappmechanismus geöffnet werden konnte.

Mit einem metallischen Schnalzen schnappte der Riegel hoch, und der Deckel hob sich wie von selbst einige Millimeter. Patrick überlegte kurz, griff dann nach einem herumliegenden Zweig, schob diesen unter den Rand und drückte den Deckel hoch. Während dieser mit einem unmelodischen Scheppern absprang und davonrollte, starrte er mit gerunzelter Stirn auf das Innere des Behälters und beugte sich dann nach vorn, um an dem Inhalt zu riechen. Das leise Rascheln aus dem Gestrüpp rechts hinter ihm ließ ihn fast nach vorn umkippen, und sein Gesicht kam dem Gebilde in dem Thermobehälter näher, als ihm lieb war, bevor es ihm gelang, sich mit beiden Armen abzufangen. Das kaum hörbare Surren, das vom Hauptgebäude herüberdrang, nahm Patrick nicht wahr. Er kämpfte mit seiner Übelkeit.

2

Im Verkehrsfunk warnte der Sprecher vor Schneefällen und Straßenglätte in der kommenden Nacht. Mark Grünthal richtete den Blick kurz nach oben und schaute dann wieder auf die Straße. Massige graue Wolken hingen dicht über den Baumwipfeln. Die verschmutzte Windschutzscheibe verstärkte die schwermütige Farbgebung noch. Wenn seine Termine nach Plan liefen, war er heute Abend längst wieder in Berlin. Und morgen konnte er zur Not die U-Bahn in die Praxis nehmen.

Der November war kein besonders schöner Monat. Die Patienten schienen depressiver als sonst, ihre Symptome verstärkten sich auf seltsame Weise. Und auch Anna, seine Frau, wirkte bedrückt. Seit ein paar Wochen hatte er das Gefühl, sie wäre mit etwas unzufrieden. Fast jedem Gespräch darüber war sie bisher ausgewichen, Unterhaltungen wurden durch ihre Einsilbigkeit erstickt.

Mark schüttelte die melancholischen Gedanken ab. In einer halben Stunde hatte er das erste Therapiegespräch und wollte ganz bei seinem ersten Patienten sein. Zu schnell bog er von der Hauptstraße ab, und der Audi schlingerte kurz, ehe das Antiblockiersystem eingriff.

Im Winter konnte man die vorderen Häuser des weiträumigen Ensembles schon von Weitem sehen. Die denkmalgeschützten Backsteingebäude leuchteten im Grau des Novembertages durch die nackten Äste der mächtigen Buchen. Das psychiatrische Krankenhaus Obersprung hatte erst vor Kurzem sein einhundertzehnjähriges Bestehen gefeiert. Die idyllische Lage sollte zur Genesung der Patienten beitragen. Irgendwo hatte er gelesen, dass auf dem

Klinikareal fast zweitausend Bäume standen, die zum Teil so alt wie die ersten Gebäude waren. Mark fuhr am Haupteingang vorbei und bog auf einen Seitenweg ab, der direkt in den Wald zu führen schien.

Die Fachklinik, an der er gerade vorbeigefahren war, hatte tausendsiebenhundert Mitarbeiter und verfügte über knapp dreihundert Klinikbetten. In fünf Abteilungen wurden psychisch kranke Kinder, suchtkranke Erwachsene oder Alzheimer-Patienten behandelt, zudem gab es ein separates Altenpflegeheim. Aber dieser Bereich war nicht sein Ziel. Er musste zu einem abgelegenen Gebäudekomplex, der von den anderen Klinikbereichen streng getrennt war.

Im Schritttempo rollte der Audi an dem vier Meter hohen Maschendrahtzaun vorbei, auf dessen Oberkante vielfach verschlungene Rollen silbrigen Stacheldrahts glänzten. Der Hochsicherheitstrakt war durch zahlreiche Vorkehrungen von der Außenwelt abgeschirmt. Mark stellte das Auto auf dem Besucherparkplatz ab, sortierte seine Unterlagen und deponierte Handy und Schlüsselbund im Handschuhfach. Die feuchtkalte Luft außerhalb des Autos ließ ihn frösteln, und er lief schneller.

Der Eingangsbereich befand sich zwischen zwei Backsteinvillen, die zwischen den meterhohen Eisenstangen und dem Drahtgewirr pittoresk und gleichzeitig fehl am Platz wirkten. In der Mitte der schmalen Straße wölbte sich der Zaun wie ein metallener Bauch nach vorn und reckte dem Betrachter ein großes zweiflügeliges Tor entgegen. Direkt daneben gab es eine kleinere Pforte für Fußgänger. Beide Eingänge führten in eine von Stacheldraht und Metallgeflecht umgebene Schleuse, an deren hinterem Ende ein weiteres Tor den Zugang zum Klinikgelände verschloss.

Das schwarz-gelb gestreifte Pförtnerhäuschen an der linken Seite erinnerte Mark immer an London, warum, wusste er auch nicht. Er stellte sich direkt vor die Kamera und sagte sein

Sprüchlein auf. Etliche der fast zweihundert Beamten kannten ihn. Er war schon oft hier gewesen, betreute seit Jahren Patienten und hatte zahlreiche Gutachten erstellt. Nicht jeder Facharzt für Psychiatrie und Neurologie konnte als forensischer Psychiater arbeiten. In Deutschland musste man eine dreijährige Weiterbildung absolvieren und mindestens ein Jahr in einer Einrichtung des Maßregelvollzugs gearbeitet haben. Hinzu kam eine von der Ärztekammer und der Deutschen Gesellschaft für Psychiatrie, Psychotherapie und Nervenheilkunde vorgegebene Anzahl von Gutachten.

Mit einem Summen öffnete sich das kleinere Tor, und Mark trat in den Schleusenbereich. Der Beamte hinter der Glasscheibe grinste und hob die Hand. »Guten Morgen, Herr Doktor. Wie immer: Sie geben mir Ihren Ausweis und zeigen mir, was Sie da drin haben.« Er deutete auf Marks Aktentasche. Ein nikotingelber Finger tippte auf eine Liste auf dem Schreibtisch. »Sie sind bis fünfzehn Uhr eingetragen. Also bitte alles hier rein.«

Eine Schublade kam herausgefahren, Mark legte die geforderten Dinge in die Vertiefung und wartete, bis der Beamte alles inspiziert hatte, ihm die Aktentasche wieder herausschob und zum Telefon griff. »Kleinen Moment noch, Herr Doktor. Sie werden gleich abgeholt.«

»Danke.« Mark sah sich um. Das zweite Tor führte in den Innenbereich des Geländes. Ein großer ovaler Platz wurde von fünf identisch aussehenden Gebäuden umrahmt. Alle waren aus demselben roten Backstein gemauert. Links davon befand sich eine weitere Villa, hinter der mehrere später hinzugekommene Funktionsgebäude standen. Im düsteren Novemberlicht wirkte das gesamte Areal wie ein altertümliches Gefängnis, und für die Patienten – allesamt Straftäter, die aus verschiedenen Gründen schuldunfähig oder vermindert schuldfähig waren – war es das wohl auch.

Es gab weitaus modernere Fachkliniken. Erst vor zwei Monaten hatten sie bei einer Tagung der forensischen Psychiater in Calw den neu gebauten Trakt für den Maßregelvollzug besichtigt, und Mark erinnerte sich noch gut an seine Verblüffung darüber, was heutzutage alles möglich war. Das Behandlungsgebäude war für rund 20 Millionen Euro von Architekten errichtet worden und glich eher einem Hotel denn einer Klinik für psychisch kranke Straftäter. Es gab eine Aufnahme- und Kriseninterventionsstation und vier Therapiestationen, von denen jede in zwei Gruppen mit zehn Betten aufgeteilt war, zu denen jeweils ein Wohn- und ein Essbereich mit offener Küche gehörten. Im ganzen Gebäude hatten hohe Glasfronten dominiert, sogar die mit hellem Holz vertäfelte Sporthalle hatte eine komplett verglaste Seite besessen.

Im Gegensatz zu dieser Maßregelvollzugseinrichtung hier gab es in Calw auch keine Gitter vor den Fenstern. Die Architekten hatten das Problem eleganter gelöst – Sicherheitsglas, und über dem obersten Stockwerk eine in den Innenraum des Geländes ragende Dachkonstruktion. Auch Stacheldraht war nirgends zu sehen, stattdessen umgaben meterhohe Plexiglaswände den Außenbereich. Sie verhinderten, dass jemand hinausgelangte, versperrten aber nicht die Sicht auf die Natur.

Mark bewegte die Zehen in den Schuhen und beobachtete, wie eine Frau aus der rechten Villa kam und schnell auf ihn zumarschierte. Ihr weißer Kittel war offen, die Seiten flatterten beim Gehen um ihren Körper.

Er sah zu, wie sie näher kam, und dachte daran, wie einer seiner Kollegen bei dem Besuch in Calw etwas von Verschwendung von Steuergeldern gemurmelt und hinzugefügt hatte, dass es den Typen hier drin viel zu gut ginge und dass die Gesellschaft in ihrer Humanitätsduselei ausblendete, dass es sich bei den vermeintlichen Patienten um Mörder, Kinderschänder und Drogendealer handelte. Er erinnerte sich noch gut an seine Verblüffung über diese Ansichten. Mit solch einer Grundhaltung war man als forensischer Psychiater ungeeignet, aber der Kollege schien seine Meinung bisher wohlweislich für sich behalten zu haben.

Die Frau war inzwischen herangekommen, stand hinter dem inneren Tor und wartete darauf, dass der Beamte ihr öffnete. Unter dem Kittel trug sie eine graue Hose und einen schwarzen Pullover, unter dem am Halsausschnitt eine zartrosa Bluse hervorlugte. Das blonde Haar war zu einem losen Dutt zusammengezwirbelt. Mit der Stupsnase und den großen blauen Augen sah Agnes French wie ein Püppchen aus. Ein Fremder hätte sie eher für ein Model oder eine Schauspielerin gehalten, nicht jedoch für eine Ärztin, die täglich mit Schwerstkriminellen arbeitete. Jetzt summte das Tor, Mark ging hindurch und ergriff die ausgestreckte Hand. »Da bin ich wieder.«

»Hallo, Mark. Komm rein.« Ihre Finger waren kalt. »Wir haben noch Zeit. Möchtest du erst einen Tee?«

»Gern.« Mark sah zu, wie Agnes French zielsicher den richtigen Schlüssel an ihrem Bund fand und die Tür öffnete, folgte ihr in das Gebäude und wartete, bis sie hinter ihm wieder zugeschlossen hatte. Das Prozedere war immer gleich. Es dauerte schier endlos, sich durch die Gänge und Etagen zu bewegen, weil überall Zwischentüren umständlich geöffnet und wieder verschlossen werden mussten. Für modernere Systeme schien dem Land das Geld zu fehlen.

»Da wären wir.« Agnes French stieß die Tür zu ihrem Büro auf und ließ ihn eintreten. Die Kollegin und er verfuhren bei jedem seiner Aufenthalte gleich – sie tranken zuerst gemeinsam eine Tasse Tee und besprachen ein paar Details, bevor Mark zum Gebäude drei aufbrach; manchmal begleitet von Agnes, die ihre Therapieräume ebenfalls dort hatte.

Fünfzehn Minuten später machten sie sich auf den Weg.

»Schreckliches Wetter heute, nicht?« Agnes French lief schnell über den Hof und rieb sich dabei die Hände. Mark fragte sich, warum sie keine Jacke trug. Er schaute auf die fünf Häuser. An jedem dritten Fenster führte eine Röhre aus Metallgeflecht herab, in der eine eiserne Leiter befestigt war – der Notausgang. Erst im Sommer hatte eine Firma die vorgeschriebenen Sicherheitseinrichtungen an den Außenseiten angebracht, weil erst jetzt die Gelder dafür bewilligt worden waren. In jedem Stockwerk befand sich jeweils vor zwei Fenstern ein schmales Podest, das zu den Metallröhren hinführte. Am oberen und unteren Ende waren diese verschlossen – man wollte schließlich nicht, dass die Patienten den »Fluchtweg« zu wörtlich nahmen.

Mark lächelte, bis sein Blick auf eine Gestalt am Fenster im zweiten Stock des linken Gebäudes fiel. Er hätte die bleichen, kindlich wirkenden Gesichtszüge auch aus Hunderten Meter Entfernung wiedererkannt.

Magnus Geroldsen war seit knapp zehn Jahren hier. Doch das grauenhafte Verbrechen, das er mit siebzehn Jahren begangen hatte, würde wohl keiner, der damals damit zu tun gehabt hatte, je vergessen.

3

»*Was* soll da drin sein?« Hubert schrie in den Hörer, als wäre sein Gegenüber taub. Patrick betrachtete den Inhalt des Thermobehälters. Über eine dunkelrote Fläche zogen sich weiße Fasern. Auf der Oberseite ballte sich wulstiges gelbliches Material, das mit dünnen Adern bedeckt war, die wie eine Luftaufnahme von Flüssen und Nebenflüssen aussahen. An den Rändern des undefinierbaren Klumpens hatten sich zarte Eiskristalle gebildet, die das Rotbraun mattierten. Das tiefgefrorene »Etwas« in dem Gefäß glich entfernt den Fleischteilen, die seine Eltern vor Grillpartys immer im Großhandel kauften, nur dass es deutlich kleiner war. Nicht größer als seine geballte Faust, schätzte Patrick.

»Schlachtabfälle, glaube ich.« Er schluckte.

Am anderen Ende atmete Hubert rasselnd ein. »Kannst du es herausnehmen?«

»Ich weiß nicht, ob ich das möchte. Außerdem ist es an den Rändern festgefroren.« Obwohl er das Gebilde nicht berührt hatte, wischte Patrick sich zum wiederholten Mal die Handfläche an der Jeans ab und schüttelte angewidert den Kopf.

»Hast du eine Ahnung, was das für Fleisch ist?«

»Nein.«

»Dann schlage ich vor, du bringst das ganze Ding mitsamt dem Behälter her. Wir haben Minusgrade, da taut es beim Transport gewiss nicht auf. In der Redaktion schauen wir es uns dann genauer an.« Hubert sprach noch immer viel zu laut. Er musste allein in den Redaktionsräumen sein, sonst hätten sich die Kollegen schon längst über das Gebrüll beschwert.

»Vorher schaust du aber noch nach den anderen beiden Stellen!«

Patrick verzog den Mund und murmelte ein knappes »Ja« in den Hörer.

»Ich bin ja gespannt, ob dort auch solche Thermobehälter sind!« Jetzt klang Hubert ein bisschen aufgeregt. »Wer weiß, was das zu bedeuten hat. Ruf mich wieder an, wenn du noch etwas Ungewöhnliches entdeckst. Und vergiss nicht, Fotos zu machen.« Er legte auf, ohne auf Patricks Antwort zu warten. Der betrachtete mit herabgezogenen Mundwinkeln das Batteriesymbol seines Smartphones. Die Taschenlampenfunktion hatte ganz schön viel Akkukapazität verbraucht. Es war gut, dass er für die Bilder die zusätzliche Digitalkamera mithatte. Die Frage war nur, womit er weitere Behälter transportieren sollte. Daran, eine Tasche mitzunehmen, hatte keiner von ihnen gedacht.

Mit zusammengekniffenen Augen schaute Patrick sich auf dem Gelände um. Vielleicht flatterte irgendwo eine herrenlose Plastiktüte herum. Aber außer Gestrüpp, Glasscherben und zerknülltem Papier war nichts zu entdecken. Er klappte den Deckel wieder auf das gefrorene Fleischstück und ließ den Verschluss einrasten. Dann stellte er den Thermobehälter unter einen verkrüppelten Strauch am Rand des Betonwegs. Außer ihm war niemand hier, aber man musste möglichen Spaziergängern, die draußen vorbeiliefen, das Ding ja nicht auf dem Präsentierteller zeigen.

Seine Finger waren mittlerweile fast froststarr. Mühsam schlossen sie sich um das inzwischen zerknitterte Blatt in seiner Jackentasche und zogen es hervor. Ein weiteres Kreuz befand sich in fast gerader Linie hinter dem Haus mit dem Turm, und wenn er von dort aus scharf nach links schwenkte, müsste er zum dritten Markierungspunkt gelangen. Patrick prägte sich die Lagebeziehungen ein und unterdrückte seinen

Ärger darüber, dass Hubert und er nicht daran gedacht hatten, einen farbigen Ausdruck von dem Satellitenbild zu machen, das sie in der Redaktion auf dem Rechner angesehen hatten. Auf dieser unscharfen Schwarz-Weiß-Darstellung konnte man bei manchen Dingen nicht mal erkennen, ob es sich um Gebäudeteile oder Pflanzen handelte. Aber schließlich hatte ja keiner ahnen können, dass an den gekennzeichneten Punkten tatsächlich etwas versteckt war. Ein Gutes hatte das Ganze zumindest: Endlich geschah etwas Aufregendes, und er war mittendrin. Patrick zog sich die Handschuhe über und marschierte los.

Sein Blick glitt über die Fenster des langgestreckten Gebäudes neben dem Turm, und er zählte automatisch mit. Acht viergeteilte Sprossenfenster mit außen angeschraubten Gittern. Bei fünfen hatte jemand die Scheiben eingeschlagen. Dann endete das Gebäude und gab die Sicht auf einen Platz frei, der genau wie der bisherige Weg mit Betonplatten gepflastert war. Etwa zweihundert Meter linker Hand duckte sich ein kleiner grauer Schuppen unter drei mächtige Bäume. Ein paar vorwitzige Krähen hatten sich auf dem mittleren Baum niedergelassen und blinzelten mit ihren schwarzen Knopfaugen zu ihm herab.

Zögernd schritt Patrick vorwärts. Eine plötzliche Windbö trieb ein paar braune Blätter raschelnd vor sich her, dann war es wieder still. Der Schuppen hatte ein Dach aus Wellasbest. Die Brettertür hing schief in den Scharnieren. Auch hier hatte die Natur Terrain zurückerobert, rund um das Gebäude wucherten Sträucher, und mannshohe Birkenschösslinge hatten jede nur erdenkliche Ritze besetzt. Auf dem Plan hatte es ausgesehen, als sei das Kreuz genau hier. Über oder hinter dieser windschiefen Tür. Patrick beschloss, zuerst den Außenbereich um die Hütte herum abzusuchen. Er glaubte nicht, dass ein weiterer Behälter auf dem Dach versteckt war. Schließlich wollte der Informant doch, dass seine »Botschaften« gefunden wurden. Sofern sich an den beiden anderen Stellen überhaupt ein solcher Behälter befand und nicht etwas anderes. Außer dicken Moospolstern, Klumpen aus faulendem Laub, drei leeren Weinflaschen und jeder Menge Papierfetzen fand sich in dem Gestrüpp links und rechts des Eingangs jedoch nichts, was auch nur im Entferntesten einem »Hinweis« glich. Patrick atmete scharf aus. Er würde hineingehen müssen. Es gab keine andere Möglichkeit. Mit vorsichtigen Schritten tappte er bis zu der Tür und versuchte, durch den Spalt hineinzuspähen. Etwas in ihm fürchtete sich vor dem düsteren Innenleben. Da drinnen war es stockfinster. Kein Lichtstrahl drang von außen durch die Bretterwände. Patrick streckte den Arm aus, um die Tür aufzustoßen, als ein Knacken ihn zusammenfahren ließ. Ein Frösteln lief über seinen Rücken nach unten, und im Nacken stellten sich die Härchen auf. Was, wenn ihn der Verrückte, der den Behälter im Keller des Turm-Hauses platziert hatte, hier drin erwartete? Er versuchte, lautlos zu atmen, und horchte fünf angestrengte Minuten lang. Das Geräusch jedoch wiederholte sich nicht. Wahrscheinlich war es ein Tier gewesen, eine Maus oder eine streunende Katze, beruhigte sich Patrick. Er benahm sich schon wie ein Mädchen. Heftig stieß er die behandschuhte Faust gegen die Tür und bekam ein mürrisches Quietschen zur Antwort. Das untere Scharnier schien festgerostet zu sein. Ein weiterer fester Stoß und die Bretterkonstruktion sackte beiseite und gab den Blick auf das Innere des Schuppens frei. Patrick zückte sein Handy, trat auf die Schwelle und leuchtete in das Dunkel. Er schwenkte von links nach rechts, um herauszufinden, ob jemand hier war, fand aber nichts.

An der hinteren Wand stand ein Metallregal. Links lehnten meterhohe Pappen an den Brettern, rechts waren mehrere Kisten übereinandergestapelt. Der Lichtstrahl kehrte zur Rückwand zurück und flackerte über die Regalböden. Farbeimer, irgendwelche Maschinenteile, die er nicht zuordnen konnte, und ein Kanister. Kein Thermobehälter. Patrick machte einen Schritt in den Schuppen hinein, schaltete das Flashlight aus und zog stattdessen die Digitalkamera hervor. Sich einmal um die eigene Achse drehend schoss er mehrere Fotos und machte dann hastig kehrt, um die Bilder auf dem Display draußen zu prüfen.

Der Blitz hatte das Innenleben des Schuppens mit grellen Schlagschatten versehen, die Maschinenteile auf dem Regal spiegelten das Licht wider. Beim vierten Foto stutzte er und führte dann den winzigen Bildschirm dichter an die Augen. Auf dem senffarbenen Untergrund der obersten Pappe hob sich deutlich ein braunrotes Kreuz in einem Kreis ab. Die Markierung! Patrick schluckte. Er würde noch einmal da reinmüssen, um nachzuschauen, was sich hinter der Pappe verbarg. Ungelenk verstaute er den Fotoapparat und gab sich im Geiste einen Schubs. Je schneller er da drin war, umso schneller würde er auch wieder draußen sein.

Jemand hatte die Pappen so schräg angelehnt, dass sie unten etwa vierzig Zentimeter von der Wand Abstand hatten. Dahinter stand ein ebensolcher Thermobehälter wie der aus dem Keller des Turms. Patrick verzog den Mund, griff nach dem Gefäß und stieß dabei die Pappen um. Ohne sich darum zu scheren, trug er den Metalltopf ins Helle und stellte ihn auf die Gehwegplatten. Bis auf das Vorhandensein einer vierstelligen Nummer auf der Vorderseite schien dieser Behälter mit dem ersten identisch zu sein. Der Verschluss klackte, und der Deckel klappte auf, als ob er unter Spannung gestanden hätte. Patrick blickte starr auf das Innenleben. Dann atmete er tief ein und wieder aus, verschloss das Gefäß, schob die Finger unter die Mulde an der Oberseite, wo der Riegel einen Griff bildete, und ging langsam in die Richtung, in der er die dritte Markierung vermutete. Er fror. Das Kribbeln in seinem Nacken verstärkte sich von Minute zu Minute. Er wurde das Gefühl nicht los, etwas starre ihn mit toten Augen aus den Sträuchern hinter dem Betonweg an. Patrick lief schneller. Verrostete Schienen, auf denen seit vielen Jahren kein Zug mehr gefahren war, führten vom Haupthaus in Richtung eines kleinen Wäldchens. Sein rechter Fuß blieb hängen, und er fluchte. Hinter dem toten Gleis vollführte die Betonstraße einen Bogen und führte dann an der Rückseite des Turm-Hauses vorbei zu mehreren kleineren Gebäuden. Wenn er sich die Skizze richtig eingeprägt hatte, musste ihn sein Weg jetzt von den Zementplatten weg zu einem mannshohen Gesträuch führen. Über dieser Stelle war das dritte rote Kreuz eingezeichnet.

Diesmal war der Behälter nicht so gut versteckt. Patrick erspähte ihn schon aus einigen Metern Entfernung. Entweder waren seine Augen geschärft und wussten schon von vornherein, wonach sie Ausschau halten mussten, oder der Informant hatte sich dieses Mal nicht solche Mühe gegeben, das Ding zu verstecken. Der olivgrüne Zylinder stand unter einem Strauch mit wulstigen Zweigen und war nur notdürftig mit Ästen bedeckt.

Patrick hielt einen Meter vor der Fundstelle inne und sah sich um. Rechts hinter dem Gebüsch lag ein großer betonierter Platz, links ging das Gelände in eine Brache mit Sträuchern und Bäumen über, hinter der irgendwo die Begrenzungsmauer verborgen sein musste. Zweihundert Meter hinter ihm ragte der Turm des Hauptgebäudes gegen den bleifarbenen Himmel auf. Düster blickten die schwarzen Fensteröffnungen aus dem Schiefergrau der obersten Etage auf ihn herab. Er hatte sich schon fast wieder abgewendet, als er eine Bewegung aus den Augenwinkeln wahrnahm. War da eben etwas an dem linken oberen Fenster vorbeigehuscht?

Patrick drehte den Oberkörper, fixierte das dunkle Viereck

und wartete, doch nichts geschah. Er musste sich geirrt haben. Vorsichtig stellte er den Behälter aus dem Schuppen, dessen Griff er die ganze Zeit umklammert hatte, ab und hob den dritten Thermobehälter unter dem Strauch hervor.

Mit einem Seufzen sog der Deckel Luft an, bevor er lautlos nach hinten klappte. Patrick betrachtete den Inhalt, schüttelte den Kopf und schloss den Deckel wieder.

Jetzt gab es also drei alte Thermogefäße mit irgendwelchen Fleischstücken darin. Er würde seinen Ausflug nicht mit allerlei dramatischen Effekten ausschmücken müssen. Es reichte zu erzählen, wie es hier aussah und was er gefunden hatte. Seine Kumpel würden entzückt sein. Nur die Information, um was für Schlachtabfälle es sich in den Thermobehältern handelte, fehlte noch. Während seine rechte Hand in der Anoraktasche herumnestelte, dachte Patrick darüber nach, wie er die drei Behälter mit dem Fahrrad in die Redaktion bringen konnte. Zwei passten vielleicht in den Ablagekorb hinter dem Sitz, aber der dritte würde ein Problem werden. Es war sicher auch keine gute Idee, einen hier stehen zu lassen, um ihn später abzuholen. Tom Fränkel, der Redaktionsleiter, war cholerisch und würde toben, wenn er davon hörte. Vielleicht konnte Hubert schnell mit dem Auto herkommen und die Dinger abholen. Erst jetzt bemerkte Patrick, dass seine Finger seit einer Minute an gefüttertem Stoff herumtasteten, ohne etwas Festes zu finden. Mit gerunzelter Stirn hob er die Hand an den Mund, biss in den Handschuh und zog ihn ab. In der linken Jackentasche steckte die Digitalkamera. Das Handy jedoch fehlte. Er musste es unterwegs verloren haben. Prustend stieß Patrick die Luft aus, während er sich erinnerte, wie er mit dem Licht des Handys in den Schuppen geleuchtet hatte. An der zweiten Fundstelle hatte er es zuletzt in der Hand gehabt. Wahrscheinlich war es ihm aus der Tasche gefallen. Es konnte dort irgendwo oder auch auf dem Weg vom Schuppen hierher liegen.

Wütend auf seine eigene Ungeschicklichkeit schob er die Finger wieder in die Handschuhe, hob die beiden Behälter hoch und lief los, den Blick starr zu Boden gerichtet, um das Handy nicht zu verfehlen.

Und so entging Patrick Seiler das bleiche Gesicht, das wie eine fahle Mondscheibe aus dem Turmfenster zu ihm herunterstarrte.

4

»Vorsichtig! Sie darf dich nicht bemerken!« Manchmal wusste er nicht, ob die Stimme direkt in seinem Kopf ertönte oder ob er selbst die Worte laut ausgesprochen hatte. Es spielte zwar keine Rolle, weil die Botschaften immer nützlich und klar waren, aber er wollte nicht, dass man ihn für verrückt hielt, weil er dauernd Selbstgespräche führte. Deshalb war Variante eins besser. Wie von selbst wanderte sein Zeigefinger in den Mund, und die Zähne begannen an ihm zu nagen. Die schwierigste Aufgabe war nicht das Aufbrechen des Brustkorbs oder das Herausnehmen des Herzens, am kniffligsten war eindeutig das Finden geeigneter Personen. Sie mussten ihm körperlich unterlegen sein und sich leicht überreden lassen mitzukommen. Kinder kamen diesem Idealbild am nächsten. Da Kinder aber Eltern hatten, die ihr Verschwinden sofort bemerken würden, fiel diese Art von Spendern leider weg. Und so hatte er sich für Frauen entschieden. Nicht jede war geeignet. Die Stimme hatte ihm empfohlen, generell jüngere vorzuziehen. Das verstand er, war doch das begehrte Organ bei jungen Menschen noch nicht von diversen Erkrankungen gezeichnet.

Junge Frauen gab es in Hülle und Fülle, das Hauptproblem lag allein darin, eine zu finden, die niemand so schnell vermissen würde, eine Spenderin, die spurlos von der Bildfläche verschwand und nie wieder gesehen wurde, ohne dass Verwandte oder Freunde nach ihr suchten.

Er duckte sich tiefer hinter das Gestrüpp neben dem Buswartehäuschen und hoffte, die ineinander verwobenen Zweige würden ihn genügend verdecken. Doch die junge Frau schaute gar nicht in seine Richtung. Sie lief mit schnellen Trippelschritten auf und ab und rauchte, den Blick auf die Straße gerichtet. Ab und zu rieb sie die Hände in den roten Wollhandschuhen gegeneinander, die Zigarette hing dabei aus ihrem Mundwinkel. Schön sah das nicht aus.

Jedes Mal, wenn sich ein Auto näherte, warf sie die Kippe in den Schnee und stellte sich in Positur, aber anscheinend hatte sie heute kein Glück. Was dazu führen würde, dass sie umso bereitwilliger mit ihm mitkommen würde. Der erste Job seit Stunden, ein warmes Auto. Es würde ein leichtes Spiel sein. Wenn sie dann schön angeschnallt auf dem Beifahrersitz »schlief«, konnte er ohne Probleme mit ihr über die Grenze fahren. Es gab keine Kontrollen mehr, schon seit vielen Jahren nicht. Die Tschechen gehörten längst zur großen Europa-Familie.

Letzten Endes war seine Wahl auf Frauen hinausgelaufen, die einen großen Teil ihrer Zeit allein verbrachten, ohne Weiteres zu fremden Männern ins Auto stiegen, sich aber trotzdem nicht komplett gehen ließen. Natürlich hätte er in einer deutschen Großstadt irgendeinen verlotterten Obdachlosen, der Drogen nahm und auf der Straße lebte, auflesen können. Die vermisste keiner. Aber solche Typen waren unappetitlich. Sie wuschen sich nur selten und stanken. Schon der Gedanke, solch einem Individuum die vor Dreck starrenden Klamotten vom Leib zu schneiden, ekelte ihn an. Zudem waren diese Menschen misstrauisch.

Er nahm den Zeigefinger aus dem Mund, betrachtete das, was vom Nagel übrig geblieben war, widersetzte sich dem Drang, auch noch die linke Hand zu malträtieren, und zog die Handschuhe wieder an. Jetzt, nach über drei Stunden geduldigen Ausharrens hinter dem Wartehäuschen, fror er trotz der Thermounterwäsche und der dicken Fellfäustlinge. Die kleine Nutte in den roten Lackstiefeln musste noch viel mehr frieren als er, aber sie ließ sich nichts anmerken. Voller Hoffnung darauf, dass doch ein Geschäft zustande kommen würde, straffte sie ihren schmächtigen Körper bei jedem Auto, das sich näherte, und entspannte sich erst, wenn es hinter der Straßenbiegung im Wald verschwunden war.

Die Kleine war ihm gleich beim ersten Vorbeifahren aufgefallen. Allein stand sie auf ihrem Posten außerhalb des Dorfes, keine anderen Mädchen befanden sich in der Nähe. Mit hoffnungsvollem Blick hatte sie beobachtet, wie er gebremst hatte und langsam an ihr vorbeigerollt war. Ihr enttäuschtes Gesicht, als der vermeintliche Freier wieder Gas gegeben hatte, war ihm noch gut im Gedächtnis.

Sie war niedlich. Vielleicht konnte er ein bisschen Spaß mit ihr haben, bevor er sie aufmeißelte. Er leckte sich die aufgerissenen Lippen. Das war eine gute Idee. Die Stimme hatte ihm nicht verboten, Spaß zu haben.

Nach der ersten Musterung war er eine Runde durch das Dorf gefahren, hatte sich einen Waldweg ohne frische Reifenspuren ausgesucht und war durch das Gesträuch herübergelaufen, um die Auserkorene in Ruhe zu beobachten.

Sie schien perfekt geeignet zu sein. Niemand war gekommen, um nach ihr zu sehen, keine Freundin, kein Verwandter und auch kein Zuhälter, der abkassieren wollte.

»Sie ist die Richtige, du weißt es.«

Diesmal war er sich sicher. Die Worte ertönten in seinem Kopf. Wie erblindete Fledermäuse flatterten sie im Innern gegen die knöcherne Kalotte.

5

»Und Sie haben das *Originalschreiben* zu dieser stillgelegten Metallwarenfabrik mitgenommen?« Tom Fränkel schüttelte seit einer Minute den Kopf, als könne er die Dummheit des Praktikanten nicht fassen.

»Wir wussten doch nicht …« Hubert, der neben dem Redaktionsleiter stand, hob die Schultern und verzog den Mund.

»Dass Herr Seiler nach den paar Wochen keine Ahnung davon hat, dass man für die Arbeit immer Kopien von bedeutsamen Dokumenten anfertigt, ist mit viel Mühe noch zu verstehen. Aber du …«, Tom Fränkel zeigte anklagend auf seinen Kollegen, »du hättest es wirklich besser wissen müssen, so lange wie du schon bei der *Tagespresse* arbeitest!« Hubert schob die Unterlippe vor, und Patrick betrachtete das zerknitterte Blatt auf dem Schreibtisch. Er fühlte sich unwohl. Die Finger seiner Linken schmerzten noch immer von den Metallgriffen des Thermobehälters. Das Handy hatte vor dem Schuppen auf den Betonplatten gelegen, und er erinnerte sich noch an seine Verblüffung darüber, dass er nicht gehört hatte, wie es ihm aus der Tasche gefallen war. Nicht nur, dass das schicke polierte Aluminiumgehäuse zerkratzt war, auch der Akku hatte seinen Geist aufgegeben. Und so war ihm nichts anderes übrig geblieben, als das Rad den ganzen Weg von der Industriebrache bis in die Innenstadt zu schieben, zwei der Gefäße im Korb hinter dem Sitz, das dritte in der Linken, mit dem rechten Arm das Rad balancierend. Als er endlich die Redaktion erreicht hatte, war es weit nach Mittag gewesen, und Hubert hatte inzwischen viermal versucht, ihn anzurufen.

Patrick hatte gerade angefangen, dem Kollegen von seinen »Abenteuern« zu berichten, als der Redaktionsleiter aus seinem Büro gestürmt war und Aufklärung verlangt hatte.

Er schielte zu Tom Fränkel. Der schob das lädierte Blatt Papier zur Seite und deutete auf die drei Thermobehälter, die nebeneinander aufgereiht waren. »Aber lassen wir das! Mich interessiert viel mehr, um *was* es sich bei dem Inhalt handelt. Der Verfasser der Nachricht hat sich in seinem Schreiben ja sehr bedeckt gehalten.« Bevor Fränkel mit seiner Tirade über die schlampige Arbeit begonnen hatte, hatte Patrick eins der Gefäße geöffnet und den beiden Männern den Inhalt gezeigt. Der Redaktionsleiter hatte angewidert die Oberlippe gekräuselt, bevor der Deckel wieder zugeklappt war.

Jetzt tippte Tom Fränkel vorsichtig auf den linken Behälter. »Da ist doch überall das Gleiche drin?«

»Für uns sieht es so aus.« Patrick schaute zu Hubert, der zustimmend nickte.

»Machen Sie die mal alle drei auf, damit wir vergleichen können.« Tom Fränkel trat einen Schritt zurück, als fürchte er, der Inhalt der Gefäße käme herausgesprungen.

Hubert griff nach der metallenen Lasche des linken Topfes, Patrick tat es ihm beim rechten nach. Gleichzeitig klappten die Deckel zur Seite und gaben den Blick auf den noch immer gefrorenen Inhalt frei.

Hubert bemerkte es als Erster. »Was ist denn das?« Sein Finger zeigte auf ein zusammengerolltes Stück Papier, das auf dem rechten Fleischstück lag. »War das vorher auch schon drin?« Sein Blick wanderte zu Patrick.

»Ich … glaube nicht.« Patrick schloss die Augen und versuchte sich zu erinnern. Der Behälter, der jetzt rechts auf dem Schreibtisch stand, trug als einziger keine Nummer. Den hatte er zuerst gefunden. Im Keller des Turms. Draußen, vor dem Gebäude hatte er mit einem Zweig den Deckel hochgeklappt und war dann, durch ein plötzliches Geräusch erschrocken, fast mit der Nase auf das Ding gekippt. »Nein.«

»Was nein?« Die Augen des Redaktionsleiters funkelten. Er schien noch immer wütend zu sein.

»Da war kein Zettel drin. Ich bin mir sicher.« Während Patrick noch erklärte, woher er das wusste, hatte Hubert schon einen Bleistift in die Papierrolle geschoben, sie herausgehoben und versuchte nun, mit einem weiteren Stift den Zettel auszurollen. Tom Fränkel trat dichter an den Schreibtisch heran und las vor: »Wie – gefällt – euch – das?« Dann wiederholte er die Worte: »Wie gefällt euch das? Wen meint er damit, uns? Und was soll das heißen?«

Genau das war die Frage. Patrick betrachtete die krakeligen Großbuchstaben. Ein Schauer lief über seinen Rücken. Jemand musste den Zettel in den Thermobehälter gelegt haben, als er unter dem Busch versteckt gewesen war. In der Zeit, als er selbst nach den anderen Punkten gesucht hatte. Also hatte ihn sein Gefühl doch nicht getrogen. Jemand war *dort* gewesen und hatte ihn die ganze Zeit beobachtet. Sein Herz klopfte hörbar.

»Iih, was ist das denn?« Die Frauenstimme hinter ihnen ließ die drei Männer herumfahren. In ihrer Konzentration auf die Behälter und die Nachricht hatten sie gar nicht bemerkt, dass Christin Dunkel hereingekommen war. Ihr folgte Jo Selbig, der Fotograf.

»Informationen.« Tom Fränkel kräuselte süffisant die Nase. »Jemand hat uns einen Lageplan zugeschickt, und unser Patrick hier hat dort vorhin diese drei Töpfe gefunden.«

»Und was soll das darstellen?« Jo reckte den Hals und musterte den Inhalt.

»Schlachtabfälle, nehme ich an.« Der Redaktionsleiter tat souverän.

Jo trat noch einen Schritt näher. »Für mich sieht das aus wie Herzen.«

»Du könntest recht haben.« Hubert schob die Brille auf die Stirn und kniff die Augen zusammen. »Herzen … Da hätten wir auch selbst draufkommen können.« Fünf Augenpaare starrten auf dunkle Fleischklumpen, rote Adern auf weißem Faserbett und gelbliche Fettwülste.

»Rinderherzen sind größer.« Hubert schien sich auszukennen. »Haben wir früher immer beim Fleischer gekauft. Die hier müssen vom Schwein sein.«

»Was, wenn es *keine* Schweineherzen sind?« Jo stand dicht vor den Thermobehältern und musterte den Inhalt konzentriert.

»Was soll es denn sonst sein?« Tom Fränkel schien es nicht zu gefallen, dass sich seine Angestellten über seinen Kopf hinweg austauschten. »Schwein, Rind, Schaf – eklig ist es allemal, und ich verstehe nicht, warum sich jemand die Mühe gemacht hat, uns zu einem absurden Versteckspiel herauszufordern, bei dem der Finderlohn aus tiefgefrorenen Fleischstücken besteht.«

Patrick verschluckte seine Antwort. Er wollte die Idee nicht zu Ende denken, die bei Jos Frage in ihm aufgekeimt war, aber der Fotograf ließ ihm keine Chance.

»Wenn ich das richtig verstanden habe, habt ihr vorhin mit der Post ein Schreiben mit einem Lageplan bekommen, daraufhin ist Patrick dorthin gefahren und hat diese Behälter gefunden. Würde es eine renommierte Tageszeitung interessieren, wenn ihr jemand drei Töpfe mit Schweineherzen zukommen ließe?« Jo sah kurz in die Runde, dann fuhr er fort. »Wahrscheinlich wäre das keine Meldung wert. Also könnte das hier auch etwas Schlimmeres sein.«

Niemand sprach aus, was der Fotograf damit andeutete, aber Patrick konnte das Begreifen in den Augen der anderen aufflackern sehen. Nur Christin Dunkel, die die ganze Zeit kein einziges Wort herausgebracht hatte, starrte noch immer mit leicht geöffnetem Mund auf die drei Behältnisse.

»Was ich nicht verstehe, ist – wenn der Täter wollte, dass die Behälter gefunden werden, warum hat er sie dann so gut versteckt?«

»Vielleicht, damit kein Außenstehender sie findet, bevor wir dort sind. Oder er hatte Freude am Versteckspielen und wollte uns bei der Suche beobachten …« Hubert schniefte und zog dann ein schmuddeliges Stofftaschentuch aus der Hosentasche.

»Wer könnte beurteilen, worum es sich bei den Fleischstücken handelt?« Tom Fränkel weigerte sich noch immer, den Inhalt als »Herzen« zu bezeichnen.

»Ein Rechtsmediziner.« Jo richtete sich auf.

»Na gut. Ich informiere die Kripo.« Der Redaktionsleiter nickte zu seinen Worten. »Wenn es falscher Alarm ist – umso besser. Dann haben wir trotzdem alles richtig gemacht. Sollte es aber das sein, was ihr andeutet, dann ist heute Nachmittag in Leipzig die Hölle los.« Er kratzte sich am Hals und zeigte dann auf die offenen Deckel. »Machen Sie das wieder zu. Nicht dass es noch auftaut!« Eilfertig klappte Patrick die Deckel herum und ließ die Verschlüsse einrasten. Christin Dunkel verschwand im Nebenzimmer.

»Stellen Sie die Dinger dort drüben beim Kopierer hin. Du …«, Tom Fränkel deutete auf Hubert, »scannst das Schreiben und den Lageplan ein. Und Jo lädt die Fotos von Patricks Digitalkamera auf seinen Rechner, damit wir sie uns anschauen können. Moment noch!« Seine erhobene Stimme ließ sie innehalten. »Bevor ich die Kripo anrufe, gibt es noch etwas zu besprechen.« Der Redaktionsleiter holte tief Luft und sprach dann leise weiter. »Wenn diese Sache tatsächlich polizeirelevant wird, nimmt die Kripo nicht nur die Behälter mit, sondern sie sperren auch das gesamte Fabrikgelände ab. Die Spurensicherung wird Tage, wenn nicht gar Wochen brauchen, um dort alles abzusuchen. In der Zeit ist das Gelände tabu für die

Medien. Deshalb sollten wir *vorher* noch Informationen sammeln. Ich hätte also gern, dass Hubert und Patrick noch einmal dorthin fahren, sich umsehen und alles dokumentieren. Jetzt gleich. Sobald ich angerufen habe, bleiben uns maximal ein, zwei Stunden, bevor die Kripo da draußen auftaucht. Jo könnte mitkommen und Fotos schießen.«

»Ich hab noch einen Auftrag.« Jo schien keine Lust zu haben, bei der Chose mitzumachen. Und ihm gegenüber war Tom Fränkel nicht weisungsberechtigt.

»Chef, ich verstehe dein Anliegen.« Hubert presste kurz die Lippen aufeinander, ehe er weitersprach. »Aber könnte es nicht sein, dass wir dort Spuren zerstören? Falls das irgendwann rauskommt, machen wir uns mit einer solchen Aktion sicher nicht beliebt bei der Kripo.«

»Ihr müsst eben ganz vorsichtig sein. Lasst die Handschuhe an. Außerdem wissen wir ja gar nicht, ob unser Verdacht richtig ist. Meine Arbeitshypothese lautet, dass es sich bei den Fleischstücken um Schlachtabfälle handelt. Vielleicht will uns jemand auf einen Gammelfleischskandal aufmerksam machen. Etwas in der Art könnte doch dahinterstecken, nicht?« Jetzt lächelte Tom Fränkel süffisant.

Patrick stellte den letzten der drei Behälter auf das Schränkchen neben dem Kopierer. Seit der Diskussion, worum es sich bei ihrem Inhalt handelte, fand er die grünen Töpfe noch unheimlicher. Die Ausrede des Redaktionsleiters war mehr als fadenscheinig. Andererseits konnten sie sich seinen Anordnungen schlecht widersetzen. Er zog den Speicherstick aus der Digitalkamera und gab ihn Jo. Hubert war schon dabei, die Dokumente zu scannen und Kopien auszudrucken.

»Ihr habt anderthalb Stunden. Dann kommt ihr zurück, egal was passiert.« Tom Fränkel wandte sich ab und sprach im Gehen weiter. »Ich möchte nicht, dass die Polizei euch auf dem Fabrikgelände erwischt. Danach fahrt ihr sofort wieder in die

Redaktion und berichtet mir. Vielleicht kriegen wir noch was für die morgige Ausgabe.« Er öffnete die Tür zu seinem Büro und verschwand.

»Vorausgesetzt, das Ganze ist nicht nur ein Spaß eines Verrückten.« Hubert brabbelte vor sich hin. »Ich überlege bei solchen Sachen immer, ob wir womöglich übersehen haben, dass der erste April ist, oder etwas in der Art. Dann wollen wir mal. Hast du die Kamera?« Er zog den Schal fest und sah Patrick an.

»Was machen wir, wenn sich der Kerl noch dort herumtreibt? Schließlich hat er den Zettel in den Topf geschmuggelt, als ich auf dem Gelände war. Das bedeutet, dass er heute Vormittag dort war.«

»Ich glaube nicht, dass er noch da ist. Was soll er noch auf dem Gelände, nachdem du die Behälter gefunden hast? Es ist kalt, es ist hässliches Novemberwetter. Außerdem kann er ja nicht wissen, dass jemand aus der Redaktion noch einmal wiederkommt. Im Gegenteil, wahrscheinlich wird er davon ausgehen, dass die Kripo bald auftaucht. Ich glaube, für ihn ist die Sache fürs Erste erledigt und er wartet jetzt auf Reaktionen. Veröffentlichungen in der *Tagespresse* oder Ähnliches.« Hubert wandte sich zur Tür. »Los jetzt, wir haben nicht viel Zeit.«

Patrick folgte ihm. Huberts Argumente waren einleuchtend, und doch fürchtete er sich ein bisschen, das stillgelegte Fabrikgelände erneut aufzusuchen.

*

… Mit einem Gullydeckel wurde in der Nacht zum Dienstag das Schaufenster eines Handyladens am Leipziger Messehof eingeworfen. Wie die Polizei am Dienstag mitteilte, stellten Streifenbeamte gegen 1:45 Uhr den Einbruch fest. Es wurden Mobiltelefone und mehrere Tablet-PCs im Gesamtwert von etwa 5000 Euro gestohlen. Die Polizei ermittelt.

Lara las den Text noch einmal, speicherte ihn und schickte ihn ab. Die Arbeit als freie Journalistin war mühseliger, als sie es sich letztes Jahr vorgestellt hatte. Man musste um jeden Auftrag kämpfen, und nicht selten schrieb man etwas für den Papierkorb, weil aktuellere Ereignisse die vorgesehenen Artikel ersetzten. Die einzigen Vorteile waren, dass sie sich die Zeit selbst einteilen konnte und Tom Fränkel nicht mehr auf ihr herumhackte. Das aber wog die Nachteile fast auf. Schließlich war es ihre freie Entscheidung gewesen. Lara zog einen Mundwinkel hoch und ging in die Küche, um sich ein Glas Saft zu holen. Manchmal vermisste sie die Kollegen in der Redaktion.

Das Klingeln des Telefons riss sie aus ihren Grübeleien.

»Hi, meine Liebe!« Frank Schweizer hatte eine angenehme Stimme. Lara kannte ihn schon seit vielen Jahren. Der Kollege arbeitete bei der *Tagespost,* einer Wochenzeitung, und war im letzten Jahr nach Berlin gewechselt. Früher hatten sie sich manchmal bei Gerichtsprozessen getroffen, jetzt schanzte er ihr ab und zu Aufträge zu, unter anderem für den Leipziger Ableger der Zeitung.

»Ich hätte was für dich. Hast du morgen Abend Zeit?« Lara lächelte. Das klang wie die Anfrage zu einer Verabredung. Sie war sich nach all den Jahren immer noch nicht sicher, ob Franks Interesse rein beruflicher Natur war. Aber wahrscheinlich ahnte der Kollege längst, dass er nicht ihr Typ war.

»In der *Runden Ecke* wird morgen eine Sonderausstellung eröffnet. Du hast bestimmt davon gehört.«

»Habe ich.« *Runde Ecke* nannten die Leipziger das Gebäude an der Kurve Dittrichring/Goerdelerring, das zu DDR-Zeiten Sitz der Bezirksverwaltung für Staatssicherheit gewesen war. Seit August 1990 befand sich hier eine Gedenkstätte mit der ständigen Ausstellung »Stasi – Macht und Banalität«.

»Es geht in der Ausstellung um den demokratischen Aufbruch bis zur Wiedervereinigung. ›Leipzig auf dem Weg zur

Friedlichen Revolution‹. Wann soll ich denn dort aufkreuzen?« Lara zückte ihr Notizbuch.

»Die offizielle Eröffnung ist um 19 Uhr. Es wäre aber gut, wenn du schon eine Stunde eher da sein könntest. Ich hätte für 18:15 und 18:30 Uhr zwei mögliche Interviewtermine.« Frank nannte ihr die Namen und erklärte, worum es ging, und Lara notierte sich die Details.

»Danke dir! Zeilenhonorar wie gehabt. Den Rest besprichst du mit Jens. Wir sollten demnächst mal wieder essen gehen, wenn ich in Leipzig bin.« Er legte auf. Lara seufzte und sah auf die knorrigen Äste des Kirschbaums vor ihrem Fenster hinaus. So viel zur freien Zeiteinteilung. Aber sie konnte es sich nicht leisten, Aufträge abzulehnen, schon gar nicht, wenn sie von Frank kamen. Nach ihrem Ausscheiden bei der *Tagespresse* hatte Frank sie dem Leipziger Chefredakteur Jens Hohnstein wärmstens empfohlen, ihr zudem in den letzten Monaten mehrfach geholfen, und sie würde ihn auch weiterhin brauchen. Lara griff nach dem Saftglas und stellte es wieder ab, weil das Telefon erneut klingelte. »Hast du noch was vergessen?«

»Wen meinst du? Hier ist Jo.« Jo Selbig war freier Fotograf, unter anderem für Laras ehemalige Zeitung. Und seit einigen Monaten hatten sie wohl auch so etwas wie eine »Affäre«, obwohl Lara sich nach wie vor nicht sicher war, ob das auf Dauer gut gehen würde.

»Oh.« Sie grinste kurz. »Ich habe gerade mit Frank Schweizer telefoniert. Er hat einen Auftrag für mich, morgen Abend. Ich dachte, er ruft noch einmal an, weil er mir noch etwas dazu sagen will.« Sie fand, dass ihre Stimme ein bisschen atemlos klang, was ihr einen Hauch von Schuldbewusstsein verlieh. Dabei gab es dazu gar keinen Anlass.

»*Morgen* Abend?« Sie konnte die Enttäuschung hören. »Schade. Ich wollte dich nämlich just für morgen einladen.

Am Neumarkt hat ein französisches Restaurant aufgemacht, das sehr gut sein soll.«

Noch eine Einladung zum Essen. »Wie wäre es denn mit *über*morgen?«

»Donnerstag?« Jo schien wenig überrascht, dass er sie gar nicht überreden musste. »Das ginge auch.«

»Na, dann nehmen wir doch den. Um sieben?« Lara klappte ihren Organizer wieder auf und trug die Verabredung ein. »Ich bin gespannt auf den neuesten Redaktionsklatsch!«

»Da gibt es allerhand zu berichten.«

»Was denn?«

»Du wirst dich gedulden müssen.« Jetzt war deutlich zu hören, dass Jo lächelte. »Ich berichte nur face to face, nicht am Telefon.«

»Schade. Aber das kann ich aushalten.« Lara verabschiedete sich und starrte auf ihr Saftglas. Was mochte in der Redaktion passiert sein, dass Jo so geheimnisvoll tat? Manchmal vermisste sie nicht nur die Kollegen, sondern auch die Gerüchte.

6

»Und wie kommen Sie damit zurecht?« Mark betrachtete das teigige Gesicht des Mannes, der vor ihm saß. Leon Malz war seit knapp zwei Jahren hier. Er sah älter aus als siebenundzwanzig, die Haut war fahl, Gesicht und Hals waren von entzündeten Pickeln übersät. Wahrscheinlich nutzte er die Zeiten für Aufenthalte im Freien nicht und bekam so keine Sonne ab. Manche Patienten wurden in der Klinik schnell antriebsarm. Bei Leon hing das zudem mit seiner Erkrankung zusammen.

Jetzt nuschelte er eine Antwort, die nach »ganz gut« klang. Er sah dabei zu Boden und wirkte wie immer abwesend. Leon Malz litt an einer paranoid-halluzinatorischen Schizophrenie. Er hörte Stimmen, die ihn steuerten und ihm Befehle gaben, und fühlte sich beobachtet und verfolgt.

»Das ist erfreulich.« Erst im letzten Monat hatte Mark die Medikation zu einer geringeren Dosis geändert. Das Neuroleptikum, das Leon bekam, hatte starke Nebenwirkungen. Ganz darauf verzichten konnten sie jedoch nicht. Gerade bei den Patienten, die unter chronischen Halluzinationen und Wahnvorstellungen litten, hatte es sich als sinnvoll erwiesen, dass sie ihre Medikamente dauerhaft einnahmen. Wenn der Patient das subjektive Empfinden hatte, sein Zustand bessere sich durch die Medikamente, war das nützlich.

»Sind Sie bereit für unsere heutige Therapiestunde?« Mark versuchte, Blickkontakt zu seinem Patienten herzustellen, aber dieser hielt den Kopf gesenkt und sah zu Boden. »Wir wollten an den Ablenkungsstrategien arbeiten, erinnern Sie sich?« Eine vorsichtige Berührung am Ärmel ließ Leon aufschauen. Sein

Blick verharrte für einen Sekundenbruchteil auf dem Arzt, dann rollten seine Augen nach oben, und er starrte zur Zimmerdecke. Mark ließ sich davon nicht stören. Viele seiner Patienten vermieden es, ihr Gegenüber anzusehen, und mochten es noch weniger, angeschaut zu werden.

Leon Malz war ein Mörder. An seinem vierundzwanzigsten Geburtstag hatte er seine Mutter mit einem Stromkabel erwürgt und die Leiche dann zur Abschreckung für die anderen – wie er später behauptete – gut sichtbar auf dem Balkon aufgehängt. Beim Eintreffen der Polizei war er in eine katatonische Starre verfallen, hatte sich wie eine willenlose Puppe festnehmen und abführen lassen, und auch in der Untersuchungshaft hatte sein apathischer Zustand Tage angedauert. Als er schließlich redete, behauptete er, Stimmen hätten ihm die Tat befohlen. Die Mutter habe ihn die ganze Zeit beobachtet, ihm nachspioniert und seine Gedanken gelesen. Zudem sei es ihr gelungen, sein Zimmer durch Wasserleitungen und Heizungsrohre mit gasförmigen Drogen zu verseuchen, die ihm den Verstand vernebelt hätten. Nach den »Stimmen« befragt, erklärte Leon, dass diese schon seit vielen Jahren zu ihm sprachen. Sie kommentierten sein Verhalten, gaben ihm Hinweise und ordneten Dinge an, die er erledigen sollte. Als der Psychoterror seiner Mutter nach dem Tod des Vaters immer unerträglicher geworden sei, hätten die Stimmen ihm dargelegt, dass es ihm erst besser gehen werde, wenn die Mutter weg sei, und empfohlen, sie sich vom Hals zu schaffen, da es sonst schlimmer und schlimmer werden würde. Auch die Idee, die Leiche auf den Balkon zu hängen, war von den Stimmen gekommen. Die Mutter hatte einflussreiche Freunde. Sie alle sollten sehen, was mit Menschen passierte, die es wagten, in Leon Malz' Gehirn einzudringen und darin herumzuspionieren.

Am Schluss fügte Leon noch hinzu, die Stimmen hätten recht gehabt. Nach der Tat habe er sich befreit gefühlt. Niemandem sei es bis jetzt wieder gelungen, in seinen Kopf einzudringen und seine Gedanken zu lesen. Die Stimmen allerdings seien noch immer da.

Mark ließ seinen Blick unauffällig über die weichen Gesichtszüge des Patienten gleiten. Man sah ihm nicht an, was er getan hatte. Schizophrenie hatte eine erbliche Komponente. Auch Leons Vater war daran erkrankt gewesen. Jetzt war der Vater tot, und Leon saß im Maßregelvollzug, weil er seine Mutter umgebracht hatte.

Der Staatsanwalt hatte Leons Erklärungen für Schutzbehauptungen gehalten. Schließlich gab es genügend Täter, die sich mit »Befehlen von außen« herausreden wollten. Leons Anwalt jedoch – Mark kannte ihn von einigen vorhergehenden Prozessen – hatte seinem Mandanten geglaubt und ein Gutachten in Auftrag gegeben.

Nachdem sie organische Ursachen wie einen Gehirntumor, Entzündungen oder Vergiftungen des Gehirns, affektive Erkrankungen wie Depressionen und andere Persönlichkeitsstörungen ausgeschlossen hatten, hatte Mark verschiedene Tests und Untersuchungen mit Leon durchgeführt. Das Ergebnis war eindeutig gewesen: Leon Malz litt an verschiedenen Schizophrenie-Symptomen wie Verfolgungs- und Beziehungswahn und akustischen Halluzinationen, die im Fachjargon »imperative Stimmen« genannt wurden, weil sie Befehle erteilten. Der Auslöser war wahrscheinlich Drogenkonsum in der Pubertät gewesen.

Mark sah aus dem Fenster. Auf dem großen Platz rannten zwei Beamte in Richtung der Backsteinvillen.

Schizophrenie war gar nicht so selten. Schätzungen gingen davon aus, dass bis zu einem Prozent der Bevölkerung zumindest zeitweilig davon betroffen war. Der Vorsitzende Richter hatte sich dem Gutachten angeschlossen. Und so war Leon

Malz nach Paragraph 20 des Strafgesetzbuches als schuldunfähig eingestuft und in den Maßregelvollzug eingewiesen worden. Hier galten die Straftäter in erster Linie als Patienten, die behandelt und psychisch stabilisiert werden sollten. Das Ziel war die Rehabilitation. Für viele Insassen hier gab es irgendwann Lockerungen des Vollzugs bis hin zu Freigang und Urlaub, bis sie bei günstiger Prognose entlassen wurden.

Sie hatten noch viel Arbeit vor sich, aber bei richtiger Medikation und Verhaltenstherapie gab es gerade für Patienten mit paranoid-halluzinatorischer Schizophrenie gute Heilungschancen. Leon Malz würde eines Tages wieder frei sein, dessen war sich Mark sicher. Er lächelte seinen Patienten an und legte Stift und Papier bereit.

Leider traf die günstige Prognose nicht auf alle Insassen des Maßregelvollzugs zu. Magnus Geroldsen war so ein Fall. Er war seit zehn Jahren hier, und es gab keinerlei Anzeichen einer Besserung. Doktor Frieder Solomon – eigentlich Dr. Dr., denn der Mann besaß zwei Doktortitel –, der Chef höchstpersönlich, kümmerte sich um ihn, aber Geroldsen habe sich vom ersten Tag an Gesprächen und Therapie verweigert, wie man in der Klinik munkelte. Marks Einschätzung nach hatte Magnus ohne Mitleid gemordet und würde es jederzeit wieder tun, wenn es ihm nützte.

In seinem Kopf formte sich das Bild eines Schlachtfeldes. Blutlachen auf dem Fußboden, Blut an den Wänden, rote Schleifspuren auf hellen Bodenfliesen, Blut an Küchenmessern und Sofakissen, Blut überall. Dazu der kupfrige Geruch, der das gesamte Haus erfüllte und sich in Haaren und Kleidung festsetzte. Er erinnerte sich noch wie gestern an sein Entsetzen bei dem Anblick der drei Kinderleichen, die mit aufgeblähten Bäuchen im Pool trieben, ihre toten Augen starrten nach oben in den azurblauen Himmel. Ihr siebzehnjähriger Bruder Magnus war nirgends aufzufinden. Aber das war noch nicht das Schlimmste gewesen. Die entsetzlichste Entdeckung hatte ihnen da noch bevorgestanden. In der Kühltruhe im Keller des Einfamilienhauses.

Mark spürte ein leises Schaudern und lenkte den Blick aus dem Fenster, wo schon wieder mehrere Leute über den Platz hetzten. Irgendetwas schien da draußen vor sich zu gehen.

Als man Magnus Geroldsen endlich gefunden hatte, hatte er mit arrogantem Grinsen alles abgestritten. Ein Einbrecher müsse im Haus gewesen sein. Er selbst sei mit seiner Freundin unterwegs gewesen. Es hatte Monate akribischer Arbeit gebraucht, ihm die Taten nachzuweisen. Seine Eltern verkrafteten in der Folgezeit das Geschehen nicht. Die Mutter hatte sich ein Jahr nach den Morden das Leben genommen, Geroldsens Vater war seitdem Alkoholiker und lebte auf der Straße.

Mark betrachtete das grüne Linoleum. Leon schrieb eifrig. Seine Zunge hatte er herausgestreckt und bewegte sie im Gleichklang mit der Hand von links nach rechts.

Draußen begann eine Klingel zu schrillen. Dann ertönte das schnelle Trappeln von Schritten, Männerstimmen bellten Anweisungen, ein grauer Schatten huschte vor dem Fenster zum Gang vorbei. Leon hatte aufgehört zu schreiben und sah zur Tür. Die Zungenspitze steckte noch immer zwischen seinen Lippen wie ein rosafeuchter Lappen.

Die hektische Betriebsamkeit draußen nahm zu, und Mark stand auf, um nachzusehen, was da los war. Noch ehe er jedoch die Hand nach der Klinke ausstrecken konnte, wurde die Tür aufgestoßen.

»Die Sitzung ist beendet.« Doktor Frieder Solomon kniff die Lippen aufeinander und zeigte auf Mark. »Ich muss Sie bitten zu gehen, Doktor Grünthal. Und du …«, er wandte sich Leon zu, »… kommst mit mir mit. Ich bringe dich auf dein Zimmer.«

»Was ist denn los?« Mark beobachtete, wie Leon vor dem ausgestreckten Arm des Klinikchefs zurückwich.

»Erhöhte Sicherheitsvorkehrungen.« Doktor Solomon wandte sich zum Gang. »Sie gehen bitte unverzüglich ins Gebäude zwei, holen Ihre Sachen und verlassen dann das Gelände.«

Nett, dass er nicht »verschwinden« gesagt hatte. Mark kräuselte die Lippen und packte die Unterlagen in seine Aktentasche. Diskutieren war zwecklos. Der letzte Satz des Klinikchefs jedoch ließ ihn kurz innehalten.

»Wir haben eine Entweichung.«

7

»Hier bist du rein?« Hubert flüsterte, obwohl weit und breit niemand zu sehen war.

»Du hast ja das Fabriktor gesehen. Dort kommt keiner so leicht durch. Und es war auch unbeschädigt. Deshalb bin ich hinten herumgegangen.«

»Sieht so aus, als wäre der Kerl auch an dieser Stelle auf das Gelände gelangt.« Hubert fotografierte die Umgebung und richtete den Sucher dann auf den Boden, während er weiterredete. »Das Gestrüpp ist zertrampelt. Und es liegt allerhand Abfall rum. Könnte von dem Briefeschreiber stammen.« Er ließ den Arm sinken. »Vielleicht hat er genau hier gestanden und dich beobachtet, während du da drin den Pfadfinder gespielt hast.«

Patrick musterte die Fetzen, die wie Bonbonpapier aussahen, und fühlte dabei Eisfinger über seinen Rücken krabbeln. »Ich habe heute Vormittag schon alles aufgenommen.«

»Ja, das weiß ich doch. Aber vier Augen sehen mehr als zwei. Außerdem hat diese Kamera hier eine bessere Auflösung als die, die du vorhin mithattest. Wir können das Ganze dann am Rechner vergrößern und nach Einzelheiten suchen. Außerdem sind diese Fotos druckfähig. Könnte eine Riesenstory werden, und dann brauchen wir Material für mehrere Ausgaben. Wir tun dann einfach so, als hättest du bei deinem ersten Besuch alles ausgiebig fotografiert. Und nun lass uns hineingehen. Wir haben nicht viel Zeit. Spätestens in einer Stunde müssen wir uns auf den Rückweg machen.« Hubert quetschte mit einem Ächzen seinen Bauch zwischen den Gitterstäben hindurch. »Tom will mir eine SMS schicken, falls die Bullen eher hierherkommen. Dann müssen wir ganz schnell verschwinden.«

Ein dünner Schneefilm hatte sich wie Puderzucker auf die kahlen Äste der Bäume und Sträucher gelegt und die Dächer der Gebäude weiß getüncht.

»Schau mal dort.« Jetzt flüsterte Hubert wieder. Er hatte kurz vor dem Betonweg gestoppt und zeigte nach vorn. »Sind das Fußspuren?«

Patrick zupfte an seinem linken Handschuh. Auf den Platten zeichneten sich deutliche Schuhabdrücke ab, die in ihre Richtung führten, um sich dann im vertrockneten Gras zu verlieren. Männerschuhe mit Profilsohlen. Der »Informant« musste das Gelände erst vor Kurzem verlassen haben. Wenn er nicht noch hier war und irgendwo aus dem Gebüsch heraus mit den starren Augen einer Schlange auf sie beide schaute.

Hubert schien keine Antwort zu erwarten. Er schoss ein paar Bilder und murmelte dabei vor sich hin. »Die sind noch ziemlich frisch. Es hat ja erst vor zwei Stunden angefangen zu schneien. Wir bräuchten ein Vergleichsmaß, damit man später die Schuhgröße feststellen kann. Was könnten wir da daneben legen …«

»Warte.« Patrick zupfte den Kollegen am Ärmel. »Wir können dort nicht hin.«

»Wieso das denn? Hast du Angst?«

»Nein.« Das war eine Lüge. »Aber wenn wir den Weg betreten, hinterlassen wir ebensolche Spuren. Wenn nachher tatsächlich die Polizei hier aufkreuzt, wissen die doch gleich, dass heute Nachmittag noch jemand hier war.«

»Mist.« Hubert schloss kurz die Augen und pustete Luft aus. »Du denkst mit, Kleiner. Der erste Thermobehälter war da drüben?«

»Im Keller dieses Aufganges, der wie ein Turm aussieht.«

Patrick dachte an die Dunkelheit und das rote Kreuz an der Mauer und schauderte.

»Ich will mir das mit eigenen Augen anschauen.« Wahrscheinlich sah Hubert schon den großen Artikel in der *Tagespresse*, den er über die Funde schreiben würde, vor sich. »Wir müssen eine Möglichkeit finden, dort hinüberzugelangen, ohne Fußspuren zu hinterlassen. Vielleicht sehen wir uns doch erst die beiden anderen Fundstellen an. Der Schuppen steht dahinten?«

Hubert brauchte die Kopie mit den drei Kreuzchen nicht. Er hatte sich auf der Fahrt hierher noch einmal alles haarklein von Patrick berichten lassen und sich, bevor sie ausgestiegen waren, die Lage der einzelnen Gebäude und der Fundorte eingeprägt. »Dann nehmen wir uns den Turm zuletzt vor. Vielleicht kommt man auch von der Rückseite in das Gebäude.« Noch im Sprechen marschierte er los, und Patrick folgte ihm wie ein braves Hündchen, nicht ohne sich nach allen Richtungen umzusehen. Mochte der Kollege die Aktion für ungefährlich halten, er selbst tat es nicht. Wieder und wieder tauchten die Bilder der drei Fleischklumpen vor Patricks innerem Auge auf, und er fragte sich, was passieren würde, wenn es sich bei den Funden tatsächlich um menschliche Herzen handelte. Ein feiner Wind trieb die Schneeflocken vor sich her, sodass es aussah, als flögen sie horizontal durch die Luft. Hubert schnaufte und zog geräuschvoll die Nase hoch, während er durch das Gestrüpp am Rande des Betonweges stampfte. Seitlich vor dem Schuppen blieben sie stehen. Patrick betrachtete die Bretterwand, die als Tür gedient hatte, und gab einen undefinierbaren Laut von sich.

»Stimmt was nicht?« Hubert schaute über die Schulter nach hinten.

»Die Tür dort …«

»Was ist damit?«

»Vorhin hing sie schief in den Angeln. Das untere Scharnier war festgerostet, und ich musste dagegentreten. Danach ist sie schräg zur Seite geklappt.«

»Ich verstehe.« Hubert drückte mit Daumen und Zeigefinger seine rote Nase zusammen. Dann zeigte er mit dem Daumen auf den Eingang zum Schuppen. Die Brettertür stand gerade davor und verschloss die Öffnung komplett. »Du bist, nachdem du den zweiten Thermobehälter gefunden hast, weitergegangen. Jemand muss das hier also wieder in Ordnung gebracht haben, nachdem du weg warst. Der Gleiche wahrscheinlich, der auch die Fußspuren hinterlassen und den Zettel in den ersten Behälter gepackt hat.«

»Ich sehe aber keine Abdrücke.« Patrick legte den Kopf schief. Neben ihm schoss Hubert schnell ein paar Fotos.

»Dann wird er hier gewesen sein, bevor es richtig angefangen hat zu schneien.«

Hinter ihnen raschelte es, und Patrick drehte sich hastig herum und versuchte, die Wildnis mit seinen Blicken zu durchdringen. »Vielleicht ist er noch da?« Seine Stimme klang in der Frostluft dünn und schwächlich.

»Ach was. Sei keine Memme. Außerdem sind wir zu zweit.« Hubert verstaute die Kamera wieder in der Tasche. »Ich geh jetzt rüber und schau mir den Schuppen an. Scheiß auf die Spuren. In einer halben Stunde sind sie eh nicht mehr zu sehen. Du kannst mitkommen oder hier warten, wie du willst.«

»Ich bleibe hier.« Patrick schob die Hände tiefer in die Taschen. Um nichts in der Welt würde er den Schuppen erneut betreten. Was, wenn der Verrückte da drin auf sie lauerte? Er sah zu, wie Hubert hinübertrampelte, und hatte Mühe, das Zittern seiner Lippen zu unterdrücken.

»Es ist nur davorgestellt!« Hubert hob die Bretterkonstruktion hoch und lehnte sie neben den Eingang. Dann verschwand er im Dunkel. Der Wind hatte aufgefrischt. Die nackten Äste in den Spitzen der Bäume bewegten sich wie mahnende Finger hin und her. Patrick drehte sich langsam einmal um die eigene Achse und spähte in Richtung des Wäldchens, hinter dem sich der Zaun befand. Eine Bewegung zwischen den Sträuchern ließ ihn zusammenzucken, doch es war nur eine vorwitzige Krähe, die zaghaft näher hüpfte, ihre glänzenden Knopfaugen auf den Eindringling gerichtet.

Wo blieb eigentlich Hubert? Er hielt die Luft an und lauschte, hörte jedoch nichts außer dem Rauschen des Blutes in seinen Ohren und überlegte, ob er den Kollegen rufen sollte, entschied sich dann aber dagegen. Hubert hielt ihn wahrscheinlich eh schon für ein Weichei. Plötzlich rumpelte es im Schuppen, dann hörte Patrick ein unterdrücktes Fluchen, gleich darauf erschien die Gestalt des Kollegen in der Tür, und er kam herüber.

»Verfluchter Mist! Hab mir den Kopf angestoßen.« Hubert rieb sich die Stirn. »Elende Finsternis da drin.«

»Hast du noch was entdeckt?«

»Nichts. Jedenfalls nichts, von dem ich jetzt schon wüsste, dass es von Belang ist. Ich hab alles auf Film hier.« Hubert klopfte auf die rechte Jackentasche. Im gleichen Moment klingelte sein Handy. Er nestelte es hervor, las den Namen des Anrufers und hielt es so, dass Patrick mithören konnte.

»Herr Belli? Wo sind Sie gerade?« Die Stimme des Redaktionsleiters klang gehetzt. Und er sprach lauter als sonst. Tom Fränkel wartete nicht auf Antwort, sondern fuhr, ohne Luft zu holen, fort. »Ich brauche Sie hier! Kommen Sie bitte sofort in die Redaktion.«

»Ja, Chef. Sofort. Verstanden.« Hubert konnte seine Antworten im Telegrammstil nicht zu Ende bringen, denn Tom hatte schon aufgelegt.

»Scheiße. Tom muss ja nicht fragen, wo wir sind, weil er das *weiß*. Außerdem hat er mich gesiezt.« Hubert stopfte das

Mobiltelefon zurück in die Tasche und sah sich um. »Das bedeutet, er konnte eben nicht offen reden. Ging wahrscheinlich nicht mit der verabredeten SMS.« Er sprach weiter, während er auf das Gestrüpp hinter ihnen zumarschierte. »Wahrscheinlich sind die Bullen in der Redaktion. Wahrscheinlich sind die Bullen gleich *hier*. Feg mit ein paar Zweigen da drüber, los!« Hubert deutete auf seine Fußabdrücke.

»Was, wenn wir Spuren verwischen?« Patrick riss mit beiden Händen braune Halme ab.

»Das wollen wir doch gerade, Mann! *Unsere* Spuren. Andere Abdrücke waren hier nicht, hast du doch selbst gesehen. Los, los!« Auch Hubert hatte ein paar Zweige gegriffen und schwenkte sie, rückwärtsgehend, hektisch über den Boden, wobei er unentwegt Schimpfwörter vor sich hin murmelte. Patrick tat es ihm gleich und dachte dabei über den Anruf des Redaktionsleiters nach.

Was bedeutete die plötzliche Aufregung in der Redaktion? Was bedeutete es, dass Tom Fränkel nervös anrief und sie zurückbeorderte?

In das Schaben der Äste hinein flüsterte Patrick seine Schlussfolgerung. Beim Inhalt der drei Thermobehälter handelte es sich nicht um Herzen von Schweinen, Kühen oder Schafen. Die Kripo befasste sich nicht mit Schlachtabfällen von Tieren. Die Herzen waren menschlich.

*

»Na, Süße? Wie geht's dir?« Er flüsterte, obwohl niemand in der Nähe war. Die kleine Nutte rührte sich nicht. Mit weit aufgerissenen Augen starrte sie an die Decke. Von oben betrachtet sah sie ein bisschen wie Jesus am Kreuz aus – die Arme weit ausgebreitet, die Beine leicht gespreizt. Dass ihre Gliedmaßen mit Kabelbindern an den Metallbeinen der Pritsche befestigt waren, fiel jetzt deutlicher auf als vorher, weil sich die Plastikfesseln bei ihrem wilden Herumzappeln tief in Hand- und Fußgelenke eingegraben hatten. Nun quoll rotblau geschwollene Haut an den Fesselstellen über die Schnüre.

Lebte sie noch? Er beugte sich dicht vor ihren Mund und lauschte, konnte aber nichts hören. Auch ihr Brustkorb zeigte keine Bewegung. Vielleicht hatte der Tablettencocktail sie umgebracht. Oder es war, weil er sie vorhin ein kleines bisschen gewürgt hatte. Nur ein wenig, weil sie unter den Fesseln so gezappelt hatte, aber womöglich hatte das ausgereicht. Ihm fehlte die Erfahrung mit Würgen.

Noch war der schmächtige Körper jedenfalls warm und weich. Er wusste nicht, wie lange es dauerte, bis sie begann zu erstarren, denn bei den anderen hatte er sofort angefangen, die Körper zu öffnen, aber diese hier gefiel ihm, und er wollte ein bisschen Spaß, bevor er sie aufschnitt. Genüsslich ließ er das Skalpell über ihren Slip gleiten und beobachtete, wie es mühelos den schwarzen Satin durchtrennte. An der linken Hüfte hatte er ein wenig zu fest aufgedrückt, und in der bleichen Haut erschien ein dünner roter Strich, der sich schnell zu einem dünnen Spalt vergrößerte, aus dem ein feines Blutrinnsal sickerte. Also lebte sie noch, denn Tote bluteten seines Wissens nicht. Seine Zunge leckte über die Oberlippe, während er den Reißverschluss seiner Jeans öffnete und die Hose mitsamt den Boxershorts herunterstreifte.

Er wollte nicht, dass sie tot war. Er wollte das pochende Herz in ihrer Brust sehen, es sanft mit dem Zeigefinger berühren und beobachten, wie es sich dabei zusammenzog. Gleich.

Zuerst aber wollte sein Körper ein anderes Vergnügen genießen. Heftig atmend ließ er sich auf die Pritsche sinken und stellte sich vor, dass die kleine Nutte sich unter ihm wand und um mehr bettelte, während er keuchend in sie eindrang.

Als er fertig war, blieb er noch einen Augenblick lang auf ihr liegen. Der Körper unter ihm fühlte sich noch immer warm an. Ob es ihr auch Spaß gemacht hatte? Wahrscheinlich wollte sie es bloß nicht zugeben und stellte sich deshalb schlafend. Er versetzte ihr einen kleinen Stüber ins Gesicht. Der Kopf rollte zur Seite.

In seinem Kopf hörte er die Stimme. Sie mahnte. Die Spenderin sei nicht zu seinem Vergnügen hier. Hastig nestelte er Unterhose und Hose wieder nach oben und sah sich dabei um. Was irrational war, denn es war niemand hier. Aber er wurde das Gefühl nicht los, dass die Stimme ihm bei allem folgte, was er tat.

Jetzt kam der körperlich schwere Teil. Nachdem die Arbeit getan war, musste er alle Überreste zerkleinern und entsorgen. Sollte man ihn finden, durften keine allzu offensichtlichen Beweise darauf hindeuten, dass er die Taten begangen hatte.

Janina hieß sie. Es passte zu ihr. Auf dem Ausweis in ihrer Umhängetasche sah sie jünger aus. Unschuldig. Niemand hätte von dem Passfoto auf ihre Beschäftigung schließen können.

Er stellte den mit Eis gefüllten Behälter auf das Tischchen neben der Pritsche und legte die Geräte bereit. Danach ging er neben der kleinen Hure in die Knie, beugte den Oberkörper vor und presste das Ohr auf ihren Brustkorb, um zu hören, ob ihr Herz noch klopfte. Das leise Hämmern ließ ihn aufatmen. Es war alles bestens. Gleich würde er das wunderbarste Organ des menschlichen Körpers in seinen Händen halten.

Es lag noch viel Arbeit vor ihm. Zuerst das Heraustrennen des roten Karfunkels, danach musste er es schnell zu seinem Aufbewahrungsort bringen und die leblose Hülle so entsorgen, dass sie keiner fand.

8

»Ich dachte im ersten Moment, bei der ›Entweichung‹ handele es sich um Magnus Geroldsen.« Mark rührte zwei Löffel Zucker in seinen Tee und sah Agnes French lächeln. Entweichung war Behördendeutsch für »unerlaubte Patientenausflüge«, also nichts anderes als die Flucht eines Insassen aus dem Maßregelvollzug. Nachdem Frieder Solomon – oder besser Dr. Dr. Solomon, denn auf die Nennung des zweifachen Doktortitels legte der ärztliche Leiter großen Wert – Leon Malz mitgenommen hatte, war Mark auf dem Weg in die Backsteinvilla Agnes in die Arme gelaufen. Sie hatte ihn überredet, noch einen Tee mit ihr zu trinken. Schließlich hätte er ja jetzt noch Zeit, hatte sie gesagt und dass sie vor Solomon für ihn bürge. Dabei hatte sie ihn angelächelt. Fast ein wenig kokett, sodass er sich gefragt hatte, ob die hübsche Agnes French ein wenig mit ihm flirtete. Dabei kannte er sie schon aus Studienzeiten, und bis jetzt war ihm noch nie aufgefallen, dass Agnes mehr als eine Kollegin für ihn sein wollte. Aber sie hatten sich nach dem Studium auch für etliche Jahre aus den Augen verloren und waren sich erst wieder begegnet, als sie in Obersprung angefangen hatte. War Agnes eigentlich verheiratet oder liiert? Mark wusste es nicht und mochte auch nicht danach fragen. Es ging ihn nichts an. Wenn, dann hatte sie jedenfalls ihren Nachnamen behalten.

»Geroldsen kann es nicht sein. Für ihn gelten erhöhte Sicherheitsvorkehrungen. Es ist jemand aus Block drei, ein Sexualstraftäter. Ich kenne ihn nur vom Sehen.« Die Ärztin hob die Tasse und betrachtete nachdenklich den zartgrünen Tee darin. »Wie kommst du denn gerade auf Magnus Geroldsen?«

»Ich bilde mir ein, ihn vorhin bei meiner Ankunft oben am Fenster gesehen zu haben. Und wie das dann so ist …«, Mark zuckte entschuldigend mit den Schultern, »geht einem das nicht mehr aus dem Kopf.«

»Du warst damals am Tatort, nicht?« Agnes' blaue Augen leuchteten.

»Zehn Jahre ist das jetzt schon her, aber es ist mir noch gegenwärtig, als wäre es gestern passiert. Ich hatte erst ein paar Monate vorher die polizeiinterne Ausbildung für die operative Fallanalyse abgeschlossen, und das war der erste große Fall für mich und das Team.« Mark dachte kurz darüber nach, wie viel er preisgeben durfte, ohne die ärztliche Schweigepflicht zu verletzen. Manchmal sprachen sie natürlich über ihre Patienten, aber dann immer ohne Nennung der Namen. Da Agnes aber anscheinend über die damaligen Ereignisse Bescheid wusste, konnte er etwas offener reden. Von Kollege zu Kollege wurden manchmal die Regeln nicht ganz so streng eingehalten wie nach außen hin. Das schien auch Agnes so zu sehen, denn sie wollte offenbar mit ihm über den Fall reden.

»Dienstlich habe ich ja nichts mit Geroldsen zu tun, aber der Mann interessiert mich als Fallbeispiel natürlich trotzdem. Ich habe gehört, dass er sich seit seiner Einlieferung jeglichem Gespräch verweigert; geschweige denn einer Therapie zustimmt. Frieder bemüht sich wohl sehr, aber es ist zwecklos. Ich käme zwar an die Akte von Geroldsen heran, aber mich würde viel mehr interessieren, wie du das damals erlebt hast. So ein spektakulärer Fall fasziniert jeden Psychologen.« Agnes French sah auf die große Wanduhr über der Tür. »Du musst doch noch nicht los?«

»Wenn du mich vor Solomons Zorn darüber, dass ich das Gelände noch immer nicht verlassen habe, beschützt, haben wir noch eine knappe Stunde, bis meine offizielle Zeit für heute endet.«

»Super. Du wurdest also an den Tatort gerufen.«

Mark nahm einen Schluck lauwarmen Tee und nickte. Das Bild des Polizeiautos, das im grellen Sonnenschein mit kreisendem Blaulicht vor seiner Tür gestanden hatte, formierte sich in seinem Kopf, er hörte Annas leise Stimme, die den damals achtjährigen Franz beruhigte, und zugleich das melodische Summen der Türklingel. Nachdem er eingestiegen war, war der Wagen losgeprescht, und auf der Fahrt nach Lichterfelde hatte Egbert Sassmann vom Ermittlerteam Mark im Telegrammstil auf den aktuellen Stand gebracht. Doch keine noch so genauen Schilderungen hätten ihn auf die schockierenden Gegebenheiten, die sie auf dem Gelände der Villa vorfinden würden, vorbereiten können.

Mark träumte noch heute manchmal davon: wie sie in ihren weißen Schutzanzügen hinter den Kollegen von der Spurensicherung her durch den großen Park gelaufen waren, vorbei an blühenden Rhododendronbüschen, vorbei an einem verwunschenen Pavillon, hin zu dem doppelflügeligen Eingangsportal mit den steinernen Löwen zu beiden Seiten. Wie ein Kollege sie um das Haus herum in den rückwärtigen Bereich geschickt hatte. Er sah den langgestreckten Pool mit dem unnatürlich blauen Wasser darin. Er sah mehrere Beamte der Spurensicherung, zwei von ihnen im Becken, während der Rechtsmediziner am Rand darauf wartete, dass sie die drei Leichen herausfischten und zu ihm ans Ufer brachten, damit er sie auf der bereits ausgebreiteten Plastikfolie untersuchen konnte.

Mark wusste noch, wie sich sein Verstand zuerst geweigert hatte zu erkennen, dass es sich bei den Toten um Kinder handelte. Zwei Mädchen und ein Junge. Das eine Mädchen war ungefähr im gleichen Alter wie sein Sohn Franz gewesen. Allen dreien hatte man den Bauch bis hoch zum Brustbein aufgeschnitten, Darmschlingen wehten im Blau des Wassers hinter den Körpern her wie dickfaserige Algen mit einem rosa

Schweif, weit aufgerissene Augen stierten milchig in den wolkenlosen Himmel über der millionenschweren Villa. Mark hatte keine Ahnung, wie es sein konnte, dass sie alle mit dem Bauch nach oben im Wasser trieben, aber er war auch kein Rechtsmediziner, der das sicherlich erklären konnte. Die drei Kinder mussten schon längere Zeit dort im Pool schwimmen, obwohl bei der Hitze die Verwesung sehr schnell vonstattenging. Ihre Körper waren gebläht, die aufgedunsene Haut schlug Falten.

Während die Beamten das erste Mädchen – Mark hatte sie auf etwa dreizehn geschätzt – auf die Folie betteten, hatte er sich gefragt, wieso das Wasser nicht rot gefärbt war, bis ihm einfiel, was das bedeutete. Die Täter mussten die Kinder an einer anderen Stelle getötet und aufgeschlitzt haben.

Nachdem sie sich ein Bild von Pool und Kinderleichen gemacht und alles dokumentiert hatten, begaben sich Mark und seine Kollegen in die Villa. Und dort hatten sie auch das Blut gefunden. Unmengen von Blut. Eingetrocknete Lachen auf den Holzdielen, breite rotbraune Schleifspuren von der Küche in das Badezimmer im Erdgeschoss, blutdurchtränkte Kissen vor dem Sofa im Wohnzimmer. Dazu unzählige winzige Blutspritzer an den Wänden. Im Bad sah es aus, als hätte jemand die weißen Fliesen rund um die große Eckwanne mit einer Spritzmaschine rot besprenkelt. Die Blutspurexperten nannten so etwas »Beschleunigungsspuren«. Sie entstanden, wenn jemand mit hoher Geschwindigkeit auf eine Wunde einwirkte. Später hatten sie herausgefunden, dass diese Muster durch das Aufsägen der Rippen mit einer Handkreissäge entstanden waren. Gestorben waren die drei Kinder durch saubere, glatte Halsschnitte. Einmal quer von Ohr zu Ohr. Danach hatten die Täter sie ins Badezimmer geschleift und in die Wanne geworfen, um die Körper anschließend aufzuschneiden. Warum sie das getan hatten, begriff Mark erst, als ein Kollege sie in den Keller gerufen hatte.

Zu den beiden mächtigen Kühltruhen, deren eine bis zum oberen Rand mit Eis, Pizza und anderen Fertiggerichten gefüllt gewesen war. In der anderen hatten sie das gefunden, was der oder die Mörder den Kindern herausgeschnitten hatten. Drei kleine Herzen. Tiefgefroren bei minus fünfundzwanzig Grad, fein säuberlich nebeneinander in durchsichtigen Plastikbeuteln verpackt.

Mark holte tief Luft und starrte auf den eingetrockneten grünen Rand in seiner Tasse.

»Wusstet ihr zu dem Zeitpunkt schon, dass da noch ein weiteres Kind war? Ein Jugendlicher, besser gesagt?« Agnes goss, ohne zu fragen, Tee nach, und Mark erwachte aus seiner Erstarrung. Mehrere Minuten waren vergangen, in denen er wieder am Tatort gewesen war und das schreckliche Geschehen erneut durchlebt hatte.

»Zuerst nicht. Aber anhand der Bilder, die überall herumstanden, konnten wir recht schnell feststellen, dass es vier Geschwister waren: Sarah, Lea, Felix und natürlich Magnus, der Älteste.«

»Und Magnus war verschwunden?«

»Zuerst dachten wir, die Täter hätten ihn mitgenommen. Keiner von uns konnte sich in dem Augenblick vorstellen, dass es sich nur um *einen* Täter gehandelt hatte und schon gar nicht, wer das gewesen war.«

»Wo waren denn die Eltern zu der Zeit?«

»Übers Wochenende verreist. Ihre Handys hatten sie zu dem Zeitpunkt, als die Beamten anriefen, ausgeschaltet.«

»Und sie haben die Kinder unter Aufsicht ihres siebzehnjährigen Bruders daheim allein gelassen? Ziemlich unverantwortlich.«

»Nicht doch. Das Kindermädchen, das auch sonst ab und zu aushalf, wenn die Eltern unterwegs waren, sollte das Wochenende über dortbleiben. Magnus hat es angerufen, sich als sein Vater ausgegeben und die junge Frau mit der Begründung, sie hätten es sich anders überlegt und würden doch nicht nach Paris fliegen, abbestellt.«

»Er hat alles geplant.« Agnes French sprach leise.

»Lange vorher.« Mark lauschte nach draußen. Hinter den dicken Mauern der Backsteinvilla war nichts davon zu hören, dass draußen nach einem »Entwichenen« gesucht wurde.

»Aber warum um Himmels willen hat er sie umgebracht? Und warum hat er ihnen die Herzen herausgeschnitten?«

»Wenn wir das wüssten … Während des Prozesses hat er sich nie zu der Tat geäußert. Der Gutachter der Verteidigung hielt es für eine Tat im Drogenrausch. Magnus hat ab und an Haschisch geraucht, das konnte man nachweisen, aber für andere Suchtmittel gab es keine Anhaltspunkte. Ich denke jedoch, dass ein bisschen Haschisch nicht dazu führt, dass jemand seine drei Geschwister umbringt und ihnen die Bäuche aufschlitzt. Es muss andere Ursachen gegeben haben.«

»Hatte er Helfer?«

»Soweit wir wissen, nicht.«

»Er hat das alles ganz allein gemacht?« Agnes drehte den Kopf zur Seite, als im Nachbarzimmer das Telefon klingelte, stand aber nicht auf.

»Zeit genug dazu hatte er. Wir haben die Tat Schritt für Schritt rekonstruiert. Aufgrund der Blutspuren war das nicht so schwierig. Nachdem die Rechtsmediziner die Todeszeit eingegrenzt hatten, war klar, dass er sich seine Geschwister noch am frühen Freitagabend vorgenommen haben musste. Die Eltern hatten am Nachmittag das Haus verlassen. Wahrscheinlich saßen die Kleinen vor dem Fernseher, als er ihnen die Kehle aufgeschlitzt hat.«

»Haben sie sich gar nicht gewehrt?«

»Er hatte ihnen Schlafmittel eingeflößt, wahrscheinlich in

den Getränken. Bei der Obduktion wurden Spuren von *Flurazepam* gefunden.«

»Ich verstehe das Ganze trotzdem nicht. Warum nur hat Geroldsen das getan?«

»Wie du schon sagtest, er schweigt beharrlich. Ich nehme aber an, dass ein Grund war, dass ihm seine Geschwister auf die Nerven gegangen sind. Sie beanspruchten die gesamte Aufmerksamkeit der Eltern, sodass für ihn nicht mehr viel übrig blieb. Auch haben ihn die Eltern finanziell recht kurz gehalten. Er muss sich vorgestellt haben, dass alle Fürsorge nur noch ihm gilt, wenn die lästigen Mitkonkurrenten weg sind.«

»Denkst du wirklich, dass das Grund genug ist, um seine Geschwister brutal umzubringen?« Agnes schüttelte den Kopf und fuhr dann nachdenklich fort. »Obwohl ich solche Fälle antisozialen Verhaltens auch schon hatte. Warum dann aber die Sache mit den Herzen? Das ist doch völlig normabweichend!«

Mark sah zur Uhr. Er hatte noch zehn Minuten. »Meiner Meinung nach hatte Geroldsen vor, die Tat jemand anderem in die Schuhe zu schieben. Einbrechern, Drogensüchtigen auf der Suche nach Stoff, wem auch immer. Und je grausiger die Tatbegehung, umso geringer die Wahrscheinlichkeit, dass man ihm – dem siebzehnjährigen Bruder – die Tat anlasten würde. Deshalb war er ja auch nicht anwesend, als wir die Leichen fanden, sondern bei einer Freundin, mit der er das Wochenende verbracht hatte. Als wir ihn aufgespürt hatten, hat er einen filmreifen Zusammenbruch inszeniert. Seine Schauspielkünste sind enorm.«

»Wie seid ihr ihm auf die Schliche gekommen? Gab es DNA-Spuren?«

»Das war schwierig. Schließlich wohnte Magnus dort, und deshalb wimmelte es im ganzen Haus von seiner DNA. Aber ganz so perfekt, wie er glaubte, war sein Plan trotzdem nicht. Das Lügengespinst wurde recht schnell durchsichtig. Der Vater hatte das Kindermädchen nachweislich nicht angerufen. Sie jedoch behauptete steif und fest, Wulf Geroldsens Stimme erkannt zu haben. Kinder haben oft ähnliche Stimmen wie ihre Eltern. Und es musste jemand gewesen sein, der von dem Kindermädchen wusste. So viele Verdächtige kamen also für den Anruf nicht infrage.«

»Etwas dünn als Hauptbeweis für eine Verurteilung.« Agnes war aufgestanden und begann, das Geschirr abzuräumen.

»Du hast natürlich recht. Dummerweise hat Magnus zwar all seine Sachen, die er bei der Tat anhatte, entsorgt, nicht jedoch seine Armbanduhr. Wahrscheinlich, weil sie sehr wertvoll war und er sich nicht vorstellen konnte, dass an dem Armband winzige Blutspuren seiner Geschwister haften könnten. Das hat ihn letztendlich überführt.«

»Du hast Geroldsen auch für den Prozess begutachtet, nicht?«

»Sein Verteidiger hatte auf Schuldunfähigkeit plädiert. Hinzu kam, dass Magnus bei der Tat noch minderjährig war. Das Gericht hat mich daraufhin als Gutachter beauftragt. Leider hat Geroldsen bei der Begutachtung nicht mitgewirkt, und so war ich auf Zeugenaussagen und sein Verhalten vor Gericht angewiesen. Ich habe es mir wirklich nicht leicht gemacht, bin aber letztlich zu dem Ergebnis gekommen, dass Geroldsen schuldfähig war.« Mark biss sich kurz auf die Unterlippe. Das schlechte Gewissen nagte manchmal noch immer an ihm. Letztendlich konnten sie in keinen Kopf hineinschauen, und wenn ein Angeklagter nicht zur Zusammenarbeit bereit war, wurde es schwierig, eine exakte Diagnose zu stellen.

»Es ist doch eindeutig, dass hier eine SASA vorliegt. Das wird dir jeder Kollege bestätigen.«

»Davon ist auszugehen.« Mark beobachtete, wie Agnes ein Blatt Küchenkrepp abriss und die Teeblätter aus der Kanne daraufschüttete. »SASA« war die Abkürzung für »Schwere andere seelische Abartigkeit«. Darunter fielen verschiedene Persönlichkeitsstörungen, Paraphilien wie multiple Störungen der Sexualpräferenz und Störungen der Impulskontrolle.

Magnus Geroldsen hatte eine schwere antisoziale Persönlichkeitsstörung mit instrumentell-dissozialem Verhalten. Das hieß, er war auf materielle Werte und Macht ausgerichtet und zeigte übersteigertes Selbstvertrauen, aber eine geringe Frustrationstoleranz. Einfühlungsvermögen, Schuldgefühle oder Angst fehlten solchen Patienten.

»Umgangssprachlich würde man ihn als klassischen Psychopathen mit hohem IQ bezeichnen, auch wenn diese Klassifizierung veraltet ist. Und obwohl mit dieser krankhaften seelischen Störung ein möglicher Grund für eine Schuldunfähigkeit vorlag, fehlte doch bei Magnus die zweite Voraussetzung dafür, nämlich dass er durch die SASA unfähig war, das Unrecht seiner Tat einzusehen oder nach dieser Einsicht zu handeln. Er wusste sehr wohl, was er da tat und dass dies ein schweres Verbrechen war. Und deshalb habe ich in meinem Gutachten auf Schuldfähigkeit erkannt.«

»Sehe ich auch so.« Agnes hatte wieder Platz genommen.

»Das alles ist im Prozess hin und her gewälzt worden. Der Gutachter der Verteidigung hat tatsächlich im Gegensatz zu mir Schuldunfähigkeit diagnostiziert. Ich glaube, die Staatsanwaltschaft hat sich auch deswegen davon überzeugen lassen, weil ein rational und eiskalt planender Täter von siebzehn Jahren einfach zu abwegig erscheint. Und so gab das Gutachten der Verteidigung schließlich den Ausschlag, dass Magnus nicht in den Jugendstrafvollzug sondern nach Obersprung gekommen ist. Womit beschäftigt er sich eigentlich, seit er hier ist?« Manchmal verfolgte Mark, wie sich die von ihm Begutachteten nach dem Prozess entwickelten, in manchen Fällen therapierte er sie sogar. Im Fall Magnus Geroldsen war all dies nicht geschehen.

»Er studiert fleißig Jura. Zuerst hat er sein Abitur nachgeholt und dann mit dem Studium begonnen.«

»Lass mich raten – sein gewähltes Rechtsgebiet ist Strafrecht.«

»So ist es. Seit drei Monaten befindet er sich in der Examensvorbereitung.«

»Er nutzt seine Möglichkeiten.« Mark machte Anstalten, sich zu erheben.

»Wenn er aber deiner Meinung nach so intelligent ist, warum lässt er sich dann nicht zum Schein auf eine Therapie ein? Das könnte ihm doch Vorteile verschaffen, bei guten Behandlungserfolgen auch Lockerungen des Vollzugs, eventuell sogar begleiteten Freigang oder Urlaub.«

»Vergiss nicht, er ist erst siebenundzwanzig. Diese Erkenntnis kommt ihm vielleicht noch. Möglicherweise hat er auch Angst, dass man seine Störung als unheilbar diagnostiziert. Dann käme er gar nicht wieder raus. Oder er will einfach nicht. Vielleicht kommt er auch mit Doktor Solomon nicht zurecht. Hast *du* dich mal mit Geroldsen befasst, seit er hier ist?«

»Nein. Ich sollte das nicht sagen, aber ich fühle mich in seiner Gegenwart unwohl.« Agnes tat es Mark nach und erhob sich. Die plötzlich aufplatzende Zimmertür ließ sie beide zusammenzucken.

»Was machen *Sie* denn noch hier?« Frieder Solomon stand im Türrahmen und hatte einen grimmigen Gesichtsausdruck aufgesetzt. »Sollten Sie nicht längst weg sein?« Mit gerunzelter Stirn schaute er auf seine Armbanduhr und machte dann eine wischende Handbewegung. »Agnes, hast du nicht noch zwei Vorgänge zu dokumentieren? Ich hatte darum gebeten, dass sie um vierzehn Uhr auf meinem Tisch liegen.«

»Das tun sie längst. Sonst säße ich nicht hier.«

Für den Bruchteil einer Sekunde bekam Solomons Gesicht einen einfältigen Ausdruck, und Mark verkniff sich ein Grinsen. »Ich wollte gerade gehen.« Solomon war ein Despot, aber Agnes schien ihn gut im Griff zu haben.

»Dann ist es ja gut.« Der Klinikleiter machte auf dem Absatz kehrt und rauschte hinaus.

Agnes kniff ein Auge zu. »Er ist wütend wegen der Entweichung. Fürchtet wahrscheinlich, dass man ihm das anlastet. Schön, dass du mal etwas mehr Zeit hattest. Wir sollten das wiederholen. Auf geht's.« Sie reichte Mark seinen Mantel und hielt ihm die Tür auf.

9

»*La Petite France.* Das kleine Frankreich.« Lara zog ihre Hand unter Jos angewinkeltem Arm hervor und lächelte. »Warst du hier schon mal?«

»Einmal, letzte Woche. Es wird dir gefallen.« Jo drückte die Tür auf und ging voran. Warme Luft umfächelte ihre Gesichter, und das allgegenwärtige Raunen leiser Gespräche durchwebte den Raum. »Ich habe uns einen Tisch reserviert.« Er wartete, bis Lara sich aus ihrem Mantel geschält hatte, und brachte die Sachen zum Kleiderständer.

Das Lokal war voll. Aber so war es oft, wenn neue Restaurants in Leipzig öffneten. Jeder wollte sie testen. Waren sie gut, kam man wieder, wenn nicht, verschwanden sie so schnell von der Bildfläche, wie sie gekommen waren. Nachdem sie die Karte studiert und ihre Bestellung aufgegeben hatten, hielt Lara es nicht länger aus.

»Wie läuft es denn in der Redaktion?«

»Eigentlich alles wie immer.« Jo grinste breit, kostete den Wein und nickte dem Kellner zu einzuschenken.

Er wollte sie auf die Folter spannen. Lara nahm auch einen Schluck und las das Etikett. *Auther Auxerrois, 2005.* Er schmeckte spritzig und hatte eine angenehme Säure. »Jetzt tu doch nicht so! Hattest du nicht vorgestern am Telefon gesagt, es gäbe allerhand zu berichten? Raus damit, los!« Sie versetzte Jo einen spielerischen Stoß gegen den Oberarm, und er grinste breiter. Dann beugte er sich nach vorn, und sein Gesicht wurde ernst.

»Wir haben einen ziemlich krassen Fall.« Auch Lara beugte

sich jetzt nach vorn. Jo hatte seine Lautstärke gedämpft, damit niemand an den umliegenden Tischen mithören konnte, was er zu erzählen hatte.

»Am Montag kam ein Brief bei uns an. Er enthielt ein Schreiben und einen Lageplan, auf dem drei Kreuze eingezeichnet waren. Darin stand sinngemäß, dass an den gekennzeichneten Stellen interessante Informationen zu finden seien. In der Redaktionskonferenz hat Tom entschieden, den neuen Praktikanten am Dienstagvormittag hinzuschicken.«

»Das klingt wie aus einem Agentenfilm.«

»Zuerst waren wir uns auch nicht sicher, ob wir das überhaupt ernst nehmen sollen. Wäre ja nicht der erste Scherz, den sich jemand mit der *Tagespresse* erlaubt. Aber du kennst ja Tom. Er hat Angst, es könnte ihm etwas durch die Lappen gehen.«

»Leider zu gut.« Lara dachte an ihre Zeit in der Redaktion zurück. Im Nachhinein verklärte sich manches, weil man Dinge einfach vergaß, die einen geärgert hatten.

»Leider stellte sich heraus, dass es kein Gag war. Patrick – so heißt der Praktikant – ist zu dem Grundstück gefahren, ein stillgelegtes Fabrikgelände der *VEB Metallwaren Leipzig.*«

»Das kenne ich. Es wurde von den Einheimischen früher ›Eisenkönig‹ genannt. Was hat er dort gefunden?« Wenn Jo so geheimnisvoll tat, musste es etwas Bedeutsames gewesen sein. Lara nippte an ihrem Wein und vermisste für einen Augenblick ihre »Halluzinationen«. Seit Monaten hatte sie keine einzige Imagination mehr gehabt.

»Drei altmodische Thermobehälter, ziemlich groß.« Jo sah sich im Restaurant um und sprach noch leiser. »In jedem befand sich ein menschliches Herz.«

»Ein was?« Lara hatte ganz genau verstanden, was Jo gesagt hatte, und doch weigerte sich ihr Verstand, die Botschaft zu akzeptieren.

»Sie waren tiefgefroren. Patrick hielt das Ganze für tierische Abfälle und hat die drei Behälter mit in die Redaktion gebracht. Nachdem fünf Leute, darunter auch ich …«, Jo zog kurz die Mundwinkel hoch, »ihren Senf dazu abgegeben hatten, hat Tom die Kripo angerufen. Vorher hat er aber Hubert und Patrick noch einmal auf das Fabrikgelände geschickt, um Fotos zu machen. Wenn die Polizei das herausfindet, gibt es tierischen Ärger.«

»Unglaublich. Das ist typisch. Irgendwann wird Tom damit auf die Nase fallen.« Die Szene in der Redaktion konnte sich Lara nur zu gut vorstellen. Sie verbot es sich, an den Inhalt der Thermobehälter zu denken, und sah doch drei bluttriefende Herzen nebeneinander auf einem Schreibtisch liegen.

»Er kann sich damit herausreden, dass er zu dem Zeitpunkt noch nicht wusste, um was es sich in den Behältern handelte.«

»Das ist fadenscheinig. Aber wahrscheinlich wird er wieder damit durchkommen. Ich verstehe nicht, warum er dieses Risiko eingeht. Er macht sich doch angreifbar. Kein seriöser Redaktionsleiter würde so handeln.«

»Ich denke, er ist einfach profilierungssüchtig. Ein karrieregeiles Arschloch. Bis jetzt weiß ja niemand, dass Hubert und Patrick später noch einmal dort waren. Und wenn Tom Glück hat, findet die Polizei es auch nicht heraus. Wir haben jedenfalls haufenweise Fotos, die wir auswerten können.«

Der Kellner servierte. Lara schluckte und betrachtete die wie Krallen aus dem Fleisch hervorragenden Knochen. Bei der Bestellung hatte sie noch nicht geahnt, was Jo zu erzählen hatte, und sich deshalb auf das »Carré d'Agneau en croûte de moutarde et d'herbes au jus de romarin« gefreut. Jetzt widerte sie schon der Geruch des Lammcarrés an. Widerwillig piekte sie in das Fleisch und ließ die Gabel sinken. »Tut mir leid, aber ich kann das jetzt nicht essen. Ich bestelle mir eine Nachspeise. Du kannst trotzdem weitererzählen.«

»Die Spurensicherung hat jedenfalls alles mitgenommen. Nachdem ein Rechtsmediziner vorab bestätigt hat, dass es sich bei dem Inhalt um menschliche Herzen handelt, haben sie das gesamte Firmengelände abgesperrt. Seit zwei Tagen wird da jeder Stein umgedreht. Die werden Tage, wenn nicht gar Wochen brauchen, um dort alles abzusuchen.«

»Wieso habe ich davon eigentlich noch nichts in den Medien gehört? Das müsste doch längst durch alle Sender sein.«

»Kannst du dir das nicht denken? Weil uns die Kripo einen Maulkorb verpasst hat. Und dieses Mal konnte Tom sich nicht widersetzen.« Jos Appetit schien unter der Geschichte nicht gelitten zu haben. Er tupfte sich den Mund mit der Serviette ab und griff dann nach Laras Teller. »Darf ich mal kosten? Wäre schade, das zurückgehen zu lassen.«

»Lass es dir schmecken.« Lara nahm noch einen großen Schluck Wein. Der Alkohol dämpfte den Aufruhr in ihr. »Ewig werden sie das aber nicht geheim halten können.«

»Wollen sie auch nicht. Morgen soll die Bombe platzen, dann wird es eine große Pressekonferenz dazu geben.«

»Das wird einen schönen Aufruhr geben. Leipzig entwickelt sich zu einer Hochburg des Verbrechens. Letztes Jahr hatten wir die Leichenteile im Elsterflutbecken, davor diesen Sektenfall, den Serienmörder Martin Mühlmann alias Doktor Nex und jetzt das. Wann findet denn die Pressekonferenz statt?«

»Dreizehn Uhr im Polizeipräsidium. Soweit ich weiß, sind die Einladungen vorhin rausgegangen. Man hat aber lediglich von ›Leichenteilen auf einem Fabrikgelände‹ gesprochen.« Jo trank den letzten Schluck und sah sich nach dem Kellner um. »Wird jedoch nicht lange dauern, bis jemand rauskriegt, was da wirklich dahintersteckt.«

»Davon kannst du ausgehen.« Lara nahm sich vor, nachher im Internet nachzuschauen, ob schon Neuigkeiten veröffentlicht worden waren. »Wie ich dich kenne, wirst du dort sein?«

»Das lasse ich mir nicht entgehen.« Jo hob die leere Weinflasche, und Lara legte die Hand über ihr Glas. Sie musste nachher gleich Jens Hohnstein anrufen und ihn fragen, ob er ihr die Berichterstattung in dem Fall überlassen würde. Wenn sie Glück hatte, waren die anderen Kollegen morgen schon anderweitig verplant, und er ließ sie zu dieser Pressekonferenz gehen.

»Ich hätte mir auch gern mal die Fotos angesehen, die Hubert und Patrick dort gemacht haben. Denkst du, da lässt sich etwas arrangieren?« Jos Arm fühlte sich unter ihrer Handfläche warm an.

»Für dich tu ich alles.« Er lächelte schief. »Hab sie alle auf meinem Laptop. Wann willst du sie denn anschauen, heute Abend noch?«

»Lieber nicht. Ich bin ziemlich erledigt.« Das war jetzt nicht nett von ihr gewesen. Wahrscheinlich hatte sich Jo vorgestellt, dass sie nach dem Essen noch mit zu ihm kommen würde, aber Lara hatte soeben entschieden, die Nacht in ihrem eigenen Bett zu verbringen. »Ich war den ganzen Tag unterwegs, sei mir nicht böse. Ich muss ins Bett.« Jo schwieg. Und sie redete zu schnell. »Wie wäre es mit morgen Vormittag?« Dann sah sie die Bilder noch vor der Pressekonferenz und konnte eventuell Fragen daraus ableiten.

»Mal schauen.« Jo hatte sein Handy hervorgezogen und drückte ein paar Tasten. »Zehn Uhr?« Lara nickte, und er fügte hinzu: »Ich komme zu dir.«

»Das ist super. Danke.« Der Kellner kam, um abzuräumen, und Jo orderte die Rechnung.

»Drei menschliche Herzen …« Sie schüttelte den Kopf. »Was mag da dahinterstecken?« Erst jetzt, als sie die Frage ausgesprochen hatte, wurde Lara klar, was das bedeutete.

Drei Herzen. Drei Menschen. Drei Tote.

Wo waren die Opfer?

10

»…wurde der Fund am Dienstagvormittag gemacht.« Der Pressesprecher blickte ernst in die Menge. Sein Schnauzbart bewegte sich beim Sprechen auf und ab wie eine pelzige Raupe. »Die Spurensicherung ist vor Ort, und es wird noch einige Zeit dauern, bis wir Sie über Einzelheiten informieren können. Bitte sehen Sie davon ab, das Fabrikgelände aufzusuchen.« Eine Reihe vor Lara schrieb Christin Dunkel eifrig jedes Wort mit. Entweder hatte sie ihr Aufnahmegerät vergessen, oder sie besaß keins. Lara schüttelte die nostalgischen Gefühle ab. Bis vor einem Jahr war *sie* die Gerichtsreporterin der *Tagespresse* gewesen, und jetzt saß dieses Hühnchen dort und wollte ihr nacheifern. Aber sie hatte es nicht anders gewollt.

»Aus ermittlungstaktischen Gründen können wir momentan leider keine weiteren Details veröffentlichen.« Neben dem Pressesprecher nickte der Polizeipräsident gemessen und begann dann, Papiere zu ordnen. Das war alles? Lara sah, wie der große dünne Mann neben ihr in seinen Unterlagen kramte. Würden sich die Kollegen mit derart dürftigen Informationen abspeisen lassen?

Ganz vorn stand ein älterer Kollege auf. »Fritz Henkel von der *Morgenpost*. Stimmt es, dass es sich bei den Leichenteilen um menschliche Herzen handelt?«

Der Beamte, der links im Präsidium saß, verzog kurz den Mund und starrte dann über die Köpfe hinweg. Der Pressesprecher rieb sich die Nase, schaute zum Polizeipräsidenten und wartete, bis dieser unmerklich nickte, ehe er antwortete. »Das können wir bestätigen.«

Ein Raunen wanderte durch den Saal, und der Dünne neben Lara begann, geschäftig auf die Tasten seines Smartphones einzuhämmern. Eigentlich war allen hier klar, dass es weder einen Polizeieinsatz noch eine Pressekonferenz gegeben hätte, wenn es sich um tierische Herzen gehandelt hätte. Aber eine Bestätigung von offizieller Seite war natürlich für die Presse etwas anderes als ungesicherte Vermutungen.

Sie dachte kurz an die Bilder, die Jo ihr vorhin gezeigt hatte. Die Polizei hatte kein Wort davon erwähnt, dass die *Tagespresse* vorab Informationen zum Fundort der Leichenteile per Brief erhalten hatte.

»Und diese Herzen befanden sich in Thermogefäßen und waren tiefgefroren?« Fritz Henkel von der *Morgenpost* gab nicht auf. Er hatte Insiderinformationen. Vielleicht kannte er jemanden aus Laras ehemaliger Redaktion. Irgendwer musste ihm Einzelheiten verraten haben. Neben ihr erhöhte der Dünne seine Schreibfrequenz. Die beiden Reporter vom regionalen Fernsehen in der ersten Reihe bewegten die Kameras von links nach rechts, um nichts zu verpassen. Wahrscheinlich wollten sie ihre Aufnahmen gleich im Anschluss anderen Sendern anbieten.

»Dazu können wir aus ermittlungstaktischen Gründen nichts sagen.« Lara verzog den Mund. Immer die gleiche Floskel. Der Polizeipräsident machte Anstalten, sich zu erheben.

»Können Sie etwas zu den Opfern sagen? Wem hat der Täter diese Herzen herausgeschnitten?« Fritz Henkel schrie jetzt fast. Einer der Beamten in Uniform, der neben dem Präsidium an der Seite stand, setzte sich langsam in Bewegung, als erwarte er, dass der erregte Reporter sich gleich auf den Polizeipräsidenten stürzen werde.

»Die rechtsmedizinischen Untersuchungen sind noch nicht abgeschlossen. Nach weiteren Spuren wird gesucht. Wir werden Sie zu gegebener Zeit informieren.«

Noch während der Pressesprecher seine nichtssagenden Sätze geblafft hatte, waren die anderen beiden Männer im Präsidium aufgestanden und hatten sich zum Gehen gewandt. Das stete Raunen im Saal wuchs zu einem Dröhnen an. Die Pressekonferenz war beendet. Lara schaltete ihr Diktiergerät ab und sah sich um. Nichts, was sie nicht vorher schon gewusst hatte. Aber für fast alle anderen mussten die Informationen schockierend gewesen sein. Es würde nicht einmal eine Stunde dauern, bis das die Runde gemacht hatte, und dann würde es bei der nächsten Pressekonferenz von Fernsehsendern nur so wimmeln. Wahrscheinlich brachen in diesem Augenblick schon die ersten Reporter nach Leipzig auf, um vor Ort über den grausigen Fund zu berichten.

Lara schob sich hinter dem Dünnen durch die engen Stuhlreihen. Christin Dunkel hatte bis jetzt in ihrer Tasche gekramt und kam nun in Richtung Ausgang. »Ich habe dich vorhin gar nicht gesehen.« Während sie Laras Hand schüttelte, huschte ihr Blick von links nach rechts.

»Ich saß hinter dir. Gehen wir noch einen Kaffee trinken?« Die Kollegin ließ die Mundwinkel herabhängen, und Lara hoffte, dass sie noch Zeit für ein Schwätzchen hatte.

»Maximal eine Viertelstunde. Dann muss ich zurück in die Redaktion. Tom möchte, dass ich gleich Bericht erstatte, und dann muss ich den Artikel für morgen schreiben.«

»Prima.« Natürlich wollte Tom das. Einen *großen* Artikel mit vielen reißerischen Informationen, der die Auflage steigerte. Nebeneinander verließen sie den Konferenzraum. Christin winkte dem großen Dünnen zu, der vor ihnen die Stufen hinabeilte.

»Das *Cherchez* ist gleich um die Ecke.« Lara wickelte sich den Schal um den Hals. Seit heute früh schneite es, und sie trug die falschen Schuhe. Stiefel wären bei dem Wetter angebrachter gewesen.

»Wozu haben die überhaupt eine Pressekonferenz abgehalten, wenn sie nicht vorhatten, konkrete Informationen herauszurücken?« Lara rührte in ihrem Cappuccino. Sie hatte Jo versprochen, nicht zu verraten, dass sie von den Insiderinformationen wusste und die Fotos gesehen hatte.

»Ich denke, ewig hätten sie das nicht geheim halten können. Tom ist ja schon ganz heiß darauf, die Einzelheiten in der *Tagespresse* auszubreiten.«

»Ihr habt Details?«

»Na ja …« Man konnte sehen, dass die Kollegin zwischen dem Wunsch, sich bei Lara mit ihrem Wissen interessant zu machen, und nicht zu viel zu verraten, hin- und hergerissen war. Die Eitelkeit siegte, und sie erzählte von dem Brief und der Karte und wie Patrick Seiler die Behälter auf dem Gelände gefunden hatte. »Alle dachten zuerst, es seien Schlachtabfälle.« Christin Dunkel schüttelte sich.

»Und die Herzen befanden sich in Thermobehältern?«

»In so alten Dingern, wie sie früher bei der Armee verwendet worden sind. Ich möchte wissen, wo man so etwas heute noch herkriegt.«

Das war eine gute Frage. Lara nahm sich vor, das zu recherchieren. »Wisst ihr schon, ob die Herzen von Frauen oder Männern stammen?«

»Nein. Auch von den Opfern fehlt bisher jede Spur.«

»Vielleicht gibt es gar keine Opfer.«

»Wie meinst du das? Irgendwo muss der Täter die Herzen doch her haben. Menschenherzen gibt es schließlich nicht im Supermarkt.« Christin Dunkel kicherte und wühlte dabei in ihrer Handtasche nach dem Portemonnaie.

»Vielleicht sind sie von Toten.«

»Von Toten? Wenn man jemandem das Herz herausschneidet, ist er doch mit Sicherheit tot, oder?« Christin Dunkel hatte die Augenbrauen zusammengezogen. Und ihr Mund stand ein wenig offen. Sie war begriffsstutziger, als Lara gedacht hatte.

»Er könnte sie sich vom Friedhof geholt haben. Von frisch Begrabenen zum Beispiel. Wir haben Frost, da verwesen die nicht so schnell.«

»Das ist ja noch abscheulicher, als ich dachte.«

»Nicht so schlimm wie drei Ermordete.«

»Da hast du auch wieder recht. Interessanter Gedanke jedenfalls.« Sie legte fünf Euro auf den Tisch und erhob sich. »Ich muss los. Wir sehen uns. Spätestens bei der nächsten Pressekonferenz.« Noch ein nervöses Kichern, dann marschierte sie hinaus.

Lara sah ihr nach und nahm das Notizbuch heraus, um die ungeklärten Dinge aufzuschreiben, denen sie nachgehen wollte. Wen würde sie danach fragen können? Vielleicht konnte Mark ihr weiterhelfen. Er hatte schließlich einige Jahre als Fallanalytiker für die Kriminalpolizei gearbeitet und kannte so ziemlich jeden, der sich in irgendeiner Form mit Verbrechen befasste. Und dann musste sie wegen der Sache mit Jens Hohnstein telefonieren und ihren Artikel vorbereiten.

Konnte man überhaupt nachweisen, ob Fleisch eingefroren worden war und wie lange? Welche Anzeichen gab es, ob das Gewebe von einem Toten stammte?

11

»Hast du's im Kopf empfunden, als dich letzthin einer einen Betrüger und schlechten Kerl nannte? Hat es dir im Magen wehe getan, als der Amtmann kam, dich aus dem Haus zu werfen? Was, sag an, was hat dir wehe getan?«

»Mein Herz«, sprach Peter, indem er die Hand auf die pochende Brust preßte, denn es war ihm, als ob sein Herz sich ängstlich hin und her wendete. »Aber wie kann man sich denn angewöhnen, daß es nicht mehr so ist? Ich gebe mir jetzt alle Mühe, es zu unterdrücken, und dennoch pocht mein Herz und tut mir wehe.«

»Du freilich«, rief jener mit Lachen, »du armer Schelm kannst nichts dagegen tun; aber gib mir das kaum pochende Ding, und du wirst sehen, wie gut du es dann hast.«

»Euch, mein Herz?« schrie Peter mit Entsetzen. »Da müßte ich ja sterben auf der Stelle! Nimmermehr!«

Und so war es. Die alten Märchen hatten recht. Auf dem Bild zeigte der Holländer-Michel, der etwa doppelt so groß war wie Peter, diesem ein steinernes Herz. Auf dem mannshohen Regal hinter ihm waren zahlreiche Einweckgläser mit Namensschildern aufgereiht, in denen Herzen in einer Flüssigkeit schwammen.

Er zog den rechten Mundwinkel hoch und strich zärtlich mit dem Zeigefinger über die Illustration. Leider war seine Aufgabe nicht so leicht wie die des Holländer-Michels. Es reichte nicht, die kostbaren Gebilde in Gläsern zu verstauen und sie auf einem Wandbord aufzubewahren. Er musste sie, sorgfältig in Folie verpackt, für den späteren Gebrauch tiefgefrieren. Erst, wenn die Stimme es ihm sagte, durfte er sie entnehmen und in Thermobehältern an die vorgegebenen Stellen bringen.

Erst gestern – fast drei Tage später – war der Fund der ersten drei Herzen gemeldet worden. Er hatte keine Ahnung, warum das so lange gedauert hatte, aber nachdem die Katze einmal aus dem Sack gewesen war, hatten sich alle auf das Thema gestürzt und jedes noch so kleine Detail ausgeschlachtet. Mehrere Reporter hatten sogar unabhängig voneinander versucht, auf das Gelände der Eisenwarenfabrik zu gelangen, um dort Nachforschungen anzustellen, waren aber geschnappt worden.

Sanft klappte er das Buch zu, brachte es zurück ins Regal und machte sich auf den Weg in die Küche.

Noch immer berichteten Boulevardmagazine und Nachrichtensender von den »grausigen Details«, wie sie es nannten. Der junge Mann von der Tageszeitung, der die Behälter gefunden und mitgenommen hatte, wurde auf Schritt und Tritt beobachtet. Interviews schien er keine geben zu dürfen. Jedenfalls sah man ihn immer nur durchs Bild huschen, die Mütze tief über die Augen gezogen, wie er gerade im Eingang zum Redaktionsgebäude verschwand oder mit dem Rad davonfuhr.

Dass er später noch einmal mit einem älteren Kollegen dort gewesen war, schien der Typ verschwiegen zu haben. Jedenfalls berichtete niemand davon. Es war immer nur die Rede von Patrick S., Praktikant bei der *Tagespresse*, der einem anonymen Schreiben nachgegangen war und an den angegebenen Stellen die drei menschlichen Herzen gefunden hatte.

Mit einem Schmatzen öffnete sich der Deckel der Kühltruhe. Er hatte das Gefühl, dass Janinas eisige Kristallaugen ihn unter der Folie hindurch anblickten, während er sie mit einem »Na, wie geht's uns denn heute?« begrüßte.

Was würde eigentlich passieren, wenn die Videos mit den

beiden Pressefuzzis in der Öffentlichkeit auftauchten? Wenn alle Welt sehen konnte, wie dieser Patrick S. und sein Kollege auf dem Fabrikgelände herumtrampelten und Fotos schossen? Er schüttelte den Kopf. Die beiden Dummköpfe hatten keine Ahnung davon, dass sie die ganze Zeit bei ihrem Tun beobachtet worden waren. Dass sie in ihrem Übereifer zudem Spuren zerstörten, schien ihnen egal gewesen zu sein. Nicht dass ihn das gestört hatte, im Gegenteil. Es war sogar ganz nett von ihnen, dass sie ihm unbewusst beistanden. Das Problem bei der Angelegenheit war, dass es nicht so stattfand wie geplant. Die Stimme hatte genaue Vorstellungen gehabt, wie der spektakuläre Fund ablaufen sollte und wie sich die Medien noch am gleichen Tag auf die Sache stürzen würden. Stattdessen waren diese beiden Trampel gekommen und hatten das Fabrikgelände abgesucht, um beim Eintreffen der Spurensicherung wie der Blitz über den rückwärtigen Bereich zu verschwinden. Dafür gehörten sie eigentlich bestraft, indem man die Öffentlichkeit informierte. Aber das zu tun, war nicht seine Aufgabe.

Mit einem Ächzen hob er die kleine Puppe aus ihrem eisigen Bett und trug sie ins Bad. Tot waren sie immer schwerer. Und der Gefrierprozess schien ihren Körpern zusätzliches Gewicht zu verleihen.

Es war wichtig, dass man die Überreste nicht fand, hatte die Stimme gesagt, nicht in den nächsten Wochen und Monaten jedenfalls, damit sie nicht vorzeitig aufflogen. Genau wie die Überreste der ersten drei. Alles musste bis aufs Kleinste beseitigt werden.

Pfeifend griff er nach der Motorsäge. In Gewässern tauchten sie unweigerlich irgendwann wieder auf. Spätestens im Frühjahr. Außerdem waren Seen und Teiche seit zwei Wochen zugefroren. Vergrub man die Einzelteile, wurden sie von hungrigen Tieren wieder ausgebuddelt. Im Ofen verbrennen konnte man sie auch nicht. Es blieben immer Knochenfragmente zurück.

Leise surrend schnitt sich das Sägeblatt durch die Folie. Die Beine zuerst. Dann wurde der Rest handlicher. Nach der groben Arbeit musste er alles in kleine Stückchen schneiden. Von den ersten dreien wusste er, dass das Stunden dauerte. Nicht dass er es eilig gehabt hätte, aber er musste gewappnet sein, stets bereit für neue Aufgaben. Schon bald konnte die Stimme ihm neue Anweisungen geben, ihn beauftragen, neue Spender ausfindig zu machen oder Janinas Herz an einer bestimmten Stelle zu deponieren.

12

In dem goldgerahmten Bild hatte Anna den Arm um ihre beiden Kinder gelegt. Sie lächelte, genauso wie ihre Tochter Joanna, deren Haar in der Sonne golden schimmerte. Franz hatte das Gesicht zu einem widerwilligen Grienen verzogen. Pubertierende Jungs waren nicht immer einfach. Mark lächelte immer noch, als die Tür aufging und Schwester Annemarie ihm drei Akten hereinbrachte.

»Frank Studer ist noch nicht da. Willst du die neue Patientin vorziehen? Sie sitzt schon seit einer halben Stunde in Wartezimmer eins.«

»Das kann ich machen. Schick sie bitte in fünf Minuten zu mir rein. Wenn Herr Studer noch kommt, soll er warten.« Mark überflog die Angaben auf der Akte und dachte über Frank Studer nach. Der junge Mann verspätete sich nicht zum ersten Mal. Letzte Woche war er gar nicht erschienen, hatte einen Tag später angerufen und sich damit entschuldigt, dass es ihm nicht gut gegangen war. Wenn das so weiterging, würden sie ein ernsthaftes Gespräch miteinander führen müssen. Zwar hatte man ihn vor vier Monaten aus der psychiatrischen Klinik entlassen, jedoch brauchte Studer nach wie vor die ambulante Behandlung. Wenn er einfach so wegblieb und womöglich auch seine Medikamente nicht oder unregelmäßig einnahm, würde sich sein Zustand verschlechtern.

Mark suchte in Frank Studers Akte nach einer Telefonnummer und nahm sich vor, Annemarie damit zu beauftragen, den jungen Mann nachher anzurufen, falls er nicht noch erschien.

»Bis Dienstag. Ihr Rezept bekommen Sie draußen bei meiner Sprechstundenhilfe. Auf Wiedersehen.« Mark zog die Tür hinter der jungen Frau ins Schloss, ging zurück zu seinem Schreibtisch und prüfte die Eintragungen über seine neue Patientin, als die Wechselsprechanlage knackte. »Herr Studer ist jetzt hier.«

»Schick ihn rein.« Studers Akte lag noch auf dem Tisch, aber Mark musste nicht hineinschauen, um sich an dessen Krankheitsbild zu erinnern. Frank Studer war schwerer Alkoholiker und hatte jahrelang Drogen genommen, bis ihn irgendwann neben den geistigen Symptomen, mit denen er sich gewiss schon länger herumplagte, komplexe neurologische Symptome des Delirium tremens ereilt hatten. Zu seinen Angstzuständen, Orientierungsstörungen und Halluzinationen hatten sich heftige Krämpfe gesellt, die ihn kurzzeitig ins Koma befördert hatten. Frank Studer war in die Notaufnahme gekommen und hatte tagelang auf der Intensivstation zugebracht. Weil er aggressiv und zudem psychotisch gewesen war, hatte man ihn mit *Diazepam* zur Beruhigung und *Haloperidol* gegen die Halluzinationen behandelt.

Nachdem die akuten Symptome abgeklungen waren, war Studer stationär ins psychiatrische Krankenhaus Obersprung eingewiesen worden, wo man ihn mehrere Monate lang therapiert hatte. Erst nachdem sich sein Zustand deutlich stabilisiert hatte, hatten ihn die Ärzte dort in die ambulante Behandlung entlassen. Zusätzlich besuchte er in Leipzig eine Therapiegruppe.

Wenn er denn erschien. Es wäre besser gewesen, wenn Frank Studer sich einen Therapeuten in Leipzig gesucht hätte, statt jedes Mal nach Berlin zu fahren, aber er hatte darauf bestanden, zu Mark zu kommen, weil dieser ihm empfohlen worden war und er ihm vertraute.

Mark klappte die Akte zu, stand auf, um den Patienten zu

begrüßen, und nahm sich vor, ihn zu seiner Teilnahme an der Therapiegruppe zu befragen.

Frank Studer wirkte beschwingt. Er drückte Mark fest die Hand und nahm Platz. Er sah gesund aus, die Hautunreinheiten waren zurückgegangen, er hatte zugenommen, zitterte nicht mehr, der Blick war klar, er sprach deutlich und in logischen Zusammenhängen.

»Wo waren Sie denn letzte Woche?« Mark sah dem Patienten fest in die Augen und prüfte dabei den Blickkontakt. Natürlich kannte er Studers Ausrede, die dieser einen Tag später telefonisch vorgebracht hatte, aber oft erzählte die Körpersprache eines Patienten das Gegenteil von dem, was er sagte.

Während Frank Studer mit knappen Worten schilderte, dass er leichtes Fieber gehabt hatte und ihm zwei Tage lang übel gewesen war, konnte Mark keine Anzeichen für eine Lüge erkennen. Studer schloss mit den Worten: »Wahrscheinlich eine leichte Grippe.«

»Waren Sie beim Arzt?«

»Nein. Ich habe mir etwas aus der Apotheke geholt und das Wochenende im Bett verbracht.«

»Ich hätte gern, dass Sie beim nächsten Mal einen Arzt aufsuchen. Manchmal kann auch etwas Ernsthaftes hinter unklaren Symptomen stecken.« Studer nickte eifrig zu Marks Worten. Er schien kooperativ zu sein, und Mark beschloss, es für heute bei der Ermahnung zu belassen.

»Wie geht es Ihnen sonst?«

»Bestens. Ich fühle mich gut.«

Mühelos entspann sich ein Dialog, und eine Dreiviertelstunde später verabschiedete Mark Frank Studer mit dem Gefühl, dieser befinde sich auf einem guten Weg. Der Patient nahm seine Medikamente, mied alles, was ihn auch nur in die Nähe von Alkohol führen konnte, und besuchte regelmäßig seine Therapiegruppe.

»Und nun auf ins Wochenende.« Die Familie hatte einen Ausflug zu mehreren historischen Weihnachtsmärkten in Berlin geplant. Mark zwinkerte Joannas schelmischem Gesicht auf dem Foto zu.

Eigentlich hatte Anna die Tour geplant. Franz hasste Familienausflüge, egal wohin sie führten, und auch Mark war kein Fan von buntglitzernden Lamettabuden, Glühwein und Shoppingzwang.

»Wie weit sind wir, Chef?« Annemarie steckte den Kopf zur Tür herein und unterbrach seine Gedanken.

»Bin gleich so weit. Studer ist hinten raus. Du kannst Schluss machen.« Mitten in seine Worte hinein klingelte das Telefon, und Mark verdrehte die Augen. Als er den Namen im Display sah, verwandelte sich sein genervter Gesichtsausdruck jedoch in einen erfreuten, und er hob ab. »Lara, wie schön. Ich freue mich, deine Stimme zu hören.« Annemarie machte ihm ein Zeichen, dass sie draußen warten würde, und schloss die Tür.

»Es ist leider kein Plauder-Anruf.« Lara klang kurzatmig. »Ich brauche deine Hilfe. Mal wieder.« Mark brummte ein »Hm« und unterdrückte die aufflackernde Enttäuschung, während er der Geschichte von dem Schreiben an die *Tagespresse* und Patrick Seilers Besuch auf dem Gelände des ehemaligen *VEB Metallwaren Leipzig* lauschte.

»Ja, ich verstehe das alles. Aber was hat der Praktikant dort gefunden?«

»Hast du es denn noch nicht in den Nachrichten gehört?« Jetzt hörte sie sich fast ein wenig schrill an. »Es war doch in allen Medien.« Marks Gesichtszüge erstarrten, als er Lara sagen hörte: »Drei Herzen. Tiefgefroren in Thermobehältern.«

*

Da wurde Michel kleiner und immer kleiner, fiel nieder und wand sich hin und her wie ein Wurm und ächzte und stöhnte, und alle Herzen umher fingen an zu zucken und zu pochen, daß es tönte wie in der Werkstatt eines Uhrmachers. Peter aber fürchtete sich, und es wurde ihm ganz unheimlich zumute, er rannte zur Kammer und zum Haus hinaus und klimmte, von Angst getrieben, die Felsenwand hinan, denn er hörte, daß Michel sich aufraffte, stampfte und tobte und ihm schreckliche Flüche nachschickte. Als er oben war, lief er dem Tannenbühl zu; ein schreckliches Gewitter zog auf, Blitze fielen links und rechts an ihm nieder und zerschmetterten die Bäume, aber er kam wohlbehalten in dem Revier des Glasmännleins an.

Sein Herz pochte freudig, und nur darum, weil es pochte. Dann aber sah er mit Entsetzen auf sein Leben zurück wie auf das Gewitter, das hinter ihm rechts und links den schönen Wald zersplitterte. Er dachte an Frau Lisbeth, sein schönes, gutes Weib, das er aus Geiz gemordet, er kam sich selbst wie der Auswurf der Menschen vor, und er weinte heftig, als er an Glasmännleins Hügel kam.

Schatzhauser saß unter dem Tannenbaum und rauchte aus einer kleinen Pfeife, doch sah er munterer aus als zuvor. »Warum weinst du, Kohlenpeter?«, fragte er. »Hast du dein Herz nicht erhalten? Liegt noch das kalte in deiner Brust?«

»Ach, Herr!«, seufzte Peter, »als ich noch das kalte Steinherz trug, da weinte ich nie, meine Augen waren so trocken als das Land im Juli; jetzt aber will es mir beinahe das alte Herz zerbrechen, was ich getan! Meine Schuldner habe ich ins Elend gejagt, auf Arme und Kranke die Hunde gehetzt, und Ihr wißt es ja selbst – wie meine Peitsche auf ihre schöne Stirne fiel!«

»Peter! Du warst ein großer Sünder!«, sprach das Männlein. »Das Geld und der Müßiggang haben dich verderbt, bis dein Herz zu Stein wurde, nicht Freud, nicht Leid, keine Reue, kein Mitleid mehr kannte. Aber Reue versöhnt, und wenn ich nur wüßte, daß dir dein Leben recht leid tut, so könnte ich schon noch was für dich tun.«

Langsam ließ er das Buch sinken und blickte auf. Für ein paar Sekunden herrschte atemlose Stille, dann begann einer zu klatschen, und schnell fielen die anderen ein. Ihre Gesichter waren gerötet, der jungen Frau drei Plätze links von ihm rollte eine Träne übers Gesicht.

»Das war toll!« Rolf war aufgestanden. Jetzt drehte er sich zu den anderen. »Frank hat sehr schön vorgelesen, findet ihr nicht auch?« Der Beifall verstärkte sich kurz und ebbte dann ab. »Ich fand besonders die Erkenntnis am Schluss schön.« Rolf ließ seinen unförmigen Körper auf den Stuhl zurückplumpsen.

Natürlich fanden alle den Schluss schön. Heile Welt und so. Alles wurde gut, wenn man nur von Herzen bereute. Von Herzen! Frank Studer verwandelte sein verächtliches Grinsen in ein schüchternes Lächeln, während vor seinem inneren Auge ein faustgroßer rotbrauner Klumpen mit Eiskristallen an den Rändern auftauchte.

Dass diese Wracks so auf Märchen abfuhren! Vielleicht erinnerte sie der Text an ihre glückliche Kindheit, so sie denn eine gehabt hatten, vielleicht weckten die verschnörkelten Phrasen verloren geglaubte Erinnerungen an eine bessere Welt. Frank hatte keine Ahnung, und es interessierte ihn auch, ehrlich gesagt, nicht. Was *ihn* faszinierte, war die Reaktion der Leute auf die Herz-Metaphern in der Geschichte. Und wer hätte sich besser dafür geeignet als all diese zerstörten Existenzen, die täglich zähneknirschend mit ihrer Gier nach Alkohol rangen?

Er ließ seinen Körper auf dem harten Stuhl zusammensacken und beobachtete, wie sich die junge Frau – Lisa hieß sie – die Tränen mit dem Handrücken abwischte. Zum Glück hatte er das alles längst hinter sich. Er war geheilt, die Lust auf Alkohol verflogen, verschwunden, als wäre sie nie da gewesen, der Stimme sei Dank.

Die Entscheidung, das Märchenbuch mit in die Gruppe zu nehmen und zu testen, wie die anderen seine Lieblingsgeschichte fanden, hatte er jedoch ganz allein getroffen. Nur kurz hatte Frank Studer darüber nachgedacht, ob es richtig gewesen war, so explizit auf das Herz-Thema hinzuweisen, nachdem seit drei Tagen die ganze Republik davon erfüllt war, die Zweifel aber sofort wieder verworfen. Die hier waren allesamt zu blöd, um Bezüge herzustellen. Ihre Gehirne funktionierten nicht mehr richtig, waren vom Sprit zerfressen.

»Ich kenne die Geschichte! Es gibt einen Film davon! *Das Wirtshaus im Spessart* heißt er.« Hektisch fuchtelte der Dünne neben Rolf mit den Armen. Anscheinend hatte Hauffs Märchen einen Nerv bei ihm getroffen.

»Wirtshaus – wenn das nicht makaber ist!«, murmelte der Alte neben Frank.

»Magst du uns sagen, was dich daran fasziniert?« Rolf hatte seinen massigen Körper aufgerichtet. Seine Schweinsäuglein fixierten Frank.

Er würde ein bisschen herumschwafeln müssen, damit sie zufriedengestellt wurden. Von der Stimme des Herzens, von denen, die ihr Herz verloren, von Herzenswärme und Herzschmerz.

Die kleine Lisa mit den Puppenaugen hing an seinen Lippen, und Frank zwinkerte ihr kurz zu. Während seine Zunge schwülstige Gleichnisse formulierte, befasste sich sein Gehirn mit der Beschaffung weiterer Spender. Die Stimme hatte sich zwar noch nicht wieder gemeldet, um ihm mitzuteilen, was er mit dem nächsten Herz machen sollte, aber ein wenig Eigeninitiative konnte nicht schaden. Sicher stieß sein Vorhaben, einen Vorrat an Herzen anzulegen, auf Begeisterung.

13

»Bist du heute Nachmittag zu Hause?« Lara drückte den Hörer ans Ohr und lächelte, bis ihr Blick auf den Tacho fiel und das Lächeln erstarb. Der Zeiger zitterte um die Zweihundert herum. »Fahr bitte etwas langsamer.« Sie berührte Jo kurz am Arm, und der bremste leicht.

»Mit wem redest du?« Marks Brummen klang unwirsch.

»Mit Jo. Er fährt. Also, bist du daheim?«

»Warum fragst du?«

»Jo und ich machen einen kleinen Sonntagsausflug. Und da dachten wir …«

»Ihr seid in Berlin?«

»Noch nicht, aber gleich. Wir wollen zu ›Gesichter der Renaissance‹. Da wir morgen wieder arbeiten müssen, blieb nur heute.«

»Soll toll sein.« Mark war wortkarg. Entweder hatte er schlechte Laune, oder die Nebengeräusche verliehen seiner Stimme einen verdrießlichen Touch. Möglicherweise passte es ihm auch nicht, dass Lara und Jo gemeinsame Ausflüge machten. Sie blickte durch das Beifahrerfenster auf die vorbeihuschenden Schatten der Kiefern. Die Idee war von Jo gekommen. Eine Spritztour in die Hauptstadt. Natürlich wollten sie sich die Ausstellung ansehen. Aber gleichzeitig war dies eine gute Gelegenheit, Mark zu besuchen. Lara hatte ihn seit mehreren Monaten immer nur telefonisch gesprochen, und mittlerweile hatte sich das diffuse Bedürfnis, ihn zu treffen, zu einer Art Sehnsucht ausgewachsen, die sie lieber nicht näher ergründen mochte. »Wir dachten, vielleicht hättest du Lust, dich nachher mit uns zu treffen.«

Eigentlich war es *ihre* Idee gewesen, aber Jo war sofort damit einverstanden gewesen. »Du willst wohl ein paar Fragen zu den Tiefkühlherzen loswerden?«, hatte er sie mit einem neckenden Unterton gefragt, und obwohl das nur einer der Gründe war, Mark zu treffen, hatte sie bejaht. Die Herzen waren ein guter Vorwand, schließlich hatte sie ja schon am Freitag bei Mark in der Praxis angerufen und ihn gebeten, sich ein bisschen umzuhören.

»Ich frag mal Anna. Bleib dran.« Das Telefon wurde mit einem leisen Klicken abgelegt, dann konnte man hören, wie sich eine Tür öffnete und Mark nach seiner Frau rief, bevor das Summen von Jos Honda alle weiteren Hintergrundgeräusche verschluckte.

»Will er nicht?« Jo sah kurz herüber, bevor er seinen Blick wieder auf die Straße richtete.

»Ich glaube schon. Aber er muss erst seine Frau fragen.« Marks Frau Anna konnte eigentlich nichts gegen das Treffen haben. Schließlich erschien die vermeintliche Nebenbuhlerin mit ihrem Freund.

»Oh. Verstehe.« Jo grinste.

»Lara?« Mark klang jetzt atemlos, so als wäre er gerannt. »Anna sagt, ihr könntet zum Kaffeetrinken zu uns kommen. Wann denkt ihr denn, dass ihr mit der Ausstellung durch seid?«

»Gegen drei?«

»Fein. Dann seid ihr halb vier hier. Wir freuen uns. Ruf kurz durch, wenn es später wird.« Er verabschiedete sich und legte auf.

»Es klappt also?« Jo legte ihr kurz die rechte Hand auf den Oberschenkel, und Lara spürte, wie sich die Hitze durch den Stoff brannte.

»Wir sollen zu ihnen kommen.«

»Zu Mark nach Hause?«

»Du sagst es.«

»Auch fein. Da war ich noch nie. Bin gespannt.« Jo verlangsamte die Geschwindigkeit und bog von der Stadtautobahn ab. »Noch zehn Minuten. Hoffentlich finden wir einen Parkplatz.«

»In den Parkhäusern ist immer was frei. Teuer zwar, aber relativ sicher.« Lara dachte an Anna und ihre Eifersucht. Es musste einen Grund geben, wieso sie Jo und Lara zu sich nach Hause eingeladen hatte. Vielleicht wollte sie ihnen ein bisschen auf den Zahn fühlen. Vielleicht wollte sie auch sehen, was für ein schönes Pärchen die beiden abgaben.

»Gibt es denn schon Angaben, woher diese Herzen stammen?« Lara sprach leise. Sie konnte Anna in der Küche rumoren hören. Marks Frau war sehr nett und aufmerksam gewesen, hatte sie und Jo ab und zu verstohlen gemustert und dabei einen irgendwie erleichterten Eindruck gemacht. Nach dem Kaffeetrinken hatte sie kundgetan, sich zurückziehen zu wollen, weil sie nicht bei der »Besprechung« stören wollte und ihr Morde und ähnliche Themen schlaflose Nächte bereiteten.

»Es wurden noch keine Opfer gefunden, wenn du das meinst.« Mark wischte ein paar Krümel von der Tischdecke in die hohle Hand. »Keine Leichen, denen das Herz entfernt wurde, nichts.«

»Könnte er die Herzen von Toten haben?«

»Du meinst vom Friedhof?«

»Aus einem Sarg, von einem frisch Begrabenen zum Beispiel. Möglich wäre so etwas doch?«

»Wenn der Täter nachts agiert, anschließend den Sarg erneut an Ort und Stelle versenkt und die Grabstelle wieder herrichtet, sicher. So etwas hat es schon gegeben, auch in Deutschland. Meist erfährt die Öffentlichkeit nichts davon. Man geht davon aus, dass es auf dem Gebiet der Leichenschändung ein größeres Dunkelfeld gibt. Aber die Herzen wurden nicht von Toten entnommen.« Mark murmelte jetzt fast und sah dabei zur Tür, die nur angelehnt war. Anna und er wohnten in einem Einfamilienhaus aus den Sechzigern, das im Landhausstil eingerichtet war. »Man hat sie herausgeschnitten, als die Opfer noch lebten. Oder besser, mit dem Tod rangen.«

Lara sah, wie Jo den Mund öffnete, dann aber schwieg und nur den Kopf schüttelte. »Das kann man feststellen?«

»Du glaubst nicht, was die Rechtsmedizin heutzutage alles diagnostizieren kann.«

»Ich will mir das gar nicht näher ausmalen. Das bedeutet doch aber, dass es irgendwo drei Leichen geben muss, denen das Herz fehlt.« Sie sah Mark nicken und fuhr fort. »Und da nichts dergleichen gefunden wurde, denn *das* hätten die Medien mit Sicherheit spitzgekriegt, muss der Täter die Überreste gut versteckt haben.«

»Messerscharf geschlussfolgert.«

»Wo würdest du Leichenteile verstecken, die keiner finden soll?« Lara hörte ihre Frage und konnte es selbst nicht fassen, wie sie hier zu dritt gemütlich beisammensaßen und über das Herausschneiden von Herzen und das Beseitigen von Leichen fachsimpelten. Jo schien es ähnlich zu gehen. Seine Gesichtszüge waren maskenhaft starr, der Mund zeigte einen leicht angewiderten Ausdruck.

»Einfrieren ist eine gute Methode, entweder im Ganzen – was in unserem Fall mehrere große Kühltruhen voraussetzen würde – oder auch in Einzelstücken, wobei die Zerteilung nicht so einfach zu bewerkstelligen ist, wie der Laie glaubt. Damit sind die Leichen zwar nicht für immer beseitigt, aber zumindest sicher aufbewahrt, ohne dass es zu Geruchsbelästigungen kommt. Erinnert euch bloß mal an den Fall mit den Todsünden im vergangenen Jahr. Wo hatte der Täter die Opfer zwischengelagert?« Mark wartete einen Augenblick und setzte hinzu: »Seht ihr. Es gibt aber noch verschiedene andere Möglichkeiten, die kaum Spuren hinterlassen, wenn man nicht genau weiß, wo und wie man suchen muss.«

»Was wäre das? Mir fehlt leider die kriminelle Fantasie für solche Denkspiele.« Jo atmete tief aus, nachdem er gesprochen hatte, und ließ dabei die Schultern herabsacken.

»Man könnte sie zerlegen und verfüttern. Schweine fressen alles.«

»Igitt.« Lara schauderte bei der Vorstellung, wie mehrere mächtige rosa Hausschweine ihre Nasen genüsslich in einen Trog voller Menschenfleisch steckten.

»Oder man kocht die Teile ein und bewahrt die Gläser im Keller auf. Man könnte sie sehr stark zerkleinern und in den Wald schaffen. Kleinste Reste finden immer ihre Abnehmer bei fleischfressenden Tieren. Alles schon mal da gewesen. Gewässer hingegen sind kein gutes Versteck. Oft vergessen die Täter, dass Leichengase die Teile aufblähen und die so wieder an die Oberfläche kommen. Auch vergraben ist nicht besonders tauglich, es gibt allerhand Wildtiere, die die vermeintliche Nahrung wittern und dann wieder ausbuddeln.«

»Zerteilen scheint auf jeden Fall immer gut zu sein. Woher weißt du das alles?« Jo hielt beim Sprechen den Kopf schief.

»Ich habe schließlich einige Jahre als Fallanalytiker gearbeitet. Man behält viele Fälle im Gedächtnis, auch Details. Nicht alles, was wir ermitteln, dringt an die Öffentlichkeit. Das muss euch als Information reichen.« Mark lächelte entschuldigend. »Was ich euch erzähle, sind bestätigte Fakten, die natürlich vertraulich sind, aber das hatte ich ja zu Beginn des Gesprächs schon gesagt.«

»Ich fasse zusammen.« Lara griff nach dem Kugelschreiber und schrieb Stichpunkte auf, während sie sprach. »Die drei Herzen wurden noch lebenden Opfern entnommen. Von denen bislang jede Spur fehlt.« Sie sah auf. »Gibt es Anhaltspunkte, ob die Organe von Frauen oder Männern stammen?«

»Das habe ich gar nicht gefragt. Aber ich kann das nachholen. Die DNA-Analyse lässt eindeutige Schlüsse auf das Geschlecht zu.«

»Und sie waren tiefgefroren.« Lara setzte einen Punkt hinter die letzte Notiz.

»Was für die Kühltruhenhypothese spricht.« Jo rieb sich den Nacken. »Können die Rechtsmediziner sagen, wie lange diese Herzen gefroren waren?«

»Das ist sehr schwierig.« Mark sah in Richtung Küche. Die Geräusche waren verstummt.

»Wurden sie fachgerecht entnommen?« Auch Lara blickte zur Tür. Lauschte Marks Frau? Wohl eher nicht, wenn man bedachte, was Anna vorhin über solche Diskussionen gesagt hatte.

»Ganz unerfahren scheint der Täter nicht gewesen zu sein. Die Organe wurden beim Heraustrennen jedenfalls nicht beschädigt. Entweder hat er fleißig geübt oder einen Beruf, bei dem man tierische Körper zerlegt oder menschliche aufschneidet.«

»Fleischer, Arzt, Chirurg.« Lara betrachtete ihre Aufzählung. Mark ergänzte »Jäger« und »Tierpräparator«, und sie fügte die Begriffe hinzu.

»Hättest du ein Mineralwasser für mich?« Jo schluckte trocken und wartete, bis Mark mit Gläsern und Flasche aus der Küche zurück war. »Wieso hat er eigentlich diese Thermobehälter verwendet?«

»Ich denke, damit das kostbare Gut nicht auftaut und zu verwesen beginnt, solange man es nicht gefunden hat. Wahrscheinlich wollte er die Herzen in ›frischem‹ Zustand präsentieren. Das sind jedoch nur Mutmaßungen.«

»Es waren ziemlich altertümliche Gefäße.« Auch Lara nahm ein Glas Wasser. »Ich habe schon recherchiert. Sie sind aus Tschechien und stammen aus alten Armeebeständen. Man kann so etwas heute im Internet, zum Beispiel bei eBay, oder auf einigen Trödelmärkten kaufen.«

»Wahrscheinlich hat er sie vom Trödel.« Mark schob kurz die Unterlippe über die Oberlippe und sprach dann weiter. »Ein Einkauf bei eBay hinterlässt Spuren. Man muss mit einer Adresse angemeldet sein und überweist von einem Konto Geld an den Verkäufer.«

»Eine Frage habe ich noch.« Lara legte den Stift neben den Block und sah die beiden Männer nacheinander an. »Was ist das Motiv? Die *Tagespresse* hat zwar den Lageplan und dieses Schreiben mit der Angabe, es handele sich um ›interessante Informationen‹ erhalten, aber eine Art Bekennerbrief war nicht dabei.« Sie wurde leiser und flüsterte nun fast. »Warum tut jemand so etwas? Warum schneidet jemand einem Menschen bei lebendigem Leib das Herz heraus und bewahrt es tiefgefroren in Behältern auf?«

»Mich hat der Fund sofort an ägyptische Kanopen erinnert. Ihr wisst, was das ist?« Jos Augen leuchteten im Dämmerlicht. Vor Lara materialisierten sich auf dem Blatt eiförmige Alabasterkrüge mit Tierköpfen als Deckel. »Darin wurden die Eingeweide von Mumien konserviert und aufbewahrt.«

»Darm, Leber, Lunge und Magen. Die Organe wurden mithilfe von Lauge und Salz entwässert und getrocknet, anschließend mit Baumharz überzogen, mit Binden umwickelt und dann in die Kanopen gelegt, die dem Grab beigefügt wurden. Die Herzen allerdings verblieben im Körper der Mumie.« Jo schaute beifallheischend zu Mark. Der jedoch schüttelte sacht den Kopf.

»Ich glaube nicht, dass es etwas mit ägyptischer Mythologie zu tun hat. Ich habe einen viel schlimmeren Verdacht.« Er atmete tief ein, ehe er weitersprach. »Es hat vor ungefähr zehn Jahren einen Fall in Berlin gegeben, bei dem es ebenfalls um das Herausschneiden und Einfrieren von Herzen ging.«

»Was für ein Verbrechen war das?« Lara runzelte die Stirn. Sosehr sie auch nachdachte, es wollte ihr nichts dergleichen einfallen, jedoch war sie damals auch gerade erst mit dem Studium fertig und weit weg von Berlin gewesen. Jo schien es ähnlich zu gehen. Er wartete mit zusammengezogenen Augenbrauen auf Erklärungen. Als Mark den Fall kurz dargelegt hatte, bewegte Jo ungläubig den Kopf von links nach rechts. »Wieso sind die Medien noch nicht auf die Zusammenhänge gekommen?«

»Das werden sie noch, du wirst sehen. Eigentlich hatte ich schon längst damit gerechnet, dass irgendein Boulevardblatt diesen Fall hervorkramt. Zwar fand ein Großteil der Verhandlung damals unter Ausschluss der Öffentlichkeit statt, weil Magnus Geroldsen bei der Tat erst siebzehn war und nach Jugendstrafrecht verhandelt wurde, aber einiges ist doch durchgesickert.« Die Tür zum Flur sprang auf, und ein zierliches Mädchen kam hereingehüpft und grüßte fröhlich in die Runde. Ihre blonden Löckchen wippten, als sie auf Mark zurannte. Direkt vor ihm stoppte sie und tippte ihm an den Oberarm. »Du wolltest doch noch mit mir Mathe üben!«

»Hat Mama dich geschickt?« Mark konnte ein Lächeln nicht unterdrücken, während er seiner Tochter die Wange streichelte. »Ich bin gleich für dich da.«

»Wir wollten auch los, nicht?« Jo sah Lara in die Augen und griff dann nach seinem Glas, um es auszutrinken.

»Gib uns noch zehn Minuten, Süße.«

»Aber nicht länger!« Joanna hob mahnend den Zeigefinger und hüpfte hinaus.

»Sie ist entzückend.« Lara grinste.

»Sie ist ein kleiner Tyrann und Papas Liebling. Und das nutzt sie schamlos aus.« Mark lächelte versunken und wurde dann ernst. »Wenn die Sache in Leipzig irgendetwas mit dem Fall Geroldsen zu tun hat, würde das auch die Anzahl der gefundenen Herzen erklären. Damals waren es auch drei.«

»Aber dieser Typ sitzt doch im Maßregelvollzug, hast du gerade gesagt. Er kann es also demnach nicht gewesen sein.« Jo schob die leeren Gläser auf dem Tischtuch hin und her und redete gedankenversunken weiter. »Vielleicht hatte er damals einen Komplizen. Oder hat jetzt einen gefunden, zum Beispiel jemanden, der auch da drin war und entlassen wurde. So etwas soll doch vorkommen, oder?« Lara notierte »Komplize – damals? heute?« auf ihrem Stichpunktzettel.

»Natürlich gibt es das. Die Vollzugsgesetze sind zwar nicht in jedem Bundesland gleich, aber doch recht ähnlich. In Deutschland ist es so, dass die sogenannte Maßregel für schuldunfähige oder vermindert schuldfähige Straftäter, die als gefährlich gelten und von denen man weitere Straftaten erwartet, unbefristet ist. Das heißt, theoretisch könnten solche Straftäter tatsächlich bis zu ihrem Lebensende im Maßregelvollzug bleiben. Die entsprechenden Vollzugseinrichtungen haben jedoch die Aufgabe, die Patienten zu behandeln. Das Ziel ist eine weitgehende psychische Stabilisierung und Rehabilitation und damit der Wegfall der strafrechtlichen ›Gefährlichkeit‹. Ist euch das zu technisch?« Lara schüttelte den Kopf, während sie fieberhaft Stichpunkte auf ihren Block schrieb. Sie würde das alles nachrecherchieren müssen. Dann konnte sie die Hintergründe gut in einem Artikel darstellen. Mark hatte seine Erklärungen inzwischen fortgesetzt. »Das ist meist ein langwieriger Prozess, bei dem Therapeuten und Sachverständige eng zusammenarbeiten müssen. Bei einer Stabilisierung können dann Vollzugslockerungen einsetzen. Sie beginnen mit ›Ausführung‹ – das ist ein begleiteter Ausflug nach draußen – und setzen sich über Freigang bis hin zu Urlaub fort.«

»Heißt das, so ein psychisch gestörter Mörder ist draußen mehrere Tage unbeobachtet?« Jo klang grimmig.

»Alle Lockerungen, besonders die ersten, werden immer durch Konferenzen geprüft und beschlossen. Ich verstehe deinen Unmut zum Teil, aber in den Konferenzen sitzen Fachleute, Jo. Auch für ›normale‹, also schuldfähige Strafgefangene, gilt das Prinzip Hoffnung, und fast niemand sitzt tatsächlich lebenslang im Knast. Das Gleiche muss auch für psychisch kranke Straftäter gelten.«

»Muss es das?« Jo gab sich noch nicht geschlagen. Lara ahnte, was sie beide gleich auf der Heimfahrt nach Leipzig diskutieren würden.

»Das wäre eine Grundsatzdiskussion, die wir hier und jetzt nicht ausfechten können. Im Gesetz steht jedenfalls, dass es auch für die Patienten im Maßregelvollzug eine Entlassung zur Bewährung geben kann, wenn die Prognose günstig ist und die bei der Tat zutage getretene Gefährlichkeit nicht weiter fortbesteht. Dies stellen forensische Sachverständige fest.«

»So jemand wie du?« Lara hatte aufgehört zu schreiben und ertappte Mark dabei, wie er heimlich auf seine Armbanduhr schielte.

»Auch ich. Allerdings nicht allein. Zuständig für die Entlassung zur Bewährung sind die Strafvollstreckungskammern. Sie überprüfen regelmäßig die Fortdauer der Maßregel. Seit 1998 wurde im Zug der Strafrechtsreformen die Entlassung auf Bewährung aus dem Maßregelvollzug unter öffentlichem Druck deutlich erschwert. Und nicht zuletzt tritt danach automatisch Führungsaufsicht ein. Der Entlassene untersteht einer Aufsichtsstelle und wird von einem Bewährungshelfer betreut.«

»Von wie vielen Patienten reden wir denn hier überhaupt?« Jo sprach das Wort »Patienten« ein bisschen verächtlich aus.

»In Deutschland über zehntausend.«

»Das ist ja immens! Und wie viele davon brechen aus?«

»Eine offizielle Statistik für sogenannte Entweichungen, so nennt man die Ausbrüche, und den Missbrauch der Lockerungen gibt es leider nicht. Die Ministerien mancher Bundesländer hüten ihre Daten wie Staatsgeheimnisse.«

»Warum wundert mich das jetzt nicht?« Jo schien zornig zu sein.

»Es ist ein brisantes Thema, da gebe ich dir recht. Außerdem sind die Bewertungskriterien, wie diese Vorfälle einzustufen sind, unterschiedlich. In Sachsen gibt es fünf Maßregelvollzugseinrichtungen mit um die vierhundert Patienten, in Berlin nur eine, dafür aber mit über fünfhundert Insassen. Ich habe Zahlen aus Bayern gesehen, da wurde über die Jahre hinweg rund dreihunderttausendmal die höchste Lockerungsstufe gewährt.«

»Das erscheint mir unheimlich viel!« Lara hatte die Augen aufgerissen, während sie eifrig Zahlen notierte.

»Ja, das mag sein. Aber schreib auch auf, dass die Patienten in 99,98 Prozent der Fälle brav zurückgekehrt sind.«

»Immer noch 0,02 Prozent zu viel!« Jo gab nicht auf.

»Eine hundertprozentige Gewissheit gibt es leider nicht.« Mark holte Luft. »Eins allerdings kann ich euch versichern: Magnus Geroldsen war noch kein einziges Mal draußen. Weder mit noch ohne Begleitung.«

»Es könnte ein Nachahmungstäter sein.« Lara hörte ihre eigene Stimme wie durch Watte. »Aber dann frage ich mich, warum er gerade jetzt damit angefangen hat.«

»Angefangen hat?« Jo war noch immer ärgerlich, das konnte man an den Falten auf seiner Stirn sehen. »Das hieße doch, es geht weiter mit diesen tiefgefrorenen Herzen!«

»Das wollen wir doch alle nicht hoffen.« Mark erhob sich.

14

Frank Studer schaltete das Licht ein und sah sich um. Die Garage wirkte unaufgeräumt, aber er hatte einfach keine Lust, das Gerümpel zu sichten und wegzubringen, das sich im Laufe vieler Jahre hier angesammelt hatte. Es eilte auch nicht. Großvater war seit fast sechs Jahren tot, und das einzig Gute, was von dem alten Tyrannen geblieben war, waren der alte Audi und das Grundstück samt Haus außerhalb von Taucha, das er Frank vererbt hatte.

Nachdem sie das Scheusal begraben hatten, war das Gelände zunehmend verwaist, bis zu Franks Entlassung hatte niemand nach dem Rechten gesehen, doch inzwischen überlegte er sogar ab und zu, ob er ganz hier herausziehen sollte. Obwohl man auch in der Großstadt unbeobachtet leben konnte.

Mit beiden Armen schob er den Häcksler in die Mitte des Raums. Die zwei gut gefüllten Wäschekörbe hatte er vorher schon vom Auto in die Garage getragen. Das Haus lag zwar abgelegen, direkt am Waldrand, und es gab keine direkten Nachbarn, aber trotzdem musste nicht jeder sehen, was er hier machte.

Frank zog die Plane mit den Holzabfällen neben das Gerät. Baumschnitt aus Großvaters Garten. Er mischte das mitgebrachte »Häckselgut« immer mit Zweigen und Ästen und fügte im Nachhinein zusätzlich Hobelspäne hinzu. Das Gemenge, das dabei entstand, glich auf erstaunliche Art dem Rindenmulch, den man in Baumärkten zur Verbesserung des Bodens kaufen konnte. Nur dass seiner viel mehr organischen Dünger enthielt. Frank konnte sich ein Lächeln nicht verkneifen. Dann warf er den Motor an. Er musste sich beeilen. Wenn das Gefriergut auftaute, ließ es sich nicht mehr so gut schreddern.

Er hatte sich nach einer langen Testphase und dem Ausprobieren mehrerer Leih-Häcksler aus diversen Baumärkten für den Kauf eines Messerhäckslers mit zusätzlichem Kronenmesser entschieden, der sich nicht nur zum Zerkleinern von Strauchschnitt, sondern auch für »weiches Material« wie Topfballen und Staudenreste eignete. Und natürlich für andere weiche Dinge. Frank begann, das erste Päckchen auszuwickeln, und summte dabei ein Lied. *Dein ist mein ganzes Herz. Wo du nicht bist, kann ich nicht sein.* Er konnte nicht gut singen, aber das machte nichts. Die Töne gingen eh im Rattern des Geräts unter. Das Lied von Franz Lehár erklang weiter in seinem Kopf.

Während seine Hände fleißig Astwerk und gefrorene Fleischteilchen in die Einfüllöffnung des Häckslers warfen, tanzten seine Gedanken Ringelreihen.

Die Stimme hatte ihm neue Anweisungen gegeben. Über die Elektroden waren die Instruktionen diesmal direkt in seinem Kopf aufgetaucht. Schon übermorgen sollte er das nächste Herz deponieren. Frank Studer war bereit. Bereit für alles, was ihm aufgetragen wurde. Die kleine Janina hatte ihr Herz nicht umsonst hergegeben. Ob man schon nach ihr suchte? Aber Tschechien war weit weg, und eine vermisste tschechische Nutte interessierte in Deutschland niemanden. Solange man ihre Leiche nicht fand. Und dafür sorgte er ja gerade.

Wenn das so weiterging, würde er sich weitere Thermobehälter besorgen müssen. Zwei hatte er noch, aber was, wenn mehr gebraucht wurden?

Die Plastikwanne mit den geschredderten Abfällen war bereits halb voll, und Frank schaltete den Motor ab, schnitt das Paket mit den Hobelspänen auf und begann, es unterzumischen. Die Späne saugten ausgetretene Flüssigkeit gut auf, nicht umsonst verwendete man sie üblicherweise als Einstreu für Kaninchen oder Meerschweinchen. Zufrieden betrachtete er seinen selbstgemachten »Mulch«. Die erste Ladung konnte nach draußen. Großvaters riesiges Grundstück bot viele Möglichkeiten, gehäckselte Abfälle zu verteilen. Frank lud die Wanne am Waldrand vor den Sträuchern, die fast den ganzen Zaun verdeckten, ab und begann, die braungrauen Stückchen sorgfältig unter den Stämmen zu verteilen. Dort, wo schon die anderen als Dünger für die Fichten und Opas verwilderte Himbeersträucher dienten.

Wenn das mitgebrachte Gut komplett zerkleinert und ausgestreut war, würde er alles noch sorgfältig einharken, und dann konnte die Natur ihren Lauf nehmen. Winzige Knochenreste würden von kleinen Fleischfressern geholt werden; alles andere verweste wie Abfall auf einem Komposthaufen. Außerdem hatte ja auch niemand eine Ahnung, *was* er hier verstreut hatte, und so gab es keinen Anlass, den Mulch näher zu untersuchen.

Die leere Wanne vor sich hertragend, machte sich Frank Studer auf den Rückweg in die Garage. Es waren noch mindestens zwei Fuhren zu erledigen, und es wurde früh dunkel. Nach getaner Arbeit blieb nur die Plastikfolie übrig, aber auch das war kein Problem. Die Verpackung würde er am Schluss sorgfältig abspülen und mit reichlich Chlorreiniger nachwaschen. Genau wie den Häcksler. Chlorreiniger machte es unmöglich, Blutspuren nachzuweisen. Hatte die Stimme gesagt. Die gesäuberten Folien konnte er dann auf der Rückfahrt in irgendeine Abfalltonne werfen. Insgesamt schien es ihm die perfekte Vorgehensweise zu sein, um einen menschlichen Körper loszuwerden.

Auf dem Heimweg würde er die Gegebenheiten für die nächste Aufgabe erkunden. Die Stimme hatte gesagt, er solle das Gelände gründlich auskundschaften und ihr darüber berichten, damit sie ihm konkrete Anweisungen geben konnte.

Das war seine Aufgabe bis morgen Mittag. Übermorgen – am Mittwoch – würde er dann das nächste Herz zu seinem vorbestimmten Fundort bringen.

15

Das war die Herz-Bestie!

Dieser junge Mann hat seinen drei jüngeren Geschwistern das Herz bei lebendigem Leib herausgeschnitten! Magnus G., auf dem Foto 17 Jahre alt, hat im Sommer 2003 zum Skalpell gegriffen. An einem Wochenende, als seine Eltern auf einer Urlaubsreise waren, hat er seine Schwestern Sarah (13) und Lea (9) und den kleinen Felix (6) bestialisch abgeschlachtet. Die ausgeweideten Leichen warf er in den Pool, die Herzen legte er in die Kühltruhe, wo sie zwei Tage später gefunden wurden (*Bild* berichtete).

Mark las noch einmal die Blocküberschrift und schüttelte den Kopf. »Herz-Bestie«! Die *Bild*-Zeitung hatte Geroldsen vor zehn Jahren so betitelt und die Bezeichnung nun wieder hervorgekramt. Auf der Titelseite sah man ein grobkörniges Foto von Magnus Geroldsen. Er trug eine schwarze Hose, ein weißes Hemd und hatte die dunklen Haare sauber gescheitelt. Seine weichen Gesichtszüge ließen ihn zusammen mit der Kleidung wie einen harmlosen Jüngling aussehen, der sich für den Abschlussball fein gemacht hatte. Auf Seite drei hatten die Redakteure noch einmal in epischer Breite die schrecklichen Details ausgebreitet. Ein unscharfes Bild zeigte die Luftaufnahme eines rechteckigen Pools, daneben befand sich ein Foto der Familie aus glücklicheren Tagen – über die Augen hatte man schwarze Balken gelegt.

Mark blätterte um. Die Blockbuchstaben hatten ihn heute

früh auf dem Weg nach Obersprung am Kiosk angeschrien, und er hatte nicht widerstehen können und sich eine Zeitung gekauft.

> Die Herz-Bestie sitzt jedoch nicht im Gefängnis! Magnus G. wurde im Prozess von einem Gutachter für nicht schuldfähig befunden und befindet sich seit fast zehn Jahren im Maßregelvollzug in Obersprung. Seine Schuldunfähigkeit hält ihn jedoch nicht davon ab, fleißig Jura zu studieren. G. steht bereits kurz vor dem Examen!

Mark verzog das Gesicht. Das hörte sich irgendwie an, als sei einer der Gutachter schuld daran, dass Geroldsen nicht strafrechtlich verurteilt worden war und nun sogar studieren konnte. Aber es ging ja der *Bild*-Zeitung auch nicht darum, die Feinheiten des deutschen Rechtssystems auszuleuchten. Es ging um Quote, und die ließ sich mit Stammtischparolen natürlich leichter erzielen. Der Artikel endete mit:

> Gibt es Parallelen zu dem Fund der drei menschlichen Herzen vom vergangenen Dienstag in Leipzig? Wo sind die dazu-gehörigen Leichen? Ist womöglich ein Nachahmungstäter am Werk? *Bild* wird weiter berichten …

Es wunderte ihn überhaupt, dass es fast eine Woche gedauert hatte, bis die Medien Parallelen zwischen dem Fund der Herzen in Leipzig letzte Woche und dem Fall Geroldsen gezogen hatten. Mark warf die Zeitung auf den Beifahrersitz und schlüpfte in Jacke und Handschuhe. Leon Malz wartete auf ihn.

Auf dem Weg zum Tor dachte er darüber nach, wie Geroldsen jetzt wohl aussehen mochte. Ob man ihn wiedererkannte? Er nahm sich vor, auf dem Rückweg mit Agnes ein

Schwätzchen über den Fall zu halten. Heute musste er nach der Therapiestunde nicht noch in seine Praxis und hatte so mehr Zeit. Falls ihnen nicht wieder Frieder Solomon dazwischenfunkte.

»Das mag sich jetzt paranoid anhören …«, Mark machte eine entschuldigende Geste, ehe er weitersprach, »aber ist Geroldsen in seiner Zelle?«

»Aber klar doch.« Agnes lächelte. »Er steht Tag und Nacht unter Beobachtung. Jetzt natürlich ganz besonders, nachdem draußen dieser neue Fall passiert ist. Die Kollegen haben Anweisung, ständig ein Auge auf ihn zu haben, ohne dass er es mitbekommt. Außerdem kümmert sich Frieder höchstselbst um die Überwachung. Er versucht ja schon seit fast zehn Jahren, zu Geroldsen vorzudringen.« Agnes kräuselte die Lippen. »Erreicht hat er meines Wissens nicht viel.«

»Du könntest in Geroldsens Patientenakte nachsehen, was Doktor Solomon in den letzten Jahren dokumentiert hat.«

»Glaube nicht, dass uns das viel bringt. Außerdem gehört sich das nicht. Zumal es gegen diverse Grundsätze und Richtlinien verstoßen würde, wenn ich ohne triftigen Grund einen Kollegen kontrolliere. Auch hier drin gilt die ärztliche Schweigepflicht. Aber dir zuliebe denke ich später noch einmal darüber nach.«

»Danke, Agnes. Es ist ja nur der Form halber.« Es war nicht nur »der Form halber«, aber Mark hatte keine rationale Begründung für seine Bitte. Seit dem Gespräch mit Lara und Jo am Wochenende wurde er das ungute Gefühl nicht los, dass es eine Verbindung zu Magnus Geroldsen geben musste. Etwas, das sie noch nicht kannten. Vielleicht würde es sich herauskristallisieren, wenn er Näheres über die Behandlungsmethoden Frieder Solomons erfuhr. »Ich bin jedenfalls froh, dass Geroldsen unter Kontrolle ist. Gänzlich ausbruchssicher ist es hier ja nicht, wie man letzte Woche gesehen hat. Wurde eigentlich dieser entwichene Sexualstraftäter gefasst?«

Er sah, wie Agnes den Kopf schüttelte, und fuhr fort. »Wie heißt er?«

»Darf ich eigentlich auch nicht sagen. Aber da er entwichen ist und eine Fahndung nach ihm läuft, ist das wohl legitim. André Mann.«

Mark hatte den Namen noch nie gehört. »Welche Delikte haben denn dazu geführt, dass er nach Obersprung eingewiesen wurde?«

»Jetzt geht deine Wissbegierde echt zu weit, Mark. Eigentlich dürftest du mich nicht einmal fragen, ob er überhaupt von uns behandelt wird. Eine Offenbarungspflicht gäbe es, wenn ich Erkenntnisse über eine zukünftige Gefährdung anderer Personen hätte, aber dann auch nicht dir gegenüber. Du weißt doch, dass ein Verstoß gegen die Verschwiegenheitspflicht strafbar ist und bis zum Berufsverbot führen kann.«

»Du hast ja recht.« Mark verdrängte das Schuldbewusstsein, das in ihm aufgekeimt war. »Ich muss noch einmal auf Geroldsen zurückkommen.«

»Magnus Geroldsen … Der scheint dich besonders zu faszinieren, was?«

»Dich nicht?«

»Doch natürlich. Aber ich habe so viele Fälle zu betreuen, dass ich keine Zeit finde, mich noch mit denen zu befassen, die mir nicht zugeordnet sind. Und das will ich aus den eben genannten Gründen auch gar nicht. Was willst du denn noch wissen?«

»Nun, es geht mir eher darum, mit dir zu diskutieren. Du bist schließlich eine erfahrene forensische Psychologin.« Mark wartete einen Moment und ließ das Kompliment einsickern. »Ich hatte am Wochenende ein interessantes Gespräch über den Fall der in Leipzig gefundenen Herzen.«

»Mit wem?« Im Licht der Mittagssonne funkelte Agnes' Haar rotgolden. Sie erinnerte ihn ein klein wenig an Lara.

»Zwei Freunden. Das tut aber nichts zur Sache. Dabei kamen auch zwei Varianten zur Sprache, die durchaus im Bereich des Möglichen liegen. Variante eins: Die Tat wurde von einem Nachahmer begangen. Variante zwei: Geroldsen könnte draußen einen Komplizen haben.«

Agnes schüttelte den Kopf.

»Warte, lehne die Idee nicht gleich ab. Lass uns darüber reden.«

»Na gut.« Sie atmete aus. »Das mit dem Nachahmer erscheint mir noch am plausibelsten. Wenn die Fälle überhaupt etwas miteinander zu tun haben.«

»Davon gehe ich aus. Beweise habe ich allerdings keine. Reine Arbeitshypothese.« Mark sah nach draußen. Die Sonne hatte sich durch die Wolken gekämpft und überzog den Sportplatz und die dahinter stehenden Häuserblöcke mit freundlicher gelber Tünche. »Für die Nachahmer-Version fehlt aber ein Motiv.«

»Gibt es bislang denn überhaupt eins?« Agnes hatte die Hände flach auf die Tischplatte gelegt. Ihre Nägel waren kurz geschnitten.

»Bekannt geworden ist keins.«

»Du arbeitest doch auch als Fallanalytiker, nicht? Kommst du da nicht an solche Informationen ran?«

»Nicht mehr, liebe Agnes, nicht mehr. Aber ich habe noch einige Kontakte, die mir manchmal etwas erzählen. Anscheinend kennen die Ermittler aber das Motiv in diesem neuen Fall selbst nicht. Es gibt kein Bekennerschreiben, keine Anrufe, nichts, was auf den Täter hindeutet. Was wäre, wenn Geroldsen zu jemandem hier drin Kontakt hatte, der inzwischen entlassen wurde? Wenn er denjenigen beeinflusst hat, draußen für ihn zu morden?«

»Wie sollte ihm denn das gelungen sein? In den zehn Jahren, die er hier ist, hat er sich stets von allen ferngehalten. Die erste Zeit musste man ihn zu seiner eigenen Sicherheit strikt separieren. Du weißt ja, was mit Tätern geschieht, die Kinder ermorden, egal wie alt sie zum Zeitpunkt der Tat waren. Aber auch später schien er kein Bedürfnis zu haben, sich mit anderen Patienten anzufreunden. Ich sage das alles natürlich unter Vorbehalt, weil ich es auch nur zufällig aufgeschnappt habe.«

»Deshalb wollte ich in die Akte schauen. Vielleicht hat Solomon etwas dazu aufgeschrieben. Geroldsen studiert doch. Dazu ist es notwendig, dass er schriftlich mit der Außenwelt verkehrt. Womöglich gibt es dort einen Anhaltspunkt?«

»Daran habe ich noch gar nicht gedacht. Aber du könntest recht haben.« Agnes strich sich eine blonde Strähne aus der Stirn. »Ich habe dir ja versprochen, darüber nachzudenken. Mal schauen, was mein Gewissen dazu sagt. Nächsten Dienstag wissen wir mehr.«

»Danke. Ich werde mich dann auch auf die Socken machen.«

»Ich bringe dich. Wie immer.« Agnes lächelte breit und knöpfte ihren Kittel zu. Eine Jacke zog sie auch dieses Mal nicht über. »Hoffen wir, dass nicht noch mehr schlimme Dinge geschehen.« Mark nickte heftig und folgte ihr auf den Gang.

16

Lisa warf sich den Schal über die Schulter und sah an dem Haus nach oben. Die Fassade bröckelte an einigen Stellen. Nicht alle Fenster trugen Gardinen. Sie rieb sich die kalten Hände. In welchem Stockwerk mochte Frank wohnen?

Der schlanke, große Mann war ihr gleich aufgefallen, als er das erste Mal in die Therapiegruppe gekommen war. Frank strahlte Ruhe aus, er wirkte so, als wäre er vollkommen mit sich im Reinen. Was für einen trockenen Alkoholiker äußerst ungewöhnlich war. Sie alle litten doch unter dem steten Bemühen, sich beherrschen zu müssen, nur nicht in Versuchung zu geraten und wieder zu trinken. Fast alle in der Gruppe berichteten davon, fast alle wurden sie von Rastlosigkeit und innerer Unruhe geplagt. Nur Frank nicht. Frank war hereinspaziert, hatte seinen Vornamen genannt und dann auf seinem Stuhl Platz genommen, wo er die ganze Zeit ohne zu zappeln gesessen und zugehört hatte. Anfangs hatte er sich nur selten an den Gesprächen beteiligt, aber auch das hatte Lisa gefallen. Das ewige Geschwafel einiger Gruppenmitglieder ging ihr manchmal ganz schön auf die Nerven. Im Nachbareingang flammte das Hauslicht auf, und sie trat dichter an die massive Holztür heran und tat, als studiere sie die Namen auf dem Klingelbrett.

Letzten Sonnabend war sie Frank bis zu seinem Wohnhaus nachgeschlichen. Lisa vergrub die klammen Finger in den Hosentaschen. Sie war ein Feigling. Es wäre doch kein Problem gewesen, ihn gleich nach dem Treffen anzusprechen und ein bisschen mit ihm zu plaudern. Vielleicht hätten sie auch noch einen Kaffee trinken gehen können. Oder etwas essen. Aber nein – das hatte die sonst so coole Lisa Bachmann nicht fertiggebracht. Stattdessen schlich sie hier in der Gegend herum und hoffte, ihren Angebeteten »zufällig« zu treffen. Wieder glitt ihr Blick über die Fensterfront. Vielleicht war er gar nicht daheim.

Lisa sah zur Uhr und gab sich noch zehn Minuten. Wenn Frank dann nicht auftauchte, würde sie sich in Thomas' kleine Karre setzen und nach Hause fahren. Heute war Mittwoch. Mittwochs gab es im Fernsehen immer Filme mit Herzschmerz. Lisa liebte Herzschmerz.

Sie sah Frank vor sich, wie er letzte Woche aus dem dicken Märchenbuch vorgelesen hatte. Sein ernsthaftes Gesicht, die ruhige Stimme, die ihnen das Gleichnis von der Stimme des Herzens vorgetragen hatte. Mit so viel Gefühl, dass ihr die Tränen gekommen waren. Lisa schniefte und fuhr sich mit dem Ärmel über die Nase, während sie überlegte, was sie zu Frank sagen würde, wenn er plötzlich aus dem Dunkeln auftauchte. *Nanu, was machst du denn hier? Wohnst du hier? Ich war auf dem Weg zu einer Freundin. Ich war gerade auf dem Weg nach Hause. Hast du Lust auf einen Kaffee?* Sie schüttelte den Kopf. Alles Mist. Ihr wollte einfach kein glaubwürdiger erster Satz einfallen.

Frank war so poetisch. Feinfühlig und versonnen. Nicht wie diese groben Trampel, die sie bisher als Freunde gehabt hatte. Was sie aber am besten fand: Er bemühte sich ernsthaft, mit dem Teufel Alkohol fertigzuwerden. Genau wie sie. Sie konnte es sehen und spüren, wenn er in der Gruppe war. So einen wunderbaren Mann durfte man sich doch nicht durch die Lappen gehen lassen! Lisa kramte nach einem Taschentuch. Sie war eine Heulsuse. Es wurde Zeit, ihre Zelte hier abzubrechen. Die zehn Minuten waren längst verstrichen.

Das Geräusch ihres Schnaubens hätte fast das Quietschen

der sich öffnenden Tür übertönt. Lisa machte einen Sprung rückwärts, hielt die Luft an und sah mit großen Augen auf Franks Rückenansicht. Gott sei Dank hatte er sie nicht bemerkt!

Der Angebetete schlenderte langsam davon. Auf dem Rücken trug er einen großen Rucksack. Wo wollte er hin? Hektisch kramte sie nach dem Autoschlüssel und rannte dann über die Straße. Sie hatte sich das Auto ihres Bruders »geborgt«. Thomas wusste allerdings nichts davon. Aber er würde es auch nicht erfahren, wenn sie es rechtzeitig zurückstellte. Thomas schaute nie auf den Kilometerzähler. Nicht bei dieser alten Krücke. Der Kilometerstand erschreckte ihn nur. Im Einsteigen schaute sie über die Schulter. Frank war bereits an der nächsten Kreuzung angekommen, aber das Glück war ihr hold. Er bog nicht ab, sondern ging weiter geradeaus. Der Fiesta hustete und keuchte, dann sprang er an. »Guter Kerl.« Lisa tätschelte das Armaturenbrett, dann fuhr sie los.

Mit einem nervenzerreißenden Quietschen bog die Straßenbahn um die Ecke und hielt dann an. Lisa verdrehte den Kopf, um aus dem Beifahrerfenster einen Blick auf das Straßenschild zu erhaschen, konnte es aber im Halbdunkel der wenigen Straßenlampen nicht richtig erkennen.

Frank war wieder nicht ausgestiegen, und so gab sie vorsichtig Gas und folgte der Bahn. Wohin mochte er wollen? Und würde es ihm auffallen, dass ein kleiner verdreckter Fiesta schon die ganze Zeit hinter der Straßenbahn herfuhr? Schließlich war sie im »Beschatten« nicht geübt und hatte keine Ahnung, wie man es anstellte, dabei nicht gesehen zu werden. Wenn sie an den Stellen, an denen die Bahn einen Bogen fuhr oder abbog, einen Blick auf Frank erhaschte, sah sie immer nur seinen Hinterkopf, was bedeutete, dass er nach vorn schaute. Lisa verzog den Mund. War das, was sie hier tat, schon Stalking? Und was würde sie tun, wenn er ausstieg – sich ihm endlich zu erkennen geben? Schnell davonbrausen? Was hätte sie dann aber von ihrem Ausflug gehabt? Wäre es nicht besser, sie würde das kindische Katz-und-Maus-Spiel beenden und sofort nach Hause fahren? Wieder hielt die Bahn. Womöglich war er auf dem Weg zu einer Freundin? Lisa steckte die Finger der Linken in den Mund und nahm sie sofort wieder heraus. Sie hatte sich vorgenommen, die Fingernägel nicht mehr abzukauen, vergaß dies jedoch immer wieder.

Inzwischen wusste sie, wo sie waren. Gleich hier um die Ecke lag das Naturbad Südwest. Sie war als Kind oft dort gewesen. Mittlerweile waren die Badegäste fast alle an den Cospudener See abgewandert, und das Naturbad, eigentlich ein Kiesteich, wurde als sogenannter Landschaftssee vom Anglerverband für sich beansprucht. Franks Straßenbahn fuhr nach Markkleeberg im Südwesten von Leipzig. Hier spürte man die Großstadt fast nicht mehr, die Gegend war eher ländlich geprägt, in der Nähe lagen mehrere Seen, die sie dem Braunkohlentagebau zu verdanken hatten. Nur noch eine Haltestelle, dann kam »Markkleeberg West«. Dort endete die Straßenbahnlinie, und spätestens dort würde, *musste* er aussteigen. Lisa bemerkte gar nicht, wie Zeige- und Mittelfinger ihrer linken Hand wieder in den Mund schlüpften, so sehr war sie damit beschäftigt, darüber nachzudenken, was sie tun sollte, wenn die Bahn hielt. Gleich war es so weit.

Lisa fuhr an den Straßenrand und beobachtete, wie die Bremslichter der Straßenbahn aufleuchteten und sich die Türen öffneten. Vier Leute stiegen aus. Es war schwierig, aus der Entfernung und in der Dunkelheit Einzelheiten auszumachen, aber Franks große Gestalt war unverkennbar. Mit großen Schritten marschierte er von der Haltestelle weg. Zum Glück nicht in ihre Richtung. Sie wäre vor Scham im Boden versunken, wenn er plötzlich vor ihrem Auto gestanden und sie am Steuer gesehen hätte. Noch ehe sie den Gedanken ganz zu

Ende gedacht hatte, war sie auch schon ausgestiegen und folgte ihm, wobei sie sich im Gehen den Schal um den Hals wickelte. An der nächsten Kreuzung warf sie einen hastigen Blick auf das Schild: Rathausstraße. Franks Gestalt entfernte sich rasch. Mit seinen langen Beinen kam er deutlich schneller voran als sie. Lisa bemühte sich, nicht so laut zu atmen, und beeilte sich. Sie durfte nicht zu dicht an ihn herankommen, sonst bemerkte er sie. Wo wollte er hin? Im Dahinstolpern nahm sie sich vor, zu Hause nachzusehen, wo sie sich hier genau befanden. Ohne nach links und rechts zu schauen, überquerte sie eine größere Straße. Frank war links in einen schmalen Weg abgebogen und lief jetzt noch schneller. Lisa fixierte die große Gestalt einen Moment zu lange, strauchelte und stolperte. Wild mit den Armen rudernd, gelang es ihr gerade noch, sich abzufangen, aber sie hatte für ein paar Sekunden lang den Blick abgewendet. Als sie wieder aufschaute, war ihr »Zielobjekt« wie vom Erdboden verschluckt.

Lisa straffte sich und eilte zur nächsten Biegung des Weges – aber er blieb verschwunden. Ihr Fluchen hallte durch die Nacht, und sie rief sich zur Räson. Frank war weg, und sie hatte keine Ahnung, wo er hingegangen war.

17

»Du kannst die Veranstaltungstermine aktualisieren und für die Wochenendausgabe vorbereiten.« Hubert, der Patrick gegenübersaß, blickte kurz zur Tür und dann wieder auf seinen Bildschirm. »Die Datei mit Daten, Orten und Zeiten liegt im temporären Ordner im Intranet. Du ordnest das Ganze nach Stadtteilen, Genre und dann nach Tag und Uhrzeit. Wenn noch Platz ist, fügen wir ein paar kleine Fotos ein.« Patrick nickte und unterdrückte ein genervtes Schnaufen. Hubert tat gerade so, als erledigte der Praktikant dies zum ersten Mal, dabei hatte er schon letzte und vorletzte Woche die Rubrik »Wohin am Wochenende« fast allein gestaltet und mit Inhalten gefüllt.

»Ich rufe inzwischen noch einmal bei der Literaturgesellschaft an und erfrage ein paar Details zu dieser Preisverleihung am Sonnabend. Ob Tom jemanden von den Freien zur Berichterstattung hinschicken wird?«

Patrick verkniff sich eine Antwort auf die rhetorische Frage. Wie er schnell gemerkt hatte, war bei einer Tageszeitung nicht alles planbar. Man musste auf aktuelle Ereignisse reagieren, und dann wurden »unwichtigere« Termine einfach über den Haufen geworfen.

»Wenn ich mir alles angeschaut habe, kannst du die Veranstaltungen anschließend in den Online-Bereich stellen.«

»Geht klar, Chef.« Hubert behandelte ihn wie ein Baby.

»Traritrara, die Post ist da!« Gleichzeitig mit seinen Worten hatte der Briefträger die Eingangstür zu den Redaktionsräumen aufgestoßen und war hereingekommen. Die Brille auf Halbmast sah er sich um: »Wer?«

Das sollte heißen: Wer nimmt die Post entgegen? Der Mann machte das jeden Vormittag so. Wahrscheinlich hielt er sich für witzig. Patrick murmelte ein »Hallo«, während Hubert sich erhob.

»Guten Morgen.« Der Postbote sortierte seine Fracht auf dem Tisch neben dem Kopierer und erklärte: »Acht Briefe, zwei Postwurfsendungen, eine Büchersendung und ein Einschreiben.« Hubert, der jetzt neben dem Briefträger stand, zückte einen Stift und unterschrieb auf dem Formular, das der Mann ihm auf einem Klemmbrett präsentierte.

»Das war's schon. Tschüss, bis morgen!« Die Tür fiel zu. Weg war er. Patrick hatte seine Aufmerksamkeit gerade wieder den Veranstaltungen zugewandt, als er Hubert hüsteln hörte. Der Kollege hielt mit spitzen Fingern einen gefütterten Umschlag hoch. Braunes Papier, die Adresse auf einen Aufkleber gedruckt. »Erinnert dich das an irgendetwas?« Noch während Patrick den Kopf schüttelte, fiel ihm ein, wo er einen solchen Umschlag schon einmal gesehen hatte. Hubert war inzwischen herangekommen und betrachtete dabei noch immer mit gerunzelter Stirn den Brief, ehe er sich in der Redaktion umsah. Im Nebenraum tippte Christin einen Artikel für morgen. Friedrich Westermann war mal wieder unten, eine rauchen, und Ulrike Bannschuh zu Recherchen außer Haus. Die Tür zu Toms Büro war verschlossen. Patrick hatte keine Ahnung, ob der Redaktionsleiter anwesend war. Oft blieb er stundenlang in seinem Zimmer.

»Ich ahne Schlimmes.« Der gefütterte Umschlag landete auf dem Schreibtisch, und Patrick konnte ihn aus der Nähe betrachten. Er erinnerte sich noch gut an das raue Papier in seiner Hand, genauso wie an seine Angst bei der »Schnitzeljagd« auf dem verlassenen Fabrikgelände.

»Wenn da drin *das* ist, was ich glaube, haben wir ein Problem.« Hubert kratzte sich heftig unter dem Kragen seines hellblauen Hemdes, wobei er zur Tür von Tom Fränkels Büro sah. Patrick enthielt sich jeglichen Kommentars. Jetzt setzte sich der Kollege in Bewegung und schlurfte in Richtung des Redaktionsleiterbüros. »Ich geh ihn fragen. Nützt ja nix.« Er klopfte und verschwand. Nur wenige Sekunden später wurde die Tür aufgestoßen, und Tom stürmte, gefolgt von Hubert, heraus.

»Wo ist es?«

Patrick zeigte auf seinen Tisch, und der Redaktionsleiter kam heran und betrachtete den Briefumschlag. »Und ihr denkt …?«

»Für mich sieht es genauso aus wie das erste Schreiben vom Schlachter.« Hubert ließ die Mundwinkel herabhängen. »Schlachter« hatten die Medien den Täter getauft, und wie es mit solcherart Bezeichnungen war – sie blieben hängen wie klebriger Honig. Auch Christin hatte inzwischen bemerkt, dass etwas Spannendes geschah, und sich aus dem Nebenzimmer hereingeschlichen. Jetzt stand sie hinter Hubert und kaute auf ihren Knöcheln herum.

»Lasst uns nachsehen!« Tom griff nach einer Schere und hob den Umschlag an, wobei er die Schere wie eine Pinzette benutzte. Er betrachtete den Brief von allen Seiten und ließ ihn dann wieder auf den Tisch fallen. »Wenn wir nicht hineinschauen, können wir nicht wissen, ob unsere Vermutung richtig ist. Mach ein paar Fotos, Hubert, dann schneide ich ihn auf.« Hubert beeilte sich, der Aufforderung nachzukommen.

»Dann wollen wir mal.« Vorsichtig schob Tom eine Klinge unter die Lasche und schnitt. Das Geräusch hallte überlaut durch die Redaktion, nur unterbrochen von Christins gelegentlichem aufgeregtem Schniefen.

»Hast du eine Pinzette? Ihr Frauen habt doch so etwas immer in der Handtasche.« Christin schniefte noch einmal, hastete zu ihrem Platz und kam mit dem geforderten Gegenstand zurück.

»Na bitte. Wir wollen doch keine Fingerabdrücke zerstören, nicht?« Tom zog zwei Blätter aus dem Umschlag und faltete sie mithilfe von Pinzette und Schere auseinander.

»Ich wusste es. Scheiße.« Hubert stierte auf den Lageplan mit dem roten Kreuz. Tom stieß ein pfeifendes Geräusch aus. Zu viert betrachteten sie die Luftaufnahme und das Schreiben.

»NEUE INFORMATIONEN!« stand darauf in großen Druckbuchstaben. »SEHEN SIE NACH!« Auf dem Satellitenbild war ein kleines Waldareal zu sehen, das am oberen Rand und unten links von zwei Seen eingegrenzt wurde. Die gleichmäßigen Vierecke rechts deuteten auf eine Siedlung hin.

Hubert sprach als Erster. »Das ist in Markkleeberg. Das hier«, er zeigte auf das kleine graue Oval oben, ohne das Papier zu berühren, »ist der Waldsee Lauer. Und unten beginnt der Cospudener See. Ich weiß das, weil mein Sohn auf die Rudolf-Hildebrand-Schule ging. Die befindet sich jetzt nach dem Neubau in der Mehringstraße.«

»Das sieht doch aber auf der Kopie aus wie ein Park!« Tom klang verärgert. Dieses Mal hatte der unbekannte Absender die Straßennamen wegretuschiert und ihnen lediglich eine Luftaufnahme in Graustufen geschickt.

»Das da in der Mitte *ist* auch ein Park. Und zwar der Kees'sche Park. Bis zum Krieg war das eine neobarocke Anlage mit Wintergarten, Orangerie, Brücken und Pavillons. Heute ist davon nur noch wenig erhalten, ein Teil der Orangerie und der Park natürlich.«

»Bist du sicher?«

»Ziemlich.« Hubert war zu seinem Rechner gegangen und tippte. »Schaut mal hier. Das sind die Mehringstraße, der Kees'sche Park und das nordöstliche Ufer des Cospudener Sees von oben. Hier«, er vergrößerte den Ausschnitt, »ist der Park. Für mich sieht das so aus, als befinde sich das Kreuz direkt auf der Orangerie.«

»Eindeutig. Gut, Hubert.« Tom tätschelte dem Kollegen die Schulter. »Damit wissen wir schon mal, wo sich die ›Informationen‹ befinden.«

Patrick dachte darüber nach, was sich an der gekennzeichneten Stelle verbergen mochte. Ein weiterer Thermobehälter? Nicht mehr lange, und sie wüssten es. Wahrscheinlich würde Tom Fränkel jetzt gleich die Kripo informieren.

»Wir könnten das Schreiben geheim halten.« Tom biss sich, kaum dass der Satz seinen Mund verlassen hatte, auf die Unterlippe. Wahrscheinlich hatte er gerade selbst erkannt, dass ihn das in Teufels Küche bringen würde, und redete deshalb schnell weiter. Hubert war so klug zu schweigen.

»Wahrscheinlich aber wartet der Absender darauf, dass wir jemanden hinschicken. So wie beim ersten Mal. Beim letzten Mal war er ja sogar vor Ort und hat Sie beobachtet, Herr Seiler.« Patrick sah zu, wie Tom sich mit beiden Händen die Haare glattstrich, nur um sie sofort wieder zu verwuscheln. »Aber dieses Mal können wir niemanden zu der Stelle beordern, um nachzusehen. Es muss dem Briefeschreiber doch klar sein, dass wir verpflichtet sind, unverzüglich die Polizei zu informieren.« Während er sprach, hob Tom die Lageskizze mit der Pinzette an, schob sie vorsichtig in eine Klarsichthülle und reichte sie Patrick. »Kopieren Sie das bitte. Dann scannen Sie es mit sechshundert dpi ein.«

»Warum schickt er die Informationen immer an uns?« Hubert betrachtete den braunen Umschlag, der auf Patricks Schreibtisch lag. »Was hat er davon, gerade die *Tagespresse* zu informieren?«

»Sicher, weil wir keins von den kleinen Wurstblättern sind, sondern eine seriöse Zeitung.« Tom war dazu übergegangen, auf und ab zu laufen. »Ich wüsste zu gern, was bei dem roten Kreuzchen versteckt ist … Ob es sich wohl wieder um ein Herz in einem Thermobehälter handelt?« Jetzt blieb er stehen, sah sich hektisch um und begann, mit den Fingern ein Stakkato auf den Schreibtisch zu trommeln. »Was haltet ihr von folgender Idee: Herr Seiler könnte schnell mit dem Rad dahin fahren, sich das Gelände rund um die Orangerie anschauen und ein paar Fotos machen.«

Patrick, der gerade vom Kopierer zurückkam, hörte Hubert scharf einatmen und sah, wie Christins Unterkiefer ein wenig weiter herunterklappte, während Tom weitersprach. »Er soll sich umsehen und dann sofort wieder in die Redaktion kommen.« Jetzt wandte er sich Patrick direkt zu. »Aber rühren Sie nichts an! Sobald Sie von dort wegfahren, rufen Sie mich an, und ich informiere dann sofort die Polizei von dem Schreiben. Wir tun so, als hätten wir es eben erst erhalten. Dass Sie in der Zwischenzeit schon kurz dort waren, brauchen wir denen ja nicht auf die Nase zu binden.« Mit einem schabenden Geräusch rieb Tom sich die Hände.

Patrick sah das beifällige Funkeln in Huberts Augen und dachte darüber nach, wieso immer er der Gelackmeierte war. Gleichzeitig bewunderte er Toms Scharfsinn. Dem Redaktionsleiter fiel immer eine Lösung ein. Auch wenn sie ein wenig illegal war.

»Das könnte funktionieren.« Hubert bestückte schon die Digitalkamera mit Batterien.

»Was, wenn der Täter auch diesmal irgendwo in einem Versteck hockt und zusieht, wie ich dort herumschleiche?«

»Das wäre arg dumm.« Tom schüttelte den Kopf. Anscheinend konnte kein auch noch so schlüssiges Argument seine Entscheidung mehr ins Wanken bringen. »Er muss doch damit rechnen, dass nach den letzten Funden Kripo und Spurensicherung heute *sofort* anrücken. Fertig?« Er nahm Hubert die Kamera ab und holte eine der Lageskizzen vom Kopierer. Beides reichte er Patrick.

»Wie lange brauchen Sie ungefähr mit dem Rad da raus?«

»Eine halbe Stunde.«

»Gut. Dann haben Sie ab jetzt«, Tom sah zu der großen Wanduhr, »eine Stunde Zeit. Fahren Sie direkt zu dieser Orangerie, fotografieren Sie, was das Zeug hält, und versuchen Sie alles wahrzunehmen, was Ihnen irgendwie ungewöhnlich vorkommt. Sollten Sie tatsächlich einen Thermobehälter finden, öffnen Sie ihn auf keinen Fall, gehen Sie gar nicht erst in seine Nähe. Wir wollen die Kripo keinesfalls in ihrer Arbeit behindern. Ich denke, wir alle wissen auch so, was da drin ist. Spätestens um 12:30 Uhr rufen Sie mich an und sagen mir, dass Sie auf dem Rückweg sind. Und ihr beiden«, er zeigte auf Hubert und Christin, »haltet den Mund. Absolutes Stillschweigen ist angesagt.«

Patrick sah, wie Christin sich beeilte zu nicken. Sie wollten also die Kripo nicht in ihrer Arbeit behindern, so, so. Und was war das, was Tom Fränkel da eben angeordnet hatte? Er überlegte, ob es eine Chance gab, dem Ganzen zu entgehen, verschob den Gedanken aber auf später. Während der Fahrt nach Markkleeberg würde er ausreichend Zeit zum Nachdenken haben. Hoffentlich stellte sich das Ganze als blinder Alarm heraus.

18

»Sie besuchen weiterhin Ihre Therapiegruppe?« Mark fixierte Frank Studer. Der erwiderte den Blickkontakt und nickte eifrig. Sein Augenweiß war nicht gerötet, der Blick klar.

»Gestern Abend war ich erst wieder dort.«

»Haben Sie das Gefühl, dass Ihnen die Gespräche etwas nützen?«

»Ja, sehr. Man kann sich mit den anderen über die Probleme austauschen und bekommt nützliche Tipps.«

»Das ist prima. Welche Tipps meinen Sie?«

Frank Studer rieb sich mit einem schabenden Geräusch über die Bartstoppeln und schaute nach oben, ehe er antwortete.

»Was man zum Beispiel machen kann, wenn einen die Gier nach Alkohol überfällt. Um sich abzulenken. Einige haben ja schon jahrelange Erfahrung damit. Und Rolf achtet darauf, dass jeder mal zu Wort kommt.«

»Rolf ist der Coach?«

»Rolf ist unser Gruppenleiter. Er ist schon seit über zwanzig Jahren trocken.« Frank Studer schien stolz auf den Coach zu sein.

»Ich finde es super, dass Sie die Treffen regelmäßig aufsuchen. Machen Sie damit weiter. Das gilt natürlich auch für unsere Gespräche.«

Studer nickte mit einem zufriedenen Gesichtsausdruck. Ein bisschen Bekräftigung musste sein. Vielen Patienten fehlten der Zuspruch und die Bestätigung dafür, dass sie das Richtige taten.

»Und sonst? Kommen Sie mit Ihren Medikamenten zurecht?«

»Ich nehme sie genauso, wie Sie es gesagt haben.«

»Ausgezeichnet, Herr Studer.« Das lief schon fast zu gut. Mark notierte sich, dass er den Patienten weiterhin zu den Besuchen in der Therapiegruppe befragen wollte. »Haben Sie noch Fragen, oder möchten Sie etwas mit mir besprechen?«, setzte er hinzu.

Es flackerte kurz in Frank Studers Augen, dann strich er sich mit der flachen Hand über den Hinterkopf. »Hätten Sie vielleicht ein Glas Wasser für mich?«

»Moment. Ich hole Ihnen eins.« Mark erhob sich und klemmte Studers Akte unter den Arm. Normalerweise reichte er hier drin keine Getränke. Aber Frank Studer war der letzte Patient für heute, und ehe er Annemarie darum bat, konnte er das Wasser auch gleich selbst von draußen holen.

Als er zurückkam, stand Studer vor den Landschaftsaufnahmen und betrachtete gerade das Bild vom Aosta-Tal. »Das sieht toll aus!«

»Die Alpen. Waren Sie schon mal dort?« Mark reichte dem Patienten das Glas, und der stürzte das Wasser in einem Zug hinunter.

»Nein, leider. Vielleicht nehme ich mir das für nächsten Sommer mal vor.« Studer lächelte schief.

»Gut, Herr Studer.« Für Small Talk hatte Mark heute keine Zeit. »Einen Termin für nächste Woche vereinbaren Sie bitte mit Schwester Annemarie.« Er ging voran zur Tür. Studer folgte ihm. »Donnerstag oder Freitag wären sinnvoll.«

»Alles klar, Herr Doktor.« Frank Studer hob die Hand. Er vermied jeglichen Körperkontakt. »Dann wünsche ich Ihnen schon mal ein schönes Wochenende.«

»Danke.« Mark schloss die Tür. Der Patient war heute im Gegensatz zu seinen letzten Besuchen merkwürdig aufgeräumt gewesen. Er nahm sich vor, Studers Verhalten noch einmal nachträglich genauer zu analysieren. Nicht dass der Mann in eine bipolare Störung abglitt und gerade in die manische Phase eintauchte.

Die Akte hatte er noch unter dem Arm. Mark notierte »bipolar?« und ging, um Annemarie die Papiere zurückzubringen. Es war nicht die Norm, dass ein Patient, der nach massiven Halluzinationen, Krämpfen und anschließendem Koma tagelang auf der Intensivstation gewesen war, schon bald völlig ausgeglichen und austherapiert zu sein schien. Irgendetwas stimmte da nicht.

19

Eisig pfiff der Fahrtwind in Patricks Gesicht und trieb ihm die Tränen in die Augen. Er trat noch etwas schneller in die Pedale und dachte über den Ausflug in diesen Kees'schen Park und die Verantwortung nach, die Tom Fränkel ihm aufgehalst hatte. Wenn etwas schiefging, würde der Redaktionsleiter ihn fallen lassen wie die sprichwörtliche heiße Kartoffel, daran gab es keinen Zweifel. Und Christin und Hubert würden einen Teufel tun, ihm beizustehen und damit ihren Job zu riskieren.

Er war vorher noch nie in diesem Park gewesen und hatte sich auf dem Hinweg auch prompt verfahren, während in seinem Kopf eine leise Stimme die Minuten heruntergezählt hatte.

Der helle Sandstein des Palmenhauses hatte schon von Weitem durch die Rhododendren geleuchtet. Es war ein fast würfelförmiger Bau mit einer geschwungenen Kuppel, die sich im oberen Teil halbrund verjüngte. Kleine Steinchen waren zur Seite geschleudert worden, als er auf das Gebäude zugeradelt war.

Patrick hatte sich entschieden, mit dem Rad durch den Park zu fahren, auch wenn das nicht erwünscht war. Aber im Winter waren wahrscheinlich eh kaum Spaziergänger oder Parkwächter zu erwarten, die sein Tun missbilligen konnten. Zur Not würde er kurz anhalten, um die gewünschten Fotos zu schießen, und dann ganz schnell wieder verschwinden. Auch wenn Tom es für unwahrscheinlich gehalten hatte, der Gedanke, dass der Täter dort irgendwo im Gestrüpp lauerte und ihm beim Herumspionieren zusah, war Patrick nicht aus dem Kopf gegangen. Wozu sonst hatte dieser Typ das zweite Schreiben ausgerechnet wieder an die *Tagespresse* geschickt? Er würde den Praktikanten wahrscheinlich sogar als denjenigen wiedererkennen, der schon am ersten Fundort gewesen war. Und wer weiß, welche unguten Assoziationen das bei einem Verrückten, der tiefgefrorene Herzen in Thermobehältern versteckte, auslöste.

Das Hinterrad rutschte zur Seite, als Patrick zu schnell in die Fußgängerzone abbog, und er bremste vorsichtig. Die Pflastersteine waren rutschiger als der schwarze Asphalt. Er hörte sich selbst keuchen und dachte an die Fotos und die beiden Anrufe, die er vor gut zwanzig Minuten getätigt hatte.

Das Fahrrad stellte er im ersten Stock ab, dann hastete er die Treppen nach oben, verschnaufte vor der Tür zu den Redaktionsräumen kurz und versuchte dabei, nach drinnen zu lauschen, hörte aber lediglich das Rauschen des Bluts in seinen Ohren. Nachdem sein Atem sich beruhigt hatte, griff er nach der Klinke, klopfte mit der Linken noch einmal seine Hosentaschen nach Schlüsselbund, Handy und Kamera ab und riss dann die Tür auf. Als Erstes traf ihn ein Schwall warmer Luft, dann brandete das geschäftige Hintergrundsummen, das fast immer in den Redaktionsräumen herrschte, an seine Ohren. Hubert hatte sich halb aus seinem Sitz erhoben, sah ihn mit hochgezogenen Augenbrauen an und berührte dabei kurz die Lippen mit dem Zeigefinger.

Toms Zimmertür war geschlossen. Patrick hängte seine Jacke an die Garderobe und erblickte sein eigenes Gesicht im Spiegel. Die Haut hatte von der Kälte eine ungesunde purpurne Farbe angenommen.

»Wo kommst du denn her?« Friedrich Westermann schlurfte, eine halb volle Kaffeetasse in der Rechten, aus der Küche, dicht hinter ihm folgte Ulrike Bannschuh.

»Ich … äh … musste was erledigen.« Während Patrick noch

mit sich selbst haderte, weil er sich keine glaubwürdige Ausrede für seinen Ausflug zurechtgelegt hatte, sprach Friedrich schon weiter. Seine kleinen Augen glänzten aufgeregt. »Hier überschlagen sich mal wieder die Ereignisse.« Er zeigte in Richtung des Redaktionsleiterzimmers. »Tom hat Besuch. Von der Polizei, unserem Freund und Helfer. Du warst doch Dienstag vor einer Woche auf diesem Fabrikgelände und hast die Herzen gefunden, nicht?« Jetzt zeigte der Finger auf ihn, und Patrick beeilte sich zu nicken. »Tja, anscheinend gibt es einen weiteren Fund. Draußen in Markkleeberg.«

»Heute Vormittag kam ein Brief mit der Post.« Auch Ulrike Bannschuh wollte ihren Senf dazugeben. Nur Hubert hatte es scheinbar die Sprache verschlagen. Aber ihm war ja bewusst, dass Patrick die Details alle schon kannte. »Da war eine neue Lageskizze drin.«

Patrick setzte einen verblüfften Gesichtsausdruck auf und nickte eifrig. Friedrich riss das Ruder wieder an sich und setzte Ulrike Bannschuhs Satz fort. »Mit einem roten Kreuzchen, genau wie beim ersten Mal. Hubert hat den Brief vorhin geöffnet, und Tom hat gleich die Kripo benachrichtigt. Die sind schon auf dem Weg dorthin.«

Noch ehe Patrick sich überlegt hatte, dass er Friedrich vielleicht danach fragen müsste, wo »dorthin« denn sei, öffnete sich Toms Tür, und der Redaktionsleiter kam heraus, gefolgt von einem großen dünnen Mann mit buschigem Schnauzbart. Der Fremde glich einem ärgerlichen Uhu. Toms Blick fiel auf Patrick, seine Augen öffneten sich ganz kurz, und er hob für einen Moment die Brauen, ehe er sich den anderen Kollegen zuwandte. »Was ist denn das hier für eine Vollversammlung?«

»Wir haben über den Brief mit dem Lageplan gesprochen.« Friedrich schien sich nie vor Tom Fränkel zu fürchten. Vielleicht, weil er nächstes Jahr in Rente ging. Jetzt wandte er sich dem Uhu direkt zu. »Glauben Sie, dass dort wieder ein Herz versteckt ist, Herr Stiller?« Er schien den Mann zu kennen. Patrick musterte seine Kollegen. Die anderen anscheinend auch.

»Darüber kann Kriminalkommissar Stiller«, Tom betonte den Dienstgrad des Angesprochenen, »zum jetzigen Zeitpunkt noch nichts sagen. Kriminalpolizei und Spurensicherung sind vor Ort.« Der Uhu nickte und setzte sich hölzern in Bewegung. Tom folgte ihm zur Tür und hielt sie auf. Der Kriminalkommissar tuschelte noch ein paar Sätze mit dem Redaktionsleiter und verschwand dann nach draußen.

»Herr Seiler, Hubert, bitte in mein Büro.« Ohne auf sie zu warten, marschierte Tom zu seinem Zimmer. Patrick ließ Hubert vorangehen. Das Letzte, was er sah, bevor er die Tür zuzog, waren Friedrichs und Ulrikes neugierige Gesichter.

»Nehmt Platz.« Tom zeigte auf seinen ovalen Besprechungstisch. »Bevor Patrick berichtet, muss ich euch etwas mitteilen. Die Kripo wusste schon vor meinem Anruf von der neuen Mitteilung des Schlachters. Kriminalkommissar Stiller hat es mir vorhin gesagt. Ein Unbekannter hat wenige Minuten vor mir bei ihnen angerufen und sie informiert, dass sich wahrscheinlich im oder am Palmenhaus des Kees'schen Parks ein weiteres Objekt befindet.«

»Was?« Hubert stieß ein Zischen aus.

»Ich denke, es war der Täter selbst. Er wollte sichergehen, dass das vierte Herz schnell gefunden wird. Gut, dass wir nichts davon wussten, als wir Herrn Seiler losgeschickt haben. Und noch besser, dass er der Kripo dort nicht in die Arme gelaufen ist. Wer weiß, welche Komplikationen das ergeben hätte. Im Moment sind wir auf der sicheren Seite, da ich ja die Kripo ebenfalls informiert habe. Und nun zu dir, Patrick. Ich will jedes Detail wissen. Was hast du in dem Park entdeckt?«

»Ich bin gleich zu diesem Palmenhaus gefahren, bei dem das rote Kreuz eingezeichnet war.« Patrick sah kurz zu Hubert, der ihm väterlich zunickte. »Man kann es jetzt im Winter schon von Weitem sehen. Es ist ein ziemlich kleines Gebäude. Ein Weg führt drum herum.«

»Hast du im Park jemanden bemerkt, als du dort warst? Spaziergänger, Leute mit Hunden, andere Radfahrer?« Der Redaktionsleiter wechselte vom »Sie« zum »Du«, wie es ihm passte.

»Niemanden. Jedenfalls ist mir keiner aufgefallen. Ich war der einzige Besucher weit und breit. Aber es ist ja auch Schmuddelwetter, da geht niemand freiwillig im Park spazieren.«

»Das stimmt allerdings. Und nun zum eigentlichen Grund deines Ausfluges. Hast du dort etwas gefunden?« Tom hatte jetzt den Hals nach vorn gereckt, und auch Hubert saß nun aufrechter.

»Am Eingang zum Palmenhaus ...«, Patrick spürte, wie er schneller atmete, »da stand etwas. Es sah aus wie einer von diesen Thermobehältern. Ich hab mich nicht getraut, dichter ranzufahren.« Tom schnaufte, und er setzte schnell fort. »Aber ich habe Fotos gemacht. Mit Zoom.«

»Zeig her.« Der Redaktionsleiter griff nach der Kamera und klickte sich mit zusammengekniffenen Augen hastig durch die Fotos. »Kein Zweifel. Das ist so ein Ding. Hier.« Er drehte das Display zu Hubert, der seine Brille zurechtrückte, auf das Foto schaute und nickte.

»Wir laden es gleich auf meinen Rechner und schauen es uns in der Vergrößerung an.« Toms Handflächen machten ein schabendes Geräusch, als er sie aneinanderrieb. »Ich bin mir sicher, dass die Kripo da drin auch wieder ein Herz findet. Wir müssen gut überlegen, wie wir dieses Wissen einsetzen.«

Ohne unser heimliches Tun zu verraten. Patrick sprach den Satz nicht aus.

»Wir müssen auch darüber nachdenken, wie wir erklären, dass wir diese Fotos haben.« Tom kratzte sich am Kopf. »Ich rede mal mit Jo wegen der Metadaten in den Bilddateien.«

»Vielleicht können wir so tun, als seien sie uns von einem Informanten zugespielt worden. Oder sogar vom Täter.« Hubert schob mit dem Mittelfinger die Brille nach oben.

»Superidee. Ein unbekannter Informant.« Jetzt lächelte der Redaktionsleiter, während er sich Patrick zuwandte. »Hast du außer diesem Ding auf den Fotos noch etwas anderes entdeckt, was von Belang sein könnte?«

»Ehrlich gesagt, war die Zeit schon so weit fortgeschritten. Ich hab mich nicht getraut, noch länger dortzubleiben, sondern Hubert angerufen und Bescheid gesagt, dass ich jetzt zurückfahre.« Patrick faltete die Hände, um das unmerkliche Zittern zu verstecken. Er hatte einen kleinen Teil weggelassen, aber das würde hoffentlich niemand erfahren.

*

Ahmt der Schlachter die Herz-Bestie
Magnus G. nach?

Die Schlagzeile bei *Bild Online* war riesig. Neben der Überschrift prangte ein unscharfes altes Foto von Magnus Geroldsen, auf dem der junge Mann von zwei Polizeibeamten abgeführt wurde. Nun waren die Medien alle auf die unübersehbaren Parallelen des »Schlachters« zum Fall Geroldsen gestoßen. Erstaunlich, dass es ihnen erst jetzt aufgefallen war – fast zwei Wochen nach dem Fund der drei Herzen auf dem Fabrikgelände. Die *Bild* hatte ja vorgestern schon mit dem Gedanken spekuliert, dass die beiden Fälle sehr ähnlich geartet waren. Das Blatt druckte jetzt jeden Tag eine fette Schlagzeile zum »Schlachter«. Das brachte Quote. Schnell überflog Lara den Text. Neuigkeiten schienen sie nicht zu haben. Sie klickte sich durch die Links. Die Zeitung hatte noch einmal den Fall der ermordeten Geschwister dargestellt und mit drastischen Worten die Taten des damals Siebzehnjährigen plakatiert. Auf den Fotos hatten sie die Gesichter von Geschwistern und Eltern unkenntlich gemacht. Die Artikelserie endete mit der Darstellung des Gerichtsprozesses und Details zum Urteil.

Drei andere Tageszeitungen waren auf den Zug aufgesprungen und berichteten ebenfalls über die Übereinstimmungen der beiden Fälle.

Lara kramte die Notizen ihres Gesprächs mit Mark vom letzten Sonntag hervor. Geroldsen saß im Maßregelvollzug. Er konnte es also nicht gewesen sein. Jo hatte den Gedanken geäußert, dass ein Komplize hinter der Sache stecken könnte. Jemand, den Magnus Geroldsen in Obersprung kennengelernt hatte. Mark hatte ihnen daraufhin einen Vortrag über Vollzugseinrichtungen und Lockerungen gehalten. Die Idee mit dem Komplizen schien er abwegig zu finden. Aber möglich war alles. Psychisch kranke Straftäter entkamen, manche wurden als geheilt entlassen.

Lara sah aus dem Fenster, während sie Jens Hohnsteins Nummer wählte. Es war noch finster, die Sonne würde erst in knapp einer Stunde aufgehen. Seit sie ihren Job bei der *Tagespresse* an den Nagel gehängt und sich selbstständig gemacht hatte, hatte sie es sich zur Regel gemacht, jeden Morgen als Erstes die aktuellen Neuigkeiten im Internet nachzulesen. Das ersetzte ihr den News-Ticker in der Redaktion. Gleichzeitig konnte sie sich darauf vorbereiten, was eventuell für ihre nächsten Artikel wichtig sein würde.

Jens Hohnstein hob nach dem zweiten Klingeln ab. Nachdem sie ihm die Kurzform der Geroldsen-Schlachter-Geschichte geschildert hatte, stimmte er ihr zu, dass daraus ein spannender Bericht werden würde, und schlug vor, ihm eine erste Fassung mit den Angaben zu möglichen Fortsetzungen zu mailen. Nachdem er aufgelegt hatte, betrachtete Lara den Satz in ihrer Tasse und beschloss, sich noch einen Kaffee zu gönnen. Sie hatte das Gefühl, an dunklen Wintermorgen besonders schwer in die Gänge zu kommen. Auf dem Weg in die Küche klingelte ihr Handy, und sie hastete zurück ins Arbeitszimmer. Hatte Jens etwas vergessen?

»Morgen Lara. Bist du schon fleißig?« Jo klang munter. Viel zu munter. Er schien nie müde zu sein.

»Ich versuche es. Ich war gerade dabei, mir einen richtig starken Kaffee zu brühen. Also halb Kaffeepulver, halb kochendes Wasser.« Sie hörte, wie Jo ein »Uh« von sich gab, und lachte. »Und du? Es ist noch nicht mal sieben.« Wieso rief er so früh an? Im Hintergrund summte ein Automotor. »Bist du etwa schon unterwegs?«

»Ich fahre zum Schkeuditzer Kreuz. Dort hat es gekracht, und Tom kauft ungern Fotos von Agenturen, wenn wir eigene haben können.«

»Du hast wohl schon wieder den Polizeifunk abgehört? Und telefonierst außerdem während der Fahrt ohne Freisprecheinrichtung. Nicht nur, dass das gefährlich ist, es ist auch verboten.«

»Ja, Mama.« Sie konnte ihn grinsen hören. Beim nächsten Satz wurde er wieder ernst. »Ich rufe eigentlich an, um dir unter dem Siegel der Verschwiegenheit etwas zu erzählen.«

Noch bevor er fortsetzen konnte, sah Lara einen graugrünen Thermobehälter mit der Nummer »4« vor sich. »Ein weiteres Herz?« Sie warf in ihrer hastigen Suche nach Block und Stift Papiere auf den Fußboden.

»Woher weißt du das?« Jo schnaufte. »Gestern im Kees'schen Park.« Lara begann zu schreiben, während er die Einzelheiten schilderte.

»Wir haben einen Maulkorb bekommen, aber das wird sich nicht lange geheim halten lassen. Es gibt immer Beobachter, und die Aktivitäten von Kripo und Spurensicherung gestern Nachmittag können nicht allen verborgen geblieben sein. Irgendwann wird jemand Parallelen ziehen. Wenn es nicht schon geschehen ist.«

»Und Tom hat den Praktikanten zur Spurensuche hingeschickt, bevor er die Kripo informiert hat?« Lara schüttelte den Kopf. Tom Fränkel war und blieb ein Hasardeur. »Wenn das rauskommt, kommt er in Teufels Küche.«

»Da ist er schon. Und von mir hast du die Informationen nicht.« Lautes Hupen drang aus dem Hörer, dann fluchte Jo kurz, ehe er weitersprach. »Jemand hat kurz vor Tom bei der Polizei angerufen. Die hatten Glück, dass Patrick schon weg war, als die Kripo vor Ort aufkreuzte.«

»Tom hat aber auch jedes Mal einen Dusel!« Lara schnaufte. »Danke Jo. Ich werde gleich recherchieren. Wir hören uns später.« Sie legte auf und betrachtete ihre hastig hingeworfenen Notizen. Ob Mark schon zu sprechen war? Sie würde ihn noch einmal auf die Sache mit dem Komplizen ansetzen. Er ging doch in Obersprung ein und aus. Auch wenn er nichts mit Geroldsen zu tun hatte, er hatte ihr letztens versprochen, sich zu erkundigen.

20

Lisa stieß die Tür auf und klopfte ihre Stiefel ab. Im Vorraum roch es nach Schweißfüßen. Mit angewidertem Gesicht musterte sie die Schuhparade vor den Kleiderhaken. Rolf verlangte, dass sie die Straßenschuhe auszogen, wenn sie herkamen. Im Sommer konnten sie sie anlassen, aber sobald es regnete, und im Winter sowieso, mussten die Dinger runter. Es gab Filzpantoffeln aus der Behindertenwerkstatt für jeden von ihnen. Lisa nahm ihre Schlappen aus dem Plastikbeutel und stellte die Halbstiefel ganz hinten in die Ecke. Sie ekelte sich vor den grauen Dingern.

Im Versammlungsraum, den Rolf »Treff« getauft hatte, waren erst wenige Stühle besetzt. Einen Mundwinkel zu einem schiefen Begrüßungsgrinsen hochgezogen, ging Lisa von Platz zu Platz und schüttelte Hände. Sie kam schon seit anderthalb Jahren hierher, doch sie kannte trotzdem nur die Vornamen. Das war so üblich bei den Anonymen Alkoholikern. Die meisten hier waren ihr auch schnurzegal: Der dicke Alfred mit der roten Nase, der tätowierte Paul, das Pärchen mit dem kleinen Kläffer, die zwei älteren Männer – Micha und Lutz –, die, egal was für ein Wetter war, immer ihre olivgrünen Armeeparkas trugen, und Friederike, die wohl jeden Kerl hier schon mit nach Hause genommen hatte. Dazu kamen zwei, drei Typen, die nur sporadisch auftauchten. Wahrscheinlich plagte sie nach ihren Abstürzen jedes Mal das schlechte Gewissen, und dann besänftigten sie es mit einem Besuch in der Selbsthilfegruppe.

Lisa setzte sich an den Rand. Links neben ihr saß ein Neuer, der die Hände im Schoß verkrampft hatte und nach unten sah.

Frank war noch nicht da. Sie rieb ihre schwitzenden Hände an den Hosenbeinen. Er brauchte nicht gleich mit der Nase darauf gestoßen zu werden, dass sie aufgeregt war. Als die Tür hinter ihr aufsprang, zuckte sie zusammen, schaute noch einen Augenblick lang nach vorn und sortierte die Sätze in ihrem Kopf. Die Enttäuschung rann ihr wie bitterer Pomeranzenlikör die Kehle hinunter. Rolf gab der Tür einen Stoß, sodass sie ins Schloss krachte, und kam näher, sein obligatorisches breites Lächeln im Gesicht. Er ging nach vorn und winkte dabei jedem Einzelnen zu. Seine Filzpantoffeln waren etwas zu groß und schlappten bei jedem Schritt von den Fersen, aber das schien ihn nicht zu stören.

Bevor er sich setzte, stand Rolf noch ein paar Sekunden vor seinen Schäfchen und lächelte sein »Ihr schafft das«-Lächeln. Der Neue hatte nicht einmal hochgeschaut. Wahrscheinlich schämte er sich. Viele von ihnen hatten sich geschämt, als sie das erste Mal hierhergekommen waren. Rolf ließ sich auf seinen Stuhl plumpsen, zog die Hosenbeine zurecht und predigte die üblichen Begrüßungsformeln, diesmal besonders ausführlich und mit mehr Inbrunst als sonst. Nachdem er noch einmal die Bedeutung der geschlossenen Meetings erklärt hatte, machte er eine Pause und wartete darauf, dass jemand mit seinen aktuellen Problemen herausrückte. Lisa hatte sich vorgenommen, heute nur zuzuhören. Sie war nun schon über ein Jahr trocken und nutzte die Treffen meist nur, um ihre eigenen Handlungsweisen selbstkritisch zu betrachten. Der dicke Alfred begann von seinem Familientreffen zu berichten und wie schwer es für ihn gewesen war, den anderen beim Trinken zuzusehen. Alfred sprach gern und oft über seine Probleme. Und er redete lange.

Lisa hatte die Hoffnung, dass Frank noch kommen würde, schon aufgegeben, als sich hinter ihr die Tür öffnete. Ohne dass sie sich umdrehen musste, wusste sie, wer der Zuspätkommer war. Ihr Herz galoppierte los, und gleich darauf wurden die Hände wieder feucht. Frank schob sich vorsichtig näher, hob kurz die Hand und nahm zwei Stühle rechts von ihr Platz.

Den Rest des Meetings verpasste Lisa. Besser gesagt, sie konnte sich später am Abend nicht mehr erinnern, was gesagt worden war oder wer gesprochen hatte. Dafür erinnerte sie sich noch ganz genau, wie Frank von der Seite ausgesehen hatte, konnte seinen konzentrierten Blick fühlen und beschreiben, was er angehabt hatte. Die Kunst, jemanden aus den Augenwinkeln zu beobachten, hatte sie schon in der Schule perfektioniert. Als Rolf die Schlussfloskeln sprach und allen dankte, erwachte Lisa aus ihrer Trance. Würde Frank noch bleiben? Manche aus der Gruppe tranken nach den Treffen noch einen Kaffee und quatschten ein bisschen. Andere verschwanden so schnell, wie sie gekommen waren. Sie hatte noch immer keinen Plan, wie sie ihn ansprechen, geschweige denn sich mit ihm unterhalten sollte. Noch während Lisa Sätze in ihrem Kopf formulierte und gleich wieder verwarf, schob Frank seinen Stuhl nach hinten und kam direkt auf sie zu. Ihr Herz machte einen Hopser und blieb dann stehen.

»Hallo Lisa.« Er streckte den Arm aus. »Trinkst du noch etwas mit oder musst du gleich los?«

Lisa fühlte die Wärme seiner Handfläche auf ihrer Schulter und spürte, wie ihr Herz wieder zu schlagen begann. So laut, dass man es wahrscheinlich bis in die Innenstadt hören konnte. Ihr Kopf hatte sich selbstständig gemacht und bewegte sich schnell von links nach rechts.

»Fein. Ich hab auch noch eine halbe Stunde.« Er ließ ihre Schulter los und ging voran in Richtung des Nebenraums, den Rolf letztes Jahr mit ihrer Hilfe zu einer kleinen Küche umgebaut hatte. »Kaffee vertrage ich um diese Zeit nicht mehr, aber ein Orangensaft wäre gut.« Er öffnete den Schrank, nahm zwei Gläser heraus und schenkte ein. Lisa sah sich selbst neben ihm stehen, den Mund halb offen, einen dämlichen Ausdruck im Gesicht. Fehlte nur, dass ihr Speichel übers Kinn lief. Sie verschränkte die Arme und kniff sich mit Daumen und Zeigefinger heftig in den linken Oberarm. Es half. In ihren Kopf kehrte die Klarheit zurück, und auch die Stimme funktionierte wieder. »Danke. Supernett von dir.« Sie nahm ihm das Glas ab.

»Setzen wir uns raus?« Frank nickte ihr zu und lächelte ein derart strahlendes Lächeln, dass Lisas Beine sofort puddingweich wurden. Zum Glück ging er vorneweg, sodass ihm ihr Schwanken entging. Draußen herrschte Funkstille. Die Treffen waren jeden Dienstag und Freitag, und freitags verschwanden alle immer schnell, wollten nach Hause, das Wochenende genießen. Nur der dicke Alfred saß noch an einem der Tische und diskutierte mit Rolf. Wahrscheinlich war er einsam und hatte daheim niemanden zum Reden.

Frank zog einen Stuhl heran, und Lisa ließ ihren Blick schnell nach oben gleiten. Wärme breitete sich in ihrem Gesicht aus. Es fehlte noch, dass er bemerkte, wie sie ihm auf den Hintern starrte.

Nachdem sie über das Wetter, mögliche Urlaubsziele im Sommer, Weihnachten und den künstlichen Geschmack des Orangensafts geredet hatten – alles, nur nicht über Alkohol –, machte Frank Anstalten aufzubrechen. Lisa sah, wie er mehrfach auf die Uhr schaute und unruhig auf dem Stuhl hin- und herrutschte, und fragte sich, ob er noch eine Verabredung hatte oder ob womöglich eine Frau oder Freundin zu Hause auf ihn wartete, traute sich jedoch nicht, direkt danach zu fragen. Einen Ring trug er jedenfalls nicht.

»Ich muss dann los. Warte, ich mach das schon.« Gleichzeitig mit seinen Worten erhob er sich und griff nach den beiden Gläsern, um sie in die Küche zu bringen.

Lisa sah ihn zurückkommen, die Jacke schon über dem Arm, und fasste sich ein Herz. »Soll ich dich mit in die Stadt nehmen?« Sie ahnte sein ablehnendes Kopfschütteln, ehe es erschien, und setzte schnell hinzu: »Ich habe mir das Auto meines Bruders geborgt.« Bei dem Wort »geborgt« malte sie mit den Zeige- und Mittelfingern zwei Anführungszeichen in die Luft.

»Nett von dir.« Frank schlüpfte in die Ärmel. »Aber ich bin selbst mit dem Wagen da.«

Er hatte ein Auto? Lisa öffnete den Mund, um etwas zu erwidern, und schloss ihn gleich wieder. Franks Ausflüge mit der Straßenbahn zu erwähnen, hätte bedeutet, ihm zu offenbaren, dass sie ihm nachspioniert hatte.

»Dann bis nächsten Dienstag. War nett, mit dir zu plaudern, Lisa.« Er gab ihr die Hand, winkte Rolf ein »Tschüss« zu, ging in Richtung Tür und verschwand nach draußen.

»Ich muss auch los. Ciao, Rolf!« Lisa erwachte aus ihrer Lähmung, warf sich die Jacke über die Schultern und nestelte nach dem Autoschlüssel. Wenn sie sich beeilte, konnte sie sehen, wohin Frank fuhr. Vielleicht würden sie auch ein Stück der Strecke gemeinsam haben. Mehr rennend als gehend hastete Lisa in die Dunkelheit.

Der Fiesta hustete und spuckte an jeder Ampel asthmatisch. Lange würde Thomas' Karre es nicht mehr machen. Lisa hoffte, dass das Auto durchhielt. Wenigstens heute Abend noch. Dann würde sie es zurückstellen und nie wieder nehmen. Thomas kümmerte sich nicht um Reparaturen oder Wartungstermine. Sollte er selbst sehen, wie er sein Auto am Laufen hielt. Weiter vorn blinkte der weiße Audi. Lisa war froh, dass Frank ein helles Auto fuhr. So war es leichter, ihn in der Dunkelheit nicht zu verlieren. Ob er wieder nach Markkleeberg fuhr? Vielleicht hatte er dort eine Freundin? Inzwischen hatte sie im Internet nachgeschaut. Frank war am Mittwoch, bevor sie ihn aus den Augen verloren hatte, von der Straßenbahnhaltestelle aus in Richtung Cospudener See gelaufen. Natürlich war er nicht zum See gegangen, nicht im Winter bei diesen eisigen Temperaturen, aber ihr fehlte auch jegliche Ahnung, wohin er sonst gewollt haben könnte. Auf der Karte lagen in der Richtung, in die Frank verschwunden war, ein paar Seitenstraßen, ein Park und das Strandbad Nord.

Vorn leuchteten die Bremslichter des Audis auf, und Lisa nahm den Fuß vom Gas. Es ging definitiv nicht nach Markkleeberg. Frank fuhr nach Norden. Auf dem Vorwegweiser eben hatte »Taucha« gestanden.

*

»Ich habe den Artikel gelesen, den du mir gemailt hast.« Jens Hohnstein kratzte die letzten Reste der Kartoffelsuppe zusammen. Das Knirschen des Löffels auf dem Porzellan bohrte sich in Laras Kopf wie ein gedrehter Eisenspan. »Da kannst du eine Serie draus machen. Nicht so reißerisch wie in der *Bild*, aber schön blutig. Das wird den Lesern gefallen.«

Lara verzichtete auf einen Kommentar zu dem Attribut »blutig«. Natürlich hatte Jens die Verkaufszahlen im Blick. Sie würde schon darauf achten, dass es nicht zu drastisch wurde.

»Du hast anscheinend noch unveröffentlichte Hintergrundinformationen?« Er nippte an seiner Cola. Jens Hohnstein liebte Süßes und Fast Food. Ein Wunder, dass er eingewilligt hatte, sich zu einem verfrühten Abendessen mit Lara im *Suppenparadies* statt in einem Fast-Food-Restaurant zu treffen.

»Eine ganze Menge. Ich habe vorhin mal in der Redaktion der *Tagespresse* bei meinen alten Kollegen vorbeigeschaut. Tom war nicht da, da konnte ich ein bisschen plaudern.«

»Was hast du herausgefunden?« Jens' Augen glitzerten.

»Dass in dem Thermobehälter von gestern wieder ein Herz war, wussten wir ja schon von Jo. Patrick – das ist der Praktikant, den Tom an den Fundort geschickt hatte – hat außerdem eine Menge Fotos gemacht. Allerdings nur von der Umgebung und dem Standplatz des Behälters. Ihn zu öffnen, hat er sich nicht getraut.«

»Das wäre ja auch noch schöner.«

»Leider kann Tom die Bilder nicht drucken, denn dann müsste er erklären, woher er sie hat. Angeblich erwägt er, es doch zu tun und sie einem unbekannten ›Informanten‹ zuzuschreiben. An Agenturen verkaufen kann er sie nicht, weil die Metadaten in den Dateien auf die Kamera verweisen. Da hätte man recht schnell herausgefunden, dass der Fotoapparat der *Tagespresse* gehört. Für dieses Risiko geben sie zu wenig her, sagt Jo. Außer dem Park mit dem Palmenhaus und dem Behälter ist nichts Interessantes darauf zu sehen.«

»Der gute Herr Fränkel ist bestimmt stinksauer, weil er die Bilder nicht verwenden kann.«

»Das gönne ich ihm. Inzwischen sind auch die Medien auf diesen neuen Fund aufmerksam geworden. Irgendjemand hat geplaudert, und nun glaubt er, dass es in der Redaktion einen Maulwurf gibt.«

»Die Informationen könnten aber auch von anderer Stelle gekommen sein.«

»Sicher. Das mit dem Maulwurf ist ja auch nur ein Verdacht von Tom.« Lara grinste. »Seine Paranoia zeugt von einem schlechten Gewissen. Unabhängig davon wird die Redaktion inzwischen regelrecht belagert. Ich hatte Mühe, mich ungesehen durch den Hintereingang davonzuschleichen.«

»Warum das denn?«

»Nun, ist es nicht seltsam, dass ausgerechnet immer die *Tagespresse* diese Lagepläne bekommt? Es muss da doch irgendeine Beziehung zum Täter geben. Und das fällt natürlich auch den anderen auf.«

»Da ist was dran. Lass uns diesen Fakt im Auge behalten.

Vielleicht hat der Schlachter eine wie auch immer geartete Beziehung zu einem aus dem Redaktionsteam.«

»Jetzt nennst du ihn auch schon den ›Schlachter‹.« Lara kräuselte die Lippen.

»Tut mir leid, aber diese Bezeichnung wird sich nicht mehr aus dem kollektiven Bewusstsein löschen lassen. So ein Name bleibt einfach hängen.«

Jens hatte recht, aber das änderte nichts an Laras Unzufriedenheit. Sie beschloss, sich nicht weiter darüber aufzuregen. »Ich habe übrigens weitere Informationen, die noch nicht nach außen gedrungen sind.«

»Was ist es?« Jens' Augen funkelten jetzt stärker.

»In dem Thermobehälter von gestern war nicht *nur* ein gefrorenes Herz.« Sie wartete ein paar Sekunden, kostete den Moment der Spannung aus und beobachtete, wie Jens Hohnstein vor Aufregung zu zappeln begann.

»Ein Brief war darin, ein Schreiben, das nur vom Täter sein kann.«

»Was … weißt du auch, was darin stand?«

»Sinngemäß. Dass Magnus Geroldsen unschuldig sei und man mit diesen Herzen darauf aufmerksam machen wolle. Dass man eigentlich schon beim ersten Fund Zweifel an seinen damaligen Taten erwartet hätte. Man solle ihn sofort rehabilitieren, sonst gäbe es weitere Opfer.«

»Das ist hochinteressant.« Jens kratzte sich hinter dem Ohr. »Klingt nicht nach einem Nachahmungstäter, eher nach einem Bewunderer. Es ist doch wohl unstrittig, dass Geroldsen damals der Täter war?«

»Glaube schon. Um mich zu vergewissern, habe ich inzwischen mit meinem Freund Mark Grünthal telefoniert. Er war damals mit dem Fall befasst. Wir hatten neulich, als Jo dabei war, schon über die Sache mit dem Komplizen gesprochen. Vielleicht ist es jemand, der auch im Maßregelvollzug war und

Kontakt mit Geroldsen hatte. Mark geht doch in Obersprung ein und aus. Auch wenn er dort nichts mit Magnus Geroldsen zu tun hat, unauffällig nachfragen kann er sicher, ohne dass er sein Berufsethos verletzt.«

»Und, wird er sich umhören?«

»Er hat gesagt, er ist frühestens Dienstag wieder dort. Dann will er ein paar Erkundigungen einholen.«

»Super. Das wird spannend.« Jens rieb die Handflächen aneinander. »War der Text mit der Hand geschrieben?«

»Mit dem Computer, sagt Hubert. Das hilft der Kripo gar nicht. Für Ermittlungen bräuchte man eine Vergleichsprobe vom Drucker. Oder Fingerabdrücke von den potenziellen Tätern, sofern sie das Papier angefasst haben. Der Brief war übrigens in der Mehrzahl verfasst.«

»Das muss nichts heißen. Bekennerbriefe sind oft in der Wir-Form geschrieben, um die Polizei in die Irre zu führen.«

Lara nickte, und Jens fuhr fort. »Du hast vorhin gesagt, du hättest ›zusätzliche Informationen‹. Information*en* – Mehrzahl, Lara.« Er zwinkerte, und sie musste lachen. Obwohl Jens Hohnstein ein bisschen wie Inspektor Columbo aussah, war er stets hellwach. »Du hast ja ganz genau zugehört. Die Spurensicherung hat auf dem Gelände des *VEB Metallwaren* Kameras gefunden. Sie waren an verschiedenen Stellen versteckt, im oberen Stockwerk des Fabrikgebäudes und in den Bäumen auf dem Grundstück, befestigt mit Paketband. Darüber ist allerdings Stillschweigen vereinbart worden. Von mir hast du das also nicht, und schreiben kann ich es auch nicht.« Jens nickte und öffnete den Mund, um etwas zu fragen, aber Lara redete schon weiter.

»Speichermedien waren nicht darin. Entweder hat man sie später entfernt, oder es handelte sich um Online-Kameras, die die Aufnahmen in Echtzeit irgendwohin gesendet haben. Das weiß ich leider nicht.«

»Also wollte der Täter aus sicherer Entfernung beobachten, wie und von wem die Herzen in den Behältern gefunden wurden.«

»Wahrscheinlich hat er eine Armada von Presseleuten, Radioreporten und Fernsehjournalisten erwartet und war enttäuscht, als nur Patrick Seiler mit dem Fahrrad dort aufkreuzte.« Lara strich mit dem Zeigefinger über die feinen Wassertröpfchen an der Außenseite ihres Glases.

»Ob in dem Park auch Kameras installiert waren?«

»Ich halte es für möglich, weiß es aber nicht. Patrick hat nicht darauf geachtet, weil er davon nichts wusste, und die Kripo rückt keine Informationen raus. Man könnte Jo bitten, die Fotos noch einmal daraufhin durchzusehen.« Lara kramte nach ihrem Notizbuch und schrieb sich den Gedanken auf. Jens' nächste Worte ließen sie aufblicken.

»Man müsste beim nächsten Brief von Anfang an auf so etwas achten.«

»Du glaubst, dass es noch ein tiefgefrorenes Herz geben wird?«

»Ich denke nicht, dass das Ganze schon vorbei ist. Was ist, wenn der Täter tatsächlich Geroldsens Rehabilitation erwartet? Was wären seine nächsten Schritte, wenn dies nicht geschieht? Und es *wird* nicht geschehen, so viel ist sicher. Wenn es das Ziel des Schlachters ist, Geroldsens Unschuld zu beweisen und dessen Freilassung zu erreichen, wird er sicher nicht so ohne Weiteres damit aufhören.«

»Das ist schrecklich.« Lara sah nach draußen. Das trübe Grau des Himmels verstärkte ihre Vorahnungen. Es würde noch schlimmer kommen.

*

Frank Studer ließ das Licht ausgeschaltet, tastete sich zum Lehnstuhl, setzte sich und legte den Kopf an die Rücklehne.

Dann schloss er die Augen und lauschte in sich hinein. Er musste nachdenken. Die Stimme hatte sich seit Mittwochnacht nicht wieder gemeldet, und er wurde allmählich unruhig. Das Wochenende stand vor der Tür, und es gab keine Anweisungen. Behutsam hob er die rechte Hand und betastete vorsichtig den Buckel unter den Haaren auf seinem Hinterkopf. Die Elektroden waren an Ort und Stelle, daran konnte es nicht liegen.

Manchmal erreichte ihn die Stimme direkt in seinem Kopf, manchmal auch über das Handy. Er wusste vorher nie, wie der Kontakt hergestellt werden würde.

Vielleicht schwieg die Stimme, weil sie das Projekt nicht gefährden wollte? Frank erhob sich leise, ging zum Fenster und spähte hinaus. Da draußen schlich diese Tussi aus der Therapiegruppe umher – wie hieß sie noch gleich? Lisa. Solange die kleine Zicke auf dem Grundstück herumspionierte, konnte er nichts Sinnvolles tun. Frank dachte an den Häcksler und die Motorsäge in der Garage und kratzte sich am Kinn. Er hatte gehofft, die Stimme danach fragen zu können, wie er mit Lisa verfahren sollte. Allein fühlte er sich hilflos. Was, wenn die ungebetene Schnüfflerin etwas fand? Wenn sie ihm jetzt dauernd auf den Fersen sein würde? Warum tat sie das überhaupt? Hatte jemand sie auf ihn angesetzt? Frank tappte zurück zum Lehnstuhl, machte wieder kehrt und ging in die Küche. Von hier aus konnte man den rückwärtigen Bereich bis hin zu der Fichtenhecke gut überblicken. Es war nicht ganz finster, und seine Augen hatten sich inzwischen an die Dunkelheit gewöhnt. Er hielt die Luft an, starrte hinaus und ließ den Blick wie einen Suchscheinwerfer von links nach rechts gleiten.

Als ob er nicht bemerkt hätte, dass ihm dieses Mädchen mit ihrer kleinen Mistkarre nachgefahren war! Schon am Mittwoch hatte er Mühe gehabt, sie abzuhängen. Als ihm kurz vor der Endhaltestelle aufgefallen war, dass der rostige Fiesta schon die ganze Zeit hinter der Straßenbahn herfuhr, war es fast zu spät gewesen. Nicht auszudenken, was passiert wäre, wenn ihm das kleine Luder bis in den Park gefolgt wäre! Zum Glück war es ihm gelungen, Lisa auf dem Weg dorthin abzuhängen.

Unter den Fichten im hinteren Teil des Gartens bewegte sich etwas. Frank kniff die Lider zusammen und fixierte den Bereich. Ein kleines Tier schnüffelte im Laub herum.

Das Ganze wurde allmählich gefährlich. Die Stimme hatte ihn vor den Häschern gewarnt. Jederzeit könnten sie auf ihn aufmerksam werden und Leute auf ihn ansetzen, hatte sie gesagt. Und dass er wachsam sein müsse, immer, bei allem, was er tat. Und Frank Studer war wachsam gewesen, oh ja! Er hatte die Observation rechtzeitig bemerkt. Vielleicht war es auch eine Prüfung der Stimme, die kontrollieren wollte, ob er ihren Anweisungen Folge leistete. Vielleicht aber auch nicht.

Um herauszufinden, was gespielt wurde, hatte Frank sich deshalb ein Herz gefasst und Lisa vorhin angesprochen. Leider war das Gespräch nicht sehr ergiebig gewesen. Das Auto ihres Bruders! Er prustete verächtlich. Lügen über Lügen. Die kleine Schlange hatte nichts von ihren wahren Absichten preisgegeben. Stattdessen war sie ihm erneut nachgefahren. Den ganzen Weg zu Großvaters Grundstück über hatte Frank überlegt, was er tun sollte. Einfach in der Gegend herumkutschieren, bis sie es leid war, ihm zu folgen? Unterwegs irgendwo einkehren und sie da draußen in der Kälte in ihrem Auto verdorren lassen? Umkehren und zurück zu seiner Wohnung fahren?

Schließlich war ihm nichts Besseres eingefallen, als das Auto in die Garage zu stellen, das Tor zu schließen und sich dann über den Nebeneingang ins Haus zu schleichen. Bis zur Eingangstür würde sie ihm bestimmt nicht nachkommen, und er hoffte, dass sie ihre Beschattung aufgab und verschwand, wenn nichts Aufregendes mehr geschah. Langsam ging er ins Wohnzimmer zurück und schaute einige Minuten nach draußen, aber auch hier war niemand zu sehen. Entweder war sie endlich weg, oder sie lauerte noch irgendwo im Dunkeln, wartete, ob er wieder herauskam.

Das Ganze war ein Fehler gewesen, wie ihm inzwischen klar geworden war. Die Schnepfe wusste jetzt, dass er ein Haus mit einem großen Grundstück besaß, abseits der Hauptverkehrsstraßen, dicht am Wald. Wahrscheinlich würde sie demnächst wieder hier aufkreuzen – wenn er nicht da war – und herumschnüffeln. Es gab zwar nichts Auffälliges zu finden, darauf achtete er peinlichst, aber man konnte ja nie wissen.

Wie lange fuhr sie ihm eigentlich schon nach? War dies womöglich nicht ihr erster Besuch hier draußen? Hatte sie ihn vielleicht sogar letztens dabei beobachtet, wie er den selbstgemachten »Rindenmulch« im Garten verteilte?

Frank Studer atmete tief ein und aus. Es gab nur eine Alternative. Lisa musste weg und zwar schnell, ehe sie jemandem von ihren Beobachtungen berichten konnte. Er konnte der Stimme anbieten, sie zu schlachten wie die Herzspender vor ihr. Aber wäre das nicht zu gefährlich, weil dann jemand ihn mit ihr in Verbindung bringen könnte? Andererseits – wenn er sich vorstellte, wie ihr Herz aussehen und panisch in der Brust herumzappeln würde, während er es herausschnitt, wurde ihm heiß.

Er musste handeln. Schnell. Wenn die Stimme ihm nicht half, würde er selbst eine Entscheidung treffen müssen. Aber lieber hätte er um Rat gefragt. Frank Studer starrte in die Dunkelheit und dachte darüber nach, was die Stimme an seiner Stelle getan hätte. Das Schrillen seines Handys ließ ihn zusammenzucken. Niemand kannte diese Nummer. Niemand außer … Er atmete auf und nahm den Hörer ab.

21

Mark verabschiedete sich von Leon Malz. Sein Patient war heute unaufmerksam gewesen, hatte abwesend gewirkt und sich nicht konzentrieren können. Die Insassen im Maßregelvollzug hatten gute und schlechte Tage – wie jeder Mensch. Hinzu kamen die Medikamente. In Leon Malz' Akte hatte gestanden, dass er in den vorangegangenen Tagen sehr unruhig gewesen war und nachts zweimal randaliert und Mobiliar zerstört hatte. Man hatte körperliche Gewalt anwenden müssen. Der zuständige Stationsarzt hatte vorhin auf dem Gang seinem Unmut darüber Luft gemacht, dass manche Patienten sich gegen die Medikation wehrten.

Mark ließ sich die Schleuse öffnen und trat auf den Innenhof hinaus. Heute schien keine Sonne. Die wuchtigen grauen Wolken, die tief am Himmel hingen, entzogen der Umgebung alle Farben. Sogar die sonst so tiefroten Dächer der Eingangsgebäude wirkten in diesem diffusen Licht schmutzig braun. Schneematsch bedeckte den Weg. Mark teilte die Meinung des Stationsarztes. Eine »Zwangsbehandlung zur Abwendung von Gefahren für Leib und Gesundheit von Mitpatienten oder Pflegepersonal« ließ das Maßregelvollzugsgesetz nicht zu. Es existierten Gerichtsurteile, die besagten, dass die Patienten ein »Recht zur Krankheit« hatten. Erst vorletztes Jahr hatte ein wegen Kindesmissbrauchs verurteilter Straftäter vor dem Bundesverfassungsgericht Verfassungsbeschwerde gegen eine ihm angekündigte Zwangsbehandlung eingereicht. Der Betreffende war seit 2005 wegen einer multiplen Störung der Sexualpräferenz mit kombinierter Persönlichkeitsstörung im Maßregelvollzug untergebracht worden. Die Klinik hatte ihm mitgeteilt, ihn mit dem Neuroleptikum *Abilify* – wenn nötig auch gegen seinen Willen – behandeln zu wollen.

»Gegen seinen Willen« hieß, dass man den Patienten fesseln musste, um die Injektionen zu verabreichen. Der Kläger hatte argumentiert, die geplante Verabreichung verstoße gegen sein allgemeines Persönlichkeits- und Selbstbestimmungsrecht und sei medizinisch nicht indiziert. Daraufhin untersagte die Strafvollstreckungskammer der Klinik die Gabe von Neuroleptika und holte ein Gutachten ein.

Nach langem Hin und Her war der Verfassungsbeschwerde stattgegeben worden. Das Bundesverfassungsgericht hatte argumentiert, dass Betroffene diejenigen Untersuchungs- und Heilmaßnahmen zu dulden hatten, die nach den Regeln der ärztlichen Kunst erforderlich waren. Die angekündigte medizinische Zwangsbehandlung jedoch greife in das Grundrecht des Betroffenen auf körperliche Unversehrtheit und in sein Selbstbestimmungsrecht ein.

Mark sah nach oben. Aus dem bleiernen Himmel segelten erste eiskalte Tropfen herab und benetzten sein Gesicht. Er lief schneller. Das Verbot einer Behandlung gegen den Willen des Maßregelvollzugspatienten führte dazu, dass Therapeuten und Pflegende gezwungen wurden, sich mit gewalttätigen Menschen körperlich auseinanderzusetzen. Leon Malz hatte randaliert und gedroht, andere zu verletzen. Man hatte ihn gewaltsam in sein Zimmer zurückbringen müssen, wo er weiter gewütet hatte. Zudem grenzte das Verbot der Zwangsbehandlung Menschen langfristig aus der Gesellschaft aus, da sie nicht bereit waren, sich therapieren zu lassen, und so länger im Maßregelvollzug bleiben mussten. Die behandelnden Ärzte kamen außerdem in einen Gewissenskonflikt zwischen unterlassener Hilfeleistung und rechtswidriger Zwangsbehandlung.

Leon Malz hatte eine paranoid-halluzinatorische Schizophrenie. Er war Marks Ansicht nach gar nicht in der Lage zu erkennen, dass ihm die Medikamente helfen konnten. Malz' Wahnideen gaukelten ihm vor, dass das Klinikpersonal ihn verfolgte und bedrohte. Die angekündigte Verabreichung von Medikamenten oder Injektionen bestätigte seine Paranoia.

Das Dilemma ließ sich im Augenblick nicht lösen. Nicht für Leon Malz, nicht für andere Patienten mit ähnlichen Diagnosen, nicht für die behandelnden Ärzte.

Noch ehe er angekommen war, wurde die Tür des Verwaltungsgebäudes geöffnet. Agnes schaute ihm im Schutz der Überdachung entgegen. Heute trug sie einen Pferdeschwanz. Mark lächelte und streckte die Hand aus. »Das ist vielleicht ein Wetter! Ich wünschte, es gäbe einen großen Knall und der Frühling wäre da.«

»Da kann ich leider nichts machen. Möchtest du dich mit einem heißen Tee trösten?« Agnes verschloss die Tür hinter ihm.

Warme Luft, die nach Pfefferminz duftete, umfing Mark im Zimmer der Kollegin. Sie musste gesehen haben, wie er mit dem begleitenden Beamten über den Hof gelaufen war, denn der Tee war schon aufgebrüht. Zartgrün leuchtete die Flüssigkeit in der bauchigen Glaskanne.

»Da wären wir wieder.« Mark hängte den Mantel auf einen Bügel, setzte sich und strich die Hose glatt. »Das ist eine liebgewordene Tradition.«

»Du hast recht.« Agnes rührte Kandis in ihren Tee. Nachdem sie zehn Minuten Small Talk gemacht hatten, kam Mark zur Sache.

»Erinnerst du dich noch an unser Gespräch letzte Woche?«

Agnes nickte unmerklich. »Na klar doch. Magnus Geroldsen.«

»Hast du mal in seine Patientenakte geschaut?«

»Ausgiebig. Mich plagt zwar noch immer das schlechte Gewissen, aber ich habe es tatsächlich getan. Ich habe sogar Teile kopiert. Wenn du mich deswegen anschwärzt, bin ich geliefert.«

»Ich bin dir sehr dankbar. Wirklich. Keine Angst, das erfährt niemand. Von Sanktionen wäre ich ja auch selbst betroffen.«

»Das hatte ich auch nicht anders erwartet. Jedenfalls muss ich so nicht alles erzählen, und du kannst es in Ruhe nachlesen.« Agnes war zu ihrem Schreibtisch gegangen und kehrte nun mit einer hellblauen Mappe, auf der in Druckbuchstaben »M. G.« stand, zurück. »Leider kam Frieder gerade dazu, als ich am Kopierer stand.«

»Hat er …?«

»Ich glaube nicht. Aber dieser Mann besitzt einen siebten Sinn, was seine Person angeht. Es ist ihm sofort aufgefallen, dass ich eine Patientenakte am Wickel hatte. Und natürlich war er neugierig, womit ich mich da befasse.«

»Wahrscheinlich denkt Doktor Solomon, dass du ihn kontrollieren willst.«

»Das ist anzunehmen. Ich habe ein bisschen herumgestottert.« Agnes pustete auf die Oberfläche ihres Tees, obwohl dieser nicht mehr sehr heiß war, und zuckte die Schultern. »Er wird es irgendwann vergessen.«

Mark betrachtete die blaue Mappe. Frieder Solomon würde den Vorfall *nicht* vergessen. Der Klinikchef war ein Egomane. In Fachkreisen war sein Bestreben, stets im Mittelpunkt zu stehen, bekannt. Der Arzt interpretierte fast alle Abläufe ichbezogen, nahm Bedürfnisse anderer nicht wahr und nutzte jede Gelegenheit, sich auf Kosten der Kollegen zu profilieren. Das Dumme war leider, dass er zugleich auch charismatisch und eloquent war, und genau diese Eigenschaften hatten Solomon den Weg auf der Karriereleiter geebnet. Mark sah nach draußen und hoffte wider besseres Wissen, dass Agnes mit ihrer Vermutung recht behalten würde.

Er deutete auf den Tisch. »Ich bin dir jedenfalls sehr zu Dank verpflichtet.«

»Keine Ursache. Vielleicht brauche ich deine Hilfe auch mal. Gibt es denn Neuigkeiten im Fall dieser Herzen? Ich bin abends immer so kaputt, dass ich es nicht schaffe, die Nachrichten zu sehen.«

Mark gab der Kollegin eine Zusammenfassung der letzten Ereignisse. Während er gerade vom Fund des vierten Herzens berichtete, klingelte sein Handy. Agnes begann den Tisch abzuräumen, während Mark seiner Sprechstundenhilfe zuhörte.

»Etwas Dringendes?« Sie stand dicht vor ihm und lächelte. Ihr Pferdeschwanz wippte leicht, während sie den Kopf neigte.

»Annemarie hat gefragt, ob ich heute Nachmittag noch einmal in die Praxis komme. Eigentlich standen für heute keine Termine auf dem Plan, aber anscheinend hat einer meiner Patienten ein akutes Problem. Ich muss los.«

»Wir waren doch eh fertig.« Sie berührte seinen Arm und ging dann, um seinen Mantel zu holen. Auf dem Weg nach draußen schien ihr noch etwas einzufallen. Sie hielt mitten in der Bewegung inne und drehte sich um. »Du wolltest doch wissen, was mit diesem entwichenen Patienten ist?«

Mark klemmte die Mappe mit der Geroldsen-Akte unter den Arm und schickte sich an, ihr zu folgen. Den entflohenen Straftäter hatte er ganz vergessen. »Richtig.«

»F 65.6 nach ICD-10. Mehrfache Straftaten mit mehreren Opfern, wiederholte Verurteilungen. Die Gutachter haben ihm ein hohes Gefährdungspotenzial mit Wiederholungswahrscheinlichkeit bescheinigt.«

»Da kann man nur hoffen, dass sie ihn bald finden.« Seine Stimme hallte durch das Treppenhaus. Unten zischte die Sicherheitsschleuse. ICD war die Abkürzung für »Internationale statistische Klassifikation der Krankheiten und verwandter Gesundheitsprobleme«. Die »10« bedeutete, dass es sich um die zehnte Revision des systematischen Verzeichnisses handelte, und F 65.6 gab an, dass bei der betreffenden Person mehrere abnorme sexuelle Präferenzen existierten, ohne dass eine davon im Vordergrund stand. Die häufigste Kombination war Fetischismus, Transvestitismus und Sadomasochismus. Er musste herausfinden, wie der Typ hieß.

»Guten Tag, Herr Kollege. Auch mal wieder im Hause? Die vor Sarkasmus triefende Stimme kam von unten. Frieder Solomon stand breitbeinig neben der Zwischentür und hatte ein überhebliches Lächeln aufgesetzt. »Hatten Sie wieder ein Teestündchen mit Frau Doktor French?« Es klang anzüglich. Der Blick des Chefarztes fiel auf Marks rechten Arm, und er erstarrte. Erst jetzt bemerkte Mark, dass dort noch immer die hellblaue Mappe klemmte. Er schob den Arm nach vorn, um das Schild zu verdecken, und konnte Agnes hinter sich einatmen hören. Frieder Solomon hatte den Hals gestreckt und die kurzsichtigen Augen zusammengekniffen.

»Sie wollten gerade gehen, Herr Kollege?« Jetzt setzte der Klinikchef sich in Bewegung und rauschte an ihnen beiden vorbei. Sein »Wiedersehn!« hörten sie von oben, dann verschwand er um die erste Biegung. Mark sah das Flackern in Agnes' Augen, bevor sie kurz die Schultern hob. Um ihretwillen hoffte er, dass Solomon nicht erkannt hatte, was Mark da davontrug.

22

LASST MAGNUS GEROLDSEN FREI! ER IST UNSCHULDIG!
SEID IHR ALLE BLIND? GLEICH BEI DER ERSTEN
HERZENSGABE HÄTTET IHR MERKEN MÜSSEN,
DASS ER FREI VON SCHULD IST!
REHABILITIERT IHN UND ZWAR SCHNELLSTMÖGLICH!
WIR WERDEN SONST NICHT AUFHÖREN!

»Diese ganzen Ausrufezeichen …« Lara schüttelte den Kopf. Die Buchstaben auf dem Bildschirm flackerten vor ihren Augen. »›Herzensgabe‹ – das scheint ein Wortspiel zu sein. Ich glaube, es ist aussichtslos, aus dem Schriftbild oder dem Text etwas auf den Schreiber schlussfolgern zu wollen. Aber trotzdem danke, dass du mir das Schreiben gezeigt hast.« Sie lächelte Jo an, der neben ihr mit seinem Schreibtischstuhl hin und her rollte. »Ich will auch gar nicht wissen, woher du es hast.«

»Du darfst den Text nicht zitieren.« Er schob kurz die Unterlippe vor. »Wir könnten aber mit Mark darüber sprechen. Hatte er nicht versprochen, sich in diesem Psychoknast nach einem Komplizen von Geroldsen umzuhören?«

»Psychoknast?« Lara zog die Augenbrauen hoch. »Ja, hatte er. Heute hat er sich mit einer Kollegin in Obersprung über den Fall unterhalten. Ich habe vorhin mit ihm telefoniert.«

»Was hat er herausbekommen?«

»Wir konnten nur kurz sprechen, weil er noch auf einen Patienten gewartet hat. Das ganze Gespräch lief wohl recht verklausuliert ab, weil sie an ihre Schweigepflicht gebunden sind, hat er mir erklärt. Aber bisher gibt es keine Anzeichen dafür, dass Geroldsen mit jemandem kooperieren könnte. Er kapselt sich ab, hat keinen Kontakt zu anderen Patienten.«

»Patienten!« Jo schnaubte verächtlich. »Das sind Straftäter, Verbrecher!«

»Ja, natürlich. Lass uns jetzt nicht darüber streiten.« Lara sah zu ihm hinüber. Das Licht der Schreibtischlampe warf tiefe Schatten auf Jos Gesicht. »Mark ist irgendwie an die Akte von diesem Geroldsen rangekommen und will sich die Unterlagen heute Abend vornehmen.«

»Das ist gut. Vielleicht findet er da Anhaltspunkte.« Jo deutete auf den Text. »Nach einem Nachahmungstäter klingt das nicht, eher nach einem Bewunderer, jemandem, dem Geroldsen am Herzen liegt. Wer könnte denn ein Interesse daran haben, ihn reinzuwaschen? Mitinsassen, die er irgendwie eingewickelt hat? Familienmitglieder? Seine drei Geschwister hat er ja eigenhändig umgebracht.« Jo redete schneller. »Mutter und Vater? Ist es vorstellbar, dass sie ihm die grausige Tat verziehen haben und ihn frei sehen wollen?«

»Die Mutter ist inzwischen gestorben, glaube ich irgendwo gelesen zu haben. Selbstmord, meine ich.«

»Was ist mit dem Vater? Der lebt doch noch? Kommen wir an den ran? Mark hat doch damals das Gutachten über Geroldsen geschrieben, nicht wahr? Also muss er Kontakt mit der Familie gehabt haben.«

»Nicht zwangsläufig. Es ist nicht gesagt, dass die Angehörigen von Straftätern mit den Gutachtern kooperieren.« Lara musterte Jos Gesicht. Es war leicht gerötet. Das Thema schien ihn mehr und mehr in seinen Bann zu ziehen.

»Könnte Mark nicht mal nachforschen?«

»Ich fürchte, wir nehmen ihn damit zu sehr in Anspruch. Lassen wir ihm doch erst einmal Zeit, die Akte aus Obersprung zu lesen.«

Jo seufzte und sah zu ihr herüber. »Na gut.« Er zog die Tastatur zu sich heran und ließ den Text verschwinden. »Ich bin ein schlechter Gastgeber. Möchtest du noch etwas trinken?« Sie bejahte, und er machte sich auf den Weg in die Küche. Lara blieb sitzen und betrachtete die großformatigen Fotos an der Wand hinter Jos Schreibtisch. Landschaftsaufnahmen und Detailansichten von Pflanzen. Menschen waren nirgends zu sehen.

»Ich habe übrigens alle Fotos von Patrick noch einmal durchgecheckt.« Jo stellte den Saft auf die Schreibtischkante, ließ sich auf seinen Stuhl plumpsen und tippte. Fenster poppten auf und schlossen sich wieder. »Auf zweien ist mir etwas aufgefallen.« Lara rückte dichter an ihn heran, während er ein Bild vergrößerte.

»Der helle Streifen links gehört zum Palmenhaus. Und nun schau mal auf den Strauch am rechten Rand.« Er zoomte die nackten Äste noch etwas weiter heran. »Rechts von der Mitte.«

Lara starrte auf das schieferfarbene Gewirr und schüttelte dann den Kopf. »Ich kann da nichts erkennen.«

»Moment. Dann verkleinere ich es wieder etwas.«

Die Pixel fügten sich wieder zu Zweigen zusammen, und jetzt sah sie auch, was Jo aufgefallen war: ein dunkelgraues Viereck inmitten der Äste. »Sieht aus wie ein Nistkasten.«

»Könnte aber auch eine dieser Kameras sein. Betrachte noch einmal das gesamte Bild.« In schwindelerregender Geschwindigkeit schrumpfte das Foto wieder auf Normalgröße zusammen, links tauchte der Kubus des Palmenhauses mit dem weißen Kiesweg auf, daneben die blattlosen Äste der Sträucher vor den grauen Stämmen der Buchen. »Wer hängt denn einen Nistkasten in nicht mal zwei Metern Höhe in einen Strauch?«

»Das ist ein Argument.« Lara lehnte sich ein bisschen zurück und kniff die Lider leicht zusammen.

»Hier ist noch ein zweites Foto, auf dem das Ding zu sehen ist.« Im Schnelldurchlauf ratterten fünf Bilder durch, dann erschien eine Aufnahme des Palmenhauses von der Seite. Die vermeintliche Kamera war jetzt als dunkler Schatten im Gesträuch zu sehen.

»Sehr vage, das Ganze.« Lara fröstelte. »Ist das Gebiet noch abgesperrt?«

»Ich glaube nicht. Das vierte Herz ist letzten Donnerstag, also vor fünf Tagen, gefunden worden. Die Spurensicherung müsste damit durch sein.«

»Ob die das Ding entdeckt haben?«

»Ich denke schon. Nach dem Fund der Kameras auf dem Gelände des *VEB Metallwaren* mussten sie doch davon ausgehen, dass im Kees'schen Park womöglich auch welche installiert waren. Wollen wir morgen früh mal nachsehen?« Jo grinste spitzbübisch. »Jetzt ist es zu spät, und im Dunkeln erkennen wir eh nichts.«

»Ich weiß nicht recht. Was, wenn die Spurensicherung die Kamera tatsächlich übersehen hat und sie noch im Strauch hängt?«

»Dann könnten wir danach immer noch bei der Kripo anrufen und ihnen einen anonymen Tipp geben. Du schreibst doch eine Artikelserie über den Fall, oder?« Er wartete, bis Lara genickt hatte, ehe er fortsetzte. »Ich könnte für dich ein paar Fotos vom Fundort machen, mit denen du deinen Beitrag illustrieren kannst.«

»Das ist eine gute Idee. Wir beide sind wie Miss Marple und Mister Stringer. Nur nicht so alt.« Lara grinste in sich hinein, als das Bild der beiden Hobbydetektive vor ihrem inneren Auge erschien.

»Also ist es gebongt? Wir fahren morgen gleich nach dem Frühstück nach Markkleeberg.«

»Nach dem *Frühstück*?«

»Nun, ich dachte, du könntest bei mir übernachten.« Jetzt

klang er wie ein Kind, das etwas ausgefressen hatte. Lara schob ihren Stuhl nach hinten, streckte sich und ging zum Fenster. Die Pflastersteine glänzten im Licht der Straßenlampen. Den ganzen Dienstag über hatte es genieselt. Sie rieb sich die Oberarme und dachte an ihr kaltes Auto. Die Fahrstrecke von Jo zu ihr nach Hause reichte nicht aus, dass der Mini warm wurde.

»Wir könnten noch ein Glas Wein trinken.«

»Ich muss auf die Toilette.« Auf dem Weg ins Bad dachte Lara über Jos Angebot nach. Im Spiegel über dem Waschbecken musterte sie ihr Aussehen. Gerötete Wangen, zerzauste Haare. Sie schnitt ein paar Grimassen, beugte sich nach vorn und begann, sich mit gewölbten Händen kaltes Wasser ins Gesicht zu schöpfen, aber auch das half nichts. Es war verlockend, einfach nachzugeben und hierzubleiben, aber gleichzeitig mahnte die Stimme der Vernunft, es nicht zu tun.

Lara atmete mehrmals tief ein und aus und öffnete die Badezimmertür. Jos erstauntes Rufen ließ sie schneller gehen.

»Lara? Komm schnell! Du glaubst nicht, was ich entdeckt habe!«

23

Lisa atmete ganz flach, um den widerlichen Geruch der Männerstiefel nicht wahrnehmen zu müssen, während sie in ihre Schlappen schlüpfte. Ihr Blick glitt über die Schuhparade. Sie war spät dran. Die anderen saßen wahrscheinlich schon im Gruppenraum. Dienstags kamen sie komischerweise immer alle pünktlich.

Franks braune Halbstiefel standen nicht in der Reihe. Entweder trug er heute andere Schuhe, oder er kam wie so oft später. Oder gar nicht. Lisa zog eine Schnute und öffnete die Tür. Ein Schwall warmer Luft, gesättigt mit dem Aroma von Zimtplätzchen, schlug ihr entgegen. Micha und Lutz saßen heute direkt neben dem dicken Alfred. Zwei Stühle neben den drei Männern hatte das Pärchen mit der Promenadenmischung Platz genommen. Beide redeten abwechselnd beschwichtigend auf den Hund ein, der trotzdem wie besessen kläffte. Irgendwann würde Rolf diesen Köter aus dem Treff verbannen, so viel stand fest. Lisa zog die Nase hoch und setzte sich. Sie hatte recht gehabt. Frank war noch nicht da. Ihr Herz klopfte schneller, als sie sich vorstellte, wie er zur Tür hereinspazierte, sein schüchternes Lächeln auf dem Gesicht, und wie seine Augen aufleuchteten, wenn er sie erblickte.

Während Rolf die Runde begrüßte und die üblichen Begrüßungsfloskeln abspulte, dachte Lisa an letzten Freitag. Sie schämte sich ein bisschen dafür, dass sie Frank nachgefahren war und um sein Haus herumspioniert hatte. Wenn sie ehrlich zu sich selbst war, hatte das Ganze mittlerweile etwas Zwanghaftes. »Normale« Menschen fanden wahrscheinlich nichts dabei, sich einzugestehen, dass sie jemanden interessant fanden und ihn gern daten würden. Was aber, wenn der Angebetete ablehnte? Wenn er ihr Ansinnen lächerlich fand und sie vor den Kopf stieß? Was taten die Normalos dann? Dabei war er doch letzten Freitag wirklich nett zu ihr gewesen. Wovor fürchtete sie sich eigentlich?

Frank war ein ganz sensibler Mann. Dessen war sie sich sicher. Wahrscheinlich war er genauso schüchtern wie sie und bemerkte gar nicht, dass er angehimmelt wurde. Lisa biss sich auf die Unterlippe, nickte zu Rolfs Worten, ohne deren Sinn zu verstehen, und nahm sich fest vor, dass sie heute diejenige wäre, die Frank nach dem Treffen auf einen Kaffee einladen würde.

Als hätten ihre Gedanken den Ersehnten herbeigerufen, öffnete sich im gleichen Moment die Tür, und er trat in den Raum. Sein Blick schweifte über die Anwesenden, blieb dann an Lisa hängen, er nickte ihr zu und zwinkerte. Lisa drehte sich hastig nach vorn um und fühlte dabei heiße Röte an ihrem Ausschnitt nach oben ziehen und das Gesicht überfluten, während ihr Herz heftig pochte.

Von der Diskussion bekam sie nichts mit. In ihrem Kopf tanzten tausend Lichtfünkchen umher, im Bauch breitete sich wohlige Wärme aus. Frank hatte ihr zugezwinkert! Das selige Grinsen wollte gar nicht aus ihrem Gesicht weichen.

»Grit hat uns heute Weihnachtsplätzchen mitgebracht. Selbstgebackene.« Rolf deutete auf das Pärchen mit dem Hund, und Lisa erwachte aus ihrer Trance. »Grit« also. Bis jetzt hatte sie keinen blassen Schimmer gehabt, wie die beiden mit dem Kläffer, der jetzt ausnahmsweise mal die Klappe hielt, hießen. Und anscheinend veranstaltete die Gruppe jetzt noch eine gesellige Runde. Ihr schwirrte der Kopf.

»Hier haben wir Glühwein.« Rolfs ausgestreckter Arm schwenkte zu der Kochplatte mit dem Edelstahltopf. »Alkoholfreien natürlich.« Er grinste, als sei dies der Witz des Tages gewesen. »Bedient euch!«

Daher also der penetrante Zimtgeruch. Gemurmel setzte ein. Micha und Lutz erhoben sich als Erste. Obwohl sie sich nicht ähnlich sahen, handelten sie stets wie eineiige Zwillinge. Friederike folgte ihnen auf dem Fuß. Ob sie mit den beiden auch schon was gehabt hatte?

Während Lisa noch darüber nachdachte, wie sie Frank am besten ansprechen konnte, ertönte dessen Stimme direkt hinter ihr. »Ich mag keinen Glühwein, du?« Sie vollführte im Aufstehen eine halbe Drehung und stolperte über ihre Füße. Frank hielt ihren Arm fest und murmelte ein »Hoppla«. Lisas Kopf war wie mit Watte gefüllt, sie bekam keine Luft, geschweige denn, dass sie sinnvolle Sätze hervorbrachte. Gleich darauf verschwand der sanfte Druck an ihrem Oberarm, und das Hintergrundgemurmel brandete an ihre Ohren wie Meeresrauschen. Das Ganze hatte nur ein paar Sekunden gedauert, und anscheinend hatte keiner etwas von ihrer Konfusion bemerkt.

»Ich mag auch keinen.« Die Worte hörten sich an, als kämen sie von jemand anderem. Sie spürte, wie Frank sich abwenden wollte, und setzte hastig hinzu: »Aber wir können ja mal kosten. Rolf zuliebe. Damit er sich die Mühe nicht umsonst gemacht hat. Was meinst du?« Jetzt sprudelten die Worte nur so aus ihr heraus. Von einem Extrem ins andere.

»Hm.« Frank dagegen schien heute nicht seinen gesprächigen Tag zu haben. »Von mir aus.« Er setzte sich in Bewegung, und sie beeilte sich, ihm zu folgen. Nicht dass er es sich noch anders überlegte.

Die Plätzchen von Grit waren trocken und schmeckten nach nichts. Lisa trank einen Schluck von dem heißen roten Gebräu, um die Krümel hinunterzuspülen, und verbrannte sich die Zunge. Das Zeug war ekelhaft. Mit Glühwein, wie sie ihn von früher kannte, hatte es gar nichts gemein. Das war nun der

Fluch ihrer Trunksucht. Sie würde zeitlebens auf bestimmte Dinge verzichten müssen, die lecker schmeckten.

Lisa schielte zu Frank. Dem schien es ähnlich zu gehen. Er kaute noch immer an seinem ersten Keks. Wenn er den Mund voll hatte, würde er ihr vielleicht nicht gleich absagen.

»Sag mal …« Sie berührte vorsichtig seinen Unterarm und zuckte sofort zurück, als hätte sie sich verbrannt. »Hast du Lust, nachher noch einen Kaffee mit mir trinken zu gehen? Oder eine Cola?« Er schluckte, und sie fuhr fort: »Irgendetwas, das besser schmeckt als das hier?«

Noch ehe er sprach, kannte Lisa die Antwort. Ihre Brust wurde eng, und Bitterkeit stieg aus dem Bauch nach oben.

»Tut mir leid. Ein andermal gern. Heute muss ich dringend noch etwas erledigen.« Frank stellte den Becher ab und zog einen Mundwinkel nach oben. »Ich bin schon fast weg.« Er sah ihren Blick und setzte hinzu: »Vielleicht am Freitag, okay?« Dann drehte er sich um und winkte Rolf und den anderen kurz zu. »Tschüss!«

Lisa hatte Mühe, das Zittern ihrer Unterlippe zu unterdrücken. Und dabei hatte alles so gut angefangen! Wohin wollte er jetzt so dringend? Zu einer Freundin? Wartete irgendwo eine Frau darauf, dass er endlich nach Hause kam? Sie schluckte trocken, sah Frank hinausgehen und stellte ihre Tasse ohne hinzusehen neben seine. »Ich muss auch los. Macht's gut.«

Sie musste herausfinden, was Frank vorhatte. Vorsichtig tappte sie zur Tür, während sie die aufkommenden Tränen hinunterschluckte. Keiner würde Lisa Bachmann heulen sehen.

24

Frank fuhr gemächlich durch die Vororte. Ab und zu vergewisserte er sich durch einen Blick in den Rückspiegel, ob der Fiesta ihm noch folgte. Vor Ampeln achtete er darauf, nicht bei Gelb zu fahren, damit der klapprige Wagen hinter ihm den Anschluss nicht verlor.

In den Fenstern der Reihenhäuser leuchteten die Schwibbogen, in fast allen Vorgärten hatten die Besitzer Lichterketten auf Tannen und Fichten montiert. In knapp drei Wochen war Heiligabend. Wie jedes Jahr veranstaltete Rolf auch diesmal wieder eine Weihnachtsfeier in der Gruppe – für diejenigen, die nicht im Kreis der Familie feiern wollten oder konnten oder keine Angehörigen hatten. Die Vorbereitungen liefen auf Hochtouren. Frank hatte sich bereit erklärt, am kommenden Freitag einen Baum mitzubringen, den die Frauen aus der Gruppe dann schmücken wollten. Er würde ihn in Großvaters Garten absägen. Hinten am Zaun standen genügend nutzlose Fichten herum.

Doktor Grünthal fand es »super«, wenn Frank sich in die Gemeinschaft einbrachte. Die Gespräche in der Gruppe würden ihm auch gegen seine sporadischen Depressionen helfen, hatte er gesagt. Es sei kein leichter Weg, trocken zu bleiben, aber Frank mache sich ganz toll.

Frank kontrollierte den Rückspiegel. Der Fiesta war noch immer da.

Ein Grinsen überzog sein Gesicht, als er an die Worte des Arztes dachte. So viel Lob. Der Doktor wollte ihn aufmuntern. Das war seine Aufgabe. Kontrolle und Ermutigung. Der gute Mann schien sehr zufrieden mit seinem Patienten zu sein. Gemeinsame Aktivitäten mit Gleichgesinnten. Das brachte Punkte. Die Überwacher waren so naiv. Wenn man sich ein bisschen in die Materie eingearbeitet hatte, konnte man ihnen allen etwas vorspielen. Und worauf er nicht von selbst kam, das erklärte ihm die Stimme. Frank spürte dem warmen Gefühl in seinem Brustkorb nach. Es war ein unfassbares Glück, dass er die Stimme hatte. Oder besser, dass sie *ihn* gefunden hatte und ihm beistand. Dafür war er bereit, alles zu tun.

Den neuen Auftrag hatte er heute Nachmittag, noch vor dem Gruppentreffen erfüllt. Es sei eilig, hatte die Stimme vergangenes Wochenende gesagt, und dass er nicht lange mit der Erfüllung zögern dürfe. Maximal bis Mitte dieser Woche hatte sie ihm Zeit gegeben. Dieses Mal war es eine besondere Herausforderung gewesen.

Er verstand die Hintergründe nicht immer, das war auch schon bei den ersten Anweisungen so gewesen. Jetzt jedoch hatte die Stimme etwas von ihm gefordert, das von allen bisher erledigten Aufgaben abwich. Bei längerem Nachdenken kamen ihm verschiedene Ideen, was der Zweck dieser Aktion sein könnte, aber es blieben nur Vermutungen. Es war auch nicht seine Angelegenheit, den höheren Sinn der jeweiligen Mission zu erkunden. Seine Pflicht war es, die Weisungen so exakt wie möglich auszuführen.

Frank bog auf die Eilenburger Straße ab, beschleunigte und bremste sofort wieder, als er bemerkte, dass der Fiesta nicht mehr hinter ihm fuhr. War Lisa abgebogen? Hatte sie es aufgegeben, ihm nachzuspionieren? Bittere Enttäuschung wollte sich gerade in ihm ausbreiten, als das kleine Auto doch noch um die Kurve schlitterte. »Da bist du ja wieder!« Seine Rechte schlug auf das Lenkrad und schloss sich dann gleich wieder um den Schaltknüppel.

Er hatte nicht erwartet, dass Lisa die Dreistigkeit besitzen würde, ihm erneut zu folgen, sich jedoch trotz alledem darauf eingestellt, dass sie es wieder tun würde. Das heute war der ultimative Test. Kam sie denn gar nicht auf die Idee, dass ihm ihre Observation schon längst aufgefallen war, so plump wie sie sich dabei anstellte?

Frank bremste und bog auf den Weg zu Großvaters Grundstück ein. Mit einem Schmatzen spritzte der Schneematsch unter den Rädern an den Bordstein. Seit zwei Tagen taute es.

Diese kleine Schlampe wurde allmählich lästig. Und gefährlich. Wenn sie herausfand, was er da auf dem Gelände trieb, war er geliefert.

Und so hatte Frank selbst einen Plan gemacht. Er war sich noch immer nicht sicher, ob er sich diese Eigenmächtigkeit erlauben durfte. Andererseits fehlte ihm eine Möglichkeit, von sich aus mit der Stimme Kontakt aufzunehmen. Zudem glaubte er fest daran, dass das, was er heute Nacht vorhatte, im Sinne der Stimme war. Lisa gefährdete mit ihrer Neugier das gesamte Projekt.

Er ließ das Auto vor der Garage stehen, stieg aus und achtete dabei darauf, immer schön sichtbar zu sein. Die Show konnte beginnen. Würde Lisa ihm die Scharade abnehmen?

Das Garagentor öffnete sich mit einem Quietschen, Frank ging hinein und ließ es offen. Es gab nicht Interessantes zu sehen. Zumindest nicht auf den ersten Blick. Häcksler und Motorsäge waren harmlose Gartenhelfer. Der Stahl blinkte frisch gesäubert. Er stieg die drei Stufen zum Haus hoch, schloss die Zwischentür auf und ließ sie hinter sich zufallen.

Drinnen schaltete er als Erstes im Wohnzimmer und in der Küche das Licht ein, ohne die Vorhänge zuzuziehen. Er konnte die tastenden Blicke von draußen fast körperlich spüren. Die Beobachterin würde sehen, wie Frank Studer sich eine Cola eingoss und das Glas halb leer trank; dann zum Kühlschrank ging, eine Weile hineinschaute, den Kopf schüttelte, die Tür öffnete und wieder schloss und sich dann, noch immer kopfschüttelnd, mit der flachen Hand an die Stirn schlug.

Frank achtete darauf, nicht zum Fenster zu sehen. Sie sollte sich ganz unbeobachtet fühlen. Er lächelte, sah auf die Armbanduhr und griff sich eine Tasche vom Türhaken. Für die da draußen musste klar sein, was passiert war: Der Observierte hatte vergessen einzukaufen und festgestellt, dass noch Zeit war, das Versäumte nachzuholen. Auf dem Weg zur Tür schlüpfte Frank in seine wattierte Jacke. Er würde nur schnell ein paar Lebensmittel holen.

Das Licht ließ er an, das Garagentor offen. Zeichen, dass er gleich zurück sein würde. Der alte Audi hustete asthmatisch, ehe er ansprang. Im Licht der Scheinwerfer vermeinte Frank, eine Gestalt beiseitehuschen zu sehen, aber womöglich trog ihn auch das Wunschdenken. Langsam fuhr er auf den Weg hinaus.

Würde Lisa tun, was er hoffte? Er konnte ihre Gedanken in seinem Kopf sehen. Die Gelegenheit war einmalig. Ihr Beobachtungsobjekt hatte das Licht brennen und die Garage offen gelassen, was bedeutete, dass er nicht lange weg sein würde. Die Verlockung musste übermächtig sein. Sie konnte seine Abwesenheit nutzen und ein wenig herumschnüffeln. Seine Rückkehr würde sich durch das Geräusch des Autos ankündigen, dann konnte sie schnell verschwinden.

»Wenn du dich da mal nicht täuschst, mein Täubchen.« Frank schaltete die Scheinwerfer aus und ließ den Wagen in einen Waldweg rollen. Unter den Fichten würde er in der Dunkelheit kaum zu sehen sein. Die Finger in den Jackentaschen betasteten das Werkzeug, während er schnellen Schrittes zurückhastete. Er kannte hier jeden Stein und jede Wurzel. Obwohl es ziemlich finster war, brauchte er nur wenige Minuten, um zum Grundstück zurückzugelangen. Während er sich bemühte, sein Keuchen zu unterdrücken, schlich er am Zaun entlang und spähte in Richtung der Garage, die wie ein Leuchtfeuer die Nacht erhellte. Lisa war nirgends zu sehen. Auch ihre kleine Mistkarre nicht. Wer weiß, wo sie die Klapperkiste versteckt hatte. Aber auch, wenn ihr Auto nicht zu sehen war, wusste Frank, dass sie noch da war. Die Möchtegern-Mata-Hari war anwesend und spionierte im Haus herum.

Vorsichtig einen Fuß vor den anderen setzend, näherte er sich dem Garageneingang. Eigentlich bestand keine Gefahr, dass sie ihn zu früh erblickte. Schaute man vom Hellen ins Dunkle, konnte man nichts erkennen. Er dagegen hatte einen perfekten Blick auf die erleuchteten Räume. Alles da drin präsentierte sich dem interessierten Zuschauer wie in einem Theaterstück.

Sein Atmen beschleunigte sich, als er sie sah. Wie von selbst zogen sich die Mundwinkel nach oben, während sich die linke Hand fester um die Drahtrolle krampfte. Die kleine Lisa schlich mit weit aufgerissenen Augen durch seine Küche und blieb nach jedem Schritt stehen, um zu lauschen. Ihr Blick glitt durch den Raum, als wolle sie sich alles genau einprägen. Ab und zu schaute sie hektisch zum Fenster, ehe sie weiterging. Frank grinste stärker und rollte den kleinen Stein, der durch die Körperwärme schon ganz warm geworden war, zwischen den Fingern hin und her. Gleich würde die kleine Kröte einen gehörigen Schrecken bekommen. Er unterdrückte ein Kichern und schleuderte das Steinchen gegen die Scheibe.

Lisa erstarrte fast augenblicklich. Gehetzt flog ihr Blick zum Fenster, irrlichterte wild umher, dann duckte sie sich; nur um sich gleich wieder aufzurichten und auf Zehenspitzen zur Tür zu huschen. Kurz davor machte sie Halt, sah sich noch einmal suchend um und drückte die Klinke mit dem Zeigefinger herunter.

Er konnte die Angst in ihrem Gesicht sehen. Das hier war besser als alles, was er bisher erlebt hatte. Frank konnte sich lebhaft vorstellen, wie Lisas Herz wie ein gefangener Vogel in Todesangst in der Brust herumzappelte. Er ging in Richtung Garagentor. Und schon bald würde er sich das Ganze in echt anschauen.

Jetzt konnte er hören, wie sie die Stufen herabstolperte und näher kam. Noch ein paar Schritte, dann würde sie aus dem Licht in die Nacht hinaustreten und für ein paar kostbare Augenblicke lang blind sein. Er würde ihr noch ein paar Sekunden geben. Sekunden der Hoffnung, noch einmal davongekommen zu sein, es gerade noch rechtzeitig geschafft zu haben, ehe sie erkennen würde, dass sie die ganze Zeit keine Chance gehabt hatte. Geschah ihr ganz recht. Was hatte sie ihn auch permanent bespitzeln müssen. Es war ein Vergnügen, wenn der Jäger zum Gejagten wurde, ohne es zu ahnen.

Lisa tappte vorsichtig in Richtung Tor, bemüht, keinen Lärm zu machen. Frank zählte bis zehn und setzte sich dann auch langsam in Bewegung. Seine Augen waren im Gegensatz zu ihren an die Dunkelheit gewöhnt. Mit wenigen schnellen Schritten war er hinter ihr. Der ausgestreckte Arm berührte ihre Schulter, die linke Hand packte zu.

»Hallo Lisa. Schön, dass du mich mal besuchst.« Sie taumelte kurz, dann schrie sie. Schrie wie ein angeschossenes Reh. Er musste ihr das Knie in den Rücken rammen, um sie zur Ruhe zu bringen. Auf ihrem Rücken kniend, schlang er den festen Blumendraht mehrfach um ihren Hals; zog zu, immer fester, bis aus dem Keuchen ein Röcheln wurde. Gleich darauf war sie still.

Dann begann er, sie in Richtung Haus zu schleppen. Die kleine Spionin war deutlich schwerer, als er es sich vorgestellt hatte, aber das machte nichts. Er war stark und der Weg zurück zur Garage nicht weit.

Frank konnte es nicht sehen, aber seine Zähne blitzten weiß in der Nacht, während er lachte.

25

Albert Witte bog von der Berliner auf die Wittenberger Straße ab und trat das Gaspedal durch. Er wollte nicht zu spät kommen, seine Firma verkündete im Internet, dass sie täglich ab zehn Uhr geöffnet sei. Manchmal verirrten sich tatsächlich schon am Vormittag Kunden hierher, die meisten meldeten sich jedoch zuerst telefonisch oder per E-Mail. Wie immer um diese Uhrzeit herrschte wenig Verkehr. Die Gegend hinter dem Leipziger Hauptbahnhof glänzte nicht mit frisch renovierten Gründerzeithäusern oder Neubauten, sondern wirkte verlassen und an manchen Stellen auch ein bisschen schäbig, obwohl die Stadt vor ein paar Jahren Bäume gepflanzt und sich um die Sanierung der Häuser bemüht hatte.

Vor der Einfahrt auf den Parkplatz bremste er und sah sich um. Das vierstöckige Bürogebäude beherbergte mehrere Unternehmen. Jetzt, im Winter, blendete die weiße Fassade noch mehr als sonst. Albert Witte kniff die Augen zusammen und unterdrückte ein Niesen. Nicht gerade eine renommierte Adresse für seine Firma, aber die Büromieten waren günstiger als anderswo in der Innenstadt, und die zentrale Lage hatte schließlich den Ausschlag gegeben. Auf der gegenüberliegenden Straßenseite verbarg eine gelbe Backsteinmauer nur notdürftig eine Fabrikruine. Vorsichtig setzte er die Füße auf den Boden. Es war glatt heute Morgen und der Parkplatz nicht gestreut. Es fehlte noch, dass er auf einer der überfrierenden Pfützen ausrutschte und sich ein Bein brach. Albert Witte managte die Firma fast im Alleingang, seit sein Freund und Kollege einen Herzinfarkt gehabt hatte, und wenn er auch noch ausfiel, konnten sie gleich dichtmachen. Mit vorsichtigen Schritten überquerte er den Platz. Die Logistikfirma im ersten Stock hatte ihre Fenster mit Werbung beklebt. Unter dem Glasportal standen die Türen halb offen. Nicht zum ersten Mal übrigens. Albert Witte ärgerte sich. Irgendjemand in diesem Haus war nicht in der Lage, den Eingang ordnungsgemäß verschlossen zu halten. Natürlich konnte jeder, der es wollte, herein, aber sie hatten alle Wechselsprechanlagen, und gerade jetzt in der kalten Jahreszeit mussten sie die Energiekosten nicht unnötig in die Höhe treiben, indem sie Flur und Außenbereich mitheizten.

Er versuchte, die Glastüren zuzudrücken, aber sie klemmten. Womöglich waren sie gestern Abend schon defekt gewesen, und das Haus hatte die ganze Nacht offen gestanden. Auf dem Weg nach oben nahm er sich vor, als Erstes den Hausmeisterservice anzurufen.

Seine Schritte hallten über den Flur. Die Wände waren weiß, nackt und ungemütlich. Vielleicht sollte man ein paar Bilder aufhängen, damit die Kunden es wohnlicher fanden. Er war mit seiner Firma der Einzige hier oben im dritten Stock.

Schon von Weitem sah er, dass jemand etwas vor seiner Bürotür abgestellt hatte. Wahrscheinlich war der Paketdienst heute früher als sonst da gewesen. Im Näherkommen überlegte Albert, was er in den letzten Tagen bestellt hatte, aber ihm fiel nichts ein.

Erst kurz vor dem Eingang erkannte er, dass das Gebilde eine eher runde Form hatte. An beiden Seiten waren kleine Klappgriffe. Vorn prangte auf dem schlammgrünen Untergrund eine handgemalte »5«. Das vermeintliche Päckchen war ein Thermogefäß. Albert Witte schüttelte den Kopf und beugte sich nach vorn, um den Verschluss zu lösen.

*

Lara gähnte. Das leise Summen des Motors und die Wärme brachten ihre Schläfrigkeit zurück.

Die Nacht war kurz gewesen. Zu kurz. Sie schielte zu Jo hinüber und wandte den Blick schnell wieder ab. Vor dem Beifahrerfenster glitten Gründerzeithäuser vorbei. In der Nacht waren die Wolken verschwunden, und die aufgehende Sonne tauchte alles in ein unwirkliches rotes Licht.

Sie dachte an den gestrigen Abend und Jos Entdeckung. Er hatte im Internet nach Parkmöglichkeiten für den Ausflug am nächsten Morgen recherchiert und sich die Luftaufnahmen des Geländes angesehen. Und dabei war es ihm aufgefallen.

In Lara kroch erneut die Aufregung nach oben, als sie sich an die Satellitenaufnahme auf dem Bildschirm erinnerte: links unten die blaue Ecke des Cospudener Sees mit dem Strandbad Nord, in der Mitte des Bildes das dunkelgrüne Oval einer Grünanlage, darin eine der Google-Maps-typischen roten Sprechblasen, die Lara immer an Luftballons erinnerten. Unter der Sprechblase mit dem »A« stand »Kees'scher Park«. Deutlich waren die hellen Linien der Wege und das weiße Quadrat des Palmenhauses zu erkennen. Links von dem »A« fanden sich zwei weitere dieser »Luftballons« mit den Buchstaben B und C, die sich gegenseitig ein wenig überdeckten.

Jo hatte mit der Maus auf »C« gezeigt, und ein viereckiges Fenster war aufgepoppt, in dem *Kinderhospiz Bärenherz* und darunter »Bärenherz Leipzig e.V.« standen. »Siehst du, was ich sehe?«, hatte er gefragt und mit gerötetem Gesicht zu ihr hochgeschaut.

Lara löste ihre Hand von dem Griff über der Beifahrertür. Jo fuhr wie immer zu schnell. Meist war ihm das Glück jedoch hold, und wenn er trotzdem geblitzt wurde, zahlte er die Geldbuße, ohne zu murren. Selbstverständlich hatte sie gesehen, was er meinte.

Bärenherz.

Der Thermobehälter mit dem vierten Herz war nicht zufällig in den Kees'schen Park gelangt, der Täter hatte den Ablageort sorgsam ausgewählt. Es gab eine Verbindung.

Natürlich hatte Lara nach dieser abendlichen Entdeckung nicht einfach so heimfahren können, wie sie es sich noch fünf Minuten vorher vorgenommen hatte. Am nächsten Morgen würden Jo und sie nicht nur nach einer möglichen Kamera im Gesträuch neben dem Palmenhaus Ausschau halten, sondern auch die Stiftung Bärenherz aufsuchen, so viel stand fest, ohne dass sie darüber reden mussten.

Sie dachte an Jos warmen Körper neben ihrem. Nachdem sie noch ein wenig im Netz nach der Stiftung Bärenherz gegoogelt und die möglichen Konsequenzen diskutiert hatten, war Jo in die Küche marschiert und hatte einen Rotwein geöffnet. Zwei Flaschen Dornfelder später waren sie gegen zwei Uhr ins Bett gefallen und auf der Stelle eingeschlafen. Laras Kopf ruckte nach vorn, als Jo bremste. Auf dem Straßenschild stand »Pfarrgasse«. Sie waren angekommen.

»Zuerst zum Palmenhaus?« Jo prüfte seine Kameraausrüstung und stieg aus. Lara antwortete nicht auf die rhetorische Frage. Kalter Wind biss in die nackte Haut an ihrem Hals, und sie zog den Reißverschluss nach oben. Der Himmel hatte inzwischen eine flaschengrüne Farbe angenommen. Ohne auf sie zu warten, marschierte Jo drauflos, und sie beeilte sich, ihm zu folgen. Die Temperaturen waren über Nacht wieder in den Minusbereich gefallen.

»Wir nehmen den gleichen Weg wie Patrick.« Jo sah sich nach ihr um. »Da haben wir dieselbe Sichtachse wie auf den Fotos.« Er lief voran, als ginge es um Sekunden, wobei er vor sich hin murmelte. »Palmenhaus links, dunkler Kasten rechts.« Endlich hatte Lara zu ihm aufgeschlossen. Vor ihnen tauchte der helle Kubus auf.

»Da wären wir.« Noch im Gehen nahm Jo die Kamera

vors Auge, zoomte in die Sträucher rechts des Gebäudes und schwenkte den Apparat hin und her. Schließlich blieb er stehen, ließ das Gerät herabsinken, sodass es vor seiner Brust baumelte, und sah zu Lara. »Da ist nichts. Kein Nistkasten, keine Kamera. Wir können gern noch einmal rundherum gehen, aber ich denke, wir werden auch dann nichts finden.«

»Entweder war das auf dem Foto ein rechteckiger Schatten, oder die Kamera wurde entfernt.« Lara zog einen Flunsch. »Vom Täter oder von der Polizei.«

»Ich glaube nicht, dass es der Täter war. Erstens hätte er dann, nachdem Patrick Seiler die Fotos gemacht hat, noch vor Ort sein müssen. Und wir wissen, dass wenige Minuten nach Patrick schon die Kripo hier aufgekreuzt ist. Zweitens hat er die Kameras auf dem Fabrikgelände auch an Ort und Stelle gelassen. Warum sollte er die dann hier abbauen?«

»Es könnte auch sein, dass die Kripo das Ding übersehen und der Täter es später abgeholt hat.«

»Könnte sein, glaube ich aber nicht. Die Spurensicherung war lange vor Ort und hat alles akribisch abgesucht. Vielleicht war es doch ein Fehler auf dem Bild.«

»Wo du recht hast, hast du recht.« Lara trampelte auf der Stelle. Ihre Füße wurden allmählich kalt.

»Ich schieße noch ein paar Fotos für deine Artikelserie, dann machen wir uns auf den Weg zur Stiftung Bärenherz.« Schon stampfte er davon. Lara sah ihm nach und krümmte die Finger in den Handschuhen. Ein großer schwarzer Vogel segelte über ihren Kopf hinweg und ließ sich in einem der Bäume nieder. Das Blau des Morgenhimmels kam ihr heute unnatürlich vor, fast schon violett. Jo war hinter dem Palmenhaus verschwunden, und während sie darauf wartete, dass er wieder hervorkam, dachte Lara darüber nach, was das mit ihm noch werden sollte und ob eine richtige Beziehung überhaupt eine Chance hatte.

»Das ist ja kaum zum Aushalten.« Jo wickelte seinen Schal ab und warf ihn auf den Rücksitz. »Stell dir vor, dein Kind ist unheilbar krank, du weißt, dass es sterben muss, und wartest nur auf den Zeitpunkt.«

»Ich denke die ganze Zeit daran.« Lara schniefte und verstaute die Bärenherz-Broschüre in ihrer Umhängetasche. Jo und sie hatten auf dem Weg vom Palmenhaus hinüber zu dem zweistöckigen Flachbau inmitten alter Bäume ausgemacht, die wahren Gründe ihres Besuches nicht preiszugeben, und stattdessen eine geplante Recherche über die Stiftung vorgeschoben. Sie hatten mit der Pflegedienstleiterin gesprochen und das Spielzimmer und den Aufenthaltsraum besichtigt. Das Kinderhospiz in Leipzig existierte seit 2002. Es gab einen ambulanten und einen stationären Bereich mit zwölf Kinderzimmern und fünf Elternwohnungen.

Der Anlasser von Jos Honda röchelte und erstarb dann. »Das fehlte noch ...« Er probierte es erneut. Beim vierten Versuch sprang der Motor mit einem Husten an, und Jo seufzte. »Die Kiste macht es nicht mehr lang. Ich werde wohl demnächst etwas Neues brauchen.«

»Hast du was zu trinken hier?« Lara kämpfte noch immer mit den Tränen.

»Warte.« Jo stieg aus, ging zum Kofferraum und kam mit einer Flasche Mineralwasser zurück.

»Trink langsam, das Zeug ist ziemlich kalt.« Er sah zu ihr herüber und rieb die Handflächen aneinander. »Ich finde die Wahl dieses Ortes durch den Täter ziemlich makaber. Ich glaube nicht, dass das ein Zufall ist. Wahrscheinlich hat er sich nicht getraut, den Thermobehälter beim Kinderhospiz abzulegen, weil dort immer jemand da ist, und hat stattdessen das benachbarte Palmenhaus gewählt.«

Lara schluckte. Das eisige Wasser brannte auf ihrer Zunge und in ihrer Kehle und verdrängte gleichzeitig die herzzerreißenden Bilder von sterbenden Kindern. Jo hatte recht. »Makaber« war noch viel zu maßvoll ausgedrückt.

»Todkranke Kinder und herausgeschnittene Herzen …« Der Honda schlingerte um die Kurve, während Jo seine Gedanken weiterspann. »Ob es etwas damit zu tun hat, dass dieser Geroldsen auch Kinder geschlachtet hat? Seine Geschwister waren doch alle jünger als er, nicht?«

»Dreizehn, neun und sechs.« Lara schraubte die Flasche zu und klemmte sie zwischen Sitz und Mittelkonsole. »Ich glaube, das ist zu weit hergeholt, Jo.«

»Könnte sein. Wahrscheinlich hat der Täter lediglich nach einer für seine Zwecke passenden Bezeichnung gesucht und ist dabei auf diese Stiftung gestoßen.« Im Radio knirschte und knackte es, und Jo drehte, ohne die Geschwindigkeit zu reduzieren, an den Knöpfen.

»Hast du wieder deinen Frequenzscanner an?«

»Der läuft immer mit.« Jo zog den rechten Mundwinkel nach oben und deutete auf die Ablage unter dem Radio. »Meistens kommt nur Mist rein.« Er lenkte mit der Linken. »Wohin jetzt?«

»Bring mich bitte nach Hause. Ich habe einiges aufzuarbeiten.« Allmählich erwärmte sich die Luft, die aus den Düsen ins Wageninnere strömte, und Lara spürte, wie es in ihren Füßen zu kribbeln begann.

»Alles klar.« Jo beschleunigte. »Ich fahre danach in die Redaktion und schau mal, was es zu tun gibt. Vielleicht kann ich mit Patrick noch einmal über die Fotos vom Palmenhaus reden.« Wieder knisterte es aus den Lautsprechern, dann knarzte eine Stimme, immer wieder unterbrochen von atmosphärischen Störungen. »An alle Einheiten … KDD und Spusi … Eutritzsch … Wittenberger Straße … Nähe Hauptbahnhof …«

»Kriminaldauerdienst und Spurensicherung, das klingt interessant.« Jo bremste jählings und fuhr an den Straßenrand.

Der BMW-Fahrer hinter ihm hupte und zeigte im Vorbeifahren den Mittelfinger.

»Lackaffe!« Die Handbremse ratschte nach oben, und Jo griff nach seinem Smartphone und tippte darauf herum. Lara hörte ihn scharf einatmen. »Verfluchte … Schau mal hier.«

Er reichte das Handy zu Lara hinüber. Sie fühlte, wie ihr Pulsschlag sich abrupt beschleunigte. Auf dem Display war ein Ausschnitt aus dem Stadtplan von Leipzig zu sehen, die Wittenberger Straße in der Mitte, darauf einer dieser Google-Luftballons mit einem »A« darin. Links davon fand sich eine Liste mit Links, die der Adresse zugeordnet waren. Lara konnte Jo neben sich schnaufen hören, während ihr Blick über die Einträge glitt und an einem hängen blieb: *HERZ-Werbeteam*, 04129 Leipzig.

26

»*Herz an Herz, hörst du mich. Ich höre deine Stimme, aber seh dich nicht… Ich weiß ja noch nicht mal, wer du bist, Herz an Herz, hörst du mich*?« Frank Studer sang. Er konnte es nicht besonders gut, seine Stimme klang brüchig, und die Melodie war auch nicht immer richtig, aber das störte ihn nicht. In seinem Auto konnte ihn niemand hören, und ihm war jetzt einfach danach. Er musste sich Luft machen, seinen Gefühlen Ausdruck verleihen, der überschäumenden Freude Platz verschaffen. Ohne dass er es geplant hatte, war dieses Lied von früher wie ein Sturzbach, wie eine Flutwelle voller Emotionen aus ihm herausgebrochen. Er konnte sich noch an die Sängerin erinnern, ein Pop-Sternchen aus den Neunzigern, deren Nase immer irgendwie zu groß ausgesehen hatte.

Der Parkplatz vor dem Supermarkt war schon ziemlich leer. Frank drehte eine Runde und stellte das Auto dann in einer dunklen Ecke ab. Er hatte extra eine Einkaufsstätte im Nachbarort gewählt, weil die Gefahr, hier jemanden Bekanntes zu treffen, ziemlich gering war. Es musste ja nicht gleich jeder sehen, was er im Wagen hatte, zumal das heute ein für ihn ungewöhnlicher Einkauf war.

Das Geldstück rutschte in den Schacht, und der Metallkäfig löste sich von den anderen. In der Luft lag ein Geruch von nassem Schnee und Räucherkerzchen. Frank zog den Schal über den Mund und die Mütze bis zu den Augen und sah sich nach allen Seiten um. Es war bereits kurz nach halb acht, der Supermarkt schloss um zwanzig Uhr. Allzu viele Leute würden nicht mehr hier sein. Gemächlich spazierte er zum Eingang.

Frank zog die Mütze ab, kratzte sich hingebungsvoll am Haaransatz und seufzte dabei. Durch den Wollstrick hatte seine Stirn in dem überheizten Laden wie verrückt gejuckt, aber er hatte die Kopfbedeckung nicht absetzen wollen. Langsam rollte das Auto vom Parkplatz. Bis auf zwei Jugendliche und eine Oma mit Rolltasche war er der einzige Kunde gewesen. Er glaubte nicht, dass die anderen ihm viel Aufmerksamkeit geschenkt hatten, und auch die Kassiererin hatte nicht ein einziges Mal zu ihm aufgeblickt, sondern stoisch die Waren über den Scanner gezogen, Scheine in der Kasse verstaut und das Wechselgeld in die Plastikschale geworfen.

Die Scheinwerfer seines Autos bohrten zwei Lichtkegel in die Finsternis. Schwarz glänzte der Asphalt der Landstraße. Er musste achtsam fahren. Bei diesen Temperaturen überfror die Nässe schnell, und man konnte trotz der Winterreifen ins Schleudern kommen. Vorfreude auf den heutigen Abend erhitzte seine Brust. Die Angst, etwas Falsches getan zu haben, seine Sorge, dass die Stimme von ihm enttäuscht sein könnte, war verflogen.

Dabei hatte die Besorgnis ihn noch gestern Nacht bald aufgefressen. Frank dachte an Lisas schlaffen Körper auf der Folie in seiner Garage und sein Herzklopfen, als er den ersten Schnitt in die weiße Haut zwischen den kleinen Brüsten gesetzt hatte. In Zeitlupe hatte sich der Schnitt in eine dunkle Linie verwandelt, die schnell tiefer aufklaffte und den Blick auf gelbliches Fettgewebe unter der obersten Schicht freigegeben hatte. Dunkelrotes Blut war herausgesickert, und im ersten Moment hatte er befürchtet, dass sie schon tot sein könnte. Dabei war er doch mit dem Draht so vorsichtig gewesen! Er wollte ihr schlagendes Herz erblicken, wollte das rote zuckende Fleisch in der Brust vibrieren sehen, wollte es mit dem Zeigefinger berühren und das Erschauern des Muskels fühlen. Bloß nicht zu fest und zu lange zuziehen, hatte er sich vorher immer wieder gesagt.

Und dann wäre ihm die Sache im Eifer des Gefechts doch fast entglitten, weil ihr schwächer werdendes Zappeln und das Röcheln ihm solchen Spaß gemacht hatten. Am liebsten hätte er den Moment stundenlang ausgekostet, seine Finger hatten den Draht gar nicht loslassen wollen. Erst das leise Rascheln eines Tieres im Gesträuch unter den Fichten hatte ihm bewusst gemacht, dass ihr Widerstand schon seit einiger Zeit erloschen war. Als er sie in die Garage gezerrt hatte, war in der Totenstille nur das Schaben ihrer Schuhe, die über den Weg schleiften, untermalt von seinem schweren Atem, zu hören gewesen.

Bis zum Hervorsprudeln hellroten Blutes beim zweiten, tieferen Schnitt mit dem Skalpell war er sich nicht sicher gewesen, ob die kleine Mata Hari nicht doch schon den Geist aufgegeben hatte. Es hatte eine schiere Ewigkeit gedauert, bis die Rippenschere sich durch den Knorpel gefressen hatte und Knochen, Muskeln und Haut beiseitegespreizt waren.

Franks Blick irrte kurz von der Straße zum Rückspiegel. Er konnte sehen, dass er lächelte. Das warme Glücksgefühl beim Anblick des ersehnten Organs unter den aufgebrochenen Rippen wirkte immer noch Tage in ihm nach.

Natürlich war es ihm nicht gelungen, das Herz nach dem Öffnen des Brustkorbs lange am Leben zu erhalten, aber für einen kostbaren Augenblick lang hatte er es nach dem Abspülen des reichlich vorhandenen Bluts schlagen sehen. Von einer hellen Hülle umgeben, hatte der dicke Muskel zwischen den rosafarbenen Lungenflügeln pulsiert, bis er nach ein paar vergeblichen Schlägen schnell schwächer wurde und schließlich erschlaffte. Franks Enttäuschung hatte nicht lange angehalten. Die Erinnerungsbilder zauberten das Glücksgefühl immer wieder aufs Neue hervor. Er erinnerte sich nur zu gut an seinen Vorsatz, der Stimme von dem erhebenden Erlebnis berichten zu wollen.

Die Scheinwerfer eines entgegenkommenden Autos blendeten, und Frank kniff die Augen zusammen und betätigte die Lichthupe.

Die nachfolgende Arbeit war hart gewesen. Ihm war die Zeit davongelaufen, und so hatte er sich entschieden, zuerst das Herz an die dafür vorgesehene Stelle zu bringen und sich Lisas Resten erst nach seiner Rückkehr zuzuwenden. In der verschlossenen Garage waren sie fürs Erste sicher und vor neugierigen Blicken verborgen. Ihr Auto hatte er nach kurzer Suche in einem Waldweg unweit seines Grundstücks gefunden, nur nachlässig zwischen den kahlen Sträuchern versteckt. Mit Lisas kleiner Klappermühle hatte er den Behälter mit ihrem Herzen in die Stadt gebracht, ihn am ausgewählten Ort positioniert, ihr Auto anschließend auf einem kostenfreien Parkplatz abgestellt und war mit öffentlichen Verkehrsmitteln bis nach Taucha zurückgefahren. Den Rest des Weges nach Hause war er gelaufen.

Beim Säubern der Geräte hatte es schon gedämmert, und als Frank endlich fertig war und in einen unruhigen Schlaf fiel, erschien bereits wieder die Sonne über den Wipfeln der Fichten.

Langsam rollte der Audi über die glatten Pflastersteine. Frank warf einen schnellen Blick in den Waldweg, in dem Lisas Auto geparkt gewesen war. Die kleine Schlampe hatte sicher nicht damit gerechnet, dass sie von der Verfolgerin zur Verfolgten werden würde.

»*Mein ist dein ganzes Herz …*« Frank kicherte leise. Franz Lehár hatte sicher nichts dagegen, wenn man seinen Liedtext ein wenig abwandelte.

Er fuhr durch das rostige Tor und ließ den Wagen draußen stehen. Im Innern der Garage lagerte noch immer die leblose, schlaffe Hülle der kleinen Lisa. Auf dem Weg nach drinnen dachte er daran, wie ihn das Klingeln des Telefons am späten Vormittag aus seinem Schlummer gerissen hatte. Er hatte gewusst, wer am anderen Ende sein würde, und sein Herz hatte wie ein Dampfhammer zu schlagen begonnen. Niemand sonst außer der Stimme kannte diese Handynummer, niemand sonst hatte einen Grund, ihn anzurufen. In seiner Erregung war es ihm zuerst nicht gelungen, einen vernünftigen Satz hervorzubringen, er hatte minutenlang herumgestottert und sich verhaspelt, und es hatte mehrfache Ermahnungen gebraucht, sein aufgeregtes Gemüt zu beruhigen. Nachdem er voller Stolz mit dem Bericht von Lisas Beschattung, seinen Schlussfolgerungen und den nächtlichen Aktivitäten fertig gewesen war, hatte die Stimme geschwiegen. Länger als sonst. Die erste Frage war schließlich ganz leise und bedächtig gekommen, fast unhörbar, und das hatte Frank einen Schauer über den Rücken gejagt.

Natürlich war er vorsichtig gewesen, was denn sonst. Niemand hatte ihn beim Herausnehmen des Herzens beobachtet, keiner ihn beim Deponieren des Behälters auf dem Flur des Bürogebäudes gesehen. Dessen war er sich sicher. Und auch sonst war alles wie immer abgelaufen. Sogar an die Nummer auf dem Behälter hatte er gedacht.

Frank begann, die Einkäufe aus den Beuteln zu nehmen. Die Flaschen stellte er auf den Küchentisch. In seiner Brust loderte ein Feuer der Vorfreude.

Letztendlich hatte die Stimme ihn für seine Eigeninitiative gelobt und ihm einige Aufgaben für den Rest des Tages gegeben. Mit der Zerteilung der Leiche sollte er noch warten. Der entkernte Körper könne bei der heutigen Session noch von Nutzen sein. Frank konnte sich nicht vorstellen, was man mit dem, was einstmals Lisa, die kleine Schlange, gewesen war, noch anstellen könnte, aber er hinterfragte den Sinn der Anweisung nicht. Es gab Dinge, die er nicht durchschaute, und wenn die Zeit gekommen war, würde man ihm schon sagen, was zu tun sei.

Mit einem entrückten Lächeln nahm er am Küchentisch Platz und schaute auf die Jalousien. Nicht mehr lange und er würde erfahren, welche Aufgabe ihm als Nächstes zugedacht war.

27

Der »Schlachter« deponiert fünftes Herz!

Gestern Vormittag entdeckte der Inhaber der Firma *HERZ-Werbeteam* in der Wittenberger Straße vor der Tür seines Büros einen Thermobehälter, der exakt jenen vier vorhergehenden glich, die auf dem Gelände des *VEB Metallwaren* und im Kees'schen Park gefunden wurden (*Tagespresse* berichtete).

Und auch dieses Gefäß barg wieder einen schauderhaften Inhalt: ein weiteres menschliches Herz! Anscheinend bevorzugt der Täter Fundorte, die symbolisch etwas mit Herzen zu tun haben. Noch immer gibt es laut Auskunft der ermittelnden Behörden keine Anhaltspunkte zur Person des Täters oder zu den Opfern. Auch fehlen bislang die sterblichen Überreste der fünf Getöteten, denn eins gilt als sicher: Die Herzen wurden nicht von bereits Toten entnommen, sondern dafür mussten fünf Menschen ihr Leben lassen! (siehe Hintergründe, S. 7)

Hier wurde das fünfte Herz gefunden!

Unter dem Artikel befand sich ein großformatiges Foto des Bürogebäudes in der Wittenberger Straße, an dessen oberem rechten Rand ein kleineres, etwas unscharfes Bild eines olivfarbenen Thermobehälters die Aufnahme überschnitt. Die Bildquelle war mit »Jo Selbig« angegeben. Natürlich hatte die Spurensicherung Jo nicht ins Gebäude gelassen, um Fotos vom Flur oder gar der Eingangstür, vor der der Thermobehälter gefunden worden war, zu schießen. Aber der Trick mit der Überblendung durch einen ähnlichen Behälter wirkte, als wäre es eine echte Aufnahme.

Hubert klickte sich zu Seite sieben durch und schnaufte. »Sterbliche Überreste«, »schauderhafter Inhalt« … Wer sprach denn so? Und ihre Überschriften klangen schon wie die eines Boulevardblattes. Tom tat alles für die Quote. Dazu all diese Ausrufezeichen. Ein Zeitungsartikel war doch kein Comic. Allmählich verkam die *Tagespresse* zu einem reißerischen Wurstblatt. Hubert hörte sich selbst seufzen und rief sich zur Räson. Was ging ihn die Entwicklung der Zeitung an. Er näherte sich der sechzig und würde nicht mehr ewig hier sein, und dann konnten sie ihm alle mal den Buckel runterrutschen. Wer hatte den Artikel eigentlich geschrieben? Unter dem Text stand »CD«. Die gute Christin also. Bei Lara Birkenfeld hätte es solch ein Geschwurbel nicht gegeben.

Zusätzliche Fotos illustrierten den Artikel auf Seite sieben. Drei davon waren Luftaufnahmen der Fundorte, zwei weitere zeigten das Palmenhaus im Kees'schen Park von Weitem und den Eingangsbereich des quaderförmigen Gebäudes mit einem dunklen Gegenstand davor, der mit viel Fantasie als Thermobehälter durchgehen konnte. Als Bildquelle war hier lediglich »Tagespresse« angegeben. Hubert grinste. Sehr geschickt von Tom. So konnte der Redaktionsleiter bei Nachfragen behaupten, die Fotos von einem Informanten erhalten zu haben, und Patricks »Besuch« am Fundort würde geheim bleiben. Die Metadaten, wie Kameratyp und Produktdetails, die man anderen Fotos zuordnen konnte, die mit dem gleichen Fotoapparat gemacht worden waren, konnte man in der Druckversion nicht sehen, hierfür brauchte man die Originaldateien. Und die würde Tom nicht herausrücken – Zeugenschutz.

Hinter Hubert klappte die Tür.

»Hallo miteinander!« Jos Gesicht war gerötet. »Ist das wieder eine Kälte! Nichts mit Weihnachtstauwetter dieses Jahr!« Er kam näher und klopfte Hubert zur Begrüßung auf den Rücken. »Wo sind sie denn alle?«

»Keine Ahnung. Zumindest Patrick und Gert müssten da sein. Ich schau mal in die Abwesenheitsliste.«

»Möchtest du auch einen Kaffee?« Jo wartete nicht auf Antwort, sondern war schon in der Küche verschwunden, wo Hubert ihn herumhantieren hörte.

»Heute Nachmittag ist eine Pressekonferenz zu den Herzfunden von Kripo und Staatsanwaltschaft anberaumt.« Der Fotograf stellte eine Tasse auf Huberts Schreibtisch und nahm ihm gegenüber Platz.

»Gehst du hin?« Hubert nahm einen Schluck. Das Gebräu schmeckte sauer, obwohl der Kollege nicht mit Sahne gegeizt hatte. Aber der Kaffee stand auch schon seit mindestens zwei Stunden auf der Warmhalteplatte.

»Na klar.« Jo zog den Speicherstick aus seiner Kamera und stöpselte ihn in den Rechner.

»Mal davon abgesehen, dass ich Bilder für die morgige Ausgabe machen muss, interessiert mich der Fall.«

»Das heißt also, dass wir morgen wieder einen Riesenartikel bringen und dass Christin auch hingeht.« Hubert verzog den Mund und stellte die Tasse weg. Das Gesöff war nicht trinkbar.

»Na, aber sicher doch. Wenn so etwas schon in unserer Stadt passiert, müssen wir doch berichten. Und Christin schreibt schließlich eine Artikelserie über den Fall.« Jo sah hoch und runzelte die Stirn. »Hast du was gegen sie?«

»Nein. Sie ist mir eigentlich egal. Aber ich finde ihre Schreibe zu reißerisch. Lara war da besser.«

»Das stimmt allerdings.« Jo lächelte. »Ich glaube aber, Tom mag Christin. Da hat sie praktisch Narrenfreiheit.«

»Ja leider. Da kann man nichts machen.« Hubert hüstelte. »Wir könnten Patrick mitschicken. So lernt der Junge gleich mal, wie es bei solchen Pressekonferenzen zugeht. Glaube nicht, dass Tom was dagegen hat.«

Als hätten seine Worte ihn gerufen, öffnete sich die Eingangstür, und der Praktikant erschien. Mit seiner Pudelmütze und dem geringelten Schal glich er einem Schuljungen. Sein Gesicht war gerötet. Noch ehe er die Tür ganz geschlossen hatte, sprudelte es schon aus ihm heraus. »Diesmal war das Herz nicht tiefgefroren!«

»Wie bitte?« Hubert sah zuerst zu Jo und dann zu Patrick.

»Ich habe gerade mit Christin telefoniert. Wegen der Recherchen über den geplanten Neonazi-Aufmarsch von Probstheida durch Connewitz in die Innenstadt. Ich wollte sie eigentlich fragen, ob sie jemanden von diesem Aktionsnetzwerk ›Leipzig nimmt Platz‹ kennt, dann wäre ich dorthin gefahren und hätte denjenigen ein bisschen ausgequetscht.« Patrick sprach atemlos und verschluckte ganze Wortendungen.

»Und da hat sie dir von dem Herz erzählt?«

Patrick stockte bei Jos Frage, schien sich kurz zu schütteln und sprach dann weiter. »Genau. Es war frisch, also hatte er es nicht im Gefrierschrank.« Erst jetzt begann er, sich von seiner winterlichen Vermummung zu befreien.

»Woher weiß Christin das?« Hubert hatte sich jetzt aufrecht hingesetzt.

»Von der Rechtsmedizin. Sie kennt da jemanden, und der hat ihr das gesteckt.«

»Und wie kommst du darauf, dass es sich bei dem Täter um einen Mann handelt?«

»Hab ich das gesagt?«

»›Er hatte es nicht im Gefrierschrank‹, waren deine Worte.«

»Das war nur so dahingesagt. Ich weiß auch nicht mehr als ihr.« Patrick kratzte sich hinter dem Ohr.

»Weil wir gerade dabei sind …«, Hubert betrachtete den schwarzbraunen Rest in seiner Tasse und schüttelte dabei den

Kopf, »ich dachte, du könntest nachher mit Jo zu dieser Pressekonferenz gehen. Sie beginnt um sechzehn Uhr. Christin wird natürlich auch dort sein, sie schreibt ja über den Fall. Oder hast du andere Aufträge?«

»Nichts Unaufschiebbares.« Die Augen des Praktikanten leuchteten. »Diese Neonazi-Recherchen kann ich auch morgen weiterführen. Und ich habe ja schon allerhand mit dem Schlachter-Fall zu tun gehabt.«

»Gut, dann machen wir das so. Da kannst du Erfahrungen sammeln, wie man sich in solchen Veranstaltungen als Journalist verhält. Und ›Schlachter‹ wollen wir bei der *Tagespresse* möglichst nicht sagen. Das ist Boulevardjournalismus. Wir sind hier eine seriöse Zeitung.«

»Aber …« Patrick führte den angefangenen Satz nicht zu Ende. Wahrscheinlich war ihm gerade noch rechtzeitig eingefallen, dass es besser war, seinem Mentor nicht zu widersprechen.

»Ich kann dich im Auto mitnehmen, wenn du willst. Um drei fahre ich los.« Jo schaute nicht hoch, sondern sortierte und archivierte die Fotos, die in schneller Abfolge auf seinem Bildschirm erschienen.

»Das wär super. Für größere Fahrradtouren ist es heute echt zu kalt.«

»Gut, hätten wir das geklärt.« Hubert wandte sich wieder seinem Text zu.

»Ich frage mich, warum er diesmal ein frisches Herz genommen hat.« Obwohl beide Kollegen beschäftigt waren, gab Patrick noch nicht auf.

»Du hast schon wieder ›er‹ gesagt.«

Jo zog die Augenbrauen hoch. »Irgendwie muss Patrick sich doch ausdrücken, Hubert. Als Arbeitshypothese können wir das durchaus gelten lassen.«

»Das mag sein. Aber wenn man noch unerfahren ist, prägen

sich solche vorschnellen Urteile ein, und dann kommt man später gar nicht mehr auf die Idee, dass es auch anders sein könnte.«

»Sei nicht so streng mit ihm. Von der Person des Täters einmal abgesehen hat Patrick recht. Es muss einen Grund für diese Abweichung vom Modus Operandi geben.«

»Ganz einfach: Wahrscheinlich hatte er oder sie es diesmal eilig und keine Zeit, das Herz erst einzufrieren. Die Kripo wird das schon herausfinden. Wir sollten uns nicht für die den Kopf zerbrechen.« Hubert war und blieb ein alter Griesgram.

»Ich finde das Ganze trotzdem spannend. Und schaurig.« Jo sah zu Patrick und zwinkerte ihm zu. »Irgendwo muss eine frische Leiche ohne Herz herumliegen, und ich wüsste zu gern, wo.«

Der Praktikant öffnete den Mund, um zu antworten, als Hubert auf seinen Bildschirm zeigte und sagte: »Da ist sie auch schon.«

»Wie meinst du das?« Patrick, der die ganze Zeit neben Jos Stuhl gestanden hatte, kam nun um den Schreibtisch herum und schaute über Huberts Schulter.

»Lies die Tickermeldung.« Huberts Zeigefinger stach in Richtung des Monitors.

Leichenfund in Eilenburg … ausgeweidete Tote am Rand der Kiesgrube Eilenburg/Sprotta aufgefunden … Opfer des Schlachters?

*

»Bis nächste Woche, Frau Gerstäcker. Schwester Annemarie wird Ihnen das Rezept ausdrucken.« Mark schloss die Tür hinter der letzten Patientin des Tages und ging zum Fenster, um ein wenig frische Luft hereinzulassen. Es war noch nicht einmal sechzehn Uhr, und schon senkte sich die Dämmerung wie ein weicher schwarzer Mantel über Berlin. Heute hatte er Zeit, liegen gebliebene Dinge zu erledigen. Anna und die Kinder würden nicht mit dem Abendbrot auf ihn warten. Gestern waren sie beim Griechen gewesen, der Mittwoch war seit Jahren ihr gemeinsamer Abend. Mark mochte griechisches Essen nicht besonders, aber da jeden Mittwoch ein anderes Familienmitglied wählen durfte, hatte es eben dieses Mal nicht seinen Geschmack getroffen. Das ließ sich verschmerzen. Was sich viel schlechter verkraften ließ, war die Tatsache, dass Franz sich zunehmend verschloss. Anna und Mark erfuhren kaum noch etwas über die Schule oder Franz' Freunde, geschweige denn, wohin er an den Wochenenden verschwand, was auf den zahlreichen Partys geschah oder ob ihr Sohn ein Auge auf ein Mädchen geworfen hatte. Der Junge glich zunehmend einer Auster.

Ein eisiger Lufthauch ließ ihn frösteln, und er schloss das Fenster wieder. Sicherlich war Franz' Verhalten seinem Alter zuzuschreiben – mit fast achtzehn hatte der Junge die Pubertät noch nicht überstanden, auch wenn er selbst fest davon überzeugt war, bereits erwachsen zu sein. Jetzt lächelte Mark. Er war in dem Alter nicht anders gewesen. Seine Eltern hatte er für borniert und verknöchert gehalten, ihre ständige Sorge um sein Wohlergehen war ihm auf den Geist gegangen. Etwas mehr Geduld mit der eigenen Sippschaft war angebracht.

Er rollte mit dem Bürostuhl an den Schreibtisch heran, überprüfte die Eintragungen in Birgit Gerstäckers Patientenakte und lehnte sich dann zurück, den Blick auf das übernatürlich gelbe Rapsfeld auf dem Foto neben dem Wandregal gerichtet.

Es wurde höchste Zeit, dass er sich die Geroldsen-Unterlagen vornahm. Zum einen hatte er Lara und Jo versprochen, sich um die Angelegenheit zu kümmern, zum anderen jedoch war er inzwischen selbst von Magnus Geroldsen und seinem vermeintlichen Nachahmungstäter fasziniert.

Mark verzog den Mund. Lara und Jo. Die zwei passten gut zueinander. Zu gut. Er schüttelte den Kopf, um die Gedanken an die beiden loszuwerden, zog die linke obere Schreibtischschublade auf, nahm die hellblaue Mappe heraus und begann sie durchzublättern.

Agnes hatte nur Teile kopiert. Die Originalakte musste Hunderte von Seiten umfassen. Ihn interessierten jedoch vor allem die Behandlungsmethoden im Maßregelvollzug und Anzeichen dafür, dass Geroldsen Kontakt zu Mitpatienten oder zu Außenstehenden gehabt haben könnte. Dass der Mann sich jeglichen Therapieversuchen widersetzt hatte, wusste er ja bereits.

Die ersten fünf Seiten befassten sich mit Geroldsens Einlieferungsdiagnose. Mark legte die Akte ab, schloss kurz die Augen und versuchte, sich an die Zeit vor zehn Jahren zu erinnern. Jeden Tag hatte er im Gerichtssaal gesessen und den Angeklagten beobachtet, hatte seine Mimik und Gestik studiert, jedes noch so kleine Zucken der Gesichtsmuskeln registriert und darauf gewartet, dass der Siebzehnjährige sprach, doch Magnus Geroldsen hatte all die Wochen über keinen einzigen Satz von sich gegeben. Nachbarn, Lehrer, Schulkameraden und auch das Kindermädchen hatten ausgesagt und ein bestürzendes Bild eines soziopathischen Jungen gezeichnet.

Verwandte, die man damals hätte zur Vorgeschichte befragen können, waren nicht vorhanden gewesen: Geroldsens Geschwister waren tot, die Mutter lag mit einem schweren Nervenzusammenbruch auf der geschlossenen Station einer psychiatrischen Klinik, sein Vater war seit der Bluttat verschwunden; wahrscheinlich trieb er sich unerkannt in irgendwelchen Kneipen herum und nächtigte im Freien. Beide Elternteile waren Einzelkinder gewesen, und so gab es weder Tanten noch Onkel. Die Großeltern hatten sich versteckt und verweigerten die Zusammenarbeit – eine denkbar ungünstige Situation für einen Gutachter.

Somit war eine ausführliche kinder- und jugendpsychiatrische Diagnostik unmöglich gewesen, weil Mark keine Familienanamnese hatte durchführen können und Geroldsen sich klinischen Interviews wie dem Kinder-DIPS, dem Einsatz von Fragebögen, einer IQ-Testung oder der Leistungsdiagnostik verweigert hatte. Lediglich die internistisch-neurologische Untersuchung, das Alkohol- und Drogenscreening und ein EEG hatte er wie ein Lamm, das zur Schlachtbank geführt wird, regungslos über sich ergehen lassen.

Trotz alledem war Mark noch immer davon überzeugt, dass seine Beurteilung richtig gewesen war. Wenn auch die Verwandten nicht befragt werden konnten, so hatten wenigstens die Aussagen ehemaliger Lehrer, einer Kindergärtnerin und mehrerer Au-pair-Mädchen der Familie dazu beigetragen, die Diagnose zu untermauern. Schnell überflog er seine Angaben von vor zehn Jahren und setzte in Gedanken hinter jeden Anstrich ein Häkchen: gravierende oppositionelle Verhaltensstörungen schon als Vorschulkind, frühe aggressive Durchbrüche in Form von aggressivem Verhalten gegenüber Mitschülern und Lehrern in der Grundschulzeit, Sachbeschädigungen, Verletzung sozialer Normen (bei G. nachgewiesen: Stehlen, häufiges Lügen), schwerwiegende dissoziale Verhaltensweisen (bei G. nachgewiesen: Grausamkeit gegenüber Tieren), mangelnde Schuldgefühle = keine Reue für begangene Taten, Bindungsstörungen, fehlende gefühlsmäßige Beziehungen, Empathie-Defizit, niedrige Emotionalität (Gemütstiefe), unzureichende Gewissensbildung.

In seiner Zusammenfassung hatte er geschrieben: »Es ist zu erwarten, dass im Erwachsenenalter weiteres antisoziales Verhalten auftreten wird. Ein sicherer Vorbote dafür ist das Vorhandensein dissozialer Verhaltensauffälligkeiten im Kindesalter. Das offenkundigste aller frühzeitig erfassbaren Persönlichkeitsmerkmale ist aggressives Verhalten, das bereits im

Vorschulalter auftritt. Hierbei ist der Zeitpunkt des erstmaligen Auftretens von hoher Bedeutung für den weiteren Verlauf.

Bei G. zeigen sich gravierende Defizite in der seelischen Persönlichkeitsstruktur, u. a. völliges Fehlen von Empathie, sozialer Verantwortung und Gewissen.

Der Begutachtete ist nicht in der Lage, auf andere Personen Rücksicht zu nehmen. Sein eigenes Gefühlsrepertoire, insbesondere für negative Gefühle, ist beschränkt, er imitiert hier die Körpersprache anderer Personen. G. nutzt die Gefühle anderer manipulierend aus. Er kennt weder Schuldgefühle noch Verantwortungsbewusstsein. Auffällig ist sein pathologisches Lügen. Nach der Psychopathie-Checkliste von Robert D. Hare tendiert G. zur Dimension zwei, also zu impulsiver Ausprägung. Anzeichen für ein neuroanatomisches oder neurobiologisches Geschehen in früher Kindheit, also Verletzungen des Gehirns, insbesondere der Frontallappen, gibt es nicht. Das Alkohol- und Drogenscreening ergab keine gravierenden Abweichungen, unregelmäßiger Gebrauch von Tetrahydrocannabinol (THC in Form von Haschisch) ist jedoch nachgewiesen.«

Mark sah aus dem Fenster. Sein Gesicht spiegelte sich als blasses Oval in der dunklen Scheibe. Es gab keinen Zweifel, Magnus Geroldsen hatte eine schwere Form der dissozialen oder antisozialen Persönlichkeitsstörung. Auch wenn in keinem der gängigen Klassifikationssysteme die Diagnose »Psychopathie« aufgenommen worden war, beschrieb sie Geroldsens Erkrankung doch am besten.

Die Frage jedoch, die damals fast jeden im Gerichtssaal umgetrieben hatte, die Frage, die sich jeder Beobachter und wohl auch jeder Außenstehende gestellt haben musste, die Frage nämlich, *warum* Magnus Geroldsen zu dieser eiskalten Tötungsmaschine geworden war, hatten weder Mark Grünthal noch die anderen Gutachter beantworten können.

Natürlich existierten Theorien zu Entstehungsgeschichte und Ursachen einer solch schweren Form der psychischen Erkrankung, aber gerade im Fall der antisozialen Persönlichkeitsstörung gab es nicht die »eine« Causa, sondern es spielten viele Faktoren eine Rolle. Magnus Geroldsen hatte zumindest schon im frühesten Kindesalter nicht nur unzureichende Impulskontrolle und Emotionsregulation gezeigt, sondern auch fehlende soziale Kompetenz und mangelndes Mitgefühl.

Mark schrak zusammen, als die Tür vom Wartezimmer aufsprang, und sah seine Sprechstundenhilfe entschuldigend lächeln.

»Tut mir leid, ich wollte nicht stören.«

»Nein, schon gut.« Er lächelte zurück. »Ich war ganz in meine Unterlagen vertieft.«

»Ich wollte nur Bescheid sagen, dass ich jetzt gehe.« Die Arzthelferin hatte ihren Kittel schon ausgezogen. Jacke und Schal baumelten über ihrem rechten Unterarm. »Bis morgen, Chef.«

»Bis morgen, Annemarie. Ich schließe nachher ab.« Mark beobachtete, wie sie leise die Tür hinter sich zuzog. Ohne dass er es gemerkt hatte, war über eine Stunde vergangen. Sein Blick kehrte zu der Akte auf seinem Schreibtisch zurück. Frieder Solomon hatte fast den gesamten Rand vollgekritzelt, Fragezeichen, Ausrufezeichen und Schlangenlinien wechselten sich ab, zwischendurch hatte der Kollege auch ab und zu Worte wie »fraglich«, »zweifelhaft« oder »Spekulation« neben den Text gekritzelt.

Anscheinend stimmte Dr. Dr. Solomon nicht mit Marks Gutachten überein. Dass er seinen Kollegen nicht leiden konnte, war bei Marks Besuchen in Obersprung jedenfalls nicht zu übersehen gewesen. Solomons Schriftbild deutete auf einen dominanten Charakter hin, und er hatte den Stift an manchen

Stellen so heftig aufgesetzt, dass sich die Buchstaben auf die nächste Seite durchgedrückt hatten. Mark ertappte sich selbst dabei, wie er den Kopf schüttelte. Der gute alte Frieder war nicht in der Lage, eine andere Meinung neben seiner gelten zu lassen. Es lohnte sich jedoch nicht, darüber einen fachlichen Disput zu führen. Sein Gutachten war lange her, der Patient hatte sich mit Sicherheit weiterentwickelt, er studierte Jura und stand kurz vor dem Abschluss, und womöglich hatte Mark damals tatsächlich in manchem nicht ganz richtiggelegen. Er begutachtete jetzt seit über zehn Jahren Patienten. Je mehr Hintergrundwissen fehlte, umso schwieriger war die Einschätzung ihrer Krankheitszeichen. Mark löste den Blick von den Seiten und stierte in die Ferne. Die Frage war jedoch: Was hatte Frieder Solomon in Geroldsens zehn Jahren im Maßregelvollzug unternommen, um den Patienten zu therapieren?

Eine Anamnese fehlte. Seine eigene war kurz und unvollständig gewesen, weil Geroldsen geschwiegen hatte und damals außer einem Kinderarzt, der die Geschwister sporadisch behandelt hatte, sonst niemand verfügbar gewesen war, den er zur Krankengeschichte hätte befragen können. Hatte Solomon bei Geroldsens Einlieferung keine eigene Anamnese erstellt oder war Agnes diese nicht wichtig genug erschienen, um sie zu kopieren? Mark klebte eine Haftnotiz an den oberen Rand und notierte sich, die Kollegin bei seinem nächsten Besuch in Obersprung danach zu fragen.

Schwere Formen der APS, der antisozialen Persönlichkeitsstörung, wie bei Magnus Geroldsen waren schwierig zu behandeln. Studien hatten gezeigt, dass sich das Verhalten der Betroffenen durch negative Rückkopplung, also durch Bestrafung, nicht ändern ließ. Manche Kollegen diskutierten sogar darüber, ob eine Behandlung solcher »Psychopathen« überhaupt sinnvoll war. Die meisten Therapieprogramme waren verhaltenstherapeutisch und kognitiv-behavioral ausgerichtet, Patienten mit APS sprachen jedoch kaum darauf an. Mark hatte mehrfach Berichte über eine erhöhte Rezidivrate nach solchen Therapien gelesen, was bedeutete, dass der Betreffende rückfällig geworden war.

Günstig für die Gefährlichkeits- und Rückfallprognose waren eine frühestmögliche Diagnose und konsequente Betreuung. Nach Marks Kenntnisstand war das bei Magnus Geroldsen in der Kindheit anscheinend unterblieben. Es existierte auch nur noch eine Person, die man dazu befragen könnte – Geroldsens Vater. Falls der Alkohol ihm nicht inzwischen den Garaus gemacht hatte. Mark zog eine zweite Haftnotiz vom Block ab, schrieb »Vater von Magnus G.?« darauf und klebte sie auf sein Notizbuch.

Heutzutage wurden für die Therapie der antisozialen Persönlichkeitsstörung pharmakologische Methoden und die transkranielle Magnetstimulation vorgeschlagen, bei der mithilfe starker Magnetfelder bestimmte Bereiche des Gehirns stimuliert oder gehemmt werden konnten.

Doktor Solomon hatte bei Magnus Geroldsen anfangs die klassische Methode getestet: Reden. Nach der fünfseitigen Eingangsdiagnose begannen seine Aufzeichnungen über die Gespräche mit Geroldsen – oder besser gesagt, die Gesprächsversuche. Solomon hatte es zuerst mit Verständnis für die Entstehungsgeschichte der Störung versucht. Das war im Normalfall hilfreich, weil der Therapeut so mögliche traumatische Re-Inszenierungen, also die Gefahr erneuter seelischer Verwundungen herausfinden konnte. War der Patient der Therapie gegenüber aufgeschlossen, konnte man im Anschluss daran arbeiten. Der Teufelskreis negativer Erfahrungen konnte so durchbrochen werden.

Leider hatte Solomon bei Magnus Geroldsen damit auf Granit gebissen. Die Aufzeichnungen des Kollegen wimmelten von

Bemerkungen wie: »verschließt sich den Gesprächsansätzen«, »wirkt verstockt«, »antwortet nicht auf Fragen« oder »weigert sich, Testbogen auszufüllen«.

Stattdessen hatte Frieder Solomon notiert, dass Geroldsen Grimassen geschnitten oder stur aus dem Fenster geschaut hatte. Es musste frustrierend für den Kollegen gewesen sein.

Mark betrachtete den langsam vorantickenden Zeiger der Uhr, während er sich das Szenario vorstellte. So, wie er selbst Geroldsen erlebt hatte, war zu erwarten gewesen, dass dieser sich verweigerte. Er blätterte bis zum Ende der Mappe. Agnes hatte etwa achtzig Seiten kopiert. An diesem Abend würde er es nicht mehr schaffen, die gesamte Akte durchzugehen. Er dachte an Anna und seine Kinder und beschloss, die Aufzeichnungen bis zur Hälfte durchzuackern und sich dann auf den Heimweg zu machen. Es war besser, den Bogen nicht zu überspannen. Auch die Familie hatte ein Recht auf seine Aufmerksamkeit.

Nachdem die Gesprächsversuche bei Geroldsen ins Leere gelaufen waren, hatte Solomon ein bisschen herumexperimentiert. Bei dissozialen Verhaltensweisen im Kindes- und Jugendalter wurden seit Längerem erfolgreich bestimmte Arzneimittel eingesetzt. Doktor Solomon hatte sich anfangs für ein niederpotentes Neuroleptikum mit dämpfender antipsychotischer Wirkung entschieden. Seinen Aufzeichnungen nach war der Einsatz erfolglos geblieben, und so hatte er ein Jahr später zu *Benperidol*, einem hochpotenten Mittel, dem stärksten unter allen in Europa verfügbaren Neuroleptika, gewechselt.

Mark musste nicht im Arzneimittelkatalog nachsehen, um zu wissen, dass *Benperidol* starke Nebenwirkungen hatte. Wie bei fast allem in der Medizin gab es zu jedem erwünschten Effekt unerwünschte Folgen. Eigentlich wurde das Mittel wegen seiner sehr ausgeprägten unerwünschten Wirkungen nur noch selten verwendet, weil mittlerweile weit verträglichere

Neuroleptika existierten. Solomon hatte vor sechs Jahren damit begonnen, Magnus Geroldsen *Benperidol*-Tabletten verabreichen zu lassen. Als dieser sich dagegen gewehrt hatte, war Solomon auf Tropfen umgeschwenkt, vielleicht weil er diese – auch wenn es nicht erlaubt war – unbemerkt in Getränke mischen lassen konnte.

Auf Seite dreißig hatte Solomon notiert: »gesteigerte Frühdyskinesie in Form unfreiwilliger, abnormer Bewegungen im Kopf- und Schulterbereich«. Frühdyskinesien waren unwillkürliche Zuckungen, die oft im Anfangsstadium der Einnahme von Neuroleptika auftraten. Als Gegenmaßnahme konnten Medikamente mit muskelentspannender Wirkung gegeben werden. Anscheinend hatten sich bei Geroldsen die Nebenwirkungen sehr schnell gebessert, und auch wenn er noch immer nicht zu Gesprächen bereit gewesen war, hatte Frieder Solomon im Lauf der nächsten Monate doch eine deutliche Besserung seines Zustandes diagnostiziert. In seiner geschwungenen Schrift hatte er »Verringerung der psychotischen Symptome«, »Rückgang von Denk- und Gefühlsstörungen« protokolliert.

Mark sah zur Uhr und beschloss, das Aktenstudium für heute zu beenden. Es war ihm ein Rätsel, wie der Kollege die Besserung festgestellt haben wollte. Geroldsen sprach auch nach Jahren kein einziges Wort mit Solomon, wie dieser selbst aufgeschrieben hatte. Als einzige Alternative kam infrage, dass Magnus Geroldsen sich anderen Mitarbeitern in Obersprung geöffnet hatte und diese ihre Beobachtungen dann an Solomon weiterberichtet hatten.

Und noch etwas war seltsam, wenn nicht gar unglaubwürdig. Wenn Geroldsen tatsächlich seit Jahren regelmäßig hochdosiertes *Benperidol* einnahm, mussten die Nebenwirkungen inzwischen gravierend sein. Parkinson-Symptome wie Bewegungsarmut, Zittern und Muskelsteifheit stellten sich fast unweigerlich ein. Diese Spätdyskinesien betrafen vor allem die Kiefer- und Gesichtsmuskulatur. Hinzu kam, dass der verabreichende Arzt zu Beginn der Behandlung ein Ausgangs-EEG erstellen musste, um spätere Veränderungen nachweisen zu können. In dem, was Mark bisher in der Akte gelesen hatte, war keine Notiz davon zu finden gewesen. Entweder hatte Agnes keine Kopien davon angefertigt, oder Solomon hatte es schlicht unterlassen, ebenso wie die vorgeschriebenen regelmäßigen Kontrollen des Blutbildes, der Leber- und Nierenfunktion sowie der Kreislaufsituation.

Bei Auftreten der genannten Nebenwirkungen würde Geroldsen faktisch nicht in der Lage sein, erfolgreich ein Studium zu absolvieren. Er tat es jedoch, und sogar mit großem Erfolg, wie Agnes berichtet hatte. Mark legte die Akte zurück in die Schreibtischschublade, schob den Stuhl nach hinten und erhob sich. Seine Knie schmerzten. Sie würden einen Wetterumschwung bekommen.

Es gab eigentlich nur zwei mögliche Erklärungen für das Ganze. Entweder Magnus Geroldsen nahm seine Medikamente nicht wirklich ein, sondern tat nur so, oder Dr. Dr. Frieder Solomon hatte in der Akte nicht die Wahrheit vermerkt.

28

»Hör mal, das nimmt vielleicht Ausmaße an …« Lara betrachtete Jos Gesicht von der Seite. Er hatte das Kinn nach vorn geschoben. An seiner Schläfe pochte eine Ader. »Ich komme gar nicht mehr zu meiner ›normalen‹ Arbeit. Gestern waren wir bei dieser Herz-Schmerz-Firma, wo sie den fünften Behälter gefunden haben, hatten aber Pech, weil die Kripo alles weiträumig abgesperrt hatte, und heute erzählst du mir, dass in Eilenburg eine Frauenleiche gefunden wurde. Irgendwann muss ich auch mal meine Artikel schreiben.«

»Du wolltest doch informiert werden. Außerdem ist das die Gelegenheit, direkt vor Ort zu recherchieren. Und Fotos hättest du auch gleich dazu. Ich stelle sie dir sogar unentgeltlich zur Verfügung.«

Jo schien schlechte Laune zu haben. »Bist du gereizt?«

»Nein, ich denke über den Fall nach. Ich werde das Gefühl nicht los, dass diese tote Frau zu dem Herz aus der Wittenberger Straße gehört. In der Eilmeldung stand, sie wäre ›ausgeweidet‹ worden. Das deutet doch darauf hin, dass Organe gefehlt haben.«

»Klingt plausibel.« Wahrscheinlich war Jo tatsächlich nicht griesgrämig, sondern nur konzentriert.

»Eigentlich hatte ich ja heute auch etwas anderes vor, ich wollte zu dieser Pressekonferenz.«

»Fotos für die *Tagespresse* schießen?« Er nickte, und Lara fuhr fort. »Christin schreibt ganz schön ›plakative‹ Artikel.« Bei »plakativ« zeichnete sie mit den Fingern Gänsefüßchen in die Luft.

»Tom scheint das zu mögen. Es trägt anscheinend zum Verkaufserfolg bei.«

»Und nun muss Christin dort selbst Fotos machen? Kann sie das überhaupt?«

»Es ist schließlich nur eine Pressekonferenz. Das würde sie vielleicht sogar hinkriegen. Aber Hubert hat Patrick, unseren neuen Praktikanten, als Verstärkung mitgeschickt. Der stellt sich beim Fotografieren gar nicht so doof an. Sollten alle Stränge reißen, organisiere ich ein paar Bilder von einem Kollegen.«

»Und du machst dich nicht unbeliebt, wenn du diesen Job einfach so sausen lässt, um woanders hinzufahren?«

»Vergiss nicht, ich bin freier Fotograf. Ich kann mir meine Aufträge aussuchen. Davon abgesehen ist *das hier* natürlich auch in Toms Interesse.« Er holte tief Luft. »Da wären wir.«

Lara sah das Ortseingangsschild von Eilenburg vorbeihuschen. Auf dem Display von Jos Navigationsgerät rückte ein großes blaues Oval – die Kiesgrube im Osten der Stadt – näher. »Weißt du eigentlich, wo genau die Tote gefunden wurde?«

»Im Polizeifunk haben sie gesagt, in der Nähe der Eilenburger Landstraße am Nordufer. Wir sind auf dem Weg dorthin. Und ich versichere dir, wir werden den Schauplatz schon von Weitem erkennen können. Nachdem die Meldung über alle Kanäle ist, werden sich dort nicht nur Kripo und Spurensicherung, sondern auch jede Menge Schaulustige und die Presse tummeln.«

Der Motor röhrte, als Jo Gas gab. »Schau mal, da vorn sind sie schon. Ich schlage vor, wir ziehen getrennt los. Du siehst zu, dass du ein paar Informationen bekommst, ich versuche, Fotos zu machen, und höre mich dabei ebenfalls um. Wir treffen uns am Auto wieder. Reicht dir eine Stunde?«

»Ich denke schon. Wenn nicht, schicke ich dir eine SMS.«

Lara prüfte die Batterien ihres Diktiergerätes. »Auf in den Kampf.«

»... und so bin ich nach Eilenburg gekommen.« Kriminalobermeister Ralf Schädlich strich sich mit der flachen Hand über die Stoppeln auf seinem Kopf. Mit dem millimeterkurzen Schnitt wirkte sein quadratischer Schädel noch bulliger. Lara konnte ihr Glück noch immer nicht fassen. Sie hatte den Kripobeamten jetzt über ein Jahr nicht gesehen, und nun lief er ihr gerade hier über den Weg. Schädlich war ihr, im Gegensatz zu seinem damaligen Vorgesetzten Kriminalkommissar Stiller, immer wohlgesinnt gewesen und hatte ihr ab und zu vertrauliche Informationen zukommen lassen.

Der Mann hatte ihr bei der Begrüßung fast ihre Hand zerdrückt. Sie lächelte breit und überlegte dabei, ob Ralf Schädlich und sie sich geduzt hatten oder nicht. »Wer hätte das gedacht, dass wir uns an einem Tatort wiedertreffen.«

»Fundort, Lara. Der Tatort befindet sich woanders, da sind sich die Kollegen ziemlich sicher.«

Sie duzten sich also.

»Klar doch. Das war ein Versprecher.« Sie zwinkerte ihm zu, und sofort erwachte das schlechte Gewissen, als er selig zurücklächelte. »Und du hast mit dem Fall zu tun?«

»Eigentlich nicht. Ich habe gerade frei, aber wenn so etwas passiert, fährt man natürlich hin, um zu schauen, ob die Kollegen Hilfe brauchen. Als ich ankam, waren sie aber schon so weit durch. Der Rechtsmediziner hat seine erste vorläufige Untersuchung abgeschlossen, die Leiche wurde in die Gerichtsmedizin abtransportiert, und momentan ist die Spusi am Werk.«

»Es ist eine Frauenleiche?« Lara fingerte in ihrer Jackentasche nach dem Aufnahmeknopf des Diktiergerätes.

»Ja. Ziemlich jung noch.« Schädlich war redseliger als früher. Vielleicht lag es daran, dass sein ehemaliger Vorgesetzter nicht mehr dabei war. Andererseits hatte er bis jetzt auch noch nichts preisgegeben, was nicht schon durchgesickert war.

»Wer hat die Leiche denn entdeckt?«

»Das ist ein bisschen seltsam.« Ralf Schädlich trat dichter an Lara heran und senkte die Stimme. Sie konnte sein Aftershave riechen. Zedernholz und etwas Pfeffriges. »Der Fundort liegt ziemlich versteckt, und Spaziergänger verirren sich nicht hierher. Auch Pilzsammler gibt es im Winter nicht.« Er machte eine dramatische Pause, und Lara sah, wie er ihr Gesicht betrachtete, um zu sehen, ob sie auch genügend gebannt war, ehe er fortfuhr. »Nein, es gab einen Tipp.«

»Ach was!«

»Ein Anruf. Später hat sich herausgestellt, dass dieser von einem Prepaid-Handy kam. Das ist nicht so ohne Weiteres nachverfolgbar.«

»War der Anrufer ein Mann oder eine Frau?«

»Das konnte man nicht identifizieren. Leider hat der Tippgeber nämlich nicht bei uns in der Zentrale angerufen, sondern bei den Betreibern der Kiesgrube, der *Beton & Kieswerk Sprotta GmbH*. Er oder sie hat angeblich geflüstert. Der Firmenchef hat dann die Kripo informiert.«

»Die Leiche lag also bei der Kiesgrube? Ist das Gelände eingezäunt?« Lara dachte an den *VEB Metallwaren*, bei dem die ersten drei Herzen gefunden worden waren. Wenn dieser Fall hier etwas damit zu tun hatte, gab es anscheinend außer dem Herz-Bezug auch eine Affinität zu Baufirmen. Sie notierte sich die Idee in Gedanken, während Ralf Schädlich ihre Frage beantwortete.

»Na ja, sie lag am Rand der Kiesgrube. Also noch vor dem Zaun am Ufer, in unwegsamem Gelände. Ohne diesen Hinweis hätte es wohl mindestens Tage, wenn nicht gar Wochen gedauert, bis wir auf die Leiche gestoßen wären.«

»In der Tickermeldung hieß es, man hätte sie ausgeweidet.« Würde er den Köder schlucken?

»Das hast du von einer anonymen Quelle.« Er wartete auf ihr Nicken und fuhr dann fort. »Brust und Bauchraum waren aufgeschnitten. Für die Brust muss eine Rippenschere oder etwas in der Art, ein professionelles Werkzeug jedenfalls, benutzt worden sein, sagt der Rechtsmediziner.«

»War das Herz noch da?« Lara bemerkte, dass sie flüsterte, obwohl die nächsten Menschen mindestens hundert Meter entfernt standen. Hoffentlich nahm das Diktiergerät das Getuschel richtig auf.

»Nein. Rausgetrennt und mitgenommen.«

»Und der Täter hat das nicht hier gemacht?«

»Höchstwahrscheinlich nicht. Dann hätte man deutlich mehr Blut finden müssen. Außerdem ist der Fundort der Leiche zwar ganz gut durch Strauchwerk abgeschirmt, aber ganz ohne Beleuchtung wäre so was in der Nacht nicht möglich gewesen. Damit steigt natürlich die Gefahr für den Täter, bei seinem grässlichen Tun von der Straße aus gesehen zu werden. Nein Lara, ich denke, die Organe wurden an einem sicheren Ort, vielleicht im Versteck des Mörders, entnommen, wo er in aller Ruhe agieren konnte.«

»Organe? Was fehlt denn außer dem Herzen noch?«

»Mehrere Innereien aus dem Bauchraum. Genau weiß ich es nicht. Die Leiche wird gerade in die Rechtsmedizin gebracht.«

»Ich denke, das fehlende Herz habt ihr schon. Es lag in dem Thermobehälter, der gestern gefunden wurde.«

»Das ist zwar im Augenblick noch eine Spekulation, aber ich gebe dir recht. Die Rechtsmedizin wird das sehr schnell herausfinden, und mit dem DNA-Abgleich haben wir dann Sicherheit.«

»Widerlich. Die Frage, was er mit den anderen Körperteilen will, ist jedenfalls sinnlos. Ich kenne keinen normalen Menschen, der mir erklären kann, was einen Mörder dazu bewegt, Leichen auszuschlachten.« Lara sah sich um. »Ich wüsste zu gern, wer die Tote ist.« In der Ferne wuselten die Beamten der Spurensicherung in ihren weißen Raumfahrtanzügen herum.

»*Das* ist einfach. Sie hieß Lisa Bachmann und war einundzwanzig Jahre alt.« Wenn Ralf Schädlich grinste, sah man seine beiden Eckzähne hervorlugen. Er schien sich an Laras Verblüffung zu weiden.

»Woher … wisst ihr das?«

»Keine Magie, liebe Lara. In ihrer Hosentasche steckte das Portemonnaie mit dem Personalausweis.«

»Bei der Toten wurden Papiere gefunden?« Lara hörte das aufgeregte Kieksen in ihrer Stimme. Das wurde ja immer besser. »Hast du auch eine Adresse für mich?« Ihr Handy summte und verkündete eine Kurznachricht. Wahrscheinlich war Jo mit seinen Aufnahmen fertig und wollte wissen, wie weit sie mit ihren Recherchen war.

»Sie wohnt in der Jupiterstraße 14, sagt dein anonymer Informant. *Hat* gewohnt, sollte man wohl besser sagen.«

»Das ist in Grünau.«

Ralf Schädlich leckte sich über die Oberlippe und ließ den Kopf zur Bestätigung wippen, ohne etwas zu sagen. In Laras Kopf ratterten die Rädchen. »Ziemlich leichtsinnig vom Täter, das Portemonnaie bei der Leiche zu lassen. Glaubst du, dass er es nicht bemerkt hat?«

»Übersehen konnte man das eigentlich nicht. Um ihren Bauch aufschneiden zu können, musste er die Jeans öffnen, und auch wenn er sie ihr nicht ausgezogen hat, so müsste ihm doch die Geldbörse in der hinteren Tasche aufgefallen sein.«

»Das ist mir ein Rätsel.« Ihr Handy summte erneut. Wahrscheinlich fragte Jo an, warum sie sich nicht meldete.

»Er muss gewollt haben, dass man die Identität der Toten kennt. Wir wissen nur nicht, warum.«

»Vielleicht, damit man das gestern gefundene Herz zuordnen kann …« Lara lächelte Schädlich an, während sie aus den Augenwinkeln beobachtete, wie Jo sich im Hintergrund schnell näherte. »Aber warum fehlt dann von den ersten vier Leichen jede Spur?«

»Das ist der Punkt. Wenn wir das herausfinden, sind wir dem Täter ein ganzes Stück näher. Wollen wir noch irgendwo einen Kaffee trinken?« Ralf Schädlich hatte seinen Satz noch nicht ganz beendet, als Jo Lara eine Hand auf die Schulter legte und »Lange nicht gesehen, Herr Kriminalobermeister!« sagte.

Ralf Schädlich schloss seinen Mund und presste die Lippen zusammen. Ein bitterer Zug legte sich um seinen Mund.

»Sind Sie jetzt hier tätig?« Jo nahm seine Hand herunter, zog den Handschuh ab und streckte sie dem Kripobeamten entgegen, der sie ganz kurz schüttelte.

»Ralf hat sich nach Eilenburg versetzen lassen.« Lara versuchte, mit einem Lächeln Jos Fauxpas wieder auszubügeln, aber Schädlich stand da wie ein Ölgötze und schwieg.

»Ich hab dir zwei SMS geschickt.« Jo wandte sich von dem bockigen Mann ab.

»Tut mir leid, ich war gerade im Gespräch. Bist du fertig mit deinen Aufnahmen?«

»Klar. Bereit zum Abmarsch. Und du?«

»Ralf hatte gerade gefragt, ob wir noch irgendwo einen Kaffee trinken wollen.«

»Mir ist gerade eingefallen, dass ich noch etwas erledigen muss.« Der Kripobeamte zog mit heftigem Rucken den Reißverschluss seiner Jacke hoch. »Vielleicht ein andermal. Hat mich gefreut.« Er hob die Hand, drehte sich auf dem Absatz um und marschierte im Eiltempo davon.

»Was war das denn?« Jos Augenbrauen waren nach oben gewandert.

»Ich glaube, er ist enttäuscht, weil er dachte, ich wäre allein hier.« Lara hängte sich bei Jo ein und zog ihn in die andere Richtung.

»Aha, also *eifersüchtig*…«

»Kann sein. Er wird sich schon wieder einkriegen. Lass uns zum Auto gehen, mir ist kalt. Ich habe einige Neuigkeiten.«

29

»Lisa Bachmann teilt nur einige Informationen mit Fremden.« Lara nahm die Finger von den Tasten und sah zu Jo. »Ihre Facebookseite ist nur für Freunde einsehbar. Leider kann ich mich ja nun nicht mehr mit ihr befreunden. Das Einzige, was man so sehen kann, ist, welche Musikvorlieben sie hat. Bei Büchern steht nichts, bei Fernsehen ein paar belanglose Serien.«

»Ich hab auch noch nichts Relevantes gefunden. In den Internettelefonbüchern finden sich Adresse und Festnetznummer, aber die nützen uns leider nichts.«

»Hier, bei Aktivitäten steht etwas.« Mit einem Mausklick öffnete sich ein neues Fenster, und Lara las vor: »Ewigkeit. Dienst. Genesung.«

»Was hast du denn jetzt erwischt?«

»Die Startseite von den Anonymen Alkoholikern. Mutig, so etwas für alle sichtbar bei Facebook zu posten.«

»Das gehört vielleicht zur Therapie? Dass man seine Sucht offen zugibt?«

»Anonym ist eher das Gegenteil. Aber vielleicht war sie stolz auf ihre Mitgliedschaft oder dass sie trocken ist.«

»Wir sollten uns auf den Weg machen und in ihrem Wohnumfeld recherchieren. Ich glaube, im Internet werden wir nichts Aktuelles finden.« Jo klappte sein Notebook zu und machte Anstalten aufzustehen. »Wenn wir überhaupt etwas finden *wollen*. Viel Sinn hat das Ganze wahrscheinlich nicht.«

»Warte noch! Hier kann man nach Meetings der Anonymen Alkoholiker suchen. Ich schaue noch schnell, was es in Leipzig so gibt.« Lara rief die Landkarte auf und klickte auf Leipzig.

»Das ist ja unglaublich. Jeden Tag mindestens eine Versammlung.«

Jo hatte sich hinter sie gestellt. Sie konnte seinen warmen Atem im Nacken fühlen. »Aber wahrscheinlich nicht überall dieselben Teilnehmer.«

»Bestimmt nicht. Diese offenen Meetings sind sicherlich für jedermann gedacht. Wahrscheinlich treffen sich die Gruppenmitglieder zudem noch extra zu internen Sitzungen. Warte, hier steht es.« Lara las vor. »Am offenen Meeting nehmen außer Alkoholikern auch Familienangehörige, Freunde, Verwandte oder sonst Interessierte teil. Der Ablauf unterscheidet sich im Allgemeinen nicht von dem des geschlossenen Meetings, die Gesprächsthemen und -inhalte liegen jedoch meist – durch die Teilnahme von Nichtalkoholikern – auf einer anderen Ebene. Im geschlossenen Meeting treffen sich nur Alkoholiker und alle, die den Wunsch haben, mit dem Trinken aufzuhören. Jeder, der etwas zu sagen oder zu fragen hat oder sich der Gruppe mitteilen will, kann dies tun.«

Jo legte Lara eine Hand auf die Schulter und sprach weiter. »Diese Lisa Bachmann wird doch sicher nicht durch die halbe Stadt gefahren sein, um zu den Treffen zu gehen. Also nehmen wir als Arbeitshypothese an, dass sie eine Anlaufstelle in der Nähe ihrer Wohnung aufgesucht hat.«

»Am dichtesten an der Jupiterstraße ist das Begegnungszentrum in der Breisgaustraße.«

»Dann lass uns doch dort anfangen.« Lara gab die Adresse des Begegnungszentrums in eine Suchmaschine ein. »Ich ruf da gleich mal an. Donnerstagnachmittag müsste doch jemand vor Ort sein.« Sie wartete nicht auf Jos Antwort, sondern kramte nach ihrem Handy und begann zu wählen. Während sie telefonierte, räumte Jo den Tisch ab und verschwand in der Küche, wahrscheinlich um die Spülmaschine einzuräumen.

»So, mein Lieber. Das war unerwartet einfach. Ich habe mit einem ›Rolf‹ gesprochen. Rolf ist der Leiter der Gruppe.«

»Rolf?« Jo zog die Augenbrauen hoch. »Hat er keinen Nachnamen?«

»Er wird schon einen haben. Aber ihr Grundprinzip sei es, dass alle anonym bleiben können. Deshalb müsse der Vorname reichen.«

»Das kann ja heiter werden.« Es klang ironisch. »Anonymität – der Idealfall für einen Journalisten. Hast du denn überhaupt etwas Interessantes aus Rolf herausbekommen?«

»Sie treffen sich immer dienstags und freitags zu den sogenannten Meetings, also ihren Gruppentreffen.«

»Dann wäre also morgen wieder so ein Meeting?«

»Im Prinzip schon, allerdings handelt es sich bei den Dienstags- und Freitagsterminen laut Rolf um geschlossene Treffen. Außenstehende sind dort nicht zugelassen.«

»Wir könnten uns vor die Tür stellen und die Mitglieder abfangen. Bei einem Mordfall müssten sie doch gesprächig sein! Wir wollen doch nichts zu ihren Alkoholproblemen oder Trinkgewohnheiten wissen.«

»Warte doch mal, Jo.« Lara schüttelte leicht den Kopf. »Ich war noch nicht fertig.« Sie sah, wie er die Unterlippe nach vorn schob, und musste lachen. »Es gibt auch offene Meetings. Hier nehmen außer Alkoholikern auch Familienangehörige, Freunde, Verwandte oder sonstige Interessierte teil.«

»Und wir beide. Wann ist denn das nächste offene Treffen?«

»Übernächste Woche. Eine Weihnachtsfeier mit Angehörigen.«

»Zu spät. Wir brauchen die Informationen jetzt.« Die Unterlippe kam wieder nach vorn.

»Und es gibt ein Treffen *heute* Abend.« Lara hatte sich diese Information bis zum Schluss aufgespart und wurde nun von Jos erfreutem Gesichtsausdruck belohnt. »Eine Ausnahme, weil sie ihre Weihnachtsfeier vorbereiten wollen. Scheint aber auch nicht öffentlich zu sein.«

»Sag nichts mehr.« Jo grinste und klatschte Laras erhobene Hand ab. »Wir fahren nachher dorthin. Du hast so ein Funkeln in den Augen.«

»Wenn wir an dem Fall weiter dranbleiben wollen, geht es gar nicht anders. Die Anonymen Alkoholiker führen weder Akten noch Mitgliederlisten. Anonymität ist das oberste Prinzip. Alles, was die Teilnehmer schreiben oder erzählen, wird komplett vertraulich behandelt. Deshalb kann dieser Rolf uns auch keine Daten oder Namen geben.«

»Aber Lisa Bachmann war dort?«

»Eine Lisa hätte an den Meetings teilgenommen. Mehr wollte er mir nicht sagen. Schon gar nicht am Telefon.«

»Schon gar nicht am Telefon …« Jo wiederholte den Satz nachdenklich. »Das klingt, als könnte dieser Rolf unter vier Augen gesprächiger sein.«

»Das denke ich auch. Wenn es sich bei dieser Lisa um ›unsere‹ Lisa Bachmann handelt, gibt es mit Sicherheit den einen oder anderen dort, der etwas zu ihr sagen kann. Gänzlich anonym zu bleiben – das kann ich mir beim besten Willen nicht vorstellen. Zumal, wenn sie regelmäßig an diesen Meetings teilgenommen hat. Irgendwann gibt jeder etwas von sich preis.«

»Da wir nichts Besseres haben, ist das derzeit unsere beste Chance, etwas über das Opfer herauszufinden. Gut gemacht, Lara.«

Lara fühlte ihr Gesicht ob des unverhofften Lobs warm werden und hatte die Befürchtung, dabei wie ein Feuermelder zu leuchten. Sie schielte zu Jo hinüber, aber der schien nichts dergleichen zu bemerken, sondern sortierte Papiere und murmelte dabei vor sich hin. »Wann geht denn das heutige Treffen los?«

»Um achtzehn Uhr.«

»Dann müssen wir in einer halben Stunde losfahren.« Jetzt sah er auf. »Wir sollten ein paar allgemeine Fragen vorbereiten, und du lässt wieder das Diktiergerät laufen.«

»Einverstanden.« Lara dachte an das Gespräch mit Ralf Schädlich. Sie würde es sich heute Abend noch einmal anhören und wichtige Fakten übertragen, damit keine Informationen verloren gingen. »Weil wir gerade bei ›anonym‹ sind … Ich denke die ganze Zeit an diesen Anruf bei dem Betreiber der Kiesgrube. Wer außer dem Täter hätte denn von dieser Leiche wissen können? Und wenn es der Täter war – welchen Grund hatte er, auf sich aufmerksam zu machen? Es musste doch klar sein, dass dort sofort die Kripo anrückt!«

»Richtig. Dazu kommt, dass er Lisas Papiere in der Hosentasche ›übersehen‹ hat.« Jo fuhr sich mit der Linken über das Kinn und produzierte dabei ein schabendes Geräusch. »Er muss gewollt haben, dass die Leiche schnell gefunden und identifiziert wird. Alles andere wäre unsinnig.«

»Aber warum sollte er das wollen? Bringt er sich damit nicht selbst in Gefahr? Oder sie natürlich.«

»Wenn wir das wüssten, Lara, wären wir ihm dicht auf den Fersen.«

Jo hatte recht. Lara nahm sich vor, die Frage bei allen kommenden Recherchen zu berücksichtigen.

30

»Lange Rede, kurzer Sinn: Ihr könnt nachher beim Treffen leider nicht dabei sein, weil es ein geschlossenes Treffen ist. Außenstehende dürfen da nicht mit rein. Zwar ist es keins der Routinetreffen, wir wollen unsere Weihnachtsfeier vorbereiten, aber trotzdem sind wir intern.« Rolf – der Leiter der Treffen der Anonymen Alkoholiker im Begegnungszentrum Breisgaustraße hatte Lara und Jo von Anfang an geduzt – das wäre hier so üblich, hatte er erklärt. Und dass die Teilnehmer ihre Nachnamen sowieso nicht nannten. Daher hatte er ihnen auch nicht sagen können, ob die Lisa, die zu den von ihm geleiteten Meetings kam, die von ihnen gesuchte Lisa Bachmann sei.

Alter und Aussehen stimmten überein, aber das musste nichts heißen. Auch Laras Einwurf, dass es hier um mehrere Mordfälle ging und weitere Verbrechen drohten, hatte den dicken Mann nicht dazu bewegen können, zusätzliche Informationen herauszurücken.

Die Mitglieder kämen mehr oder weniger regelmäßig zu den Meetings, tauschten sich aus und halfen sich gegenseitig bei ihrer Suchtbewältigung. Die Gemeinsamkeit der Erfahrungen, die vorbehaltlose Akzeptanz und die ständige Hilfsbereitschaft zu jeder Tages- und Nachtzeit, so hatte der Mann doziert, führten dazu, dass die Mitglieder sich wieder sicherer im Leben bewegten. Das endgültige Ziel sei es, die Sucht im Griff zu haben und wieder als vollwertiges Mitglied der menschlichen Gesellschaft anerkannt zu werden. Vielleicht hatte er tatsächlich keine Ahnung von den Aktivitäten seiner Schäfchen außerhalb der Gruppentreffen.

Schließlich hatte Rolf sich dazu bereitgefunden, ein gutes Wort für Lara und Jo einzulegen, und erklärt, dass er die Mitglieder nachher bitten werde, sich nach dem Meeting mit den Journalisten zu unterhalten. Dies sei das Einzige, was er für sie tun könne. Womöglich kannte der eine oder andere doch Details, die ihnen weiterhelfen konnten.

Lara legte den Kopf in den Nacken und sah nach oben. Der Abendhimmel wirkte wie eine schwarze Decke, an die jemand ein paar winzige weiße Punkte angenäht hatte, die ab und zu flackerten. Über den Dächern schwebte der abnehmende Mond wie eine silberne Sichel. Sie trampelte auf der Stelle. »Dieser Rolf hätte uns wenigstens im Vorraum warten lassen können. Wo wäre das Problem gewesen?«

»Wollen wir uns wieder ins Auto setzen?« Jo legte einen Arm um ihre Schultern und drückte sie an sich.

»Nein, lieber nicht. Ich glaube, die sind gleich fertig. Und ich möchte keinen verpassen.« Lara blies warmen Atem in ihre Hände und schaute dabei auf die Eingangstür.

Sie hatten sich mit dem Leiter geeinigt, draußen zu warten, bis das Meeting vorbei war. Er würde ihnen dann sagen, ob die Teilnehmer bereit waren, sie im Versammlungsraum zu treffen. Lara und Jo hatten sich ins Auto gesetzt und diskutiert, ob sich die Sache überhaupt lohnte. Jo war dafür gewesen, nach Hause zu fahren und weiter im Internet zu recherchieren, aber schließlich hatte sie ihn überzeugt, es wenigstens zu versuchen, wo sie doch schon einmal hier waren.

»Da!« Lara spürte, wie Jo sie kurz mit der Hüfte anstieß und dann ihre Schulter losließ. Die Tür zur Begegnungsstätte öffnete sich, und in dem gelben Lichtviereck erschien das Pärchen mit dem kleinen Kläffer, das vorhin auch als Erstes gekommen war. Der winzige Hund bellte Jo an und schnappte nach seinem Hosenbein, der Mann murmelte eine Entschuldigung und zog den Hund beiseite. Dann verschwanden die beiden schnellen Schrittes in Richtung Straßenbahnhaltestelle.

»Die wollten also schon mal nicht mit uns kommunizieren. Außer ihrem Hund.« Lara kicherte und wurde gleich wieder ernst. »Hoffentlich hat dieser Rolf die Teilnehmer überhaupt gefragt. Nicht dass wir uns hier umsonst die Füße abgefroren haben.« Sie hatte den Satz noch gar nicht ganz zu Ende gesprochen, als der unförmige Umriss des Leiters in der Tür erschien. Er winkte.

»Na siehst du.« Jo setzte sich in Bewegung und zog Lara mit. »Ein paar von denen wollen anscheinend doch mit uns reden.« Der Vorraum war überheizt, das Licht blendete. Rolf schloss die Tür hinter Lara und schob sich an ihr vorbei, wobei sein Bauch ihren Hintern berührte. »Ihr dürft mit rein.« Er öffnete die Zwischentür zum Besprechungsraum, während Lara die Schuhparade betrachtete und sich eine ironische Bemerkung über die gnädige Behandlung verkniff. Sie wollten schließlich was von den Leuten hier. Da durfte man nicht gleich zu Beginn auf Konfrontation setzen. Jo war schon vorangegangen, und sie beeilte sich, ihm zu folgen.

Der Raum wirkte schlicht. Vorn waren etwa zehn Stühle im Kreis aufgestellt, dahinter fanden sich noch zwei Reihen. Wahrscheinlich wechselte die Anordnung je nachdem, was gerade besprochen wurde. Lara hatte das Gefühl, von neugierigen Blicken aufgefressen zu werden. Sie blieb vor dem Stuhlkreis stehen. Rolf, der sich neben dem Tisch mit den Kaffeetassen postiert hatte, zeigte auf Lara und Jo. »Ich hatte euch ja angekündigt, dass noch Besuch kommt. Zwei Zeitungsschreiber, die mit euch reden wollen. Es geht nicht um die Anonymen Alkoholiker und nicht um eure Privatangelegenheiten, und wer keinen Bock auf ein Gespräch hat, kann jetzt gern gehen. Grit und Holger sind ja schon weg.«

Grit und Holger mussten das Pärchen mit dem Hund sein.

Lara versuchte, die Leute unauffällig zu taxieren, und überlegte, ob sie die »Zeitungsschreiber« korrigieren sollte. Niemand machte Anstalten, sich zu erheben.

Jo hatte unterdessen die Initiative ergriffen und war einen Schritt nach vorn getreten. »Das ist Lara Birkenfeld. Sie ist Journalistin und schreibt für verschiedene Zeitungen.« Er zeigte auf sich. »Und ich bin Jo Selbig, ich arbeite als Fotograf. Wir haben tatsächlich ein paar Fragen, aber dazu müssen wir erst ein bisschen ausholen.« Sehr geschickt von ihm, ihre kompletten Namen zu nennen. Erstens waren sie nicht hier, um an der Therapie teilzunehmen, zweitens hatten sie nichts zu verbergen, und drittens führte die Offenheit vielleicht dazu, dass der eine oder andere ihnen nachher vielleicht auch seinen vollständigen Namen nannte. Lara bemühte sich um einen seriösen Gesichtsausdruck und sah zu Rolf, der sie die ganze Zeit angestarrt hatte. Der Typ war ihr unheimlich.

»Wollt ihr euch nicht setzen?« Eine junge Frau mit langen, glatten Haaren und einem viel zu roten Mund zeigte auf den Stuhl neben sich. »Das ist doch sonst wie in der Schule. Ich bin übrigens Friederike.« Die anderen murmelten zustimmend. »Vielleicht nennen die anderen Jo auch ihre Namen, damit er weiß, mit wem er es zu tun hat.«

Lara, die neben einem dicken älteren Typen mit roter Nase Platz genommen hatte, beobachtete amüsiert, wie Friederike ihren Kollegen anhimmelte. Sie schien auf ihn zu stehen. In ihrer kurzen Rede hatte sie sich auch nur auf Jo bezogen. Vielleicht dachte sie auch, er hätte das Sagen, weil er die Vorstellung übernommen hatte.

»Wer will einen Kaffee?« Rolf war schon wieder aufgesprungen. Trotz seiner Leibesfülle bewegte er sich schnell. »Unsere Gäste können ja inzwischen erklären, was sie zu uns geführt hat.«

Während im Hintergrund die Tassen klapperten, fasste Lara

in Kurzform die Ereignisse des heutigen Tages vom Fund der Frauenleiche in Eilenburg bis hin zu ihren Recherchen über das Opfer zusammen. Da inzwischen auch alles lang und breit in den Medien gewesen war, musste sie keine polizeilichen Interna verraten. »Die Tote heißt Lisa Bachmann, ist einundzwanzig Jahre alt, dunkelblond und hat graue Augen. Größe eins sechzig.«

»Das Alter könnte passen.« Der Dicke neben ihr – Alfred hieß er – nahm eine Tasse von dem Tablett, das Rolf ihm entgegenhielt. Lara betrachtete die teerschwarze Flüssigkeit betrübt, ehe auch sie zugriff. Sie würde mörderisches Sodbrennen bekommen, so viel war schon mal sicher.

»Das Aussehen kommt auch hin.« Friederike wandte noch immer kein Auge von Jo. »Unsere Lisa war doch auch blond und ziemlich klein, nicht?« Die anderen nickten.

Lara sah von einem zum anderen. »Aber niemand kennt den Nachnamen von ›eurer‹ Lisa? Auch die zwei nicht, die vorhin gegangen sind?« Ihr Instinkt sagte ihr, dass die Tote und Lisa aus der Therapiegruppe identisch waren, aber sie hatten keinerlei Beweise. Sie würden sich ein Foto besorgen und damit wiederkommen müssen.

»Grit und Holger?« Die Schnapsnase neben ihr gab ein Schnauben von sich. »Die sind doch nur mit sich beschäftigt.«

»Der Einzige, der vielleicht etwas wissen könnte, ist Frank.« Friederike wedelte mit dem kleinen Löffel in der Luft herum. »Lisa steht nämlich auf Frank.«

Lara ließ schnell den Blick über die Anwesenden schweifen, während sie sich fragte, wer von ihnen »Frank« sein könnte. Einer der beiden Männer da drüben, die beide noch kein einziges Wort gesagt hatten? Der Tätowierte ihr gegenüber?

»Du könntest recht haben. Sie hat ihn jedenfalls bei den letzten Treffen heftig angegraben.« Alfred grinste und ließ dabei schiefe gelbe Zähne sehen. Auch Jo musterte jetzt die

Anwesenden, doch bevor er etwas fragen konnte, kam Rolf ihm zuvor. »Frank ist heute leider nicht gekommen.« Er schien Laras Enttäuschung zu sehen und setzte deshalb hinzu: »Morgen zum Freitagstreffen ist er aber bestimmt da. Frank ist sehr zuverlässig. Er will uns einen Weihnachtsbaum vom eigenen Grundstück mitbringen, der kostet nämlich nichts.«

»Schade.« Jo trank den letzten Schluck und verzog das Gesicht. »Da ist wohl heute nichts mehr zu machen. Trotzdem danke.«

»Wollt ihr morgen noch mal wiederkommen?« Rolf schaute Lara an. »Dann könnt ihr ihn selbst fragen.«

»Wenn wir dürfen?«

»Ihr müsst ja nicht die ganze Zeit warten. Kommt doch gleich vor dem Treffen, dann redet ihr mit Frank und könnt wieder gehen.« Der Leiter der Gruppe war plötzlich zugänglich geworden.

»Wir werden bis dahin auch ein Foto von Lisa Bachmann besorgen. Nicht dass wir die ganze Zeit von verschiedenen Personen gesprochen haben.« Lara nahm ihre Tasche von der Stuhllehne.

»Dann ist das gebongt. Achtzehn Uhr geht's los, kommt so gegen halb sechs.«

Die zwei Männer, die Lara gegenübersaßen und die ganze Zeit nicht ein einziges Wort gesagt hatten, standen jetzt zeitgleich auf, gingen hinaus, kamen mit zwei olivgrünen Armeeparkas zurück und verabschiedeten sich. Friederike hatte unterdessen eine Hand auf Jos Oberschenkel gelegt und sie mit einem nervösen Kichern sofort wieder weggezogen, als der Fotograf sich erhob. Lara kräuselte die Lippen, ging hinüber und legte Jo den Arm um die Hüfte. »Wollen wir los?« Mit einem amüsierten Glitzern in den Augen sah er sie an, lächelte und nickte.

31

Mark betrachtete die Notizen und durchdachte seine Strategie. Er würde äußerst vorsichtig an die Sache herangehen müssen, um den Kollegen nicht zu verprellen. Frieder Solomon schien sowieso schon ein Problem mit ihm zu haben. Wer weiß, ob er am Telefon überhaupt zu Auskünften bereit war, zumal, wenn er sich in seiner Berufsehre angegriffen fühlte. Der Knackpunkt würde sein, ob Solomon ihm die Begründung für den unerwarteten Anruf abnahm. Dass Mark Teile der Akte gelesen hatte, durfte Solomon keinesfalls wissen.

Im Vorraum raschelte Schwester Annemarie herum. Ab und zu schniefte sie, dann ertönte lautes Schnauben. Mark stand auf, um die Zwischentür zu schließen. Es gab keine Ausreden mehr, sich vor dem Telefonat zu drücken. Der letzte Patient war vor einer Viertelstunde gegangen, und das Wochenende stand vor der Tür. Daheim warteten Anna und die Kinder. Mark holte tief Luft und atmete aus, bevor er zum Hörer griff und wählte.

»Solomon.« Es klang brüsk.

»Hier spricht Mark Grünthal.« Mark wartete auf eine Antwort.

»Doktor Grünthal.« Eine reine Feststellung. Kein freundliches Hallo, kein »Wie geht's Ihnen?«, nur der nackte Name. Das würde schwerer werden als gedacht. Am anderen Ende schnaufte es ungeduldig. Mark spulte seine Geschichte ab und lauschte angestrengt nach Anzeichen, dass ihm der Angerufene die Geschichte mit Thorwald Friedensreich abnahm. Er hatte sich zurechtgelegt, dass sein Kollege Thorwald einen ähnlich gearteten Fall wie den von Magnus Geroldsen therapierte und seinen Freund Mark, der Geroldsen damals begutachtet hatte, gebeten hatte, allgemeine Erkundigungen zum Vorgehen bei vergleichbaren Fällen für ihn einzuholen. Da Solomon Thorwald nur vom Hörensagen kannte, war es zumindest möglich, dass dieser eine solche Bitte geäußert haben könnte. Etwas Besseres war Mark nicht eingefallen. Das Schweigen am anderen Ende dehnte sich aus.

Mark betrachtete seinen Zettel, während er darauf wartete, dass Solomon etwas sagte. Über den Notizen stand: »Doktor Friedensreich bittet um Ihre fachliche Meinung in folgenden Punkten.« Dann kamen die Fragen: Halten Sie es für notwendig, ein Ausgangs-EEG der Patienten zu erstellen? Welche Veränderungen des Blutbildes, der Leber- und Nierenfunktion sowie der Kreislaufsituation haben Sie bei Dauergabe von *Benperidol* festgestellt? Welche Therapieansätze empfehlen Sie bei Patienten, die sich Gesprächen verweigern? (Hintergrund: Könnte G. sich anderen Mitarbeitern mitgeteilt haben?)

Die ersten beiden Fragen dienten lediglich dazu herauszufinden, ob Solomon diese Untersuchungen bei Magnus Geroldsen gar nicht vorgenommen oder es lediglich versäumt hatte, diese zu dokumentieren, obwohl auch Zweiteres einem groben Versäumnis gleichkam. Die dritte Frage sollte erklären, woher Solomon seine Informationen über Geroldsens »Besserung« und dessen Gemütszustand hatte.

Mark atmete aus. »Doktor Solomon? Sind Sie noch dran?«

»Sicher bin ich noch dran.« Jetzt gab es keinen Zweifel: Solomon war hochgradig verärgert. »Sagen Sie Ihrem Kollegen, wenn er einen fachlichen Disput wünscht, kann er mich gern selbst anrufen. Am Montag bin ich wieder im Dienst.« Klack. Frieder Solomon hatte ohne ein Wort des Abschieds aufgelegt.

Mark verzog den Mund. Das war denkbar schlecht gelaufen. Eigentlich hätte er es sich denken können, so wie Solomon drauf war.

»Aber einen Versuch war es wert.« Seine Stimme hallte durch das Zimmer. Jetzt sprach er schon mit sich selbst. Wie ferngesteuert ergriffen seine Hände den Zettel mit den Fragen und falteten ihn in der Mitte zusammen. Er würde Thorwald informieren müssen. Heute noch. Zum einen, um Marks Geschichte zu stützen, falls Solomon auf die Idee kam nachzufragen, zum anderen, um ihm die ganze Sache zu erklären und ihn um Unterstützung zu bitten.

Außerdem würde er nun wieder bei Agnes nachhaken müssen, was ein wenig peinlich war in Anbetracht dessen, was sie schon alles für ihn getan hatte. Aber sie war die Einzige, die an Details herankam, ohne dass es auffiel.

Bis er mehr von ihr erfuhr, konnte er lediglich eins tun: ein bisschen in Geroldsens Vergangenheit herumstochern. Viele Alternativen gab es hier jedoch auch nicht. Die Mutter hatte sich das Leben genommen, die Großeltern waren inzwischen gestorben. Blieb nur der Vater. Zur Zeit des Prozesses war Wulf Geroldsen nicht auffindbar gewesen. Laut Auskunft einiger Zeugen vor Gericht »trieb er sich in Kneipen herum und nächtigte im Freien«. Wenn der Mann zehn Jahre so weitergemacht hatte, war die Wahrscheinlichkeit, dass er noch lebte und sich an etwas aus der Vergangenheit erinnerte, äußerst gering. Mark überlegte, wie er am zeitsparendsten vorgehen konnte, um den Mann zu finden. Am schnellsten ging es übers Internet, aber nur, wenn der Betreffende dort Spuren wie Telefonbucheinträge oder Facebookposts hinterlassen hatte. Dann gab es Hilfsorganisationen wie die Obdachlosenhilfe, bei denen er anrufen konnte. Vielleicht hatte er Glück und fand eine Spur. Wenn nicht, hatte er sein Möglichstes getan.

*

»Hast du das Foto?« Jo bewegte die Finger mit rasender Geschwindigkeit über das Display seines Handys. Leise brummte der Motor des Hondas im Leerlauf, aus den Düsen im Fußraum strömte warme Luft.

»Auf weißem Papier in A4 ausgedruckt.« Lara schaute zur Sicherheit noch einmal in die gelbe Mappe. Gleich auf der ersten Seite leuchtete ein wenig unscharf das breitflächige Gesicht von Lisa Bachmann. Die Kleine war keine Schönheit, aber auch nicht hässlich. Irgendwie unscheinbar. Die blonden Haare hingen glatt herunter, die Nase war ein wenig zu groß geraten, die Augen standen zu dicht beieinander. Sie hatten Lisas Foto über die Bildersuche im Netz gefunden. Heutzutage existierten über fast jeden Menschen Informationen im Internet; Freunde luden kommentierte Bilder hoch, Nutzer posteten ihren gesamten Lebenslauf in sozialen Netzwerken, bis hin zu Adressen und Telefonnummern. Lisa Bachmann hatte zwar die Informationen auf ihrer Facebookseite für Fremde unsichtbar gemacht, sich jedoch außerdem in einem dieser Netzwerke verewigt, in denen man Freunde aus der Schulzeit fand und verwalten konnte. Von dort aus war es nicht besonders schwierig gewesen, ein Foto ihrer Abschlussklasse aufzuspüren. Mit einer Bildbearbeitungssoftware hatte Jo dann ihr Gesicht herausgeschnitten, es, so gut es ging, geschärft und vergrößert.

Lisa mochte auf dem Foto um die sechzehn gewesen sein. Sicher hatte sie sich in den darauffolgenden fünf Jahren noch verändert, aber Jo und Lara hatten ja nicht vor, eine Fahndung nach ihr auszulösen. Um das Mädchen zweifelsfrei zu identifizieren, reichte die Abbildung allemal.

Aus den Augenwinkeln nahm Lara eine Bewegung wahr. Sie löste den Blick von der Mappe auf ihrem Schoß und schaute hinaus. »Da sind ja wieder Grit und Holger.«

»Mit ihrer Fußhupe. Rrrr.« Jo ahmte das Geräusch des wütenden Kläffers nach und lachte dann. »Wollen wir uns auch so langsam mal aufraffen?«

»Ja, lass uns klingeln.« Lara klappte die Mappe zu und verstaute sie in ihrer Umhängetasche. »Ich zeige das Foto zuerst Rolf. Wenn wir wissen, ob unsere und seine Lisa identisch sind, warten wir auf diesen Frank und befragen ihn.«

»Guter Plan.« Jo drückte die Tür auf und stieß ob der hereinströmenden Kälte die Luft mit einem Prusten aus. »Ich fühle mich allmählich wie in Sibirien.« Er schien keinen Kommentar zu erwarten, sondern stand draußen, bis sie ausgestiegen war, verriegelte dann das Auto und stiefelte mit schnellen Schritten auf den Eingang der Begegnungsstätte zu. Lara marschierte hinterher.

»Jo, der Fotograf!« Eine atemlose Stimme in Laras Rücken. »Da bist du ja wieder. Lange nicht gesehen!«

Lara musste sich nicht umdrehen, um zu wissen, wem das atemlose Gezwitscher gehörte – der jungen Frau mit den roten Lippen, die Jo schon gestern angebaggert hatte. Auch heute hatte sie wieder ihre Kriegsbemalung aufgelegt. Der blutrote Mund klappte auf und zu und sprudelte eine Vielzahl von sinnentleerten Sätzen hervor. Belustigt beobachtete Lara, wie der Freund sprachlos von diesem Wortschwall von einem Fuß auf den anderen trat und mit den Fingern an seinem Schal herumnestelte, als wäre ihm dieser zu eng.

»Kommt ihr mit rein?« Jetzt hatte sie doch tatsächlich beide angesprochen, gleichzeitig jedoch Jos Unterarm gepackt und ihn mit sich gezogen. Im Vorraum angekommen, tätschelte die junge Frau noch einmal Jos Arm und verschwand dann durch eine Seitentür. »Ich muss erst einmal wohin. Bis gleich.«

»Bis gleich? Was meint sie damit?« Lara spürte noch immer das amüsierte Grinsen auf ihrem Gesicht und fügte hinzu: »Diese Friederike – so heißt sie doch, nicht? – scheint ja voll auf dich zu stehen.«

»Das ist mir auch schon aufgefallen. Ich hab Chancen.« Jo grinste. »Du wirst doch nicht etwa eifersüchtig?« Lara beeilte sich, das Gegenteil zu versichern, und zog die wattierte Jacke aus. Ein scharfer Geruch von Schweißfüßen schwebte in der Luft.

»Da seid ihr ja schon!« Rolf kam mit ausgestrecktem Arm auf sie zu. »Habt ihr ein Foto mit?« Er schüttelte auch Jo die Hand und griff dann nach dem Blatt mit Lisa Bachmanns Foto, das Lara ihm entgegenhielt. Ein kurzer Blick genügte. »Das ist sie.« Rolf sah hoch. Das Papier in seiner Rechten zitterte. »Kein Zweifel. Die Frau auf dem Foto ist unsere Lisa. ›War‹ sollte ich wohl besser sagen. Mist. Was jetzt?« Seine Stimme zitterte ebenfalls.

»Wir würden gern auf diesen Frank warten, wie wir es besprochen hatten.« Jo nahm dem Mann das Foto aus der Hand und reichte es Lara, die es wieder in der Mappe verstaute. Die anderen Teilnehmer des Meetings würden sie danach nun nicht mehr befragen müssen.

»Ach ja. Aber sicher.« Der Gruppenleiter fuhr sich mit gespreizten Fingern durch die Haare und ließ die Arme gleich wieder sinken. »Ich bin ein wenig durcheinander. Lisa ist tot.« Erneut fuhren die Hände nach oben und zerwühlten die dünnen Haare weiter, bis sie nach allen Seiten vom Kopf abstanden. In ihrem Rücken öffnete sich die Eingangstür, und als Lara sich umdrehte, sah sie die beiden Männer in den Armeeparkas mit dem identischen mürrischen Gesichtsausdruck hereinkommen. Sie begrüßten Rolf mit einem knappen »Hallo« und musterten dann die beiden Journalisten. Verächtlich, wie es ihr vorkam, aber vielleicht täuschte sie sich auch. Ohne ein weiteres Wort verschwanden sie in Richtung des Besprechungsraums.

»Ein wenig griesgrämig, die zwei, was?« Jo hatte sein Handy hervorgeholt und versuchte, unauffällig auf das Display zu schielen.

»Micha und Lutz sind immer so wortkarg. Nehmt es ihnen nicht übel.«

»Ach was.« Lara beobachtete Jo. Sie würden die beiden Männer wahrscheinlich nie wieder treffen.

»Wollt ihr kurz reinkommen? Bis es losgeht? Ist doch blöd, hier im Vorraum herumzustehen. Die anderen kennen euch doch jetzt auch schon. Ich könnte euch einen Kaffee anbieten.« Rolf hatte seine Manieren wiedergefunden.

»Nein danke. Wir warten hier. Ewig kann es ja nicht mehr dauern, oder?« Noch ehe Jo zu Ende gesprochen hatte, flog die Tür auf, und ein Schwall eisiger Luft schwappte herein.

»Was ist denn das hier schon wieder für eine Versammlung?« Der Dicke mit der roten Nase, neben dem Lara gestern gesessen hatte, watschelte herein; ein fröhliches Grinsen auf dem Gesicht, das jedoch schnell erlosch, als er nacheinander in die ernsten Gesichter blickte. »Die Tote von gestern war *unsere* Lisa, stimmt's?« Erst jetzt fiel Lara auf, dass die anderen mit keiner Silbe danach gefragt hatten, was mit ihrer Leidensgenossin passiert war.

»Es sieht so aus, Alfred.« Rolf kramte ein Taschentuch hervor und schnaubte geräuschvoll hinein. Inzwischen hatte sich auch Friederike wieder eingefunden. Sie stand nahe neben Jo, ihr linker Arm berührte wie unabsichtlich seine Hüfte. Lara schaute aus den Augenwinkeln hinüber und sah, wie Jo sich ein Grinsen verkniff. Der alte Macho hatte sichtlich Spaß an der Sache. Wieder öffnete sich die Tür. Zuerst trat ein Mann mit Zopf in einem für die Jahreszeit unangemessen dünnen Ledermantel herein, dann folgte eine Frau mit lila gefärbten Haaren. Der Pferdeschwanz-Typ herrschte die Frau an, sie solle gefälligst die Tür schließen, ehe er einen Gruß in die Runde nuschelte. Unfreundlich und selbstverliebt, konstatierte Lara. Die Frau schaute alle mit erschrockenem Blick an und drängte sich dann mit gesenktem Kopf an ihnen vorbei. Keiner der Neuankömmlinge hatte gefragt, wer die Besucher waren oder was sie hier wollten. Anscheinend waren es die Teilnehmer der Treffen gewohnt, dass von Zeit zu Zeit jemand dazukam oder nicht mehr auftauchte.

Rolf zuckte entschuldigend die Achseln. Wahrscheinlich sollte das bedeuten, dass der Zopf-Mann nicht Frank war.

»Kommt ihr heute mit rein?«, gurrte Friederike, die sich noch dichter an Jo gedrängt hatte.

»Du weißt doch, weswegen die beiden Journalisten hier sind.« Rolf hatte eine senkrechte Falte zwischen den Augenbrauen. »Sie wollen mit Frank sprechen. Dann gehen sie wieder. Außerdem ist das heute kein öffentliches Treffen, bei dem Fremde erlaubt wären.«

»Ich dachte ja nur …« Die Lippen schoben sich nach vorn.

Draußen polterte es, dann fluchte eine Männerstimme. Lara vergaß sofort ihren Ärger über die Anmachversuche der kleinen Dorfschönheit, sah zu Jo und dann zur Tür. Wieder polterte es, dann senkte sich die Klinke langsam herab. Vier Augenpaare starrten zum Eingang.

»Verfluchtes Glatteis!« Es war der Tätowierte, der gestern Abend gegenüber von Lara gesessen hatte. Sie konnte die Enttäuschung in ihrer Brust wie ein scharfes Brennen spüren.

»Du solltest Salz streuen, Rolf. Die Stufen sind glatt wie Schmierseife.«

»Bin ich hier der Hausmeister?« Rolf klang barsch.

»Ich mein ja nur. Wenn sich einer von uns was bricht, suchen sie einen Verantwortlichen.«

»Und der bin dann wohl ich. Na gut, Paul. Ich schau gleich mal in der Küche nach. In fünf Minuten fangen wir an. Ich warte noch auf Frank.«

»Vielleicht verspätet er sich?« Paul war nicht nur an den Armen tätowiert, sondern auch am Hals und sogar im Gesicht unter den Augen. Lara dachte, dass sie sich nachts allein auf der Straße vor ihm gefürchtet hätte. Hier, im hellen Licht des Vorraums, mit den dicken Filzlatschen, in die er gerade schlüpfte, wirkte er eher harmlos.

»Frank verspätet sich öfter!« Friederike wollte auch ihren Senf dazugeben. »Aber vielleicht ist er auch krank.«

»Eigentlich wollte er uns heute den Baum bringen. Frank ist in solchen Dingen zuverlässig. Mich wundert das. Er hätte anrufen können.« Der Leiter machte keine Anstalten, nach dem Salz zu schauen, sondern blieb neben Lara stehen.

»Der kommt sicher noch.« Paul verschwand nach drinnen.

»Was machen wir nun?« Friederike sah wieder zu Jo auf.

»Wir sollten anfangen. Geh ruhig schon rein. Die Journalisten und ich besprechen uns noch kurz.« Rolf machte eine wischende Handbewegung, Friederike zog einen Schmollmund und verschwand zögernden Schrittes.

Lara klemmte ihre Mappe unter den Arm. »Wissen Sie was? Wir warten draußen im Auto. Wenn er noch kommt, können wir kurz mit ihm reden, bevor er reingeht. Wie sieht er aus?«

»Er hat einen Weihnachtsbaum unter dem Arm.« Rolf kicherte wie ein Schulmädchen und wurde gleich wieder ernst. »Nein, Spaß beiseite. Frank ist etwa so groß wie du«, er zeigte auf Jo, »hat kurz geschnittene braune Haare und braune Augen.«

»Klingt ziemlich durchschnittlich.«

»Leider kann ich euch nicht mit auffälligen Kennzeichen dienen. Jetzt im Winter trägt er meist eine dunkelblaue Daunenjacke. Keine Mütze.«

»Wir werden es bemerken, wenn ein Mann, der dieser Beschreibung gleicht, kommt. So viele Teilnehmer erwarten Sie doch nicht mehr oder?«

»Es fehlen immer ein paar, aber nein.« Rolf wackelte mit dem Kopf wie ein altersschwacher Eisbär. »Ich hoffe, ihr trefft ihn, und er weiß etwas von Lisa, das euch weiterhilft.«

»Den Nachnamen von diesem Frank kennen Sie wohl nicht zufällig?« Lara schlüpfte in ihre Jacke.

»Ach, das hatte ich ganz vergessen, euch zu sagen!« Der Gruppenleiter tippte sich mit dem Mittelfinger an die Stirn und flüsterte, damit die anderen nicht mitbekamen, wie er einen Nachnamen nannte. »Durch einen seltsamen Zufall weiß ich tatsächlich, wie er mit vollem Namen heißt.« Er wollte zu einer weitschweifigen Erklärung ausholen, aber Jo unterbrach den Redeschwall, indem er erst auf seine Armbanduhr und dann auf die Zwischentür, die in den Besprechungsraum führte, zeigte.

»Studer. Frank Studer heißt er.«

»Wunderbar. Und nun gehen wir, damit Sie sich Ihrer Gruppe und der Vorbereitung der Weihnachtsfeier widmen können.«

Rolfs Hand war feucht, und Lara wischte ihre Handfläche unauffällig an der Jeans ab. Auf dem Weg nach draußen dachte sie, dass es nützlich war, nun den Nachnamen von Lisas Freund zu kennen. Falls Frank Studer heute nicht mehr erschien, konnten sie herausfinden, wo er wohnte, und ihn eventuell zu Hause aufsuchen.

32

»Sie sind Doktor Grünthal?«

Mark konnte seine Verblüffung gerade noch verbergen. Die Frau am Telefon hatte eine tiefe, ziemlich erotische Stimme gehabt und war in seiner Vorstellung groß und dunkelhaarig gewesen, mit markanten Gesichtszügen und tiefrotem Mund. Jetzt stand eine kleine Dicke mit Stupsnase vor ihm, die Falten in ihrem Gesicht verkündeten, dass sie deutlich jenseits der fünfzig sein musste, und ihre Haare, die vielleicht früher einmal tatsächlich naturblond gewesen waren, trugen den typischen Gelbstich jahrelangen Färbens. Aber wahrscheinlich dachte sie gerade das Gleiche: dass er ihren Vorstellungen genauso wenig entsprach.

Mark versuchte ein Lächeln und streckte der Frau die Hand hin. »Der bin ich. Wie sieht es denn aus, Frau Dörfler?«

Gerlind Dörfler war die Leiterin des *Hauses Strohhalm*, eines Obdachlosenheims in Berlin-Mitte. Mark hatte gestern noch fast zwei Stunden damit zugebracht, die verschiedenen Einrichtungen der Obdachlosen-, oder wie es heute hieß: Wohnungslosenhilfe, in Berlin abzutelefonieren, um sich nach Wulf Geroldsen zu erkundigen. Es gab Einrichtungen der evangelischen Kirche, der Caritas oder des Arbeiter-Samariter-Bundes. Bei der Obdachlosenhilfe »Die Brücke« war er schließlich fündig geworden. Im *Haus Strohhalm* kannte man einen Mann dieses Namens, auch das Alter passte.

»Der schläft ab und zu noch hier. Was wollen Sie denn von ihm, Herr Doktor?«, hatte Gerlind Dörfler gefragt. Nachdem er ihr, immer in der Hoffnung, sie möge nichts von Magnus Geroldsens Taten und dem Nachahmungstäter in Leipzig wissen, kurz erklärt hatte, dass es darum ging, einem seiner Patienten zu helfen, hatte sie ihm mit ihrer erotischen Stimme geantwortet: »Heute ist er nicht da, aber wenn Sie Glück haben, kommt Wulf morgen Abend. Allerdings habe ich ihn schon ein paar Tage lang nicht gesehen. Kann sein, dass er woanders untergekommen ist. Manchmal ist er auch in der Tagesbetreuungsstätte Stralauer Platz.«

Mark hatte sich kurz gefragt, was die Frau meinte, und die Gelegenheit beim Schopf gepackt und sich für Sonnabend gegen neunzehn Uhr angekündigt.

»Na, dann kommen Sie mal rein, Herr Doktor.« Gerlind Dörfler schloss die Tür, drängte ihren massigen Körper an Mark vorbei und watschelte voran, wobei sie unablässig redete. »Wir stellen Wohnplätze für wohnungslose Männer, auch solche mit erheblichen psychosozialen Defiziten, bereit. Darunter sind sehr oft Alkoholabhängige oder Alkoholgefährdete. Manche sind nur kurze Zeit hier, andere kommen über Jahre sporadisch immer mal wieder. Wir haben zehn Plätze.«

Mark betrachtete den schmutzig grünen Ölsockel im Flur und fragte sich, was er hier eigentlich tat. Jetzt fing er auch schon an, in der Gegend herumzufahren und Leute zu befragen. Wenn Lara ihn nicht darum gebeten hätte, wäre es ihm nie eingefallen, nur auf einen vagen Verdacht hin die Vorgeschichte ehemaliger Begutachteter zu recherchieren und deren Verwandte aufzusuchen. Zumal es unwahrscheinlich war, dass sich der Vater von Magnus Geroldsen nach zehn Jahren starken Alkoholkonsums überhaupt noch an Dinge aus seiner lange zurückliegenden Vergangenheit erinnern würde. Aber dieser Mann war die einzige Möglichkeit, die ihm und damit Lara blieb, etwas aus der Jugend von Magnus zu erfahren, aus einer Zeit, als der Junge inmitten seiner Geschwister daheim gelebt hatte. Wenn jemand Anhaltspunkte dafür liefern konnte, warum sich Geroldsen so abweichend von der Norm entwickelt hatte, dann sein Vater.

»Wo willst du denn hin«, hatte Anna gefragt, als er seinen Mantel angezogen und sich für »ein, zwei Stunden« verabschiedet hatte, und hinzugefügt: »In zwei Wochen ist Weihnachten. Denkst du nicht, du solltest an einem Sonnabend im Advent bei deiner Familie sein, anstatt draußen herumzugeistern?« Sie war aufgebracht gewesen. Er hatte es an der steilen Stirnfalte sehen können, die sich zwischen ihre Augen gegraben hatte. Seine lapidare Begründung, er wolle den Vater eines Patienten aufsuchen, hatte sie nur noch wütender gemacht. Mit einem »Du kannst auch gleich bis Montag wegbleiben!« war sie ihm durch den Flur gefolgt. Sein besänftigendes »Ach komm, Anna. Spätestens um halb neun bin ich wieder hier« hatte die Sache eher noch verschärft. Das Letzte, was Mark gesehen hatte, ehe die Tür hinter ihm zugeflogen war, war Joannas verängstigtes kleines Mausgesicht gewesen, das aus der Küche zu ihm herausgeschaut hatte.

Das Schlimme an der Sache war, dass er seine Frau verstand. Anna hatte sich auf ein gemütliches Wochenende mit ihm und den Kindern gefreut, und jetzt zog er, ohne es vorher angekündigt zu haben, noch einmal los. Hoffentlich würde sie sich nachher etwas beruhigt haben. Er unterdrückte ein Seufzen. So wie er Anna kannte, würde sie sich tagelang mit dieser Angelegenheit aufhalten und mindestens bis Mitte nächster Woche jedes persönliche Wort mit ihm vermeiden.

Gerlind Dörfler, die mit ihrer Rede inzwischen bei »Wir dulden keinen Alkohol, keine Drogen und keine Gewalt« angekommen war, öffnete die Tür zu einem großen Raum, der einer Essküche glich. In der Luft lag ein penetranter Geruch von Kohlsuppe.

Sieben Männer drehten gleichzeitig die Köpfe zur Tür. Obwohl sie alle unterschiedlich aussahen, ähnelten sie sich doch auf fatale Weise. Ihre Kleidung war abgenutzt und wirkte schmuddelig. Sechs von ihnen hatten sich nicht rasiert und trugen ungepflegte Drei-Tage-Bärte. Gerlind Dörfler hatte wie durch ein Wunder aufgehört zu schwafeln, und Mark grüßte etwas verlegen in die Runde.

Er musste nicht fragen, ob einer von den Männern Wulf Geroldsen war. Der einzige ordentlich rasierte Mann saß an dem Tisch links neben der Tür und war eine ältere und verlebtere Ausgabe von Magnus. Mit einem fragenden Blick zu der Leiterin, die ihm energisch zunickte, ging Mark auf den Mann zu, während die anderen die Köpfe wieder über die Suppenteller neigten.

»Guten Tag. Mark Grünthal ist mein Name.« Mark streckte die Hand aus, aber der andere griff nicht zu.

»Sie sind der Arzt, der damals meinen Sohn begutachtet hat.« Ein unfreundlicher Blick begleitete die Feststellung.

»Richtig, Herr Geroldsen. Darf ich Platz nehmen?« Mark zog die Hand zurück und legte sie auf die Stuhllehne.

»Von mir aus. Wenn Sie mich nicht beim Essen volllabern.« Wulf Geroldsen musterte Mark noch einen Moment lang, ehe er den Blick abwandte und weiteraß. Das konnte ja heiter werden. Der Mann schien geistig gut beisammen zu sein, wirkte aber feindselig.

»Möchten Sie auch etwas Eintopf? Es ist genug da. Wir kochen selbst.« Gerlind Dörflers erotische Stimme riss Mark aus seinen Überlegungen, wie er die Auster knacken konnte. Nachdem er bejaht hatte, eilte sie davon und kam kurz darauf mit einem Teller Suppe und zwei Scheiben Brot zurück. Betrübt betrachtete Mark die zahlreichen Kümmelkörner, dann begann er zu essen. Die Leiterin ließ sich mit einem Ächzen am Nachbartisch – in guter Hörweite – nieder und begann ein leises Gespräch mit einem der Bartträger. Ab und zu schielte sie herüber und sah dann sofort wieder weg.

»Was wollen Sie von mir?« Wulf Geroldsen ließ den Löffel auf den leeren Teller plumpsen und sah Mark direkt an. Strahlenförmige Falten zogen von seinen Augenwinkeln in alle Richtungen. Neben dem Mund hatten sich tiefe Furchen eingekerbt.

»Es geht um Magnus.«

»Was Sie nicht sagen. Da wäre ich ja nie draufgekommen.«

»Tut mir leid, Herr Geroldsen. Aber ich bräuchte ein paar Auskünfte von Ihnen.«

»Warum denn das auf einmal? Nach all den Jahren wollen Sie ›Auskünfte‹?«

Während Mark noch überlegte, wie viel er dem Mann verraten sollte und ob diese Informationen ihn nicht noch mehr verärgern würden, kam Magnus Geroldsens Vater ihm schon zuvor.

»Ist es wegen dieser Herzenfunde in Leipzig?«

»Ja. Ich recherchiere ein bisschen.« Mark dämpfte seinen Tonfall. Gerlind Dörfler hatte aufgehört, mit ihrem Gegenüber zu sprechen, und neigte sich leicht herüber.

»Sie *recherchieren* ein bisschen. Sind Sie nicht Arzt?« Wulf Geroldsen verzog den Mund.

»Wenn Sie von den Fällen wissen, dann muss Ihnen auch klar sein, dass es Parallelen zum Fall Ihres Sohnes gibt.« Mark hatte beschlossen, dem Mann nicht zu erklären, wie er in den Fall involviert war. Es würde nichts zu dessen Aufgeschlossenheit beitragen.

»Auch wenn Sie das anzunehmen scheinen, nicht alle Obdachlosen haben ein vom Alkohol zerfressenes Gehirn und kriegen nichts mehr auf die Reihe.«

»Das würde mir nicht in den Sinn kommen.«

»Ich kann es an Ihrem Gesicht sehen.« Ein verächtliches

Prusten. »Jeder meint uns zu kennen. Wir Säufer sind doch alle gleich. Hirntote, die nur noch an die nächste Flasche oder den nächsten Schuss denken. Aber das ist ein Irrtum. Sehen Sie den Mann da drüben, mit der braunen Strickjacke? Das ist Richard. Richard war mal Rechtsanwalt. Seine Ex hat ihn bis aufs Hemd ausgezogen und zu Hause rausgeschmissen. Außerdem hat sie behauptet, er habe die Kinder missbraucht.« Ein verächtliches Schnauben folgte. »Alle haben ihr geglaubt. Weiber!« Er pochte mit dem Löffel auf den Tellerrand. »So leicht kann man auf der Straße landen. Und jetzt fragen Sie sich, was mich hierhergebracht hat.« Mark konnte sich die Antwort denken, aber er nickte nur, ohne zu antworten.

»Es stimmt, ich hatte einige Jahre lang den Halt verloren.« Wulf Geroldsen sah sich um. »Und ich habe auch übermäßig getrunken. Wie so viele hier. Aber das ist seit Längerem vorbei.« Neben ihnen nickte Gerlind Dörfler bestätigend.

Magnus Geroldsens Vater kam immer mehr in Fahrt, und Mark ließ ihn reden. Das Gefühl, dass ihm jemand zuhörte, würde für die anschließenden Fragen von Nutzen sein. Und vielleicht platzte während des Gesprächs etwas aus dem Mann heraus, das ihm weiterhalf.

»Warum ich dann noch immer keinen festen Wohnsitz habe, wenn ich doch schon so lange trocken bin, fragen Sie sich? Das ist ziemlich einfach. Überall, wo ich mich um Arbeit bewerbe, muss ich meinen Lebenslauf angeben. Wenn die Leute nicht schon bei meinem Namen stutzig werden, dann spätestens an der Stelle, wo der jahrelange Leerraum auftaucht. Es ist ja nicht so, dass ich überall hinschreibe, dass ich der Vater von Magnus Geroldsen bin, von dem Kerl, der angeblich seine drei Geschwister geschlachtet hat. Aber irgendwie kommen sie alle drauf. Der eine früher, der andere später. Ich kann mich auf den Kopf stellen, aber es gibt keinen Job für mich. Keine Arbeit, kein festes Einkommen, keine Sicherheit für Vermieter. Kein fester Wohnsitz, keine Arbeit. So beißt sich die Katze in den Schwanz.«

»Haben Sie es mit einer Änderung Ihres Nachnamens versucht? Im Gesetz über die Änderung von Familiennamen und Vornamen steht sinngemäß, dass der Familienname von Angehörigen eines Straftäters geändert werden kann, wenn er selten oder auffällig ist und über die Berichterstattung zur Straftat eng mit Tat und Täter verknüpft ist. Das würde doch auf Sie zutreffen.«

»Das wusste ich gar nicht.« Wulf Geroldsen hatte aufmerksam zugehört. Zum ersten Mal erweckte er den Eindruck, seine Feindseligkeit abstreifen zu wollen, der Moment war jedoch so schnell vorbei, wie er gekommen war. »Warum hat mich keiner über diese Regelung informiert?«

Weil man sich um manches eben selbst kümmern muss. Mark sprach den Satz nicht aus. *Und weil Sie noch vor dem Prozess spurlos verschwunden waren.*

»Zumindest war ich aber schon auf dem Amt wegen einer Sozialwohnung.« Erneut nickte Gerlind Dörfler zu Geroldsens Worten. Eigentlich konnte sie sich gleich zu ihnen an den Tisch setzen, wenn sie sowieso jeden Satz verfolgte.

»Was wollen Sie denn nun von mir? Wenn ich mich richtig erinnere, sind Sie doch ein Psychiater. Oder Psychologe?«

»Ich arbeite unter anderem als forensischer Psychiater. Wie Sie sich ja noch erinnern, habe ich damals Ihren Sohn begutachtet.«

»Und nun ist da draußen einer, der ähnlich wie der damalige Täter vorgeht. Sie glauben doch nicht etwa, dass Magnus etwas damit zu tun hat?«

Der »damalige Täter«? Wen meinte der Mann? Und wer befragte hier eigentlich wen? Mark wollte antworten, aber Geroldsen hob die Hand.

»Inzwischen bin ich nämlich überzeugt davon, dass Magnus

dieses schreckliche Verbrechen vor zehn Jahren nicht begangen hat. Jemand muss es ihm in die Schuhe geschoben haben. Er war erst siebzehn. Es ist doch absolut unglaubwürdig, dass ein Jugendlicher all seine Geschwister umbringt. Wo soll denn da das Motiv sein?« Wulf Geroldsen war jetzt ziemlich laut geworden, und Mark schaute zu den anderen hinüber. Die jedoch schien das Gespräch nicht zu interessieren. Sie saßen mit gelangweilten Mienen an ihren Tischen, einer war aufgestanden, um abzuräumen, zwei andere kramten gerade ein Kartenspiel heraus.

»Ein Motiv haben wir leider nie erfahren.« Mit Gegenargumenten würde Mark hier nicht weiterkommen. Er dachte an sein Gutachten und die eindeutigen Symptome einer schweren antisozialen Persönlichkeitsstörung, die Magnus aufgewiesen hatte und anscheinend noch immer aufwies, da er nie therapiert worden war, wenn man der Fallakte glaubte. Aber der Vater hatte wahrscheinlich, um überhaupt weiterleben zu können, irgendwann in den letzten Jahren beschlossen, die Schuld seines Sohnes zu leugnen, und stattdessen einen Unbekannten erfunden, der die Taten begangen haben musste. Dieser Verdrängungsmechanismus war sogar erklärbar, schließlich war sein Sohn das Einzige, was ihm noch von seiner Familie geblieben war.

»Weil es keins gab!« Wulf Geroldsen holte tief Luft. »Natürlich war Magnus ein schwieriges Kind. Aber ein Mörder ist er nicht. Er sitzt jetzt schon zehn Jahre. Unschuldig!«

Mark nickte sein väterliches Nicken. Wenn er Informationen von dem Mann wollte, durfte er ihn nicht verprellen, indem er ihm sein Fantasiegebilde zerstörte. Hinzu kam, dass Wulf Geroldsens vehementes Leugnen der Tat seines Sohnes nichts daran änderte, dass er mittlerweile wieder ein wacher und aufmerksamer Mann war, der wahrscheinlich einige Details aus der Kindheit von Magnus berichten und klarstellen konnte. Wenn er es denn wollte. Das Beste würde es sein, sich Geroldsens Selbsttäuschung zunutze zu machen und sie für die Befragung zu verwenden. Mark nutzte eine Atempause seines Gegenübers und begann in ruhigem Tonfall zu sprechen.

»Sie haben mich gefragt, was ich von Ihnen will. In den vorliegenden aktuellen Fällen kann Magnus keinesfalls der Täter sein, denn er befindet sich nach wie vor in Obersprung. Was aber, wenn es eine Beziehung zwischen den Taten von damals und heute gibt? Wenn wir davon ausgehen, dass Ihr Sohn es damals nicht gewesen ist, könnte doch der frühere Täter wieder aufgetaucht sein und die Serie fortsetzen.«

»Und wo soll der bitte in der Zwischenzeit gesteckt haben?« Wulf Geroldsen hatte sich aufgerichtet. Seine Augen funkelten.

»Vielleicht im Ausland? Oder im Gefängnis wegen anderer Straftaten? Das ist ja im Moment auch irrelevant. Der Mörder aus Leipzig muss, wenn man die auffälligen Parallelen betrachtet, irgendetwas mit dem damaligen Fall zu tun haben.« Mark vermied es bewusst, die grausigen Details zu benennen oder Magnus Geroldsen als Täter zu bezeichnen. Wulf Geroldsen sollte den Eindruck haben, dass das hier eine sachliche Diskussion über mehrere Morde war, mit denen er nur entfernt zu tun hatte. Gerlind Dörfler war inzwischen mit ihrem Stuhl herübergerückt und saß faktisch mit am Tisch.

»Es muss jemand sein, der unsere Familie kannte. Besonders Magnus.« Wulf Geroldsen schaute in die Ferne. Er schien den Köder geschluckt zu haben. »Das würde auch erklären, warum er ihm die Schuld so einfach in die Schuhe schieben konnte.«

»Sie sagten vorhin, Magnus sei ein schwieriges Kind gewesen. Was meinten Sie damit? Gab es jemanden, der ihn negativ beeinflusst hat?«

»Ach, keine Ahnung.« Wulf Geroldsen wischte sich mit dem Ärmel über die Stirn. »Ich wüsste nicht, dass da jemand gewesen wäre. Allerdings war ich nicht so oft zu Hause und habe kaum Zugang zu Magnus gefunden. Er war ein problematischer Junge. Von Anfang an. Das ist wohl so beim ältesten Kind. Vielleicht fühlte er sich auch zurückgesetzt, als die Geschwister kamen. Ich war viel zu viel unterwegs, immer am Arbeiten und Regine, nun … Regine war überfordert und hatte ihre eigenen Probleme. Auch die Besuche beim Seelenklempner haben nichts gebracht. Entschuldigung.« Er zog die Augenbrauen zusammen. »Sie sind ja auch einer.«

»Ihr Sohn war in Therapie?«

»Ich glaube, so kann man das nicht nennen. Als die Schwierigkeiten mit ihm zunahmen, hat Regine beschlossen, mit ihm zu einem Kinderpsychologen zu gehen. Nach ihren Worten hat Magnus sich nicht nur seltsam benommen, sondern war regelrecht böse. Immer, wenn er glaubte, unbeobachtet zu sein, habe er seine Geschwister geärgert, Dinge gestohlen und gelogen. Ich glaube, Regine hat maßlos übertrieben, aber sie war nicht davon abzubringen, dass der Junge krank war und professionelle Hilfe brauchte.«

Mark betrachtete Wulf Geroldsen, während dieser redete. Die Augen des Mannes glühten jetzt regelrecht, die Wangen waren gerötet. So, wie *er* die Sache darstellte, waren Magnus' Probleme harmlos gewesen, wahrscheinlicher aber schien, dass all dies schon damals Anzeichen seiner SASA, der »schweren anderen seelischen Abartigkeit« waren. Der Mann hatte gesagt, seine Frau habe »ihre eigenen Probleme« gehabt. Womöglich gab es eine erbliche Komponente. Mark nahm sich vor, den Gedanken nicht zu vergessen.

»Bei welchem Kinder- und Jugendpsychiater war er? Wissen Sie das? Und wie alt war Magnus zu Beginn?«

»Da muss er so um die vierzehn, fünfzehn gewesen sein. Bei wem sie waren, weiß ich nicht. Um solche Dinge hat sich immer Regine gekümmert.«

»Und wie lange dauerte die Therapie damals?«

»Nur wenige Monate. Regine war der Meinung, Magnus werde nicht richtig geholfen, und hat die Besuche dort beendet. Anscheinend gab es Differenzen über die richtige Behandlung.«

Wahrscheinlich wäre es besser gewesen, der Junge hätte die Therapie fortgesetzt. Mark schwieg. Schade, dass Wulf Geroldsen nicht wusste, bei wem sein Sohn damals gewesen war. Aber das ließ sich vielleicht herausfinden. »Sie sagten vorhin, Ihrer Meinung nach muss der Täter jemand gewesen sein, der Ihre Familie kannte. Wer käme denn dafür infrage?«

Wulf Geroldsen hatte jetzt einen verblüfften Gesichtsausdruck. Obwohl er fest davon überzeugt zu sein schien, dass sein Sohn unschuldig war, hatte er offenbar noch nie ernsthaft darüber nachgedacht, wer denn dann die Taten begangen haben könnte. Doch nachdem Mark ein paar weitere Fragen gestellt hatte, zeigte sich sehr schnell, dass der Mann keine Ahnung hatte. Weder hatte er die Freunde seiner Kinder gekannt, geschweige denn deren Eltern, noch hatte er sich um ihre schulischen Belange gekümmert oder darum, womit sie sich in ihrer Freizeit beschäftigten. Das war die Aufgabe der Mutter gewesen. Als Vater sei er dafür zuständig gewesen, das Geld heranzuschaffen.

Nachdem Mark Wulf Geroldsen versichert hatte, »an der Sache dranzubleiben«, verabschiedete er sich und dachte auf dem Weg zum Auto über die Sache nach. Es gab mehrere Möglichkeiten.

Erstens: Der Vater hatte recht mit seiner Theorie, und Magnus Geroldsen war unschuldig. Zweitens: Der »Schlachter« in Leipzig war jemand, der Magnus von früher kannte – zum Beispiel aus der Therapie – und der ihn vermutlich nachahmte oder sogar verehrte. Drittens: Die Taten von damals und heute hatten nichts miteinander zu tun.

Erstens und drittens waren der Faktenlage nach unwahrscheinlich bis ausgeschlossen. Er würde sich Punkt zwei widmen. Alles andere war Quatsch. Das bedeutete, dass er herausfinden musste, wer dieser Kinder- und Jugendpsychiater gewesen war, und Kontakt zu ihm aufnehmen.

Aber zuerst würde er Lara anrufen.

33

Lara hatte ein Déjà-vu. Erst am Donnerstag waren sie die Leipziger Straße auf dem Weg nach Eilenburg entlanggefahren, um sich den Fundort von Lisa Bachmanns Leiche anzusehen, und heute, nur zwei Tage später, saßen Jo und sie schon wieder im Auto und fuhren in diese Richtung. Nur dass die Reise diesmal nicht bis nach Eilenburg, sondern nur bis Taucha gehen sollte. Ihr schlechtes Gewissen rumorte im Magen wie ein aufgeregtes Bienenvolk, es surrte, zwickte und zwackte an allen möglichen Stellen. Sie hatte seit drei Tagen keinen vernünftigen Artikel geschrieben. Die Recherchen zu den Herzen und Lisa Bachmann ergaben zwar eine ganze Serie, aber sie hatte sie noch nicht fertig. Demnächst würde ihr das Geld ausgehen. Jo dagegen schien es nie an Aufträgen zu mangeln. Er schaffte es, überall und nirgends zu sein und aktuelle Fotos an Zeitungen und Agenturen zu verkaufen, und hatte trotzdem Zeit, mit ihr herumzufahren und Leute zu befragen.

Sie legte die Handfläche auf den Bauch und versuchte, die Nervosität mit ein paar guten Vorsätzen zu beruhigen. Heute war Sonnabend, und spätestens morgen würde sie sich wieder ernsthaft an die Arbeit machen, Aufträge akquirieren und Texte schreiben, die sich verkaufen ließen. Nur diese eine Überprüfung noch, dann war Schluss mit dem Miss-Marple-Dasein.

Geräuschlos glitten die Scheibenwischer über die Frontscheibe von Jos Honda. Seit einer halben Stunde hatte es begonnen zu schneien. Winzigen Ballettröckchen gleich tanzten Schneeflocken herab, taumelten und wirbelten durch die

Luft. Dächer, Gehwege und die Autos am Straßenrand waren bereits mit einer feinen weißen Schicht überpudert. Den ganzen Vormittag hatten Jo und sie damit verbracht, in der näheren Umgebung von Leipzig nach Leuten zu suchen, die »Frank Studer« hießen.

Weil der Name relativ ungewöhnlich war, hatte die Trefferquote nicht allzu hoch gelegen. Natürlich war nicht gesagt, dass »ihr« Frank Studer tatsächlich in Leipzig oder im Umfeld der Stadt wohnte, nur weil er hier eine Therapiegruppe besuchte. Manch einer nahm wahrscheinlich größere Entfernungen in Kauf, um bei den Anonymen Alkoholikern nicht auf Bekannte zu treffen. Es mochte außerdem Personen gleichen Namens geben, die nicht in den Internettelefonbüchern gelistet waren. Das Ganze glich einem Roulette. Mit irgendeiner Arbeitshypothese hatten sie jedoch operieren müssen, zumal ihnen Kraft und Zeit fehlten, einen größeren Radius abzudecken.

Und so waren sie bei ihrer Suche in der Region auf insgesamt sechs Personen gestoßen. In Leipzig-Stadt waren drei eingetragen, einer in Wiedemar, einer in Lützen und einer in Schkeuditz. In Taucha gab es laut Telefonbuch noch einen Friedrich Studer. Vielleicht wohnte dieser Frank mit seinem Bruder oder Vater zusammen? Zwei der Leipziger hatten sie nach ein paar Anrufen und Internetrecherchen relativ schnell ausschließen können – einer lag deutlich über dem angegebenen Alter des Gesuchten, einer kannte angeblich keine Lisa Bachmann, und den dritten hatten sie nicht erreicht. Bei den anderen dreien hatten sie die Karte herangezogen. Wiedemar befand sich im Nordwesten, ebenso wie Schkeuditz, und Lützen im Südwesten der Großstadt. Taucha dagegen – eine Kleinstadt, die nordöstlich direkt an Leipzig grenzte – lag auf direktem Weg nach Eilenburg. In Eilenburg hatte man Lisa Bachmanns Leiche gefunden. Weit hergeholt, sicher, aber Jo und Lara hatten nicht lange diskutiert. Ihre erste Wahl war auf Taucha gefallen, auch, wenn es dort nur einen *Friedrich* Studer gab.

»Da vorn müssen wir rechts abbiegen. Dann kommt so eine Art Waldweg.« Jo redete nicht mit ihr, sondern mit sich selbst. Lara kannte das. Es half ihm, sich zu konzentrieren. Auf dem Bildschirm des Navigationsgerätes war ein großer grüner Fleck zu sehen, in den eine braune Linie führte. »Ziemlich abgelegen, das Grundstück.«

»Wir schauen uns um, klingeln, sprechen mit diesem Friedrich Studer und verschwinden wieder. Hoffentlich ist er da.« Lara konnte das Schlingern der Räder beim Abbiegen unter ihrem Hinterteil fühlen. Jo fuhr wie immer zu schnell.

»Ich hoffe, wir verrennen uns da nicht in eine Sache, die letztendlich zu nichts führt.« Er schien die gleichen Bedenken zu haben wie sie selbst vorhin. »Wenn hier nichts Sinnvolles rauskommt, hören wir mit dem Detektivspielen auf, Lara. Es kostet unheimlich viel Zeit, und wir sind nicht die Kripo.«

»Das Gleiche habe ich auch schon gedacht.«

»Dann sind wir ja einer Meinung. Ich hatte schon befürchtet, du würdest dich in die Sache verbeißen.«

»Ich?« Ein kleines bisschen Zorn erwachte in Lara. »Warst du nicht derjenige, der mich überredet hat, zu jedem Tatort zu fahren? Jetzt mach aber mal halblang!«

»Ach komm. Lass uns jetzt nicht streiten. Natürlich bin ich interessiert an den Fällen, aber du doch auch.« Das Auto holperte über ein paar Schlaglöcher, und Jo kurbelte heftig am Lenkrad. »Mein Navi sagt, dass wir gleich da sind.«

Lara sah hinaus. Eine Parade von mannshohen Fichten begrenzte den Weg, dahinter erstreckte sich ein undurchdringliches Waldstück. Ihr Ärger war verraucht. »Hier möchte ich nicht wohnen. Das ist gruselig, besonders nachts. Keine Nachbarn, niemand in der Nähe. Da bist du aufgeschmissen, wenn etwas passiert.«

Jo, der nichts antwortete, hatte die Geschwindigkeit verringert und schaute ernst nach vorn. Linker Hand tauchte jetzt ein grau gestrichener Zaun auf, nach mehreren Hundert Metern folgte ein Eisentor. »Da wären wir.« Er fuhr an den Wegrand, zog die Handbremse an und deutete dann auf das halb geöffnete Tor. »Sieht aus, als ob jemand zu Hause ist. Vielleicht haben wir Glück.«

Lara schob ihr Diktiergerät in die Jackentasche, stieg aus und hielt sich am Seitenholm fest. Der Boden war rutschig. Ihr Puls beschleunigte sich, als sie Jo folgte. Der Freund war schon am Tor angelangt und suchte nach einer Klingel.

Hinter den aluminiumfarbenen Stangen führte ein Kiesweg zu einem kleinen, zweistöckigen Haus, das sich hinter einige Büsche duckte. Ein Garten mit vertrockneten Stauden und jahrelang nicht beschnittenen Obstbäumen erstreckte sich zu beiden Seiten der ockerfarben verputzten Mauern. Nur die Auffahrt zur Garage war sauber gekehrt, der Beton frei von Zweigen und Laub.

»Sehr bewohnt sieht das nicht gerade aus.« Lara war vor dem Tor stehen geblieben. Sie fröstelte. Das Grau der Wolken schien auf die gesamte Umgebung abzufärben. In ihrem Rücken krächzte ein Eichelhäher.

»Eine Klingel gibt es auch nicht.« Jo hatte die Hände in die Hosentaschen geschoben und einen nachdenklichen Blick aufgesetzt. »Wollen wir reingehen?«

»Wenn wir es nicht versuchen, ärgern wir uns nachher doch bloß.« Die winzigen Schneeflocken kamen jetzt dichter herabgeschwebt. Lara legte den Kopf in den Nacken, streckte die Zunge heraus und ließ die kalten Gebilde schmelzen, wie sie es als Kind gemacht hatte. Sie schmeckten nach nichts.

»Du sagst es.« Das Eisentor quietschte, als Jo es weiter aufstieß. Sein »Hallo? Jemand zu Hause?« hallte durch die Luft und wurde schon nach wenigen Metern von dem weißen Wirbel aufgesogen. »Da rührt sich nichts. Also lass uns reingehen.« Ein feiner Wind war aufgekommen und trieb die Flocken auf dem Weg zu kleinen Strudeln zusammen.

Lara erschauerte. »Ich komme mir vor wie in einem Horrorfilm. Gleich wird ein Monster mit blutunterlaufenen Augen hinter uns aus dem Wald treten und die Axt schwingen.«

»Komm schon. Monster gibt es nur in Filmen und Büchern. Lass uns zusehen, dass wir hier fertig werden. Es wird bald dunkel, dann ziehen die Temperaturen an, wir frieren uns den Arsch ab, und wenn es so weiterschneit, sind die Straßen glatt wie Schmierseife.« Er betrat das Grundstück, und Lara folgte ihm widerstrebend, wobei sie das Haus musterte. Das obere Stockwerk schien unbewohnt zu sein. Der Schmutz mehrerer Jahre hatte das Glas fast undurchsichtig gemacht. Im Erdgeschoss hingegen musste jemand wenigstens ab und zu für saubere Fensterscheiben gesorgt haben. Die Fensterläden waren aufgeklappt, gelbliche Gardinen verbargen den Blick ins Innere. Lediglich das Tor der Garage rechts neben dem Haus wirkte wie neu. Außen war kein Griff zu sehen, wahrscheinlich funktionierte es elektrisch. Lara wunderte sich noch über den Widerspruch, als sie Jo sagen hörte: »Kein Rauch aus dem Schornstein.« Er war vorausgeeilt und stand jetzt am Fuß der drei Stufen, die zu der hölzernen Eingangstür hinaufführten. »Hier ist *auch* keine Klingel.« Er hob die Hand, um zu klopfen.

Leises Brummen. Eine Hand kam ins Bild, die in einem grauen Wildlederhandschuh steckte, wie Bauarbeiter ihn zum Schutz trugen. Die Hand hielt etwas fest, das wie ein dicker heller Stock aussah. Ein Schwenk, und neben dem stockähnlichen Gebilde kam eine gelb gestrichene Maschine ins Bild, die auf einem fahrbaren Metalltisch stand. Im oberen Teil saß ein großer silberfar-

bener rechteckiger Trichter. Jetzt bewegte sich die Hand in Richtung des Trichters, ein Teil eines Arms, der in einer wattierten Jacke steckte, wurde sichtbar. Im Zeitlupentempo schwang der Arm den Stock zum Trichter und senkte ihn in die Luke.

Das leise Summen verwandelte sich in ein schrilles Kreischen. Rote und gelbe Fetzen flogen aus der Öffnung in alle Richtungen, fielen auf den Boden neben der Maschine und verursachten dabei ein leises Platschen. Ruckweise verschwand der Stock im Trichter, die Hand half am oberen Ende nach, während ein zweiter, ebenso behandschuhter Arm sich von links ins Bild schob. Dieser hielt eine große Plastiktüte mit einer unleserlichen Aufschrift. Der Beutel wurde gekippt, und helle Streu bröselte neben dem Rest des Stocks in den Trichter. Zeitgleich verwandelte sich das kreischende Geräusch in ein sonores Brummen.

Lara spürte, wie sie rasselnd Luft holte, während sich das Bild änderte. Zuerst wurde es unscharf, dann wechselte der Blickwinkel. Sie sah jetzt den Boden neben der Maschine, die, wie es ihr eben klar geworden war, ein Schredder für Gartenabfälle sein musste. Den grobkörnigen Untergrund bedeckte eine dunkelblaue Plastikplane, auf der ein ungeordneter Haufen von weiteren Holzteilen lag, einige davon länglich, andere kompakter. Neben der Plane stand eine kleine Werkbank, darauf lag eine Motorsäge. Der gesamte Boden war mit Hobelspänen bedeckt, auf denen sich in unregelmäßigen Abständen dunkelrote Flecken verteilten.

Das Brummen verstummte. Für einen winzigen Augenblick schärfte sich das Bild, ehe es mit einem leisen Knistern erlosch, aber dieser Moment hatte ausgereicht, um zu erkennen, um was es sich bei den »Holzstöcken« handelte. Es waren menschliche Körperteile.

Zwei Beine, ein Arm, eine Hand, ein größerer »Klumpen«, wahrscheinlich der Rumpf. Und das, was da eben in den

Schredder gewandert war, war keinesfalls ein dicker Stock gewesen, sondern ein Unterarm. Jemand kicherte. Dann wurde alles schwarz.

Lara hörte sich selbst seufzen und schüttelte dann heftig den Kopf, um die abscheulichen Bilder zu vertreiben.

Erst jetzt bemerkte sie, dass Jo ihre Schultern stützend umfasste und sie besorgt anblickte. Sie räusperte sich zweimal und wartete, dass die Wirklichkeit zu ihr zurückfand. Nach mehrmaligem Durchatmen fühlte sie sich in der Lage zu sprechen.

»Wir sollten da lieber nicht reingehen.« Ihre Stimme zitterte. »Ruf die Polizei.«

*

Die Wärme der Sitzheizung breitete sich an seinem Rücken aus. Mark suchte im Speicher nach Laras Handynummer und wählte. Das Gespräch mit Wulf Geroldsen hatte länger als geplant gedauert, und nun war es schon fast einundzwanzig Uhr. Anna würde vor Zorn platzen, aber sie war so oder so wütend, da kam es auf eine halbe Stunde auch nicht mehr an.

»Mark?« Lara klang atemlos, und er fragte sich einen Augenblick lang, wobei er sie gestört hatte.

»Tut mir leid, dass ich so spät noch anrufe, aber ich habe Neuigkeiten.« Im Hintergrund murmelte eine Männerstimme, und Mark konnte sich gerade noch zur Räson rufen, ehe die Frage, mit wem Lara da zusammen war, aus ihm herausplatzte. Statt der erwarteten Wissbegierde, wie die Neuigkeiten lauteten, schwieg Lara jedoch. Es lief nicht so, wie er erwartet hatte. »Bist du noch dran?«

»Ja. Entschuldige bitte. Wir sind noch hier draußen.«

»Wo draußen?« Ein saures Brennen kroch in seiner Kehle nach oben, und er schluckte. Warum war Lara nicht daheim und wer war »wir«?

»Etwas außerhalb von Taucha.« Mark dachte darüber nach, ob ihm das Recht zustand zu fragen, was sie da machte, aber sie hatte schon fortgesetzt. »Verzeih, wenn ich so wortkarg bin. Aber ich stehe noch unter Schock.«

»Hattet ihr einen Unfall?«

»Nein. Mit mir und Jo ist alles in Ordnung. Warte, ich setze mich ins Auto.«

Also doch. Sie verbrachte das Wochenende mit Jo. Mark versuchte, das brennende Gefühl der Eifersucht zu unterdrücken. Es stand ihm nicht zu. Ein Klappen, gefolgt von einem Rascheln, dann war es still. Erst jetzt fiel ihm auf, dass vorher die ganze Zeit Hintergrundgeräusche zu hören gewesen waren: undeutliche Stimmen, die sich etwas zuriefen, Motorengebrumm. Jetzt war Lara besser zu verstehen. Sie klang erschöpft. »Bist du auch im Auto?«

»Ja, ich war in Sachen ›Schlachter‹ unterwegs. Habe den Vater von Magnus Geroldsen aufgespürt.«

»Das ist interessant.« *Interessant*? Mehr hatte sie nicht dazu zu sagen? Mark wollte etwas erwidern, aber Lara kam ihm zuvor. »Wir haben im Fall Lisa Bachmann recherchiert. Die Leiche wurde am Donnerstag in Eilenburg gefunden.«

»Ich weiß. Es kam in allen Nachrichten. Das fünfte Opfer des Schlachters.«

»Sie war Mitglied bei einer Gruppe der Anonymen Alkoholiker in Leipzig. Jo und ich sind Donnerstag und gestern Abend dort gewesen, um Erkundigungen einzuholen und herauszufinden, mit wem sie so zu tun hatte. Und dabei sind wir auf diesen Typen gestoßen, mit dem sie etwas gehabt haben soll.« Die Autotür klappte, und von ihm abgewandt sagte Lara: »Komm rein. Es ist Mark. Ich stell mal auf laut.«

Jo und Lara waren also auch in dem Fall unterwegs gewesen. Wieso hatten sie ihm nichts davon erzählt? »Und dort seid ihr jetzt? Bei diesem Freund?«

»Er ist auch tot.«

»Ich versteh nicht.«

»Wir sind heute Nachmittag hier angekommen und wollten mit ihm beziehungsweise einem Verwandten reden. Aber egal. Dann hatte ich eine Vision.«

»Was hast du gesehen?«

»Blut, Körperteile, elektrische Geräte.« Jo mischte sich ein. Seine Stimme klang dumpf aus dem Hintergrund. »Wir haben die Kripo informiert, Mark. Es hat eine Weile gedauert, bis sie uns geglaubt haben, dass hier etwas faul ist, aber letzten Endes sind sie doch hergekommen.«

»Und ihr habt recht behalten.«

»Du sagst es.« Jetzt sprach wieder Lara. »Die Kripo hat da drin ein Schlachtfeld gefunden. Er muss gerade dabei gewesen sein, Leichen zu zerlegen und die Teile zu häckseln. Sie halten sich mit Aussagen noch bedeckt, aber ich bin mir sicher, dass dieser Studer der Schlachter ist. Oder besser gesagt war.« Laras nächste Worte vernahm Mark nur wie durch einen dichten Nebel. »Es gibt zwar momentan noch keine Erklärung dafür, aber der Mann wurde tot aufgefunden. Seine Leiche lag im Wohnzimmer.«

In Marks Kopf drehte sich ein Mühlrad. Es dauerte schier endlos, bis er wieder sprechen konnte. »*Wie* hieß der Typ?«

»Studer, Frank Studer. Wieso?«

»Das war ein Patient von mir. Und er war auch in Obersprung, wo Geroldsen sitzt.«

Jetzt war am anderen Ende Stille. Dann räusperte sich Jo, der alles mitgehört hatte. Er krächzte. »Oh, Scheiße. Wir müssen reden.«

34

Das ist der Schlachter!

> Am gestrigen Sonnabend entdeckten zwei Reporter den toten Frank S. auf seinem Grundstück bei Taucha. Im Haus und in der Garage fanden sich noch Überreste seiner Opfer, darunter auch Organe von Lisa B., deren ausgeweidete Leiche erst zwei Tage zuvor in Eilenburg gefunden wurde! Lesen Sie mehr auf S. 5, Hintergründe.

Jo schüttelte den Kopf. Das war mal wieder typisch. Weder hatten Lara und er die Leiche von Frank Studer »gefunden«, noch konnte man ihn als »Reporter« bezeichnen, und es war bisher auch nicht durch offizielle Stellen bestätigt, dass die Spuren im Haus tatsächlich »Überreste« der Opfer des Schlachters waren. Bis jetzt gab es lediglich einen toten Mann, der im Wohnzimmer auf den Dielen gelegen hatte, zahlreiche Blutspuren auf den Geräten – darunter ein Schredder und eine Kettensäge – in der Garage und auch in den beiden riesigen Tiefkühltruhen. Als einziges beweiskräftiges Indiz, dass Studer etwas mit dem »Schlachter« zu tun gehabt haben musste, konnte derzeit der altmodische Thermobehälter gelten, den man in der Küche neben dem Esstisch entdeckt hatte. Ob man auch »Organe von Lisa B.« gefunden hatte, wie es die *Bild*-Zeitung schrieb, war nicht amtlich. Vermutlich trafen die plakativen Formulierungen zwar tatsächlich zu, bewiesen waren sie bis jetzt jedoch nicht. Die Spurensicherung grub wahrscheinlich gerade das gesamte Grundstück um und durchwühlte das Haus.

Jo betrachtete das Foto, das sich über die Hälfte der Seite erstreckte, und dachte darüber nach, woher die Zeitung die ganzen Insiderinformationen haben mochte. Von ihm und Lara stammten sie jedenfalls nicht.

Frank Studer sah nett aus. Er war ordentlich rasiert, die dunklen Haare trug er kurz und sauber gescheitelt, die braunen Augen blickten den Betrachter direkt an. Mit dem blaukarierten Button-Down-Hemd und der hellen Jeans wirkte er wie der nette Nachbar von nebenan.

Direkt neben das Porträt des vermeintlichen Schlachters hatte die *Bild* ein kleines Foto von Lisa Bachmann gesetzt, auf dem sie fröhlich in die Kamera lächelte.

Jo blätterte um. Die Kripo hatte Studers Leiche gestern im Haus entdeckt, aber bis dahin hatte es ihn und Lara große Überredungskünste gekostet, bis sich die Beamten überhaupt auf den Weg zu dessen Grundstück gemacht hatten.

Beim ersten Anruf hatte der diensthabende Beamte Jos Verdacht, im Haus könnten sich Leichenteile befinden, als Hirngespinst abgetan. Als Jo die Nachfrage, ob sie in der Wohnung oder in der Garage gewesen wären, verneinte, hatte der Mann mit süffisantem Unterton gefragt, wie der Fotograf und seine »Freundin« denn dann zu ihrer Vermutung kämen. Fraglos klangen »Wir haben so ein Gefühl, dass da was nicht stimmt« und »Studer und Lisa Bachmann waren in derselben Therapiegruppe« nicht besonders schlüssig.

Lara hatte schließlich die Idee gehabt, in Eilenburg auf dem Revier anzurufen und Ralf Schädlich zu verlangen. Der Kriminalobermeister hatte keinen Dienst gehabt, aber sein Kollege hatte versprochen, ihn schnellstmöglich von Laras Anruf zu informieren.

Nach fast zwei Stunden Wartens in Jos Honda hatte Schädlich sich endlich per Telefon gemeldet, und dann war alles ziemlich schnell gegangen.

Jo strich das Papier glatt. Auf Seite fünf war eine Luftaufnahme des Studer-Grundstücks zu sehen. Erst jetzt erfasste er, wie riesig das Gelände tatsächlich war. Rechts grenzte es an ein Waldstück, links schlossen sich Felder an. Direkte Nachbarn gab es keine. Ein idealer Ort, um Leichen zu zerteilen und verschwinden zu lassen.

Der Schlachter – wie viele Opfer
hat er tatsächlich auf dem Gewissen?

Hier wohnte Frank S.! In der Garage (rechts im Bild) fand die Kripo Blutspuren an den elektrischen Geräten. Der gesamte Boden war mit Holzspänen bedeckt, die das herausströmende Blut aufsaugen sollten. Wahrscheinlich hat Frank S. seinen Opfern hier die Herzen entnommen und die Leichen dann zerkleinert. Nach unseren Informationen wurden die gehäckselten Teile mit Rindenmulch vermischt und auf dem Grundstück verteilt.
Bisher ist noch unklar, wie viele Opfer es insgesamt gab, denen der Schlachter Herzen entnommen hat, und um wen es sich dabei handelt. Warum vermisste niemand die Opfer? Konnte Frank S. all das tatsächlich allein bewältigen oder gab es Komplizen?
Bild wird weiter berichten!

Jo rieb sich mit der Handfläche über die Bartstoppeln. An den Wochenenden verzichtete er oft auf eine Rasur, es sei denn, Lara übernachtete bei ihm. Die allerdings hatte nach den gestrigen Turbulenzen nach Hause gewollt, um sich »mal wieder richtig auszuschlafen« und danach an ihrem Artikel über die Herzenfunde zu arbeiten, wie sie gesagt hatte. Der tote Studer würde der Berichterstattung deutlich Auftrieb geben, und sie wollte versuchen, die gesamte Serie mit Hintergründen und

Jos Fotos bei einem renommierten Blatt unterzubringen. Mark hatte sich nach ihrem gestrigen Telefonat entschieden, nach Leipzig zu kommen, und sie hatten sich für heute Mittag bei ihr verabredet.

Die *Bild*-Zeitung legte mit ihrem letzten Satz den Finger in die Wunde. Bisher waren fünf Herzen gefunden worden, dazu die Leiche von Lisa Bachmann. Konnte *ein* Mann dies alles allein bewältigen, oder hatte Studer mit jemandem zusammengearbeitet? Über die Konsequenzen von Marks gestriger Bemerkung, Studer sei wie Magnus Geroldsen in Obersprung gewesen, wollte Jo jetzt gar nicht weiter nachdenken. Das würden sie nachher noch ausgiebig diskutieren können.

Doch noch eine Frage ergab sich: Woran war Frank Studer eigentlich so plötzlich gestorben? Nachdem Schädlich endlich am Grundstück angekommen war, hatte der Kripobeamte sich zuerst Laras Gestammel von Kettensäge, Häcksler und Körperteilen in der Garage angehört, dann ein bisschen auf dem Gelände herumgeschnüffelt, versucht, durch die Fenster in das Innere des Hauses zu schauen und das Garagentor zu öffnen, das aber verschlossen war. Schließlich hatte er an die Tür gehämmert. Auch die Kriminalpolizei durfte nicht einfach ohne triftigen Grund in eine Wohnung oder ein Haus eindringen.

Jo erinnerte sich noch gut an seine Überraschung, als die Klinke bei Schädlichs erstem Versuch nachgab und sich die Eingangstür einfach so öffnen ließ. Der Kriminalobermeister hatte ihnen befohlen, draußen zu warten, und war, laut nach Friedrich Studer rufend, im Haus verschwunden.

Kurz darauf war Ralf Schädlich mit bleichem Gesicht wieder aufgetaucht, und dann ging alles relativ schnell. Die Kollegen von der Kripo kamen fast zeitgleich mit der Spurensicherung und dem Rechtsmediziner an. In der Zwischenzeit hatten Jo und Lara versucht, Ralf Schädlich auszuquetschen, aber mehr, als dass ein toter Mann im Wohnzimmer liege und sich in der

Garage tatsächlich Leichenteile befänden, hatten sie nicht aus ihm herausbekommen.

Nachdem der Kripobeamte Lara halbherzig versprochen hatte, ihr sobald wie möglich weitere Informationen zukommen zu lassen, war ihnen nichts anderes übrig geblieben, als zurückzufahren. Wie die *Bild* so schnell Wind von der Sache bekommen hatte, war Jo unklar. Wahrscheinlich hatten sie einen Informanten bei der Polizei. Inzwischen musste es da draußen von Medien und Presse nur so wimmeln, und vermutlich würden spätestens heute Abend sämtliche Fernsehsender über den Leichenfund berichten.

Er griff zum Telefon und legte es wieder zurück. Lara hasste es, wenn sie sich bedrängt fühlte. Die Uhr zeigte noch nicht einmal zehn. Wahrscheinlich saß sie noch beim Kaffee, und gewiss besaß sie noch keine neuen Informationen über Frank Studers Todesursache.

Und doch ließen sich die Gedanken über den Toten nicht abstellen. Frank Studer war mit Sicherheit nicht einfach tot umgekippt, nachdem er Lisa Bachmann umgebracht und ihr Herz bei der Werbefirma in der Wittenberger Straße deponiert hatte, die Garage noch voller unerledigter »Arbeit«.

Hatte sein Komplize ihn umgebracht, um einen Mitwisser zum Schweigen zu bringen? Stammten die Überreste in der Garage tatsächlich von den vorhergehenden Opfern des Schlachters oder hatte der Fall Bachmann/Studer womöglich gar nichts mit dem Schlachter zu tun? Und wie hatte Studer es geschafft, mit Magnus Geroldsen in Obersprung in Kontakt zu treten?

Jo nahm sich einen Zettel und begann, seine Fragen zu notieren.

35

»Wollt ihr was trinken? Wasser, Saft, Milch?« Lara betrachtete die beiden Männer an ihrem Küchentisch und musste lächeln. Sie sahen so unterschiedlich aus und ähnelten sich doch in Vielem. Mark wippte kurz mit dem Kopf. Er wirkte ausgelaugt. Wahrscheinlich arbeitete er zu viel.

»Hast du Cola?«

»Seit wann trinkst du denn sowas?« Jo schob seine Unterlagen auf dem Tisch hin und her.

»Ich brauche jetzt Zucker. Hab kaum geschlafen letzte Nacht.«

»Wegen des Falls?« Lara, die im Schrank nach dem süßen Gebräu suchte, drehte sich um und sah den schmerzlichen Zug um Marks Mund, bevor er ein müdes Lächeln versuchte. »Auch.«

»Auch« bedeutete, es musste noch andere Gründe für seine Erschöpfung geben, aber sie wollte jetzt nicht danach fragen. Jo musterte Mark mit zusammengekniffenen Augen, bemerkte, dass Lara ihn beobachtete, und schaute schnell weg. »Lasst uns anfangen. Wir berichten dir erst einmal, was sich da gestern auf dem Grundstück von diesem Studer ergeben hat, dann kannst du uns anschließend darüber aufklären, wie der Mann mit Magnus Geroldsen in Verbindung steht.«

Lara ließ Jo reden, fügte nur ab und an einen erklärenden Satz ein. Mark hörte aufmerksam zu und machte sich Notizen. Als sie fertig waren, schüttelte er den Kopf. »Als forensischer und klinischer Psychologe sollte ich so etwas nicht sagen, aber *das* hätte ich Frank Studer echt nicht zugetraut. Da sieht man mal wieder, wie geschickt manche Patienten im Manipulieren sind. Weiß man denn schon, ob die Überreste in der Garage tatsächlich von den Opfern des Schlachters stammen?«

»Schädlich sagt, ja.« Lara hatte den Bekannten vor einer Stunde angerufen. Zuerst hatte er nicht so recht mit der Sprache herausgewollt, ihrem Drängen aber letztendlich doch nachgegeben und einige Informationen geliefert. »Morgen ist eine Pressekonferenz dazu, bis dahin soll ich dichthalten. Die Rechtsmediziner haben wohl die ganze Nacht durchgearbeitet. Zwar stehen die Ergebnisse der DNA-Tests noch aus, aber die Kripo ist sich ziemlich sicher.«

»Und Studers Todesursache? Gibt es da schon Neuigkeiten?«

»Angeblich hatte er einen Blutalkoholpegel von über fünf Promille. Im Haus wurden zahlreiche leere Flaschen gefunden, von Wein über Sekt bis hin zu harten Sachen, dazu mehrere leere Kästen Bier.«

»Hast du das auch von Schädlich?« Jo schüttelte ungläubig den Kopf.

»Ja. Die Getränke hat Studer erst kurz vor der Tat am Mittwochabend in einem Supermarkt in Eilenburg gekauft. Man hat den Kassenzettel im Haus gefunden.«

»Mir hat er vorgemacht, er sei seit Monaten trocken.« Mark dachte an seine Akteneintragungen und dass er schon wieder vertrauliche Informationen ausplauderte. Zwar war sein Patient tot und galt als vermutlicher Mörder, aber das entband seinen Arzt nicht automatisch von seiner Schweigepflicht. Er hatte jedoch schon auf der Fahrt nach Leipzig entschieden, dass das jetzt seine kleinste Sorge sein würde und dass es ihm egal war. Fatalismus in Reinkultur. Er würde später über die Konsequenzen nachdenken. Lara und Jo jedenfalls würden ihn wohl kaum bei der Ärztekammer anzeigen. »Natürlich bin ich darauf angewiesen, dass die Patienten mir die Wahrheit sagen, ich checke ja schließlich nicht dauernd ihre Leber- und Blutwerte, um zu prüfen, ob das stimmt, was sie erzählen. Studer jedenfalls wirkte ziemlich glaubwürdig. Obwohl… Zweimal ist er nicht zum angesetzten Termin erschienen, hatte sich krankgemeldet. Im Nachhinein ergibt das einen Sinn, aber so etwas kommt bei Patienten ab und zu vor.«

»Du kannst ja auch nicht *alles* wissen.« Lara legte Mark die Hand auf den Unterarm und erhaschte einen Blick von Jo, den sie nicht deuten konnte.

»Hat Schädlich dir auch verraten, wie lange Studer schon tot war, als man ihn gefunden hat?«

»Etwa zwei bis drei Tage. Genaueres wird erst die Obduktion ergeben. Das Haus war ausgekühlt, und Kälte verzögert den Verwesungsprozess.«

»Das ergäbe dann eine Spanne von Donnerstag früh bis Freitag früh. Irgendwann in diesem Zeitraum ist er gestorben.« Mark notierte die Information.

»Lisa Bachmanns Leiche wurde am Donnerstag gefunden.« Jo kaute kurz an seinem Daumennagel, ehe er weitersprach. »Für mich klingt das alles plausibel. Er schafft ihre Leiche Mittwochabend bei Einbruch der Nacht zur Kiesgrube in Eilenburg und fährt danach in den Supermarkt, um einzukaufen. Wieder zu Hause, macht er sich daran, ein bisschen ›aufzuräumen‹, und dann muss ihn die Lust überkommen haben zu feiern. Er trinkt einen Schnaps, dann noch einen, bekommt das Ganze nicht mehr in den Griff und säuft sich ins Koma, aus dem er nicht mehr erwacht. So was soll vorkommen. Denkt bloß mal an Harald Juhnke.«

»Bei dem war es zwar nicht ganz so, aber prinzipiell könnte das so abgelaufen sein. Er wäre nicht der erste trockene Alkoholiker, der rückfällig wird.«

»Ich versteh bloß eins nicht.« Lara ließ ihren Blick von Jo zu Mark und wieder zurück schweifen. »Warum hat Studer Lisa

Bachmanns Leiche so auffällig deponiert, dass man sie gleich am nächsten Tag finden musste? Das hat er doch vorher auch nicht gemacht, im Gegenteil, die ersten vier Opfer waren spurlos verschwunden, bis man gestern einige wenige Überreste in Studers Garage gefunden hat. Der Rest der Leichen wird noch vermisst.«

»Dieser Rest liegt wahrscheinlich fein verteilt als organischer Dünger überall auf dem Grundstück. Erinnere dich an den Häcksler.« Jo verzog angewidert den Mund. »Aber du hast recht. Wir übersehen etwas. Irgendetwas muss passiert sein, das ihn dazu bewegt hat, sich anders als sonst zu verhalten.«

»Womit wir wieder bei der Frage wären, ob Frank Studer allein gehandelt hat.« Mark goss sich Cola nach. »Und dazu habe *ich* einiges zu berichten. Wie ihr schon gemerkt habt, habe ich mir Studers Akte heute früh in der Praxis vorgenommen und sie studiert. Und Magnus Geroldsens Unterlagen gleich mit.«

»Von dem hast du auch welche? Aber ich dachte, der war gar nicht dein Patient.« Lara runzelte die Stirn.

»In den letzten Jahren nicht, nein. Magnus Geroldsen befindet sich unter der Obhut des Leiters der Einrichtung Obersprung, Dr. Dr. Frieder Solomon. Ich war der Gutachter beim Prozess. Aber das wisst ihr ja.« Mark sah aus, als ob er nicht alles preisgab, was er wusste, aber Lara wollte ihn nicht unter Druck setzen.

»Doktor, Doktor …« Sie setzte ein »ts, ts« hinzu, ehe sie den Satz weiterführte. »Hätte Studer denn rein theoretisch die Möglichkeit gehabt, in Obersprung Kontakt mit Geroldsen aufzunehmen? Oder hat er bloß dessen damalige Taten nachgeahmt?«

»Deshalb wollte ich mich informieren. Meines Wissens spricht Magnus jedoch mit *niemandem*, nicht mit dem Personal und auch nicht mit Doktor Solomon. Von den anderen

Patienten muss man ihn zu seinem eigenen Schutz fernhalten. Allerdings studiert er Jura. Dazu ist es notwendig, dass er schriftlich mit der Außenwelt verkehrt. Hier gäbe es also einen weiteren Anhaltspunkt.«

»Sag doch nicht immer ›Patienten‹ zu diesen Typen!« Jo hatte die Rechte zur Faust geballt und pochte damit zu seinen Worten auf den Tisch. »Das sind Straftäter, Verbrecher, Mörder!«

»Für uns *sind* es in erster Linie Patienten.«

»Streitet euch nicht.« Lara versuchte, Blickkontakt zu Jo aufzunehmen, aber der schaute auf die Tischplatte. »Das bringt uns doch nicht weiter. Du denkst also, Geroldsen und Studer haben sich da drin nicht getroffen.«

»Eher nicht, aber ich müsste nachforschen. Ich habe aber noch etwas anderes herausgefunden. Das hatte ich schon gestern Abend angedeutet.«

»Was denn?« Jo schien sich wieder beruhigt zu haben.

»Ich habe Geroldsens Vater aufgespürt.«

»Der lebt noch?« Lara rieb sich über die Augen und stand dann auf, um Kaffee zu kochen, während Mark von seinem Besuch im Obdachlosenheim und dem Gespräch mit Wulf Geroldsen berichtete. Als er fertig war, schwiegen sie alle drei. Nur die Kaffeemaschine blubberte im Hintergrund.

Jo fing sich als Erster. »Könnte nicht der Vater als Mittäter infrage kommen? Wie du ihn beschrieben hast, wirkt er wach und voller Tatendrang, nicht wie ein Säufer, der nichts auf die Reihe kriegt.« Er gestikulierte heftig. »Studer war doch immer mal in Berlin, wenn er Termine bei dir hatte. Oder womöglich kam Geroldsens Vater auch nach Leipzig. Die zwei könnten sich in einer Kneipe kennengelernt haben. Studer erzählt, dass er in Obersprung war, sie verstehen sich prima, werden beste Kumpels, Geroldsen will seinen Sohn rehabilitieren, Studer hilft ihm dabei, na und so weiter.«

»Klingt ein bisschen weit hergeholt, das Ganze. Du hast heute wohl deinen Fabulier-Tag.« Lara zog die Augenbrauen hoch, aber Jo gab noch nicht auf.

»Mark hat gesagt, dieser Vater wusste sofort, wer er ist und dass er wegen der Herzensache bei ihm war. Das ist doch seltsam, nicht?«

»Die Berichterstattung in den Medien war schließlich für niemanden zu übersehen.« Mark schien nicht überzeugt von Jos Theorie. »Ich fand eher die Information des Vaters interessant, dass Magnus bereits als Jugendlicher in Therapie war.«

»Was könnte uns das nützen?«

»Vielleicht hat der damalige Therapeut Hinweise, die uns weiterhelfen können. Wir könnten ihn fragen, ob Magnus als Jugendlicher dort mit anderen Patienten in Kontakt gekommen sein könnte, die ihn dann negativ beeinflusst haben. Nach all den Jahren habe ich noch immer kein schlüssiges Motiv für Magnus' damalige Taten gefunden, außer dass er ein Psychopath ist.«

»Das finde *ich* nun wieder weit hergeholt. Ich glaube auch nicht, dass der andere Therapeut so einfach Informationen über seine Patienten herausrückt.« Jo schien beleidigt zu sein, weil weder Lara noch Mark seine Theorie ernst nahmen.

»Was wollen wir jetzt unternehmen?« Lara hatte sich für den pragmatischen Weg entschieden. Sie deutete auf Jo. »Morgen ist die nächste Pressekonferenz der Kripo anberaumt. Ich schlage vor, wir beide gehen hin.«

»Ich habe leider morgen den ganzen Tag Sprechstunde, aber am Dienstag bin ich wieder in Obersprung. Dann befrage ich meine Kollegin dort, ob und wie Studer mit Geroldsen in Kontakt getreten sein könnte und ob es Möglichkeiten für ihn gibt, mit der Außenwelt zu kommunizieren.«

»Könnte der Vater ihn dort besucht haben?« Die Kaffeemaschine röchelte, und Lara ging, um sie abzuschalten.

»Oder andere Besucher. Gute Idee, Lara.« Mark lächelte ihr zu, und sie dachte, dass er jetzt etwas erholter aussah als vorhin. Das Zusammensein mit ihr und Jo schien ihm gutzutun.

36

»… hier wurden zahlreiche Spuren gefunden.« Auf der Leinwand hinter dem Pressesprecher erschien eine Luftaufnahme von Frank Studers Grundstück. Von oben war das Haus fast quadratisch, in hellerem Rot hob sich seitlich das Garagendach ab. Jetzt erschien ein blauer Pfeil in der Präsentation, der auf die Garage zeigte. Die Soko hatte sich wirklich Mühe gegeben, das Ganze anschaulich zu gestalten. Der Pressesprecher saß in der Mitte, flankiert von je zwei Kollegen auf beiden Seiten. Außer dem Herrn ganz links – das Schild wies ihn als Vertreter der Staatsanwaltschaft aus – trugen alle Uniform.

»… darunter auch eindeutige Beweise für den Mord an Lisa Bachmann. Die DNA-Untersuchung hat ergeben, dass die restlichen Spuren von vier weiteren Opfern stammen. Weitere Untersuchungen sind anberaumt. Derzeit sprechen alle Beweise dafür, dass Frank Studer in allen fünf Fällen der Täter war. In der Zwischenzeit haben wir das Auto der Ermordeten auf dem Parkplatz eines Supermarktes in Taucha entdeckt, wo der Täter es abgestellt hat.«

Vor dem Tisch wucherte ein Wald aus Mikrofonständern. Alle großen Fernsehsender waren vertreten, und auch die meisten Tageszeitungen und Zeitschriften hatten sich nicht lumpen lassen und Kollegen nach Leipzig geschickt, um über den spektakulären Fall zu berichten.

Jetzt wurde das Bild weiß, und der Pressesprecher sah noch einmal nach rechts und links, um sich bei seinen Vorgesetzten zu vergewissern, dass er nichts vergessen hatte. Die jedoch schauten mit stoischen Gesichtern geradeaus, und so schloss er mit: »Sie können jetzt Fragen stellen.«

Er hatte den Satz noch gar nicht ganz beendet, als in der ersten Reihe schon vier Leute aufsprangen und den Männern im Präsidium ihre Mikrofone entgegenstreckten. Lara schielte auf ihr Diktiergerät. Das grüne Lämpchen leuchtete. Jo, der die Hände im Schoß verschränkt hatte, beugte sich ein wenig nach vorn, um nichts von der nun folgenden Show zu verpassen.

»Fritz Bestle von *n24*: Sie haben uns mitgeteilt, dass Studer in allen Fällen als Täter infrage kommt. Kann es sein, dass er Komplizen hatte?«

»Dazu kann ich beim derzeitigen Ermittlungsstand nichts sagen. Wir ermitteln in alle Richtungen.«

Na klar. Lara rollte kurz mit den Augen. Taten sie das nicht immer? Der Nächste sprang auf.

»*RTL*: Können Sie schon etwas zur Identität der Leichen sagen? Wer waren die vier anderen Toten?«

»Wir prüfen derzeit alle Vermisstenfälle im fraglichen Zeitraum.«

Das musste wohl für die Presse genügen. Laut Ralf Schädlich hatte die Kripo momentan tatsächlich noch keine Ahnung, von wem die anderen vier Herzen stammten. Der nächste Reporter stellte sich gar nicht erst vor, sondern rief gleich seine Frage in den Raum.

»Waren es Frauen oder Männer?«

»Die gesamte DNA ist weiblichen Ursprungs.«

Also Frauen. Lara sah sich unauffällig um. Warum konnten die Beamten nie einfach nur die gestellten Fragen beantworten?

»Albert Sonntag vom *MDR*. Gibt es womöglich mehr als fünf Opfer?«

»Davon gehen wir nicht aus.«

Interessante Idee. Lara nahm sich vor, dies nachher mit Jo zu diskutieren, und hätte dabei fast die nächste Frage verpasst.

»Wie sind Sie auf den Täter gestoßen?«

Lara sah zu Jo, der ihr zuzwinkerte.

»Wir haben einen Tipp bekommen.«

»Anonym?«

»Nein.«

»Könnte der Tippgeber etwas mit der Tat zu tun haben?«

»Das ist ausgeschlossen. Bitte fragen Sie nicht weiter nach, wir werden uns dazu nicht äußern.«

Jo stieß Lara unauffällig in die Seite. Sie hatten mit der Kripo vereinbart, aus der Sache herausgehalten zu werden. Die Presse würde sonst auch Lara und Jo belagern, und daran hatten weder sie noch die Kripo ein Interesse.

»Welche Verbindungen gibt es zum Fall Magnus Geroldsen?« Endlich hatte einer die alles entscheidende Frage gestellt, aber der Beamte blockte sofort ab. »Nach momentanem Kenntnisstand keine.« Er sah kurz nach links, von wo er ein geheimes Zeichen zu bekommen schien.

»Bitte haben Sie Verständnis dafür, dass wir keine weiteren Auskünfte geben können. Danke.« Noch ehe jemand protestieren konnte, war er schon aufgestanden, und die anderen vier folgten ihm. Raunen setzte ein, und innerhalb weniger Sekunden glich der Raum einem Bienenstock.

Auch Jo stand auf. »Nichts, was wir nicht schon wussten.« Er schien enttäuscht.

»Was wir *inoffiziell* wussten.« Lara schaltete das Diktiergerät aus und tätschelte seinen Arm. Zwei Reihen vor ihr erhoben sich Christin Dunkel und ein junger Mann. Das musste der neue Praktikant sein. »Jetzt kann ich meinen Text, den ich heute früh geschrieben habe, nämlich zum Drucken freigeben. Jens hat mir eine Artikelserie genehmigt.« Sie winkte Christin zu, und diese erwiderte den Gruß.

Es dauerte mehrere Minuten, bis die Kollegen von der *Tagespresse* sich durch das Gewühl zu Lara und Jo durchgekämpft hatten und sie sich die Hände schütteln konnten.

»Das ist Lara Birkenfeld, eine ehemalige Kollegin. Jo kennst du ja schon. Lara, das ist Patrick. Unser neuer Praktikant.« Christin deutete auf den jungen Mann, der verlegen neben ihr stand.

Lara verkniff sich ein Grinsen. Schon wieder keine junge, knackige Praktikantin! Das würde Tom Fränkel gar nicht gefallen.

»Habt ihr noch Zeit für einen Kaffee?« Jo griff nach ihren Jacken.

»Maximal eine Viertelstunde. Dann müssen wir zurück. Tom möchte den Artikel noch sehen, bevor er rausgeht.« Christin drehte sich um und marschierte voran. Ihr breiter Hintern schwenkte von links nach rechts, und Lara ertappte Jo dabei, wie er der Bewegung mit faszinierten Blicken folgte. Die Kerle waren doch alle gleich.

Zwanzig Minuten später hatte Lara fast den gesamten Redaktionsklatsch erfahren und Patrick darüber ausgehorcht, wie das mit den Thermobehältern und den Herzen darin gewesen war.

Christin schaute zur Uhr. »Hat Spaß gemacht, mal wieder mit dir zu plaudern, Lara, aber wir müssen los. Zum Glück ist dieser schreckliche Fall jetzt geklärt, und der Täter hat sich auch gleich selbst bestraft. Studer ist tot. Also wird es keine weiteren herausgeschnittenen Herzen geben.«

»Müsste es nicht ›der mutmaßliche Täter‹ heißen?«

»Im Prinzip hast du recht, Patrick. Solange nicht zweifelsfrei bewiesen ist, dass jemand tatsächlich für eine Tat verantwortlich ist, schreiben wir mutmaßlich. Aber du hast ja die Kripo vorhin gehört. Bei Frank Studer kann man davon ausgehen, dass die Beweise für seine Täterschaft überzeugend sind.« Sie legte fünf Euro auf den Tisch und erhob sich. »Macht's gut ihr beiden. Wir sehen uns in der Redaktion, Jo.« Mit einem Winken manövrierte sie ihren Hintern davon. Patrick hob seine Handschuhe auf, die zu Boden gefallen waren, murmelte einen Gruß und folgte ihr.

»Faszinierend, nicht?« Lara berührte Jos Hand, und er erwachte aus seiner Erstarrung und sah sie an. »Was meinst du?«

»Weibliche Rückenansichten.«

»Du hast es gemerkt. Tut mir leid. Das sind Instinkte. Ich kann nichts dafür.«

»Aber sicher doch.« Lara puffte ihn am Oberarm und wunderte sich ein wenig, dass sie keinen Funken Eifersucht in sich entdecken konnte. »Was wollen wir jetzt tun?«

»Du hast ja noch zu schreiben.« Er wartete ihr Nicken nicht ab. »Und ich muss in die Redaktion, die Fotos von der Pressekonferenz bearbeiten und ins System einspeisen. Du könntest mich dort absetzen. Heute Abend lade ich dich zum Essen ein. Der Schlachter-Fall ist bis auf ein paar Kleinigkeiten geklärt. Das könnten wir feiern.«

»Das Angebot nehme ich gern an.« Lara kramte ihre Brieftasche heraus. »Dafür bezahle ich aber jetzt.« Hoffentlich hatte Jo mit den »Kleinigkeiten« recht.

37

Patrick winkte Hubert einen Willkommensgruß zu und wickelte sich den Schal vom Hals. Die Luft in der Redaktion kam ihm übermäßig warm vor. Christin, die ein lapidares »Hallo« in die Runde genuschelt hatte, war eben in der Küche verschwunden und tauchte jetzt mit einer Flasche Mineralwasser in der Hand wieder auf.

Hubert tippte seinen Satz zu Ende, lehnte sich mit einem Seufzen zurück und verschränkte die Arme hinter dem Kopf. Unter den Achseln seines hellblauen Jeanshemdes prangten zwei große Schweißflecken. »Na los, berichte schon. Du brennst ja förmlich darauf.«

Das ließ Patrick sich nicht zweimal sagen und legte los. Christin, die inzwischen Platz genommen hatte, nickte ab und zu, sagte aber nichts, sondern ließ ihn reden.

»Dann war dieser Studer also tatsächlich der Schlachter …« Hubert schüttelte den Kopf, nahm die Arme herunter und rollte mit seinem Stuhl wieder an den Schreibtisch heran. »Und er hat das alles ganz allein vollbracht?«

»Sie haben gesagt, alle Beweise sprächen dafür.«

»Wahnsinn. War bestimmt spannend für dich.«

Patrick bejahte und setzte sich endlich. Es war tatsächlich »spannend« gewesen, allerdings nicht in dem Sinne, wie Hubert es meinte. Im Nebenraum ratterte das Faxgerät.

»Morgen kommt wieder ein großer Artikel?« Der Kollege wandte sich jetzt Christin zu, die kurz hochsah, militärisch nickte und dabei ihr »Ich bin furchtbar beschäftigt«-Gesicht« aufgesetzt hatte.

»Na fein. Tom wird entzückt sein. Wo ist er eigentlich?«

»Außer Haus. Er kommt aber nachher noch einmal zurück, um alles zu lesen, was morgen rausgeht.« Christin schien genug von der Konversation mit Hubert zu haben. Manchmal war sie ein richtiger Besen.

Als Patrick gerade beschlossen hatte, sich ebenfalls seiner To-do-Liste zuzuwenden, klappte die Eingangstür auf, und Jo erschien. Seine Wangen waren von der Kälte gerötet, die blauen Augen leuchteten.

»Das hier lag unten im Treppenhaus.« Er hielt einen braunen DIN-A4-Umschlag hoch. »Muss jemandem runtergefallen sein. Die Post ist doch längst durch, oder?«

»Klar.« Hubert, der froh über jede Ablenkung zu sein schien, nahm die Finger von den Tasten und betrachtete den Briefumschlag in Jos Hand. »War der vorhin noch nicht da, als du hochgegangen bist, Christin?« Er suchte ihren Blick, sie jedoch sah nur kurz auf und schüttelte den Kopf. »Seltsam, nach dir und Patrick ist doch niemand mehr gekommen, oder?«

»Was steht denn drauf?«

»*Tagespresse* Leipzig.« Jo, der seine Jacke an die Garderobe gehängt hatte, kam näher, den Umschlag in der Linken.

In Patrick wallte etwas hoch, das er im ersten Moment nicht definieren konnte. Erst nach einigen Sekunden, in denen Jo den Brief auf Huberts Schreibtisch gelegt und sich einen Stuhl vom Nachbartisch herangezogen hatte, wusste er, was es war: Angst.

»Komisch. Eine Briefmarke ist nicht drauf. Jemand muss ihn unten in den Flur gelegt haben.«

»Wenn *Tagespresse* draufsteht, ist der Inhalt für uns. Also mach ihn schon auf.«

»Ja doch. Wer weiß, was das wieder ist.«

Patrick konnte kaum glauben, dass Hubert und Jo nach all den Erfahrungen der letzten Wochen dermaßen begriffsstutzig waren, aber die beiden schienen tatsächlich keine Idee zu haben, was in dem Brief stehen könnte. Hubert schob den Brieföffner unter die Lasche und begann, das Papier aufzuschneiden. Patrick vergaß, Luft zu holen. Nur Christin schien sich für nichts außer ihren Artikel zu interessieren. Den Blick auf den Bildschirm gerichtet, ließ sie ihre Finger über die Tasten huschen. Ab und zu kam die Zungenspitze heraus und leckte über die Oberlippe, um gleich darauf wieder zu verschwinden.

Jetzt spreizte Hubert den Umschlag auseinander, spähte hinein und kommentierte sein Tun mit: »Ein Zettel.« Gleich darauf präzisierte er sich. »Ein einzelnes gefaltetes Blatt.«

»Mach es nicht so spannend, Mann!« Jo schien allmählich auch aufgeregt zu sein. »Was ist es?«

Das, was in den nächsten Sekunden ablief, konnte Patrick später immer wieder wie einen Film vor seinem inneren Auge abspielen: wie Huberts Wurstfinger nach dem Papier grabschten, wie er den Zettel herauszog und auseinanderfaltete, wie er mit offenem Mund und Schafsgesicht darauf starrte, wie Jo aufstand, ihm über die Schulter sah und »Das kann nur ein schlechter Scherz sein …« murmelte. Erst jetzt wurde auch Christin auf das Geschehen aufmerksam und sah zu ihnen herüber. Und erst jetzt löste sich auch Patricks Erstarrung, und er konnte sich erheben und zu Hubert gehen.

Als stünde das Papier in Flammen, warf Hubert es mit einem angeekelten Ausruf auf den Schreibtisch, wo das Blatt mit einem letzten Zittern zum Liegen kam. Patrick konnte nicht alles genau erkennen, weil der Zettel halb abgeknickt war, aber die schwarzen Großbuchstaben waren trotzdem gut lesbar: »ES IST NOCH NICHT VORBEI!«

38

Der Fahrer des Kleintransporters bremste erst kurz vor der roten Ampel. Martin Band war jung und liebte es, schnell unterwegs zu sein. Hinter ihm hupte es. Im Rückspiegel sah er, dass am Steuer des Renaults eine ältere Frau saß, die wie einer dieser Wackeldackel den Kopf schüttelte. Seinen ausgestreckten Mittelfinger bemerkte sie nicht. Die Ampel schaltete auf Grün, und er trat das Gaspedal bis zum Anschlag durch. Gequält heulte der Motor auf, und trotzdem kam die Kiste nicht so voran, wie er es sich wünschte. Der Fiat Ducato war ein älteres Modell, abgenutzt und klapprig; nichts, was er sich privat angeschafft hätte, aber es nützte nichts. Als Azubi konnte man sich Dienstfahrzeuge nicht aussuchen. Das Positive an der Klapperkiste war, dass er sich nicht um den Benzinverbrauch oder etwaige Reparaturen kümmern musste. Da er schon mehrere Kratzer und Beulen verursacht hatte – wie, daran konnte er sich selbst nicht mehr so recht erinnern –, war das ein besonders wichtiges Kriterium. Und ewig würde er den Job schließlich nicht machen.

Cook for Kids – wie sich der Lieferservice für Schulen und Kindergärten nannte – hätte auch keine anderen Wagen gehabt, selbst wenn Martin es verlangt hätte. Wieder bremste er abrupt, und das Spiel von vorhin wiederholte sich. Wahrscheinlich sah Frau Wackeldackel durch die hohe Rückfront des Transporters die Ampel nicht rechtzeitig. Aber dann musste sie eben vorsichtig sein und den Sicherheitsabstand einhalten.

Martin drehte das Radio lauter und sang den Refrain des Songs mit. Amy Winehouse. Coole Alte. Leider hatte sie sich totgesoffen. Noch eine Fuhre, dann war er fertig für heute. Er ordnete sich auf die Linksabbiegerspur ein und bemerkte, dass die Oma in dem Renault jetzt neben ihm stand. Sie sah mit verkniffenem Gesichtsausdruck herüber und schüttelte noch einmal mahnend den Kopf. Sein Winken erwiderte sie nicht. Auch egal. Mach's gut, Muttchen! Vorsichtig bog sie ab, und weg war Frau Wackeldackel.

Amy Winehouse war fertig. Die Gute würde nie wieder in eine »*Rehab*« kommen. Martin trat aufs Gas.

Vor dem Eingang des Kindergartens *Spatzennest* stand ein VW Tiguan. Er unterdrückte einen Fluch. Manche von den Eltern checkten es einfach nicht, dass vor der Kita ein Parkverbotsschild stand. Sie wollten doch alle »bloß schnell« ihre Kids abholen. Dass sie dabei die Zufahrt für die Lieferanten verstellten – wen juckte es.

»Ich habe auch gar nicht geparkt, nur gehalten. Und das ist schließlich erlaubt, oder?«, hatte eine Mutter, die nicht mal in der Lage gewesen war, ihren dicken SUV *gerade* an den Bordstein zu stellen, neulich zu ihm gesagt.

Er parkte seinen Lieferwagen so dicht hinter den Tiguan, dass sich die Stoßstangen fast berührten. Ein kleines bisschen Erziehung musste erlaubt sein. Außerdem hatte die Tussi – und es waren immer Frauen, die hier parkten – vorn noch genügend Platz. Martin stieg aus und sah nach oben. Am Himmel über Leipzig hatten sich dunkle Wolken zusammengeballt. Ihre schneeschwangeren Bäuche schienen die Spitzen der Dächer fast zu streifen. Obwohl es noch nicht einmal drei war, konnte man die herannahende Dunkelheit förmlich schon greifen. Die Pforte der Kita war mit Tannenzweigen und kleinen roten Plastikweihnachtsmännern verziert, auch neben dem Weg, der nach drinnen führte, steckte allerlei weihnachtliches Dekozeugs.

Kinderlachen ertönte, dann kam ein kleines Mädchen angerannt. Mütze, Schal, Handschuhe, Anorak, alles war rosa. Sogar die Stiefel. Ihre Mutter folgte. Sie trug Braun, die Cordhosen steckten in Ugg-Boots. Das Kind bremste kurz vor dem Tor und wartete, von einem Fuß auf den anderen hüpfend, dass die Mutter herankam und ihr öffnete. Die Pforte zur Kita war oben mit einem Sicherheitsriegel versperrt, damit keines der Kinder aus Versehen abhauen konnte oder auf die Straße rannte, wenn sie alle im Garten spielten.

Die Mutter des Mädchens in Rosa war die Fahrerin des Tiguans. Wie konnte es auch anders sein. Ohne einen Funken Schuldbewusstsein im hübschen Gesicht hatte sie die Autotür geöffnet und half nun ihrer Tochter, sich anzuschnallen. Den Fahrer des Kleintransporters, der nur wenige Meter hinter ihr mit in die Seite gestützten Armen auf dem Gehsteig stand, schien sie gar nicht wahrzunehmen.

Martin dachte noch über eine passende Bemerkung nach, als sie ihre Ugg-Boots auch schon ins Auto schwang, den Motor anließ, und, ohne ihn eines Blickes zu würdigen, davonfuhr. Er sah ihr nach und schüttelte dabei in der Hoffnung, sie möge es im Rückspiegel sehen, mahnend den Kopf. Jetzt machte er den Wackeldackel. Das nächste Mal würde er *vor* der Unbelehrbaren parken, dann konnte sie nicht so ohne Weiteres die Fliege machen.

Martin rief sich zur Räson. Genug herumgestanden. Er würde jetzt die Essensbehälter ins Auto laden und dann ab mit den ganzen Blechtöpfen zur Filiale. Der Feierabend war nicht mehr fern.

Seine Aufgabe bei *Cook für Kids* war einfach. Vormittags brachte er die Behälter mit den jeweiligen Essen zu den Kindergärten und stellte sie vor den Türen ab, wo die Erzieherinnen oder der Hausmeister sie entgegennahmen. Nachmittags holte er die leeren Blechdinger wieder ab und fuhr zurück in die Firma, wo sie gereinigt wurden. Das Gleiche wiederholte sich am nächsten Tag. Und am übernächsten und so weiter.

Das *Spatzennest* war eine kleine Kita, sie hatten nur um die dreißig Kinder und kochten nicht selbst. Die Erzieherinnen hier hatten die Angewohnheit, die Behälter rechts hinter dem Tor innen an die Mauer zu stellen, wo man sie von außen nicht sehen konnte. Sie hätten es ihm auch einfach machen und die Töpfe draußen deponieren können, aber wahrscheinlich hatten sie Angst, jemand würde die verbeulten dunkelblauen Dinger klauen. Was äußerst unwahrscheinlich war. Aber sei's drum. Es war nun einmal, wie es war. Die Tiguan-Mutter hatte den Riegel nicht richtig eingehängt. Schlampig war sie also auch noch. Martin ertappte sich dabei, wie er schon wieder den Kopf schüttelte. Das musste aufhören, sonst endete er noch wie eine dieser Omas, die sich über alles und jeden aufregten. Sein Blick fiel auf die Parade der runden Gefäße, und er zählte gewohnheitsmäßig. Es dauerte einen Augenblick, bis ihm auffiel, dass hier etwas nicht stimmte. An der Mauer hinter dem Tor standen nicht fünf Thermobehälter – Kartoffeln, Fleisch, Gemüse, Soße und Kompott –, sondern sechs. Hatten die Erzieherinnen sich vertan? Hatten sie in den letzten Wochen irgendwann mal vergessen, einen abzugeben, und holten dies jetzt nach?

Martin beugte sich hinunter und sah, dass der hinterste Behälter nicht dunkelblau, sondern olivgrün war. Und er trug eine Nummer: 6.

*

»Ich habe eigentlich keine Lust mehr, essen zu gehen. Die neuen Entwicklungen sind mir wohl auf den Magen geschlagen.« Lara forschte in Jos Gesicht nach Anzeichen von Enttäuschung, fand aber nichts.

»Halb so wild. Riesenappetit habe ich auch nicht.« Er stand auf und ging zur Anrichte. »Möchtest du noch Wein?«

»Ein Gläschen. Das hilft vielleicht beim Denken.« Laras Kopf fühlte sich seltsam leicht an, wie ein Heliumballon, der sanft gen Himmel schwebte. Die Meldung von dem sechsten Thermobehälter vor dem Kindergarten heute Nachmittag hatte eingeschlagen wie eine Bombe, und inzwischen berichteten bereits sämtliche Internet-Newsportale darüber. Jo hatte den aufgeklappten Laptop auf dem Tisch stehen lassen, und fast im Minutentakt kamen Infos hinzu.

Die erste Meldung über »Nummer sechs«, wie der Fund mittlerweile genannt wurde, hatte Lara bei ihrer Rückkehr vom Einkaufen im Auto bei *MDR Info* gehört. Jo war nicht an sein Telefon gegangen – im Nachhinein hatte sich herausgestellt, dass er schon vor Ort war und Fotos von der Kita schoss –, und so hatte sie ihm eine kurze Nachricht auf die Mailbox gesprochen.

Mark, bei dem sie es gleich darauf probiert hatte, weil sie unbedingt mit jemandem darüber reden musste, war weder in seiner Praxis noch daheim anzutreffen gewesen. Stattdessen hatte Lara Anna erwischt, die mit einem erzürnten »Keine Ahnung, wo der steckt« sofort wieder aufgelegt hatte. Auf der restlichen Fahrt war Lara von Sender zu Sender gesprungen, um zu hören, ob es sich bei »Nummer sechs« tatsächlich um ein menschliches Herz handelte. Gewissheit hatte sie erst zu Hause bekommen, als Jo auf dem Weg zu ihr zurückgerufen und sie in Kurzform von den Ereignissen vor der Kita *Spatzennest* informiert hatte. In Behälter Nummer sechs war tatsächlich ein Herz gefunden worden, und wie Jos Quellen verlauten ließen, war sich der herbeigerufene Rechtsmediziner anscheinend auch schnell sicher gewesen, dass dieses von einem Menschen stammte. Das dazugehörige Opfer fehlte jedoch bis jetzt.

»Prost.« Jo riss sie aus ihren Gedanken, und Lara hob ihr Glas.

»Mehr als das trinke ich aber heute nicht, sonst bin ich zu

benebelt, um nachzudenken. Mir geht immer dieser Studer durch den Kopf. Ist es sicher, dass die Leiche, die vorgestern in seinem Haus gefunden wurde, auch wirklich Frank Studer war?«

»Davon kannst du ausgehen. Unbekannte Zwillingsbrüder tauchen nur in schlechten Krimis plötzlich aus der Versenkung auf.« Jo nahm einen großen Schluck. »Bei ›Nummer sechs‹ kann er keinesfalls der Täter gewesen sein, da gebe ich dir Brief und Siegel drauf.«

»Wer war es dann? Was, wenn der wahre Täter Frank Studer die anderen Taten in die Schuhe schieben wollte? Oder Studer hatte das Herz schon letzte Woche entnommen, den Behälter irgendwo zwischengelagert und jemanden beauftragt, ihn an dieser Kita abzustellen?«

»Nette Idee Lara, aber warum hätte er das tun sollen? Und wo ist die dazugehörige Leiche? In Studers Haus wohl nicht. Und wenn es der Komplize war, warum hat er Studer vorher ermorden müssen?«

»Vielleicht war der nicht mehr gewillt, weiter mitzumachen?«

»Sonst bin doch immer ich derjenige, der die wildesten Theorien ausbrütet.« Jo stand noch einmal auf und kam mit einem Päckchen Salzstangen zurück. »Ich bin mir ziemlich sicher, dass die ersten fünf Opfer von Frank Studer umgebracht wurden und er auch die Herzen deponiert hat. Aber unsere Theorie von dem Komplizen erscheint mir immer wahrscheinlicher. Das würde auch erklären, warum der Fundort von Nummer sechs nicht so richtig zu den vorhergehenden passt. Vielleicht musste Studers Expartner schnell handeln, und ihm fehlte die Zeit, einen anderen Standort für den Behälter auszusuchen.«

»Warum sollte es der Komplize denn plötzlich so eilig gehabt haben?«

»Gute Frage. Keine Ahnung. Wenn wir schon alles wüssten, würden wir auch den Mittäter kennen …« Jo schob sich ein paar Salzstangen in den Mund. Das krachende Geräusch, als er sie zerbiss, schien in Laras Küche überlaut widerzuhallen.

»Vor einem Kindergarten!« Lara nahm sich auch ein paar von den Stangen und kaute darauf herum. Sie schmeckten nach nichts.

»Eigentlich ist es gar nicht so dumm gedacht. Da fällt es nicht auf, wenn jemand erscheint und Thermobehälter hinstellt. Und am Nachmittag kommen da ständig Autos vorgefahren, halten und verschwinden wieder, weil heutzutage jeder seine Kinder mit dem Auto abholt. Du kannst Gift darauf nehmen, dass niemand von den Anwohnern etwas Ungewöhnliches beobachtet hat.«

»Das klingt logisch.« Lara schluckte, spülte mit etwas Wein nach und sah dann zur Uhr. »Wollen wir Mark noch einmal anrufen? Vorhin war er nicht zu erreichen, aber inzwischen müsste er doch längst wieder zu Hause sein. Ich wüsste gern, was er zu der Sache sagt.«

»Können wir machen.«

»Würde es dir etwas ausmachen, wenn *du* ihn mit deinem Handy anrufst?« Lara fing Jos ungläubigen Blick auf und setzte hinzu: »Anna scheint irgendwie sauer auf mich zu sein. Dabei habe ich ihr keinen Grund dazu gegeben. Aber wenn sie deine Nummer sieht, ist es vielleicht etwas anderes.«

»Wie du willst.« Jo schien nicht überzeugt zu sein, griff aber zu seinem Mobiltelefon und wählte. Lara beobachtete ihn, doch während sie noch damit beschäftigt war, die Emotionen in seinem Gesicht zu deuten, legte er schon auf und sah ihr in die Augen. »Zu Hause ist er nicht. Direkt hat Anna es nicht gesagt, aber anscheinend gab es Streit. Ich versuch's noch mal auf seinem Handy.« Noch einmal tippte er Marks Namen ein, wählte, lauschte und sprach schließlich auf die Mailbox, dass

Mark sich bei ihm oder Lara melden solle, wenn er den Anruf abhörte.

»Das ist merkwürdig.« Lara fühlte ein ängstliches Brennen hinter dem Brustbein. »Seine Sprechstundenschwester hat heute Nachmittag gesagt, er wäre gleich nach dem letzten Patienten verschwunden und hätte es ziemlich eilig gehabt. Sie war der Meinung, dass er nach Hause wollte, aber das hat sich ja als Fehlannahme herausgestellt. Wo kann er stecken?«

»Wahrscheinlich ist er noch einen trinken gegangen. Männer machen das manchmal so, wenn es zu Hause Streit gegeben hat.« Jo griff zur Flasche und goss sich selbst nach, nachdem Lara die Hand auf ihr Glas gelegt hatte. Sie vergaß immer wieder, dass Jo selbst einmal verheiratet gewesen war und seine Frau ihn wegen eines anderen verlassen hatte. Das Ganze war Jahre her, aber ab und an blitzten noch einmal Erinnerungssplitter an seine Ehe hervor.

39

Mark Grünthal hob die Tasse und setzte sie gleich wieder ab. Der Tee wirbelte langsam im Kreis herum und duftete aromatisch.

»Keinen Appetit?« Agnes French musterte ihn besorgt. »Du siehst müde aus.«

»Es ist nichts.« Mark hatte keine Lust, mit der Kollegin über seine Probleme mit Anna zu sprechen, geschweige denn darüber, dass er schon zwei Nächte nicht zu Hause verbracht hatte. Dass er am Sonntag ausgerechnet zu Lara gefahren war, hatte das Ganze nur noch schlimmer gemacht. Annas Eifersuchtsszene über sein »Verschwinden nach Leipzig«, und das auch noch ausgerechnet am dritten Advent, hallte ihm noch immer in den Ohren. Weil sie sich partout nicht hatte beruhigen lassen, war er gegangen. Es nützte nichts mehr, sich etwas vorzumachen, die Ehe steckte in einer Krise.

So etwas kam hin und wieder vor, und man musste einen Weg finden, das aufgewühlte Gewässer zu durchschiffen, ohne dass dabei Schiff und Mannschaft ernsthaft zu Schaden kamen. Er hatte die Erfahrung gemacht, dass es für ihn und Anna besser war, wenn er bei solch einer Eskalation wie der vergangenes Wochenende eine Zeitlang fernblieb, um ihr Zeit zu geben, ihr erhitztes Gemüt abzukühlen. Blieb er daheim, spitzte sich die Situation immer mehr zu, bis der Ballon irgendwann platzte. So hingegen konnten sich beide Seiten beruhigen, ohne einander weiter zu verletzen, und wenn er dann zurückkehrte, waren sie meist in der Lage, vernünftig miteinander zu sprechen.

»Warst du erfolgreich?« Agnes rührte gedankenverloren in ihrem Tee.

»Womit?«

»Mit deinen Patienten heute.«

»Besser als letzten Dienstag.« Mark dachte an Leon Malz und dass der heute deutlich entspannter gewirkt hatte. Laut den Aufzeichnungen des Personals hatte Malz keine Sedativa erhalten, weil er sich noch immer dagegen sträubte, also musste die Beruhigung von innen heraus gekommen sein. Er beschloss, das Thema zu wechseln. »Geroldsen ist noch da?«

»Na klar. Was denkst du denn? Es ist ja nicht so, dass hier jede Woche einer ausbüxt. Der Patient Ende November war seit fast drei Jahren der erste, der es versucht und auch geschafft hat.«

»Haben sie diesen André Mann eigentlich inzwischen geschnappt?«

»Nein, er ist unauffindbar.«

»Könnte Mann Kontakt mit Magnus Geroldsen gehabt haben?«

»Ich denke nicht. Unmöglich ist es nicht, aber unwahrscheinlich. Warum fragst du?«

»Bist du mittlerweile über die Fälle in Leipzig informiert, die in den Medien dem ›Schlachter‹ zugeordnet werden?«

»Nicht in allen Details, aber ich weiß, was passiert ist.«

»Und sind dir keine Parallelen zu Geroldsen aufgefallen?«

»Mit etwas Fantasie könnte man Entsprechungen finden. Arbeitest du wieder als Fallanalytiker für die Kriminalpolizei? Wolltest du deshalb die Akte von mir haben?«

»Ich habe eher ein privates Interesse an dem Fall.« Mark hob entschuldigend die Schultern.

»Und nun glaubst du, André Mann habe seine Finger im Spiel, weil er vorher hier drin diesbezüglich von Magnus Geroldsen beeinflusst wurde?«

»So wie du es sagst, klingt es tatsächlich etwas weit hergeholt. Er ist ja auch erst Ende November entflohen, als schon die ersten drei Herzen gefunden worden waren. Allein kann er es also nicht gewesen sein.« Mark sah Agnes' skeptischen Gesichtsausdruck und setzte schnell fort: »Es wurde ja letzten Sonnabend auch ein anderer Tatverdächtiger entdeckt, der allerdings beim Auffinden leider tot war.«

»Dieser Studer?«

»Wie ich sehe, bist du doch informiert.«

»Ich sagte ja: in groben Zügen. Die aktuelle Theorie ist doch, dass Studer die ersten fünf Taten begangen hat, oder?«

»Davon geht die Kripo aus.«

»Und du denkst, unser entwichener André Mann hat dann gestern das sechste Herz vor die Kita gebracht?«

»Das ist natürlich reine Spekulation. Die sechs Taten gehören jedoch zusammen, da bin ich mir sicher. Wenn Mann es nicht war, dann ein anderer. Meiner Meinung nach hat alles, was bis jetzt geschehen ist, mit Magnus Geroldsen zu tun. Womit wir wieder bei den Ursprüngen wären.«

Agnes wirkte gedankenverloren. Sie rührte in ihrem Tee und sah dabei aus dem Fenster auf den Hof hinaus. Mark versuchte, Blickkontakt aufzunehmen, aber sie reagierte nicht, und so fuhr er fort. »Neulich hatten wir ja schon einmal über Geroldsens Studium geredet. Das ist ja im Gefängnis immer ein Fernstudium.«

»So ähnlich läuft es ab.«

»Der Student hat also mit der Außenwelt Kontakt.«

»Na klar, ohne das geht es schließlich nicht, spätestens bei den Prüfungen. Allerdings nicht in Form von Briefen oder Telefonaten, wie es sich der Laie vielleicht vorstellt. Das läuft heutzutage alles über Computer und Internet.«

»Er kommt ins Internet?« Damit hatte Mark nicht gerechnet. Magnus Geroldsen war der erste Inhaftierte überhaupt, mit dem er zu tun hatte, der im Gefängnis – oder in seinem Fall im Maßregelvollzug – studierte.

»Es ist nicht so, wie du denkst. Der Zugang ist streng reglementiert, er hat nur auf das Studienportal Zugriff, alles andere ist gesperrt, und der gesamte Kontakt wird überwacht. Und wie du dir sicher vorstellen kannst, ist Frieder sehr darauf bedacht, die Vorschriften auf das Genaueste einzuhalten.«

»Ich suche einfach nach Möglichkeiten, wie Magnus mit einem Komplizen oder Mittäter in Interaktion getreten sein kann. Wenn der oder die Täter von ihm beeinflusst oder gesteuert werden, muss er ihnen ja irgendwie Informationen zukommen lassen. Und da wäre dieses Studium doch eine gute Gelegenheit. Du glaubst also nicht, dass er darüber draußen jemanden beeinflusst …«

»Wenn er überhaupt mit der Sache zu tun hat. Ich bezweifle das nach wie vor. Welchen Nutzen sollte er davon haben?«

»Ich gebe zu, dass das ein wunder Punkt ist. Eine Rehabilitierung vielleicht? Dieser Bekennerbrief, der an die Leipziger Zeitung geschickt wurde, sprach doch davon, dass er unschuldig ist und man das endlich begreifen solle. Geroldsen studiert schließlich Jura. Sein Ziel könnte es sein, sich nach abgeschlossenem Studium selbst um eine Wiederaufnahme des Verfahrens zu bemühen. Hat er denn noch Kontakt zu seinem Rechtsanwalt?«

Jetzt schüttelte Agnes leicht den Kopf. »Meines Wissens nicht. Gleich nach der Verurteilung war Funkstille.«

»Irgendwelche Besucher?«

»Du bist ganz schön hartnäckig. Auch hier lautet die Antwort: Nicht dass ich wüsste. Aber das kann man leicht herausfinden. Alle werden registriert. Und wer sollte das denn bitte sein? Von der Familie lebt niemand mehr außer dem Vater, und der ist verschollen.«

»Nicht ganz.« Jetzt musste Mark lächeln, als er sah, wie

Agnes ihre Trägheit abschüttelte und ihn direkt ansah. In ihren Augen funkelte es.

»Der Vater hält sich in Berlin auf. Ich habe mit ihm gesprochen.«

»Du hast was?«

»Den Vater aufgespürt. Wulf Geroldsen.« Mark fasste kurz zusammen, wie er nach Magnus Geroldsens Vater gesucht und ihn gefunden hatte und wie das Gespräch verlaufen war.«

»Unglaublich!« Agnes zog die Augenbrauen weit in die Höhe und lächelte. »Du entwickelst dich ja zu einem richtigen Detektiv!«

»Na ja.« In Mark stieg die Verlegenheit hoch. Von Lara und Jo und ihren Recherchen würde er lieber nichts sagen. Er hatte bei der Zusammenarbeit mit Lara die Grenzen seiner ärztlichen Schweigepflicht schon überdehnt, das brauchte die Kollegin nicht zu wissen.

»Warum wolltest du denn den Vater unbedingt sprechen?«

»Ich war einfach neugierig, verstehst du?« Das schien Agnes nicht zufriedenzustellen, deshalb setzte er schnell noch hinzu: »Seit dem Gutachten damals lässt mich der Fall Geroldsen nicht los. Ich hatte immer das diffuse Gefühl, dass da noch mehr dahintersteckt. Das war der erste und bisher auch der letzte Fall in meiner langjährigen Praxis, bei dem ein Siebzehnjähriger so stoisch und kaltblütig gehandelt hat. Diese Herzenfunde haben die Erinnerung in mir wieder hochgebracht, und seitdem beschäftige ich mich mit der Sache.«

»Davon hast du bisher nie ein Wort gesagt.« Agnes glich mit ihren unmerklich nach oben gezogenen Mundwinkeln der Mona Lisa. »Jetzt wird mir auch klar, warum du dich jeden Dienstag nach Geroldsen erkundigt hast und die Akte einsehen wolltest.«

»Genau deswegen.« Die Erleichterung stieg wie ein Heißluftballon in Marks Brustkorb nach oben. Tief im Innersten hatte er die ganze Zeit befürchtet, Agnes würde ihn wegen seiner ungebührlichen Wissbegierde kritisieren und sich wegen ihrer Indiskretionen gleich mit.

»Was hast du nun als Nächstes vor?«

»Kommst du an die Akte von André Mann ran?«

Er sah, wie das Mona-Lisa-Lächeln erlosch und sie kurz die Augen aufriss, und kannte die Antwort schon, bevor die Kollegin sprach.

»So gern ich dir helfe, Mark, aber das geht echt zu weit. Wenn Frieder das herausbekommt, bin ich fällig. Der schwärzt dich bei der Bundesärztekammer an und mich gleich mit. Ich habe mich auch so schon zu weit aus dem Fenster gelehnt.«

»War ja nur eine Frage. Vergiss es wieder.«

»Du solltest das Recherchieren der Polizei überlassen. Das führt doch zu nichts.« Sie berührte kurz seinen Unterarm.

»Du hast natürlich recht.« Mark trank den letzten Schluck Tee. »Ich höre jetzt auch mit dem Herumstochern im Nebel auf. Mir will nur eins nicht aus dem Kopf… Diese Therapie, die Magnus als Jugendlicher mitgemacht hat…«

»Er hat eine *Therapie* besucht?« Agnes' Augenbrauen rutschten in Sekundenbruchteilen nach oben und gleich wieder herunter.

»Das hatte ich vorhin vergessen. Sein Vater hat es erwähnt, weiß aber nicht, bei wem sein Sohn damals gewesen ist. Um solche Dinge hat sich Magnus' Mutter gekümmert. Und die lebt leider nicht mehr.«

»Also wird es schwierig, das herauszufinden.« Obwohl ihre Tasse noch nicht ganz leer war, hatte Agnes sich erhoben und begann abzuräumen. »Wenn nicht gar unmöglich. Aber wozu benötigst du diese Information überhaupt?«

»Eigentlich brauche ich sie nicht, du hast recht.« Mark konnte Agnes ja schlecht sagen, dass all sein Wissen in dieser Sache an Lara weiterfloss, denn dann hätte sich die Kollegin mit Sicherheit noch schuldiger gefühlt.

»Warum werde ich das Gefühl nicht los, dass du der Stimme der Vernunft trotzdem nicht folgen wirst?« Sie kam zum Tisch zurück, blieb neben ihm stehen und drohte scherzhaft mit dem Zeigefinger.

Weil ich gerade sehr viel freie Zeit habe. Weil ich nicht nach Hause fahren möchte. Weil ich mich ablenken muss. Weil ich Lara nicht im Stich lassen will. Und weil ich auch selbst wissen will, wer der Täter ist. So viele Gründe. Mark schwieg.

»Du kannst mir ja am nächsten Dienstag alle Neuigkeiten erzählen.« Agnes sah ihn an. Das Lächeln war zurückgekommen.

»Gern. Ich muss jetzt los.« Er erhob sich.

40

Der vermeintliche Täter, Frank S., bewohnte zeitweilig das Haus seines Großvaters Friedrich S., das er nach dessen Tod geerbt hatte. Als die Kriminalpolizei Haus und Grundstück am Sonnabend, dem 10. Dezember durchsuchte, fand sie außer der Leiche von Frank S. auch Überreste mehrerer Opfer des sogenannten Schlachters und diverse Geräte mit Blutspuren in der Garage.

Laut Auskunft der Polizei haben die Untersuchungen der DNA zweifelsfrei ergeben, dass die Spuren von den Opfern stammen, denen die Herzen entnommen worden waren.

Der Pressesprecher der Kriminalpolizei teilte weiterhin mit, dass derzeit »alle Beweise dafür sprechen, dass Frank S. in allen fünf Fällen der Täter« war.

Auch die zerkleinerten Überreste der bisher vermissten fünf Leichen wurden in der Zwischenzeit auf dem Grundstück entdeckt.

Unterdessen hat es jedoch neue Entwicklungen in dem Fall gegeben, die eine alleinige Täterschaft von S. fragwürdig erscheinen lassen.

Mehr dazu lesen Sie auf Seite 4: *Das sechste Herz*.

Lara löste den Blick vom Bildschirm und schaute auf den Kalender, der hinter dem Schreibtisch an der Wand hing. Nächste Woche war Heiligabend, und sie hatte noch keinen Plan, was sie tun sollte. Wahrscheinlich erwarteten ihre Eltern, dass sie wie jedes Jahr zu ihnen kam. Lara war ihr einziges Kind, und ihrer Meinung nach gehörte es sich, dass man das Weihnachtsfest zusammen verbrachte. Sie dachte an Jo und daran, dass sie keine Ahnung hatte, was *er* zum Fest vorhatte. Hatte er ebenfalls vor, zu seinen Eltern zu fahren? Wenn sie sich richtig erinnerte, lebten beide noch. Oder erwartete er gar, dass *sie* mit ihm feierte?

Eigentlich wusste sie, außer dass Jo verheiratet gewesen war und seine Frau ihn wegen eines anderen verlassen hatte, kaum etwas von ihm. Was unternahm er in seiner Freizeit, wenn er nicht mit ihr zusammen oder auf »Fotosafari« war?

»Vielleicht solltest du mal mit ihm reden«, murmelte sie vor sich hin und malte dabei Kringel auf ihre Schreibtischunterlage.

Vor dem Arbeitszimmerfenster taumelten weiße Flöckchen herum wie beschwipste Miniballerinas. Kälte und Schnee – das ideale Wetter, um in Weihnachtsstimmung zu kommen. Warum nur wollte sich dann bei ihr kein dementsprechendes Feeling einstellen?

Geschenke hatte sie auch noch nicht. Es war jedes Jahr das Gleiche. Lara Birkenfeld stürzte am 23. oder gar erst am 24. Dezember los und kaufte Dinge, von denen sie hoffte, dass sie den anderen gefallen würden. Sollte sie Jo etwas schenken? Und wenn ja, was?

Ihre Finger machten sich ohne bewusstes Zutun selbstständig und hämmerten über die Tasten. Manche Anbieter im Netz boten Shoppinglisten für Unentschlossene mit 24-Stunden-Lieferservice an. Nur kurz flackerte das schlechte Gewissen auf, weil sie die Arbeit an dem Artikel für morgen schon wieder unterbrach, aber die konnte sie ja nachher fortsetzen. Für ihre Eltern brauchte sie auf jeden Fall etwas, und je länger sie das Ganze hinausschob, umso schwieriger würde es werden, etwas Schönes zu finden.

Eine Stunde später hatte Lara einen elektrischen Fußwärmer »mit kuscheligem Teddyplüsch-Futter« für ihre Mutter und einen handbemalten Bierkrug für ihren Vater erstanden. Ihre Freundin Doreen bekam wie jedes Jahr einen Gutschein für eine exklusive Kosmetikbehandlung, den sie dann auch wie jedes Jahr im Januar gemeinsam einlösen würden. Fehlte nur noch etwas für Jo, für den Lara leider gar keinen Plan hatte. Sie schloss die Augen und durchforstete gedanklich sein Bad. Parfüm, Aftershave, Duschgel? Das war alles so profan. Vielleicht ein gutes Buch. Lara schüttelte heftig den Kopf. Das war auch ziemlich einfallslos. Jeder, der nichts Besseres wusste, schenkte etwas zum Lesen, meist sogar, ohne den Beschenkten vorher zu fragen, was er bevorzugte. Sie beschloss, das Grübeln aufzugeben, ihren Artikel zu Ende zu schreiben und sich und ihrem Unterbewusstsein dabei Zeit zu geben, darüber nachzudenken.

Vorher aber konnte ein schneller Blick in die Internet-Nachrichten nicht schaden. Lara war sich bewusst, dass sie nur nach Möglichkeiten suchte, die Arbeit vor sich herzuschieben, und rief die News-Seite auf. Die Hauptnachricht gellte in Großbuchstaben gleich von der Startseite:

SECHSTES SCHLACHTER-OPFER GEFUNDEN!

Heute Morgen wurde im Elsterflutbecken nahe der Landauer Brücke von Spaziergängern eine Frauenleiche gefunden. Sie ist höchstwahrscheinlich das sechste Opfer des Schlachters. Wie Augenzeugen berichteten, waren Brust und Bauch aufgeschlitzt, und das Herz fehlte – das Herz, welches der Täter bereits vorgestern in einem Behälter vor dem Kindergarten *Spatzennest* deponiert hatte.
Wahrscheinlich hat der Mörder die Leiche in der Hoffnung, sie werde untergehen, von der Brücke geworfen. Da der Fluss hier nicht sonderlich tief ist, wurde der Körper jedoch ans Ufer gespült, wo ihn die Spaziergänger heute früh entdeckten. *Leipzig live* erfuhr aus sicherer Quelle, dass Herz

und Leiche zusammengehören. Die Ergebnisse der diesbezüglichen DNA-Untersuchung werden in einer für morgen Nachmittag anberaumten Pressekonferenz bekannt gegeben.

Lara rollte mit den Augen. Staatsanwaltschaft und Kriminalpolizei würden genau wie sie die Nase von dem Fall gestrichen voll haben. Ein weiterer Leichenfund wenige Tage vor dem Fest, Ermittlungsarbeit und eine Pressekonferenz kurz vor dem vierten Advent würden so manche Ehe auf die Probe stellen. Sie rief weitere Links auf, aber mehr als *Leipzig live* wussten die anderen auch nicht. Außer dass es sich bei der Leiche um eine Frau gehandelt hatte, war auch noch nichts über die Identität des Opfers bekannt. Das Elsterflutbecken in Leipzig schien sich außerdem zu einem beliebten Ablageort für Leichenteile zu entwickeln. Erst letztes Jahr hatte ein junger Mann seinen Freund zerstückelt und die Teile hier »abgelegt« und jetzt das.

Sie drehte den Kopf von links nach rechts und lauschte dem leisen Knacken der Halswirbel. Ob Jo schon vor Ort war und Fotos schoss? So wie sie ihn kannte, hatte er höchstwahrscheinlich wieder den Polizeifunk abgehört und war sofort zum Fundort gefahren. Lara nahm ihr Mobiltelefon in die Hand, fuhr mit dem Zeigefinger über das Display und legte es wieder hin. Sie wollte ihn nicht nerven. Er würde sich schon bei ihr melden, sobald er Zeit dazu fand. Eigentlich rief er jeden Tag an, und gestern hatten sie sich den ganzen Tag nicht gesehen, nur abends miteinander telefoniert.

Draußen tanzten die Flöckchen. Warum waren eigentlich immer Frauen die Opfer des Schlachters? Gab es einen nachvollziehbaren Grund dafür? Oder lag es ganz einfach daran, dass es sich bei den Tätern um Männer handelte und Frauen einfach wehrloser, bequemer zu erreichen und einfacher zu dominieren waren? Lara holte tief Luft und beschloss, endlich an ihrem Artikel weiterzuarbeiten. Nach der neuesten Entwicklung würde sie ihn erweitern und einiges umschreiben müssen.

Als hätten ihre Gedanken es aufgeweckt, summte das Handy und piepste dann zum Zeichen, dass eine SMS gekommen war. Lara spürte ein Lächeln in ihre Mundwinkel kriechen, als sie Jos Nachricht las: »bin am elsterflutbecken. lies die news. ruf dich später an. xxx jo.«

Kreuze bedeuteten Küsse. Aber bei gleich drei Stück konnte Jo sich schlecht einfach nur vertippt haben. Solch ein Überschwang der Gefühle sah ihm gar nicht ähnlich. Sie rief ihren Artikel auf und starrte auf den Text, ohne ihn wirklich zu sehen.

Warum hatte sie eigentlich seit ihrem Treffen am Sonntag nichts mehr von Mark gehört? Wenn sie sich richtig erinnerte, hatte er ihr und Jo versprochen, sich in der Maßregelvollzugsanstalt umzuhören, ob und wie Studer mit Geroldsen Kontakt gehabt haben könnte oder ob es Möglichkeiten für Magnus Geroldsen gab, mit der Außenwelt zu kommunizieren. Hätte er nicht gleich angerufen, wenn er etwas herausgefunden hätte? Hätte, hätte … Hatte er aber nicht. Irgendwie wurde Lara das Gefühl nicht los, dass Mark zu Hause ernsthafte Probleme hatte.

Das Klingeln des Handys ließ sie zusammenschrecken. Erst nachdem die atemlose Stimme am anderen Ende mehrere unzusammenhängende Sätze hervorgesprudelt hatte, gelang es Lara, sie zu identifizieren. Das schien der Tag der Vorahnungen zu sein. Anscheinend wusste ihr Gehirn immer schon vorher, wer sich gleich per Telefon melden würde. Und erst jetzt erfasste sie den Sinn der Worte. Marks Frau Anna hatte gesagt:

»Lara? Sie müssen mir helfen! Die Kripo hat Mark festgenommen.«

41

»Ich dachte zuerst, ich hätte mich verhört.« Lara tigerte in der Wohnung auf und ab, marschierte von der Küche ins Arbeitszimmer und wieder zurück. Im ersten Moment hatte sie geglaubt, sich geirrt zu haben, und erst als Anna ihren Satz lauter wiederholte, war ihr klar geworden, dass sie mitnichten einem Missverständnis aufgesessen war. »Anna hat mich aber dann sehr schnell vom Gegenteil überzeugt. Mit so etwas macht man schließlich keine Scherze.«

»Also noch mal von vorn.« Jo sprach ruhig und bestimmt, was das Tohuwabohu in Laras Kopf ein wenig zügelte. »Vor einer Viertelstunde hat Marks Frau dich angerufen und dir eröffnet, dass Mark festgenommen worden sei und dass es um den Schlachter-Fall ginge. Die Information hatte sie von seiner Sprechstundenhilfe Annemarie, die mit Anna telefoniert und ihr mitgeteilt hat, dass die Kripo ihn in der Praxis abgeholt hätte. Warum sie ihn mitgenommen haben, konnte sie nicht sagen. Mark sei nicht auf dem Handy erreichbar.«

»So ungefähr.«

»Das ist alles sehr seltsam. Ich kann mir gar nicht vorstellen, was das alles soll. Wenn das wirklich so abgelaufen ist, kann es sich doch nur um einen Irrtum handeln.«

»Was denn sonst!« In Laras Bauch rumorte es noch immer. Gleich nachdem sie Marks Frau versichert hatte, dass sie sich unverzüglich um die Sache kümmern würde, war die Übelkeit in ihr hochgekrochen. Das Gefühl, sich übergeben zu müssen, hatte sich erst zurückdrängen lassen, als sie einen Schluck Cognac – gleich aus der Flasche – getrunken hatte. Den brennenden Geschmack noch im Mund, hatte Lara zuerst versucht, Mark zu erreichen, und ihm, als er nicht ranging, eine Nachricht auf Band gesprochen. Zu allem Übel hatte sich in dem Augenblick auch noch Jens Hohnstein gemeldet und gefragt, wo denn der Artikel bliebe. Ihre gestammelten Erklärungen, es habe neue Entwicklungen gegeben, die sie noch einarbeiten wollte, schienen ihn nicht wirklich zufriedengestellt zu haben.

In ihrer Aufregung war ihr dann nichts Weiteres eingefallen, als Jo anzurufen, der sie mit einem erfreuten »Na, du bist wohl neugierig, was ich am Elsterflutbecken gemacht habe?« empfangen hatte.

Seine ruhige Stimme holte Lara jetzt in die Gegenwart zurück. »Ich weiß, dass das jetzt schwer ist, aber versuche, dich zu konzentrieren. Wir machen einen Schlachtplan, wie wir erstens herausfinden, was da wirklich los ist, und zweitens Mark am besten helfen können. Kann man diese Annemarie anrufen?«

»Ich habe die Telefonnummer der Praxis.« Laras Hände sortierten mechanisch Geschirr aus der Spülmaschine in die Schränke, während sie ihm lauschte. Jo dachte immer so vernünftig.

»Gut, gib sie mir, ich versuche es dann gleich bei ihr. Du bist zu aufgeregt dafür. Kannst du dir vorstellen, warum Marks Frau gerade dich angerufen hat?«

»Nun sicher doch, weil wir drei eh schon mit dem Fall zu tun hatten. Am letzten Novemberwochenende waren wir beide doch sogar bei ihm zu Hause, um über die Sache zu reden, weißt du nicht mehr?«

»Stimmt. Weitere Informationen hatte Anna wahrscheinlich auch nicht, oder?«

»Ich glaube nicht. Sie war total aufgelöst.«

»Das ist auch kein Wunder. Stell dir mal vor, dein Mann wird durch Kripobeamte von der Arbeit weggeholt …« Jo machte eine kurze Pause, und Lara konnte ihn schnaufen hören, ehe er fortsetzte. »Ich schlage vor, wir beide versuchen, parallel Informationen zu bekommen. Du könntest doch diesen Schädlich anrufen. Er ist mit dem Fall in Eilenburg befasst und weiß bestimmt mehr. Außerdem scheint er dich zu mögen. Wenn du ihn erreichst, frag ihn, welche Beweise oder Indizien es gibt und wie sie darauf kommen, dass ausgerechnet Mark etwas mit der Sache zu tun hat. Ich zapfe inzwischen meine Quellen an und versuche, die Sprechstundenhilfe zu erreichen. Vielleicht rufe ich auch Anna noch einmal an. Dann komme ich zu dir.«

»Gute Idee.« Das Rumoren in Laras Magen flaute langsam ab. Die Aussicht darauf, aktiv werden zu können, wirkte sich positiv auf ihre überreizten Nerven aus.

»Dann lass uns nicht länger zögern. Schreib alles auf, was du erfährst. Ich bin spätestens in einer halben Stunde bei dir.«

Nachdem Jo aufgelegt hatte, sah Lara sich in ihrer Küche um. Sie hatte während des Telefongesprächs die gesamte Spülmaschine ausgeräumt und die Gläser poliert, ohne es bewusst wahrzunehmen. Das Handy fühlte sich heiß an, so fest hatte sie es ans Ohr gepresst.

Ihre Finger zitterten, als sie die Nummer wählte. Hoffentlich war Ralf Schädlich im Dienst.

*

Mit weit geöffneten Augen schlich der Mann an den kleinen Holzhäuschen entlang. Die funkelnden Lichter der Auslagen blendeten ihn, und das von überall heranbrandende seichte Gedudel rief ein permanentes Flimmern in seinem Kopf hervor.

Der Weihnachtsmarkt auf dem Augustusplatz würde nur noch eine gute Woche geöffnet sein, und diese Tatsache schien die Touristen in Scharen herbeizulocken. Überall drängelten und schoben sich Leute vorwärts, es gab kein Durchkommen.

Normalerweise mied er solche Menschenansammlungen,

weil sie ihn verrückt machten, weil sie in seinem Gehirn ein heilloses Durcheinander anrichteten. Es begann stets mit einem Summen wie von einigen Hundert Bienen, das sich schnell zu einem wilden Brausen verdichte, welches schließlich in einem Hurrikan endete. Tausende verwirrter Vögel flatterten in seinem Schädel hin und her, und die an die Innenseiten des Kopfes schlagenden Flügel verursachten ihm körperliche Schmerzen.

Aber heute Abend ging es nicht anders. Er hatte mehrere *Sediat* – eigentlich ein rezeptfreies Mittel gegen Schlafstörungen – eingeworfen, die das Fortissimo in seinem Schädel zu einem Piano dämpften. Es war zwar noch immer da, beeinflusste jedoch nicht mehr sein gesamtes Denken. Und denken würde er müssen und zwar angestrengt.

Die gestrickte Mütze verursachte ein Jucken auf dem Kopf, und wieder und wieder fuhren die Finger unter den Rand und scharrten. Seine Stirn würde nachher ganz rot und zerschrammt aussehen, aber absetzen durfte er das kratzige Ding nicht.

Er hatte den Tipp bekommen, sein Äußeres zu verändern. Man suchte nach ihm, und obwohl die Gefahr, hier inmitten des Gewühls entdeckt zu werden, gering war, durfte er kein Risiko eingehen. Seit einigen Tagen ließ er sich einen Bart wachsen, der ihm mittlerweile das Aussehen eines Alm-Öhis verlieh. Wenn ihm im Spiegel seine wild dreinschauenden Augen aus dem Gestrüpp entgegenleuchteten, erkannte er sich am Morgen manchmal selbst nicht. Handschuhe und ein Schal, der über den Mund gezogen war, komplettierten die Verkleidung. Niemand würde in ihm den erkennen, der er noch vor Kurzem gewesen war.

Ein Kind mit einer Riesenportion Zuckerwatte rempelte ihn an und entfachte das Brausen in seinem Kopf neu. Am liebsten hätte er dem Balg einen kräftigen Tritt verpasst, aber das würde zu lautem Geplärre führen, was wiederum die Eltern auf den Mann mit dem Bart aufmerksam gemacht hätte. Ein kleiner, wie unabsichtlich wirkender Stoß gegen den Oberarm musste leider reichen. Das Balg schien den Schubs nicht einmal bemerkt zu haben und schwenkte fröhlich seine Zuckerwatte. Kurz wallte der Zorn in ihm auf, dann fing er sich wieder. Es war schwierig, unter diesen Umständen die Beherrschung nicht zu verlieren.

Darauf bedacht, möglichst unauffällig zu sein, kämpfte er sich durch das Getümmel. Seine Armbanduhr zeigte fünf vor sieben.

Er musste sich beeilen. Sein Auftrag war eindeutig. Die Stimme hatte zwar nicht gesagt, dass er auf dem Weihnachtsmarkt suchen sollte, aber hier im Gewühl der Menschenmassen schien es ihm am einfachsten, ein passendes Subjekt auszuspähen, ohne dass er jemandem auffiel.

*

Lara klappte den Deckel zu und drückte den Spülknopf. Sie war jetzt innerhalb von zwanzig Minuten das dritte Mal auf der Toilette gewesen. Im Spiegel über dem Waschbecken blickte ihr eine hohläugige Frau entgegen, deren Augenringe heute Nachmittag noch nicht da gewesen waren. Sie ließ kaltes Wasser über ihre Handgelenke laufen und wartete, bis die Frische in ihrem Kopf angekommen war. In wenigen Minuten würde Jo vor der Tür stehen, und sie mussten einen Plan ersinnen, wie Mark zu helfen war. Ralf Schädlich hatte ihr keine Auskunft geben können. Er wusste nichts von einer derartigen Festnahme, und selbst wenn, hätte er, wie er mit Bedauern in der Stimme versichert hatte, keine Interna ausplaudern dürfen. Das müsse sie verstehen. Dass der Doktor verhaftet worden sei, könne er sich jedoch nicht vorstellen. Für eine Verhaftung bräuchten sie zumindest einen schriftlichen Haftbefehl der Staatsanwaltschaft und dafür wiederum sogenannte Haftgründe. So schnell schössen die Preußen nicht, hatte er hinzugefügt und dass es sich gewiss um eine Fehlinformation handelte.

Lara sah, wie ihre Mundwinkel verächtlich zuckten, und wandte sich von ihrem Spiegelbild ab. *Mach dir keine Sorgen.* Pah! Der hatte gut reden!

Nach dem Gespräch mit Ralf Schädlich hatte sie erneut versucht, Mark zu erreichen, aber wieder war nur die Mailbox rangegangen. Dieses Mal hatte sie darauf verzichtet, etwas daraufzusprechen. Mark würde sehen, dass sie mehrfach angerufen hatte, und zurückrufen, wenn es ihm möglich war. Dass er tatsächlich auf irgendeinem Revier in Leipzig saß und von der Kripo befragt wurde, konnte sie sich einfach nicht vorstellen. Das Ganze würde sich bestimmt schon bald aufklären, und in ein paar Tagen würden sie gemeinsam über den Fehlalarm lachen.

In der Küche war es zu warm, und sie ging, um das Fenster zu öffnen. Wie eisiges Wasser schwappte die Frostluft ihr ins Gesicht. Sie atmete ein paarmal tief ein und aus. Unten glitt Jos Honda lautlos über den frisch gefallenen Schnee, setzte zurück und fuhr dann passgenau in eine Parklücke. Er stieg aus, nahm seine Tasche vom Beifahrersitz und zog mit der Linken die Jacke zusammen. Erst jetzt schaute er nach oben, sah Lara am Fenster stehen, winkte und sprintete dann vor einem herannahenden Kleintransporter über die Straße. Lara zeichnete ein pausbäckiges Mondgesicht auf die beschlagene Fensterscheibe, begab sich in den Flur und öffnete die Wohnungstür.

Obwohl das Licht im Treppenhaus nicht besonders hell war, konnte sie Jos Gesichtsausdruck schon von Weitem erkennen, und ihre kleine Hoffnung, alles möge bloß eine Verwechslung sein, zerstob wie ein Sandhügel im Sturm. Er kam, die Augen konzentriert zusammengekniffen, immer zwei Stufen auf einmal nehmend, nach oben, schlüpfte, auf dem Absatz vor ihrer Tür angekommen, aus den Stiefeln und nahm sie dann in den Arm, wobei er »So ein Mist« murmelte.

Es schien also wahr zu sein. In Laras Bauch setzte das Rumoren wieder ein, und sie verspürte das dringende Bedürfnis nach einem weiteren Schluck Cognac.

»Lass uns erst einmal reingehen.« Er schob sie in den Flur, schloss die Tür und marschierte voran in die Küche. »Ich brühe uns einen Tee auf. Hast du schwarzen?« Ohne auf ihre Antwort zu warten, ging er zu dem Hängeregal neben der Spüle und musterte die dort aufgereihten Dosen.

»Ich möchte keinen Tee, Jo. Setz dich bitte und erzähl mir, was du weißt. Wir können später was trinken.«

»Okay.« Sie sah, dass es ihm schwerfiel, sich umzudrehen, aber schließlich kam er doch herüber und nahm am Tisch Platz. »Ich gehe davon aus, dass du Schädlich nicht erreicht hast?«

»Doch, aber der wusste von nichts. Und Mark geht nicht ans Handy.«

»Ich habe nach längerem Herumtelefonieren die Sprechstundenhilfe erreicht. Sie hat mir im Prinzip das Gleiche erzählt, was wir schon wussten. Gegen fünfzehn Uhr seien zwei Beamte der Kriminalpolizei in der Praxis aufgekreuzt und hätten verlangt, mit Mark zu sprechen. Nachdem die drei etwa fünf Minuten in seinem Zimmer ›herumdiskutiert‹ hätten – worüber, das konnte sie nicht verstehen –, sei Mark schließlich mit ihnen mitgegangen und habe ihr gesagt, sie solle die Praxis für heute dichtmachen. Sie habe daraufhin Marks Frau informiert.«

»So hat sie sich ausgedrückt? Dass er ›mitgegangen‹ ist? Und ›für heute dichtmachen‹? Das hört sich für mich nicht nach einer Festnahme an …«

»Für mich auch nicht. Vielleicht hatte die Kripo nur ein paar

Fragen an ihn, und Anna hat das Ganze missverstanden und dramatisiert.«

»Aber wenn sie ihn nur etwas fragen wollten, hätten sie das doch auch gleich in der Praxis erledigen können, nicht? Hast du Annemarie gefragt, was sie für einen Eindruck von der Sache hatte?«

»So richtig einordnen konnte sie es nicht. Aber das Wort ›Festnahme‹, so hat sie mir versichert, stamme nicht von ihr.«

»Vielleicht ist alles halb so wild.« Die Erleichterung verwandelte Laras Beine in Pudding. Tränen brannten hinter ihren Augen und wollten nach vorn. Sie schluckte mehrmals, ehe es ihr gelang zu sprechen. »Er beantwortet auf dem Revier ein paar Fragen. Deshalb kann er auch nicht ans Telefon gehen.«

»Ich hoffe, das ist des Rätsels Lösung. Was mir aber nicht gefallen will, ist, dass Mark seit über vier Stunden in diesem ›Funkloch‹ verschwunden ist. Ein ›paar Fragen‹ können doch nicht so lange dauern…« Er sah ihr in die Augen. »Och Lara, jetzt wein doch nicht gleich.« Schnell war er aufgestanden, um den Tisch herumgekommen und umfasste ihre Schultern. »Jetzt trinken wir aber wirklich erst einmal einen Tee zur Beruhigung. Keine Widerrede. Mark ruft bestimmt gleich an und erzählt uns alles.« Jo drückte noch einmal fest zu und ließ sie dann los. »Das ist vielleicht eine Kälte hier drin… Frierst du denn nicht?« Er zeigte zum Fenster, und sie sah, dass es noch immer weit offen stand.

»Hab ich gar nicht bemerkt. Aber jetzt, wo du es sagst…« Zeitgleich zu ihren Worten bemerkte Lara, dass sie zu zittern begann, und fragte sich, was sie an der ganzen Sache so durcheinanderbrachte, dass ihr gesamter Kreislauf verrückt spielte. Alles würde sich aufklären, sie musste nur ein wenig Geduld mitbringen. Jo schloss das Fenster und hantierte anschließend in der Küche herum, füllte den Wasserkocher und schaltete ihn ein, klappte auf der Suche nach Teebeuteln Schranktüren auf und wieder zu und brachte dann zwei Tassen herbei. Sie saß wie ein komatöser Frosch auf ihrem Stuhl und sah ihm dabei zu, unfähig, auch nur einen Finger zu rühren. Das Zittern hatte so schnell aufgehört, wie es angefangen hatte.

»Wollen wir noch was essen gehen?« Jo tauchte seinen Teebeutel in die Tasse und zog ihn wieder heraus. Das Ganze wiederholte er mehrfach.

»Hab keinen Hunger.«

»Aber ich. Irgendwas solltest du auch zu dir nehmen. Wir können doch im Moment nichts tun.«

»Sonntag ist der vierte Advent. Was, wenn sie Mark bis dahin dortbehalten?«

»Aber weswegen denn, um Himmels willen? Die Kripo kann nicht einfach jemanden mehrere Tage lang festhalten. Dazu bräuchten sie handfeste Beweise, und woher sollten die kommen? Das ist unlogisch. Lass uns ins *Stefano* gehen.« Seine blauen Augen flehten. »Du kannst doch einen kleinen Salat essen.«

Lara verfolgte die gelblichen Schlieren, die in ihrer Tasse kreiselten. Das Klingeln ihres Handys schrillte überlaut durch die Küche. Sie verschüttete etwas Tee, sprang hoch und stolperte zur Anrichte. Hinter ihr polterte der Stuhl zu Boden. Im Display stand Marks Name.

Auch Jo war aufgestanden. Die Besorgnis in seinem Gesicht wich einem Lächeln, als er ihren Gesten entnahm, wer am anderen Ende war. Das Telefon ans Ohr gepresst, tastete sich Lara zum Tisch zurück, ehe ihre Beine unter ihr nachgeben konnten.

»Lara? Ich bin's, Mark.«

»Ich weiß.« Sie war auf einmal unendlich müde.

»Du hast schon viermal bei mir angerufen.«

»Was glaubst du wohl, warum?« Der plötzlich in ihr auflodernde Zorn erschreckte Lara. »Deine Frau ruft mich an und erzählt mir, du wärst festgenommen worden! Da soll ich mir keine Gedanken machen?«

»Entschuldige bitte. Ich hatte nicht erwartet, dass so eine Welle daraus werden würde.« Marks Stimme klang gedämpft, und er hustete zwischendurch. Jetzt tat er ihr wieder leid. Jo saß ihr mit gefalteten Händen gegenüber und versuchte, aus ihren Antworten den Sinn des Gesagten zu erfassen.

»Die Kripo wollte mich zu einigen Dingen befragen, das war alles.«

»Wieso bist du mit ihnen mitgegangen? Konnten sie dir denn die Fragen nicht in der Praxis stellen?«

»Anscheinend nicht.«

»Was wollten sie wissen?«

»Einiges. Es ging um Magnus Geroldsen und Frank Studer. Neue Beweise sind aufgetaucht.«

»Beweise? Was für Beweise?« Lara flüsterte und sah, wie Jo die Augenbrauen zusammenzog und kurz den Kopf schüttelte.

»Das lässt sich nicht so einfach erklären.« Im Hintergrund tickte ein Blinker. Es klang, als säße Mark im Auto. »Ich musste erst einmal wieder zu mir kommen, ehe ich losfahren konnte.« Er nieste und fuhr fort. »Bist du zu Hause?«

»Ja.«

»Kann ich vorbeikommen?«

»Wie meinst du das?«

»Nun, so wie ich es gesagt habe. Ich würde gern auf einen Sprung vorbeischauen und dich sehen. Am Telefon lässt sich vieles nur schwer erklären. Ich könnte in zehn Minuten da sein.«

Lara schloss ihren Mund wieder und nickte, ehe ihr einfiel, dass Mark sie nicht sehen konnte.

»Na klar. Bis gleich.« Sie legte auf.

Zwischen Jos Augenbrauen stand eine steile Falte. »Was soll das heißen: ›bis gleich‹?«

»Anscheinend ist Mark in Leipzig. Und er will herkommen.« Lara sah etwas in seinen Augen aufflackern und dachte gleichzeitig, dass sie Mark gar nicht gesagt hatte, dass Jo auch hier war.

42

Vanessa versuchte zu schlucken. Ihre Kehle fühlte sich wund an, der Hals brannte. Erst jetzt fiel ihr auf, dass sie sich kaum bewegen konnte. Die angewinkelten Beine hafteten an den Fußgelenken wie aneinandergeklettet zusammen, die Arme waren nach hinten verdreht und an den Handgelenken fixiert. Schultern und Ellenbogen schmerzten von der unnatürlichen Position, die Hände drückten sich gegen die Lendenwirbelsäule. Die Unterlage war hart. Um sie herum herrschte Dunkelheit. Nun fielen ihr auch die Geräusche auf. Ein stetes Brummen, das sich von Zeit zu Zeit verstärkte und dann wieder schwächer wurde. Unter ihr rüttelte und holperte es, ab und an rollte ihr verschnürter Körper von links nach rechts.

Vanessa schloss kurz die Augen und riss sie dann gleich wieder weit auf in der Hoffnung, etwas erkennen zu können. Das Rütteln ließ nach, und das Brummen ging in ein gleichmäßiges Surren über. Jetzt wusste sie, wo sie sich befand – in einem Auto. Oder besser gesagt, im Kofferraum eines Autos. Verschnürt wie ein Weihnachtspaket lag sie auf dem harten Boden und wusste weder, wie sie hierhergekommen war, noch, wer sie gefesselt hatte. Ein schlechter Scherz der Jungs konnte das eigentlich schon nicht mehr sein, auch wenn sich ihre Clique erst gestern bei Lukas gemeinsam einen Horrorfilm angesehen hatte und die Jungs Witze darüber gemacht hatten, wie es wäre, selbst einmal ein Opfer zu fesseln und zum Spaß ein bisschen im Keller einzusperren. Bevorzugt natürlich eins der Mädchen. Tim hatte sich mit gekrümmten Armen und irrem Blick auf Leah gestürzt, die hatte spielerisch aufgekreischt, und das Ganze hatte in wildem Gelächter geendet. Vanessa grub die Zähne in die Zunge, bis es schmerzte. Nein, die Jungs machten gern Witze auf Kosten der Mädchen, aber das hier war nicht ihr Stil. Jemand anderes musste sie in diesen Kofferraum eingesperrt haben. Jemand, der *wirklich* böse war. Jetzt kam die Angst wie ein borstiges kleines Tier aus einer Ecke gekrochen und krabbelte mit kalten Pfoten über Vanessas Rücken zum Nacken hoch. Sie unterdrückte einen Schrei und ermahnte sich, ruhig zu bleiben. Wenn sie in Panik geriet, wäre jede Möglichkeit, dem Grauen zu entkommen, dahin. Sie verscheuchte die Furcht in eine dunkle Ecke ihres Verstandes und bemühte sich nachzudenken, die Augen noch immer weit geöffnet in die Finsternis starrend.

Geknebelt war sie nicht. Während der Fahrt hätte vermutlich sowieso keiner ihr Schreien im Kofferraum gehört, aber gleichzeitig bedeutete das auch, dass sie an einen Ort fuhren, wo es niemanden gab, der ihr helfen konnte.

Nach etwa einer Minute – es konnten auch zwei oder drei gewesen sein, denn das Zeitgefühl war ihr abhandengekommen – erschien am äußersten rechten Rand ihres Sichtfeldes ein hellerer Streifen, der immer dann verschwand, wenn sie ihn genauer fixierte.

Wieder schlingerte das Fahrzeug um eine Kurve, und Vanessa nutzte den Schwung aus, um statt auf dem Rücken auf der Seite liegen zu bleiben. Der Schmerz in ihren Armen verschwand kurz, nur um gleich darauf als dumpfes Pochen wiederzukehren. Aber zumindest konnte sie jetzt die Finger bewegen, weil die Fesseln nur ihre Handgelenke umschnürten und die Last ihres Körpers sie nicht mehr behinderte. An der linken Wange fühlte sie kratzigen Stoff, eine Art Auslegeware. Ihre Augen, die jetzt nicht mehr nach oben blickten, konnten nun auch den hellen Strich deutlicher erkennen. Er zog sich im unteren Bereich von rechts nach links und flimmerte mal heller und dann wieder dunkler. Nach einiger Überlegung kam sie darauf – es musste sich um den Spalt zwischen Kofferraumklappe und Stoßstange handeln. Womöglich hatte ihr Entführer diese nicht richtig zugedrückt, und nun leuchtete das Licht der Straßenlampen herein. Wenn sie die Füße freibekäme, könnte sie auf dem Rücken liegend dagegentreten und so vielleicht die Klappe aufsprengen. Oder – wenn das nichts brachte, konnte sie warten, bis sie hielten und der Entführer den Kofferraum öffnete, um dann herauszuspringen und wegzulaufen. Variante eins gefiel ihr deutlich besser.

Vanessa kostete einen Moment lang den aufwallenden Stolz über ihre Kombinationsgabe aus und befahl ihrem Gehirn dann weiterzudenken. Zuerst musste sie die Hände freibekommen, dann konnte sie die Fesseln an ihren Füßen lösen und danach, wenn das Auto langsamer fuhr, gegen die Kofferraumklappe treten.

Beim Fahrzeug ihres Kidnappers handelte es sich wahrscheinlich um einen Kombi, weil der Lichtstreifen sonst weiter oben gewesen wäre. Das war gut für ihr Vorhaben, da bei Limousinen die Ladekante viel höher lag. Wenn sie Glück hatte, konnte sie sich einfach herausgleiten lassen. Vanessa lachte ein schnaubendes Lachen und hoffte, dass der Fahrer es nicht gehört hatte. *Herausgleiten*! *Während der Fahrt!* Sie würde auf den harten Asphalt prallen und sich mit viel Glück ein paar Prellungen zuziehen. Mit etwas weniger Glück ein paar Knochenbrüche. Das Ganze barg viele Unwägbarkeiten, aber es war ihre einzige Chance. An ein Scheitern ihrer Mission wollte sie gar nicht erst denken. *Und nun mach dich an die Arbeit, Mädchen. Demnächst ist Heiligabend, und den willst du doch zu Hause verbringen. Ob nun mit oder hoffentlich ohne ein paar Prellungen oder Knochenbrüche. Hauptsache frei und am Leben.*

Hoffentlich fuhr der Typ noch ein wenig in der Gegend herum. Während ihre Finger sich Millimeter für Millimeter unter das Packband an ihren Handgelenken schoben und die – zum Glück frisch aufgeklebten, überlangen – Plastiknägel an den Rändern schabten und kratzten, versuchte Vanessa, sich zu erinnern, was sie als Letztes getan hatte, um so herauszufinden, wie sie in diesen Kofferraum gelangt sein mochte. Das Einzige jedoch, was ihr einfiel, war der Weihnachtsmarkt auf dem Augustusplatz. Leah und sie waren an den Buden entlanggeschlendert, hatten jeder einen Glühwein getrunken und eine Bratwurst gegessen und sich über die zahlreichen Stände mit Schnitzereien amüsiert. Als ihre Blase immer stärker drückte, hatte sie Leah schließlich an einem Zuckerwattestand stehen lassen und war zu den Toilettenhäuschen gegangen. Von da an ließ ihr Gedächtnis sie im Stich. Vanessa spürte, dass ihr Zeigefinger ein kleines Loch in das Klebeband gebohrt hatte, und rieb stärker.

Wenig später hatte sie es geschafft. Das Paketband an ihren Handgelenken zerriss mit einem Ratschen, und ihre Hände glitten auseinander. Der Entführer hatte sich beim Fesseln keine große Mühe gegeben.

Vanessa jubelte innerlich, während sie sich die Handgelenke rieb. Der Nagel am Zeigefinger war abgebrochen, aber sie hatte schließlich noch neun andere. Nun zu den Füßen. Das würde deutlich schneller gehen, jetzt, wo sie beide Hände frei hatte. Vorsichtig drehte sie die Arme und zog sie nach vorn. Die Schulter- und Ellenbogengelenke brannten noch von der Überdehnung, aber das würde vorbeigehen. Mit allen zehn Fingern bearbeitete sie die Fesseln an ihren Fußgelenken, krallte, rieb und grub die Fingernägel in die glatte Oberfläche der Klebestreifen. Es dauerte nicht lange, und auch die Füße waren frei. Ein Schluchzen entfuhr ihr, und sie schlug die Hand auf den Mund. Ihre Beine waren taub und ließen sich nicht ausstrecken. Die Zeit, bis ein immer stärker werdendes Kribbeln ankündigte, dass das Leben in ihre Füße zurückkehrte, erschien ihr wie eine Stunde. In Wirklichkeit hatte es sicher nicht einmal eine Minute gedauert. In der Zwischenzeit überlegte Vanessa, ob sie alles bedacht hatte. Vielleicht würde sie in diesem Kofferraum noch etwas finden, was sie als Waffe benutzen konnte, falls das mit dem Herausspringen und Wegrennen nicht funktionierte. Noch ehe der Gedanke zu Ende gedacht war, hatte sie sich schon auf die andere Seite gewälzt, und ihre Hände tasteten fieberhaft umher. Es musste ein großer Kombi sein, denn rings um sie herum war noch viel freier Raum. An der linken Seite stand der Belag etwas hoch, und ihre Finger schoben sich darunter und stießen auf kaltes Metall. Ein flacher Stab, etwa dreißig Zentimeter lang, vorn dicker, vielleicht ein Mutternschlüssel, sie hatte keine Ahnung. Auf jeden Fall würde die Stange eine super Waffe abgeben. Daneben lag etwas Kleines, Quadratisches, etwa so groß wie ein Stückchen Würfelzucker, an dem eine Schnur befestigt war.

Das Holpern unter ihr wurde langsamer. Ohne darüber nachzudenken, ergriff Vanessa das Ding und schob es in die hintere Tasche ihrer Jeans.

Jetzt oder nie! Sie drehte sich auf den Rücken, umklammerte den Metallstab, beugte beide Beine und spannte die Muskeln an.

*

»Nun komm doch erst einmal herein.« Lara löste sich von Mark. An den Oberarmen und am Rücken spürte sie noch den Nachhall seiner Umarmung. Er hatte sich, nachdem sie ihm die Tür geöffnet hatte, regelrecht an ihr festgeklammert und dabei ein bisschen gezittert.

Erst jetzt schien er auch Jo zu bemerken. Seine Augen öffneten sich etwas, dann umarmte er auch den Fotografen. Jo klopfte Mark auf den Rücken und verursachte dabei ein dumpfes Geräusch. Lara nahm Mark die Jacke ab und folgte den beiden Männern dann in die Küche.

»Willst du auch einen Tee?« Sie zeigte auf die beiden Tassen mit den Teebeuteln darin. Mark bejahte, setzte sich und rieb sich mit Daumen und Zeigefinger die Augen. Hier, im viel zu hellen Licht von Laras Küche, sah er krank aus. Die Haut unter den Augen schimmerte bläulich, die Falten von den Nasenflügeln zu den Mundwinkeln schienen sich seit Sonntag, als sie sich das letzte Mal gesehen hatten, vertieft zu haben. Einen Bartschatten hatte Mark vor vier Tagen auch schon gehabt, aber seitdem schien er sich definitiv nicht mehr rasiert zu haben. Es wirkte ungewohnt, so als säße dort ein anderer Mann, jemand, den sie nicht wirklich kannte.

Jo, der inzwischen den Wasserkocher erneut gefüllt und angeschaltet hatte, kam herüber und füllte Marks Tasse auf. Dann nahm er neben Lara Platz und verschränkte die Finger ineinander.

»Nun erzähl schon.« Jo, der sich selbst auch noch einen Tee aufgebrüht hatte, warf drei Stückchen Kandis in seine Tasse. »Was wollte denn die Kripo nun genau von dir?«

»Also, zuerst möchte ich erst einmal richtigstellen, dass man mich nicht festgenommen, geschweige denn verhaftet hat. Das hat Anna falsch verstanden.«

»Das dachten wir uns schon.«

»Das Einzige, was an der Sache stimmt, ist, dass ich zu einer Befragung aufs Revier gebeten wurde.«

»Du sagtest am Telefon, es seien neue Beweise aufgetaucht?« Lara bemühte sich, ruhig zu bleiben. Hoffentlich verlief der Rest des Gesprächs nicht auch so zähflüssig.

»Ich verstehe das selbst nicht.« Mark schüttelte den Kopf. »Sie haben in Studers Haus ein Terminkärtchen mit meinem Stempel darauf gefunden.«

»Er war schließlich dein Patient. Warum sollte er so etwas nicht haben?«

»Das könnte man noch erklären, du hast recht. Außerdem waren da aber auch noch andere Dinge.«

»Was denn? Jetzt lass dir doch nicht alles aus der Nase ziehen!«

»Bei der Durchsuchung sind außerdem Notizen von mir aufgetaucht.« Mark hob die Schultern und ließ sie wieder herabsacken. »Studer muss sie aus der Praxis entwendet haben. Mit den Papieren und dem Terminkärtchen haben sie mich bei dieser Befragung zuerst konfrontiert. Es hätte ja sein können – so die Kripo –, dass ich bei Studer daheim gewesen bin und die Sachen dort vergessen habe. Vielleicht war ich sogar sein Komplize und habe ihn umgebracht, weil er unvorsichtig wurde.«

»So etwas Hirnrissiges habe ich lange nicht gehört.« Laras Fassungslosigkeit schlug allmählich in Zorn um.

»Das ist leider noch nicht alles.« Ein schmerzlicher Zug hatte sich um Marks Mund gelegt. »Sie haben mich gefragt, ob ich meine Fingerabdrücke und eine Speichelprobe abgeben würde. Alles rein freiwillig natürlich.«

»Du hast doch nicht etwa?«

»Doch Lara, ich habe. Ich wollte ja kooperieren, schließlich habe ich nichts zu verbergen. Und es war ja nicht zu erwarten, dass sie Übereinstimmungen entdecken, oder?«

»Was haben sie noch gefunden?« Jo hatte ganz leise gesprochen. Seine Augen waren zu schmalen Schlitzen zusammengezogen.

»Meine Fingerabdrücke.« Marks Brustkorb hob sich, als er tief Luft holte. Dann sackte er in sich zusammen.

Lara verstand den Sinn der Worte nicht. Sie sah, wie Mark die Hände über die Augen legte und Jo den Kopf schräg zur Seite neigte, als lausche er dem Nachhall der Worte, und hörte ihn dann fragen: »Bei Studer zu Hause? Aber wie ist das möglich?«

»Sie waren auf einem Wasserglas. Nachdem sie meine Fingerkuppen und Handflächen abgescannt hatten, haben sie die Abdrücke sofort ins System eingegeben. Der Computer findet Übereinstimmungen heutzutage innerhalb von Minuten.«

Für ein paar Sekunden dachte Lara darüber nach, was Mark bei Studer daheim gewollt haben konnte. Jo indessen schien solche Zweifel nicht zu haben. Er hatte schon weitergedacht.

»Kann Studer die Unterlagen und das Glas bei dir in der Praxis eingesteckt haben? Dass er regelmäßig zur Sprechstunde kam, kann doch deine Sprechstundenhilfe bezeugen! Außerdem müsste sich doch nachweisen lassen, dass es aus deiner Praxis stammt …«

»Das waren auch meine Argumente. Leider stehen im Küchenschrank von Studers Haus exakt die gleichen Gläser wie bei mir, sagt die Kripo.«

»Das ist ja perfide! Was für ein Albtraum!« Lara hatte ihre Stimme wiedergefunden. Und ihren Glauben an Mark. Bei der Sache musste es sich um ein äußerst geschickt eingefädeltes Komplott handeln. »Ich verstehe nicht, warum Studer das alles hätte tun sollen?«

»Ich auch nicht. Vielleicht wollten er und sein Komplize mich zum Sündenbock machen?«

»Das ist das Einzige, was einen Sinn ergibt. Aber warum gerade dich?«

»Es muss mit Magnus Geroldsen zu tun haben. Ich war in seinen Fall involviert, ich bin noch heute regelmäßig einmal die Woche in Obersprung bei meinen Patienten. Auch Studer war dort, und ich habe ihn nach seiner Entlassung betreut.«

»Was wirft dir denn die Kripo nun konkret vor?«

»Dass ich in Studers Haus gewesen bin, obwohl ich das bestreite. Mehr fürs Erste nicht.«

»Das reicht ja wohl! Was bilden die sich eigentlich ein?« In Laras Schläfen rauschte das Blut.

»Aus ihrer Sicht ist das alles logisch.«

»Wie geht es denn nun weiter?«

»Ich soll mich für Befragungen zur Verfügung halten.«

»Mark, du bist in Schwierigkeiten. In argen Schwierigkeiten. Mach dir nichts vor, aber die Vorwürfe werden sich nicht so einfach in Luft auflösen.« Da war er wieder: der pragmatische Jo. Lara bewunderte seinen kühlen Kopf. Aber sicherlich herrschte in seinem Innern auch nicht solch ein Gefühlswirrwarr wie in ihrem.

»Also, jetzt mal ehrlich, wie blöd muss ein Täter denn sein, um seine Daten, Notizen und ein Glas mit Fingerabdrücken am Tatort zurückzulassen? Das schreit doch förmlich nach einer Inszenierung!«

»Schon, aber für die Polizei sind das alles Beweise, dass du dort warst. Die Theorie vom Sündenbock hingegen klingt nach einer Schutzbehauptung. Ich würde mir schnellstens einen Rechtsanwalt nehmen.«

Lara sah Mark müde nicken, aber er antwortete nicht.

»Hast du Anna angerufen?«

»Ja. Bevor ich mich ins Auto gesetzt habe.«

Wieso war er nicht nach Hause gefahren, sondern hierher? Etwas stimmte da nicht, aber anscheinend wollte er nicht darüber reden. Lara fragte nicht nach. Wenn Mark ihr Details erzählen wollte, würde er das irgendwann sicher tun. »Wie geht es denn nun weiter? Willst du hier übernachten oder wieder zurückfahren?«

»Morgen Vormittag kommen wieder Patienten. Ich muss zurück.«

»Ich will dich nicht bevormunden, aber du siehst erschöpft aus. Bleib heute Nacht hier. Du könntest dich morgen ganz früh auf den Weg machen.«

»Und womöglich in einen Stau geraten … Nein, Lara, lass gut sein. Ich fahre nachher.«

»Wollen wir wenigstens noch etwas essen gehen?« So war Jo. Die Welt konnte zusammenbrechen, er jedoch dachte jederzeit ans körperliche Wohlbefinden. »Du siehst aus, als hättest du seit Tagen nichts Ordentliches mehr zwischen die Kiemen gekriegt! Lasst uns ins *Stefano* gehen! Wir müssen uns auch noch einen Schlachtplan zurechtlegen, wie wir dir helfen können.«

»Danke, lieb gemeint. Aber ich habe keinen Hunger.«

»Trink wenigstens deinen Tee.« Lara deutete auf die Tasse, die noch immer unberührt vor Mark stand. »Soll ich ihn noch mal heiß machen?«

»Nein, ist schon in Ordnung so.« Mark setzte an und trank alles in einem Zug.

»Dann rufst du uns aber wenigstens an, wenn du wieder in Berlin bist. Anna wird sich bestimmt auch schon Sorgen machen.«

»Kann schon sein.« Da war ganz entschieden etwas faul. Wenn etwas Schlimmes passierte, trieb es einen doch zu den Menschen, die man liebte, von denen man sich Beistand und Unterstützung versprach. Warum also war Mark nicht zu seiner Frau gefahren, sondern nach Leipzig? Und noch etwas rumorte in Laras Kopf: Sie hatten es nicht angesprochen, aber wer hatte das Ganze inszeniert? Frank Studer konnte es ja nicht gewesen sein. Wer wollte Mark die Schuld in die Schuhe schieben?

43

Sechstes Schlachter-Opfer identifiziert!

Die gestern im Elsterflutbecken gefundene Frauenleiche ist die seit Sonntag vermisste neunzehnjährige Laura M. aus Leipzig!

Unter der Schlagzeile prangte ein körniges Foto einer jungen Frau. Sie trug einen Pferdeschwanz und lächelte schüchtern in die Kamera. Laras Hand griff wie automatisch nach der Zeitung und legte sie in den Einkaufswagen. Und zum Ausgleich für die Boulevardzeitung noch eine *Tagespresse* dazu. Mal sehen, was Christin über den Fall schrieb.

Diesmal war die *Morgenpost* am schnellsten gewesen. Sie mussten einen Informanten haben. Da die meisten Tageszeitungen spätestens um Mitternacht in den Druck gingen, konnten die News, die danach hereinkamen, erst in der Ausgabe des darauffolgenden Tages untergebracht werden. Und die *Bild* hatte mit einem als Weihnachtsmann verkleideten Bankräuber aufgemacht.

Lara hatte schon heute Morgen in den Internet-News gelesen, dass die Kripo inzwischen die Frauenleiche vom Elsterflutbecken identifiziert hatte, aber ihre stete Gier nach neuen Informationen brachte sie dazu, auch noch diverse Zeitungen zu kaufen und zu vergleichen.

Ruckweise glitt das Laufband voran. Das Pärchen vor ihr stapelte mehrere Tüten Chips, Gummibärchen, vier Kartons billigen Rotwein und sechs Schachteln Zigaretten auf die schwarze

Unterlage. Im Wagen hatten sie außerdem noch zwei Sixpacks Bier. Lara konnte sich die Abendgestaltung der beiden lebhaft vorstellen. Im Vergleich dazu wirkte das, was sie jetzt aus ihrem Wagen nahm, wie der Einkauf eines Gesundheitsapostels. Sie betrachtete den schmalen Hintern des Mädchens und fragte sich, wie die junge Frau bei dieser Art von Ernährung so gertenschlank sein konnte. Aber vielleicht waren die Chips und der Süßkram auch allein für ihren Freund bestimmt. Laras Blick glitt über die aufgereihten Kaugummisorten neben der Kasse. Sie hatte den ganzen Morgen an ihrem nächsten Artikel geschrieben und ihn dann gleich an Jens geschickt. Die für heute anberaumte Pressekonferenz von Kripo und Staatsanwaltschaft würde in zwei Stunden beginnen, und sie hatte beschlossen, vorher noch ein paar Lebensmittel für die Weihnachtsfeiertage zu besorgen. Ihre Mutter hatte sie gebeten, noch etwas Sekt – nicht den ganz süßen, bitte – mitzubringen, und so klapperten nun auch sechs Flaschen *Rotkäppchen halbtrocken* in ihrem Pappkarton aneinander. Nach langem Hin und Her hatte Lara entschieden, das Fest doch wie jedes Jahr bei ihren Eltern zu verbringen. Am ersten Feiertag würde sie dann mit Jo chinesisch essen gehen und sich am zweiten mit ihrer Freundin Doreen treffen. Damit waren ihrer Meinung nach alle zufriedengestellt. Bis auf den Umstand, dass sie noch immer kein Geschenk für Jo hatte. Das Fast-Food-Pärchen lud seine Einkäufe in den Wagen. Lara betrachtete das Bild auf der Titelseite der *Mopo*. Laura M. Die junge Frau sah zerbrechlich aus. Wahrscheinlich war sie eine leichte Beute für den Täter gewesen. Wie er sie erwischt hatte, schien man noch nicht zu wissen. Vielleicht erfuhren sie nachher in der Pressekonferenz mehr dazu.

Ihr klirrender Sektkarton war an der Kasse angekommen. Lara kramte nach ihrem Portemonnaie. Es war noch eine knappe Stunde Zeit bis zu ihrem Treffen mit Jo. Sie würde die Zeitungen in Ruhe in ihrem Auto studieren können.

Laura M. wurde das sechste Opfer des Schlachters. Am Sonntag war die junge Frau mit ihren Freundinnen über den historischen Weihnachtsmarkt auf dem Naschmarkt in Leipzig gebummelt. Gegen neunzehn Uhr verabschiedete sie sich, um nach Hause zu fahren. Danach wurde sie nicht mehr gesehen. Ihr Freund meldete sie noch am gleichen Abend als vermisst.

Die Leiche von Laura M. wurde am Mittwoch nahe der Landauer Brücke im Elsterflutbecken entdeckt. Lauras Herz hatte der Täter schon am Montag vor dem Kindergarten *Spatzennest* deponiert, wo ein Lieferant es fand (*Mopo* berichtete).

Laura M. hatte im Sommer ihr Abitur am Leibniz-Gymnasium gemacht und anschließend ein Studium der Erziehungswissenschaften an der Uni Leipzig begonnen. Die junge Frau war allseits beliebt. Warum der Täter gerade sie ausgewählt hat oder ob sie ein Zufallsopfer war, ist noch nicht geklärt.

Die alleinige Täterschaft von Frank S., die noch am Montag von der Polizei bestätigt wurde, ist damit hinfällig. Wer war noch an den schrecklichen Verbrechen beteiligt?

Noch ehe sie den Sinn der Sätze erfassen konnte, blieben Laras Augen an einem Namen hängen. Sie spürte ihren Frühstückskaffee nach oben kommen und schluckte heftig, der plötzliche Brechreiz wollte jedoch nicht verschwinden. Sie schloss die Augen und murmelte mehrfach: *Es ist eine Täuschung, eine Einbildung deines überreizten Geistes* vor sich hin. Es dauerte eine Weile, bis sie sich imstande fühlte, durch die halb geschlossenen Lider auf die Buchstaben zu starren. Das Ganze hatte nichts genützt. Da stand es noch immer, schwarz auf weiß:

Was weiß Doktor G.?

Ist dieser Arzt in den Fall verstrickt?

Es folgte ein kurzer Abriss über den Fall Magnus Geroldsen und die Mitteilung, dass »Doktor G.« den damals Siebzehnjährigen begutachtet hatte. Der Artikel endete mit der Information über Marks »Befragung« und Spekulationen, was er über die aktuellen Entwicklungen wissen könnte. Die Buchstaben tanzten vor Laras Augen, das Zittern ihrer Finger übertrug sich auf das Papier und brachte es zum Vibrieren. Im Mund hatte sie einen sauren Geschmack.

Woher hatte die *Morgenpost* diese Angaben? Mark war erst gestern von der Kripo befragt worden. Lara legte die Zeitung auf den Beifahrersitz und begann, in der Umhängetasche nach ihrem Handy zu wühlen.

Sie hatten seinen Namen abgekürzt – gut, aber wie lange mochte diese Zurückhaltung andauern? Wann würden sich weitere Zeitungen auf Mark stürzen, ihn zerfleischen und seinen Ruf zerstören? Es wäre nicht das erste Mal, dass die Medien mit einem Federstrich Karrieren zunichtemachten. Stellte sich das Ganze im Nachhinein als Irrtum heraus, war der Schaden bereits angerichtet. Hastig wählte sie Marks Handynummer. Die Mailbox sprang an. Nach kurzem Überlegen versuchte sie es bei Jo, erreichte aber auch hier nur den Anrufbeantworter, und auch in Marks Praxis ging keiner ans Telefon. Noch ehe sie sich anders besinnen konnte, hatte sie schon seine Festnetznummer aufgerufen.

»Grünthal?« Anna klang abgehetzt.

»Hier ist Lara. Lara Birkenfeld.«

»Ich weiß. Lassen Sie uns in Ruhe. Mark ist nicht da.«

»Ich muss ihn dringend sprechen! Wo könnte er denn sein? Er geht nicht an sein Handy.«

»Sie müssten doch am besten wissen, wo er steckt!« Es klang verächtlich.

»Wie meinen Sie das?« Lara sah sich im Rückspiegel. Weit aufgerissene Augen, gerunzelte Stirn.

»Er war schon seit dem Wochenende nicht mehr daheim. Sie können ruhig zugeben, dass er seit Sonntag in Leipzig war!«

»Wie … ich verstehe nicht.« Die Falten auf ihrer Stirn vertieften sich. Dachte Marks Frau tatsächlich, er hielte sich bei ihr auf?

»Und jetzt lassen Sie uns in Ruhe und rufen Sie nicht mehr hier an. Nie wieder!« Anna kreischte die letzten Worte heraus und legte auf.

»Ich glaube es nicht …« Lara betrachtete ihren fragenden Gesichtsausdruck im Spiegel. Hatte Mark nicht gestern Abend gesagt, er müsse zurück, weil er heute noch Patienten habe? Warum war er dann nicht in seiner Praxis? Müsste nicht wenigstens die Sprechstundenhilfe ans Telefon gehen? Und wo zum Teufel hatte er die letzten Nächte verbracht?

*

»… entkam sie dem Entführer wie durch ein Wunder.« Der Pressesprecher leuchtete mit dem Laserpointer auf eine Landkarte, zirkelte einen roten Kreis um Großpösna und sprach dabei weiter.

»Der Täter hatte Vanessa H. in einer Seitenstraße des Augustusplatzes beim Weihnachtsmarkt mit einem Messer bedroht, sie in sein Auto gezwungen, betäubt und später an einem noch unbekannten Ort gefesselt. Dann fuhr er mit dem Opfer im Kofferraum durch die Gegend. Nach Aussagen der jungen Frau gelang es ihr, während dieser Fahrt die Fesseln zu lösen, woraufhin sie den Kofferraum öffnen und herausspringen konnte …«

Das war ja ein richtiger Paukenschlag! Das gestelzte Behördendeutsch des Uniformierten da vorn gab die Dramatik des Geschehens nicht wirklich wieder. Neben ihr tippte ein Journalist schon die ganze Zeit hastig Kurznachrichten in sein Handy. Lara schrieb »herausspringen« und kringelte zwei dicke Fragezeichen hinter das Wort. Von einem »Sprung«

konnte wohl kaum die Rede gewesen sein, wenn das Opfer im Kofferraum gelegen hatte. Obwohl sie ihr Diktiergerät immer mitlaufen ließ, schrieb sie alle wichtigen Informationen mit. Sicher war sicher. Manchmal funktionierte die Aufzeichnung nicht, oder die Batterien machen mittendrin schlapp. Sie sah kurz zu Jo, der auf dem Stuhl ganz an die Kante gerutscht war und gebannt nach vorn schaute, und konzentrierte sich dann wieder auf den Pressesprecher.

»Beim Aufprall auf die Straße wurde das Opfer verletzt. Noch ehe der Entführer wenden und zurückkommen konnte, hielt ein weiteres Fahrzeug und kümmerte sich um das Opfer.«

Das *Fahrzeug* hatte sich also um das Mädchen gekümmert. Lara unterdrückte ein Grinsen. Die kriegten manchmal gar nicht mit, was sie für einen Unsinn von sich gaben.

»Der Täter bemerkte dies, fuhr weiter und konnte entkommen. Bei seinem Fahrzeug handelt es sich vermutlich um einen Ford Focus Kombi älteren Baujahrs in Silber oder Beige mit Leipziger Kennzeichen.« Auf der Leinwand wurde ein Foto eines hellen Fords eingeblendet, dessen Nummernschild mit einem »L« begann. Die restlichen Buchstaben und Ziffern waren unkenntlich gemacht.

»... bitten wir die Bevölkerung um Mithilfe. Wem ist gestern in der Zeit zwischen achtzehn und neunzehn Uhr ein solches Fahrzeug in der Leipziger Innenstadt oder auf dem Weg nach Großpösna, wahrscheinlich auf der S 38, aufgefallen? Wer kann sachdienliche Hinweise zum Fahrer machen?«

Wieder erschien vorn eine Straßenkarte, diesmal war die Fahrtroute rot eingezeichnet. Jo fotografierte die Leinwand, Lara dachte kurz darüber nach, was dann wohl »*nicht* sachdienliche Hinweise« waren, ehe sie ihre Aufmerksamkeit wieder dem Mann in Uniform zuwandte.

»Vermutlich hat der Täter nach der Entführung am Augustusplatz folgenden Weg eingeschlagen.« Der Pressesprecher ließ den Laserpointer von Kreuzung zu Kreuzung gleiten und nannte dazu die jeweiligen Straßen. Er schloss mit: »Derzeit werden alle infrage kommenden Fahrzeuge überprüft.«

Der Typ mit dem Handy neben ihr tippte schneller. Wahrscheinlich übermittelte er seine Informationen direkt an seine News-Redaktion.

Lara versuchte, einen Blick auf seinen Presseausweis zu erhaschen, aber der hing mit der Rückseite nach vorn an der Brust. Jo holte rasselnd Luft und hustete dann in seine Faust. Hatte er sich erkältet? Die Luft im Saal war überhitzt und zum Schneiden dick. Es roch nach nasser Wolle und Schweiß.

»... Vanessa H. fand im Kofferraum Beweise, die darauf schließen lassen, dass ihr Kidnapper der gleiche Täter ist, der auch Laura M. entführt und getötet hat.«

Ein Raunen ging durch den Saal. Die wichtigste Information hatte sich der Mann bis zuletzt aufgehoben. Er legte den Laserpointer beiseite und gab damit zu erkennen, dass die Präsentation beendet war. Gleich würde sich die versammelte Meute auf ihn stürzen.

Lara betrachtete ihre Notizen. Vielleicht war das jetzt eine heiße Spur, die zum Täter führte. Zu demjenigen, der Laura M. ermordet und diese Vanessa verschleppt hatte. Und höchstwahrscheinlich auch der Komplize und spätere Mörder von Frank Studer war. Die Polizei musste ihn nur noch schnappen, und dann würde sich alles aufklären. Erleichterung wärmte ihre Brust.

Im Saal hatte inzwischen die Fragerunde begonnen. Anfragen prasselten im Sekundentakt auf den Pressesprecher ein. Was das für Beweise seien, die das Mädchen im Auto gefunden habe. Ob das Opfer schwer verletzt sei, ob es schon Erkenntnisse gebe, wie der Täter mit Frank Studer und den vorhergehenden Taten in Verbindung zu bringen sei.

Zehn Minuten später war das Gewitter vorbei. Außer dass

Vanessa H. zwar noch im Krankenhaus – in welchem wollte er nicht sagen – behandelt werde, jedoch nicht lebensbedrohlich verletzt sei, hatte der Pressesprecher nur ausweichende Antworten gegeben, wobei er ob der Schnelligkeit der Fragen leicht überfordert gewirkt hatte. Der arme Mann war in den letzten Wochen aber auch reichlich beansprucht worden. Eine Pressekonferenz hatte die nächste gejagt. Nachdem er sich mit einem Blick zum Polizeipräsidenten vergewissert hatte, dass es nichts mehr zu sagen gab, beendete er die Konferenz mit der Bitte um Verständnis, dass man derzeit keine weiteren Fragen beantworten könne. Der Staatsanwalt neben ihm, der die ganze Zeit mit grimmigem Gesicht geschwiegen hatte, erhob sich als Erster, und dann marschierten sie wie an einer Schnur aufgereiht aus dem Raum, während im Saal die Lautstärke aufbrandete, als habe man an einem Regler gedreht. Jo machte Lara ein Zeichen, ihm zu folgen, und beeilte sich, zur Tür zu gelangen.

Vor dem Gebäude hatten sich Reporter postiert, die Kurzzusammenfassungen in die Kameras ihrer jeweiligen Sender sprachen; einer neben dem anderen, das Polizeipräsidium immer schön als Kulisse im Hintergrund. In wenigen Minuten schon würden die ersten Berichte über die Bildschirme flackern.

Lara sog mit tiefen Atemzügen die frische Luft in ihre Lunge und folgte Jo auf die andere Straßenseite.

»Hallo ihr zwei!« Christin winkte mit ihrer Mappe, stolperte über die unterste Stufe, fing sich und kam herüber. Hinter ihr schlenderte Patrick, die Finger nestelten am Reißverschluss der Steppjacke.

»Hast du ordentliche Fotos für uns? Ich will das dann gleich in den Online-Bereich stellen. Tom wartet schon.«

»Was denkst du denn?« Jo wirkte genervt. »Wann hätte ich denn mal keine ›ordentlichen‹ Fotos geliefert?«

»Sei doch nicht gleich beleidigt!« Sie wedelte mit ihrem

Schal vor Jos Nase herum, und Lara dachte, dass der Freund sich das Getue auf Dauer wohl nicht gefallen lassen würde.

»Das war doch der Kracher, oder?« Patricks Wangen waren hochrot. »Jeden Tag neue Horrormeldungen! Wir werden noch zur Hochburg des Verbrechens!«

»Das ist nichts Wünschenswertes.« Christin verzog kurz den Mund, ehe sie weiterredete. »Ich habe gehört, dieser Retter soll ein Lastwagenfahrer gewesen sein. Ob man an den rankommt?«

»Wahrscheinlich versuchen das gerade fünfzig andere Journalisten.« Jo trat mit den Schuhsohlen Muster in den schmutzigen Schnee am Straßenrand. »Und diese Vanessa wird im Krankenhaus gewiss auch komplett abgeschirmt.«

»Da kannst du Gift drauf nehmen.« Christin trat von einem Fuß auf den anderen.

»Wisst ihr, welche Verletzungen sie hat?« Lara überlegte, wie es für das Mädchen gewesen sein musste, sich aus dem Kofferraum eines fahrenden Autos fallen zu lassen.

»Wohl ein gebrochenes Bein, ansonsten nur ein paar Prellungen.« Christin setzte noch ein »Hab ich läuten hören« hinzu und grinste dabei.

Wer auch immer der Entführer dieser Vanessa gewesen war, sie hatte bei alledem immenses Glück gehabt. Glück, dass sie sich nur ein Bein gebrochen hatte, dass sie nicht von einem nachfolgenden Auto überfahren worden war und dass der Lastwagenfahrer angehalten hatte, bevor der Entführer zurückgekommen war.

»Angeblich soll das, was die Kleine im Kofferraum gefunden hat, ein persönlicher Gegenstand von Laura M. gewesen sein. So eine Art Charm. Leider ist es nicht bestätigt.«

»Was ist denn ein Charm?« Jo ließ einen Handschuh fallen und bückte sich, um ihn wieder aufzuheben.

»Ein Anhänger für ein Armband oder das Handy. Es gibt sie

in allen Formen, Größen und Materialien. Auf manchen stehen Buchstaben oder ganze Namen. Ich denke, so etwas muss es auch hier gewesen sein, wenn sie es dem sechsten Opfer sofort zuordnen konnten. Sicher lassen sie noch eine DNA-Analyse durchlaufen, ehe sie die Info herausgeben.«

»Was du alles weißt!«

»Das mit den Charms weiß glaube ich jede Frau.« Christin sah zu Lara, die ihr zunickte, ehe sie fortfuhr. »Für die anderen Sachen habe ich halt meine Informanten, so wie ihr auch.«

»Das heißt, dass Vanessas Entführer tatsächlich mit dem Tod von Laura M. und wahrscheinlich auch mit dem Schlachter zu tun hatte und kein bloßer Nachahmer war.« Lara schaute nach drüben, wo sich die Meute allmählich aufzulösen begann.

»Hast du je daran gezweifelt?« Christin stülpte sich die fellbesetzte Kapuze über den Kopf und machte Patrick ein Zeichen. »So, wir müssen. Tom kriegt einen Anfall, wenn er mitbekommt, dass wir hier mit dir geschwatzt haben.«

»Ich komme auch gleich.« Jo erwiderte Patricks Winken und sah den beiden kurz nach, ehe er sich wieder Lara zuwandte.

»Ich mach mich dann auch mal langsam auf den Weg in die Redaktion. Kann ich dich irgendwo absetzen?«

»Zu Hause. Ich versuche in der Zwischenzeit noch einmal, Mark zu erreichen. Treffen wir uns später?«

»Klar. Ich rufe dich nachher an, dann können wir für heute Abend etwas ausmachen. Auf ins Parkhaus.« Jo zog den Autoschlüssel aus der Tasche und ließ ihn am Finger kreisen.

44

An der Zimmerdecke befand sich ein Riss. Es konnte auch eine Spinnwebe sein. Lara drehte leise den Kopf und betrachtete Jo. Sein Gesicht war entspannt, und sie konnte in ihm etwas von dem Jungen sehen, der er einmal gewesen war. Über den Lippen waren ein paar winzige Sommersprossen, und neben dem rechten Mundwinkel hatte er beim Rasieren ein paar Stoppeln stehen lassen.

Im Gegensatz zu Marks wirkte Jos Gesicht nicht so kantig, es war weicher, die Nase nicht so lang.

Sie schloss die Augen. Da lag sie nun neben diesem netten Kerl im Bett und dachte an einen anderen. Warum meldete Mark sich nicht? Allmählich gingen ihr die Argumente aus, sein seltsames Verhalten zu erklären. Gestern Nachmittag hatte sie beschlossen, ihn in Ruhe zu lassen. Da er anscheinend nicht an sein Handy gehen wollte, konnte sie ihn ja schlecht dazu zwingen. Und heute war ihr erster Gedanke nach dem Aufwachen der an Mark Grünthal. Lara verdrehte die Augen.

Vorsichtig schob sie die Beine aus dem Bett und zuckte zusammen, als ihre Füße den kalten Boden berührten. Sie überlegte kurz, Jo zu wecken, entschied sich dann aber dagegen, tappte barfuß aus dem Zimmer und zog die Tür hinter sich zu. Wenn er noch eine Weile schlief, würde sie in Ruhe ihren nächsten Artikel schreiben und abschicken können. Gestern Abend hatte er vor dem Einschlafen etwas von einem freien Vormittag gemurmelt. Sollte er sich also ausschlafen.

Fast hätte sie über dem Brodeln des Wasserkochers das Klingeln ihres Handys überhört. Lara stolperte über die Schnur des

Ladegerätes, stützte sich mit der Rechten an der Spüle ab und hob ab. Im Display stand »Unbekannt«. Die Stimme am anderen Ende klang sonor.

»Spreche ich mit Lara Birkenfeld? Mein Name ist Fichte. Ich bin Rechtsanwalt für Strafrecht. Doktor Grünthal hat mich gebeten, Sie anzurufen.«

»Wie … Rechtsanwalt? Was ist denn los?« Lara sah, wie Jo mit zerstrubbelten Haaren, die Boxershorts nachlässig hochgezogen, in die Küche schlurfte, und legte den Zeigefinger auf den Mund.

»Doktor Grünthal befindet sich seit gestern Abend in Untersuchungshaft, und ich bin mit seiner Vertretung beauftragt. Wie ich eben schon sagte, hat er mich gebeten, Sie zu informieren.«

»Aber, was wirft man ihm denn vor?« Lara schaffte es nicht, den Lautsprecher des Mobiltelefons anzustellen. Jo hatte sich vor sie hingestellt und versuchte, den Sinn des Gesprächs zu erfassen.

»Darüber kann ich leider ohne das Einverständnis meines Mandanten nicht sprechen. Schon gar nicht am Telefon.«

»Hören Sie, wenn er in Untersuchungshaft sitzt, muss die Polizei augenscheinlich ernsthafte Gründe dafür haben! Man kann jemanden doch nicht einfach so einsperren!« Bei dem Wort »Untersuchungshaft« hatte Jo aufgehorcht, suchte jetzt nach Stift und Zettel und legte beides vor Lara auf den Küchentisch, wobei er die Geste des Aufschreibens machte. Sie nickte und setzte sich, während der Rechtsanwalt ihr etwas von einem Untersuchungshaftbefehl für dringend verdächtige Beschuldigte und Haftgründen wie Fluchtgefahr, Verdunklungsgefahr oder Wiederholungsgefahr erzählte.

»Das ist doch nicht Ihr Ernst! Flucht- oder Wiederholungsgefahr? Das ist so absurd, dass ich lachen muss!« Lara lachte nicht, sondern schlug sich mit der Faust an die Stirn.

»Ich habe nicht gesagt, dass diese Gründe bei Doktor Grünthal vorliegen, sondern nur erläutert, welche Haftgründe es generell gibt. Grundsätzlich ist es so, dass das Gesetz es bei bestimmten, schwerwiegenden Straftaten wie Mord oder Totschlag auch ohne Vorliegen eines der eben genannten Haftgründe erlaubt, die Untersuchungshaft anzuordnen. Man nennt das absolute Haftgründe.«

»Das heißt also, Mark sitzt wegen Mordes in U-Haft?«

»Das ist Ihre Schlussfolgerung, Frau Birkenfeld. Die so nicht stimmt. Nehmen wir einmal an, Doktor Grünthal wurde tatsächlich wegen Mordverdachts verhaftet, so ist er zuerst einmal lediglich der Tat *verdächtig*. Das heißt nicht, dass er sie begangen hat. Es gilt grundsätzlich die Unschuldsvermutung, auch für die Staatsanwaltschaft. Im Moment sind wir dabei, die Unterlagen zu sichten und die Fakten zusammenzutragen.«

»Das glaub ich alles nicht …« Lara betrachtete den gelben Zettel vor sich, auf den sie mit verwackelten Buchstaben »Mord oder Totschlag« und »absolute Haftgründe« geschrieben hatte. Wenn die Unschuldsvermutung galt – wieso hatten sie Mark dann eingesperrt?

»Kann ich mit ihm sprechen?«

»Das ist leider momentan nicht möglich. Weswegen ich Sie aber angerufen habe ist, dass Doktor Grünthal mich gebeten hat, Ihnen folgende Information zukommen zu lassen. Haben Sie etwas zum Schreiben?« Er diktierte Lara zwei Punkte: Sie sollten Geroldsens Vater Wulf im Obdachlosenheim *Haus Strohhalm* in Berlin aufsuchen und ihn fragen, wer etwas über den Therapeuten seines Sohnes wissen könnte. Außerdem sollten sie Nachforschungen zu einem entwichenen Straftäter namens André Mann anstellen. Mann sei laut Angaben seines Mandanten in Obersprung gewesen und könnte Kontakt zu Geroldsen gehabt haben. »Haben Sie das?« Lara bejahte, und er fuhr fort. »Doktor Grünthal erhofft sich davon, dass Sie dabei Entlastungsgründe für ihn finden. Sie können mich gern jederzeit wieder anrufen, sobald Sie etwas herausfinden. Sollte ich nicht zu erreichen sein, hinterlassen Sie meiner Sekretärin eine Nachricht.« Er gab seine Büro- und Handynummer durch und versicherte Lara, dass er Mark grüßen und ihm ihre absolute Loyalität ausrichten werde. Dann verabschiedete er sich.

»Hast du alles mitgekriegt?« Lara sah zu Jo, der inzwischen – ganz der Pragmatiker – Kaffee gekocht, ihr eine Tasse hingestellt und sich an den Tisch gesetzt hatte.

»So ziemlich. Die müssen schwerwiegende Beweise gegen Mark haben. So einfach kommt niemand in Untersuchungshaft.«

»Glaubst du etwa, dass er etwas mit der Sache zu tun hat?«

»Natürlich nicht. Ich denke, jemand will ihm etwas anhängen und zwar sehr geschickt. Denk bloß mal an das Glas mit Marks Fingerabdrücken in Studers Haus. Vielleicht hat der Täter noch mehr solcher ›Beweise‹ platziert.«

»Wie können wir denn herausfinden, welche neuen Beweise zu der Verhaftung geführt haben?«

»Vielleicht weiß Anna mehr. Oder die Sprechstundenhilfe. Kommt drauf an, wo sie ihn aufgegriffen haben.«

»Würdest *du* Anna anrufen? Mit mir spricht sie wahrscheinlich nicht. Außerdem hätte sie mich ja auch schon gestern Abend informieren können, dass Mark festgenommen worden ist. Wenn mich dieser Rechtsanwalt nicht angerufen hätte, hätten wir gar nicht erfahren, was los ist! Ich versuche es unterdessen bei Annemarie.«

»So machen wir es.« Jo ging hinaus, um Lara nicht beim Telefonieren zu stören.

Kurze Zeit darauf kam er wieder herein. »Du zuerst.« Er deutete auf Lara und nahm am Tisch Platz, um den inzwischen lauwarmen Kaffee zu trinken.

Lara holte tief Luft. »Mark hat schon seit ein paar Tagen in der Praxis übernachtet, sagt Annemarie. Sie glaubt, dass es zu Hause kriselt und er deshalb eine Auszeit genommen hat. Und sie haben ihn dann wohl gestern Abend in der Praxis aufgegriffen. Sie selbst war da schon nach Hause gegangen und hat es durch einen kurzen Anruf von Anna erfahren. Da für heute Patienten angekündigt waren, ist sie trotzdem heute früh in die Praxis gegangen, um deren Termine zu verlegen und ein bisschen die Stellung zu halten. Aufgrund welcher Beweise Mark festgenommen wurde, wusste sie allerdings nicht. Ich habe mit ihr vereinbart, dass wir heute noch vorbeikommen. Und jetzt du.«

»*Ich* weiß, warum der Staatsanwalt den Haftbefehl ausgestellt hat. Oder besser gesagt, Anna wusste es. Beim sechsten Opfer, der Frauenleiche aus dem Elsterflutbecken, ist Marks DNA gefunden worden.«

»Wie bitte?« Das Blut rauschte in Laras Ohren, und vor ihren Augen tanzten rote Schlieren. »Wie wollen sie denn so etwas nachweisen?«

»Er hat doch bei der ersten Befragung nicht nur seine Fingerabdrücke, sondern auch eine freiwillige Speichelprobe abgegeben, erinnerst du dich, dass er das erzählt hat? Der routinemäßige Abgleich ergab dann eine Übereinstimmung.«

»Was waren das für DNA-Spuren?«

»Das wusste Anna auch nicht. Jedenfalls sei die Kripo sich sehr sicher gewesen, so hat sie es von diesem Rechtsanwalt Fichte gehört.«

»Das ist ein Albtraum ...« Ohne etwas zu schmecken, schüttete Lara den Rest Kaffee in sich hinein. »Da will jemand Mark in die Pfanne hauen! Aber wer? Und was können wir tun?«

»Er hat uns doch ausrichten lassen, wir sollen Wulf Geroldsen aufsuchen und uns über diesen entwichenen Straftäter schlaumachen. Dann machen wir das auch. Das sind wir Mark schuldig. Wir fahren jetzt sofort nach Berlin und unterhalten uns erstmal mit der Sprechstundenhilfe. Nimm dein Diktiergerät mit.«

*

»Ich verstehe das alles nicht.« Schwester Annemarie rang die Hände. »Wie können die auch nur annehmen, dass Doktor Grünthal etwas mit dieser Sache zu tun hat?«

»Polizei und Staatsanwalt gehen nur nach den Beweisen. Sympathien, Antipathien oder der Glaube an die Unschuld zählen da nicht.« Jo tätschelte der aufgelösten Frau die Schulter. »Wir holen ihn da raus, verlassen Sie sich darauf.« Lara nickte zu seinen Worten und bemühte sich um einen optimistischen Gesichtsausdruck.

»Hoffentlich kommt der ganze Schlamassel nicht an die Öffentlichkeit. Dann können wir hier dichtmachen. Wer geht denn noch zu einem Arzt, der unter Mordverdacht stand, auch wenn sich hinterher alles als Irrtum herausgestellt hat!« Die Sprechstundenhilfe rannte wie ein aufgescheuchtes Huhn hin und her. »Ich habe allen Patienten für die nächsten Tage abgesagt. Zum Glück waren es nicht so viele. Zwischen Weihnachten und Neujahr ist die Praxis sowieso geschlossen.«

»Sehr gut.« Jo nahm ihren Oberarm und geleitete sie zu der Sitzgruppe im Wartezimmer. »Und jetzt haben wir ein paar Fragen an Sie. Wir wissen, dass dieser Frank Studer bei Mark in Behandlung war.«

»Das stimmt. Aber ich kann nichts zur Diagnose oder den Medikamenten sagen. Das darf ich nicht.«

»Studer ist tot, Annemarie.«

»Trotzdem. Würden Sie wollen, dass nach Ihrem Tod Ihre

ganze Krankheitsgeschichte ausgeplaudert wird?« Schwester Annemarie sah hilfesuchend zu Lara, und die beeilte sich, ihr zu versichern, dass es vollkommen in Ordnung war, wenn sie schwieg. Jo versuchte es indessen anders.

»Könnte Studer hier bei Ihnen anderen Patienten begegnet sein? Jemandem, den er vielleicht aus Obersprung kannte?«

»Eher nicht. Wir haben zwei getrennte Eingänge und auch zwei Warteräume. Einige möchten nicht, dass noch jemand außer der Krankenkasse erfährt, dass sie zum Psychologen gehen.« Annemarie zuckte die Schultern und lächelte entschuldigend. »Wir richten uns da ganz nach den Patienten. Und wenn sie sich draußen auf der Straße getroffen haben, kann ich es nicht wissen.«

»Verstehe.« Das schien eine Sackgasse zu sein. Laras Ansicht nach war es auch eher unwahrscheinlich, dass Studer seinen Komplizen hier getroffen hatte. Es musste jemand sein, den er schon vorher gekannt hatte.

»Mark hat uns erzählt, dass er Geroldsens Vater aufgespürt hat. Wissen Sie etwas darüber?«

»Nein, tut mir leid.«

»Nicht so schlimm.« Lara versuchte, den Blick der Schwester zu erhaschen, und nickte ihr aufmunternd zu. *Natürlich* war es schlimm, schlimmer sogar, als sie alle dachten, aber Panik zu verbreiten, brachte sie nicht weiter. Und Jo war eindeutig zu streng mit der armen Frau. Die Sprechstundenhilfe musste sich ja wie in einem Verhör fühlen. »Wen könnten wir denn in der ganzen Angelegenheit noch um Rat fragen, haben Sie eine Idee?«

Annemarie kratzte sich am Unterarm und schaute dabei an die Decke. Es dauerte einige Sekunden, dann richtete sie den Blick wieder auf Lara. »Vielleicht seine Kollegin in Obersprung? Mit ihr hat er sich oft beraten.«

»Haben Sie eine Telefonnummer?« Jo zückte einen Stift.

»Nein, aber ich weiß, wie sie heißt: Doktor Agnes French. Die Telefonnummer kriegen Sie bestimmt leicht heraus.« Lara beobachtete, wie Jo den Namen notierte.

»Danke. Wir versuchen es dann gleich bei ihr. Wenn Ihnen noch etwas einfällt, rufen Sie uns bitte an.« Lara reichte ihr Kärtchen über den Tisch und versprach, Marks Sprechstundenhilfe ebenso über alle Neuigkeiten zu informieren.

45

Lara öffnete die beiden oberen Knöpfe ihrer Jacke und atmete tief ein und aus in der Hoffnung, die feuchtkalte Luft möge das Sausen und Brummen in ihrem Schädel vertreiben. Seit gestern Abend taute es, und ihr Außenthermometer hatte heute früh acht Grad angezeigt. Mit den Händen in den Hosentaschen ging sie ein paar Schritte auf und ab. Auf der anderen Straßenseite rannten zwei kleine Jungs durch den Matsch. Ihre Stiefel verursachten schmatzende Geräusche, weißgraue Schneebatzen wurden von den wirbelnden Sohlen auf die Straße geschleudert, kleine Wasserfontänen spritzten nach allen Seiten. Zehn Meter hinter den beiden schritt die Mutter, ein breites Lächeln ob des kindlichen Übermuts ließ ihr Gesicht leuchten. Auch Lara lächelte, bis ihr einfiel, weswegen sie hier stand. Ein schneller Blick auf die Uhr verriet ihr, dass es schon kurz nach zehn war.

Wo blieb Jo? Sie hatten um zehn Uhr losfahren wollen, und er hasste es, zu spät zu kommen. Bis nach Potsdam würden sie mindestens zwei Stunden brauchen, auch wenn heute Sonnabend war und die Autobahn wahrscheinlich nicht so voll wie gestern sein würde. Marks Kollegin aus Obersprung, Frau Doktor French, war gestern nach einigem Zögern zu einem Gespräch bereit gewesen. Zuerst hatte sie irritiert und abweisend geklungen, aber das war auch kein Wunder, wenn man bedachte, mit welch kruder Geschichte man sie konfrontierte. Nach Laras weitschweifigen Erklärungen und Bitten hatte sie schließlich – ein bisschen widerwillig, wie es Lara vorgekommen war – nachgegeben. Sie müssten jedoch zu ihr kommen, hatte sie noch hinzugefügt, für irgendwelche Reisen fehle ihr die Zeit.

Und so stand heute eine weitere Fahrt gen Norden auf dem Plan. Sie hätten besser daran getan, gestern gleich in Berlin zu bleiben, da aber weder Jo noch sie so vorausschauend gedacht hatten, Sachen für eine Übernachtung, alle Aufzeichnungen zu dem Fall und Laras unfertige Texte für die *Tagespost* mitzunehmen, waren sie nach einem vergeblichen Besuch im Obdachlosenheim *Spatzennest* zurück nach Leipzig gefahren. Magnus Geroldsens Vater sei nicht da, hatte die kleine dicke Leiterin ihnen erklärt und überhaupt – was denn jetzt auf einmal alle von dem Mann wollten. Wulf Geroldsen habe vor zwei Tagen eine Sozialwohnung zugewiesen bekommen und richte sich jetzt dort gerade häuslich ein. Und nein, die Adresse würde sie ihnen nicht geben. Da könnte ja jeder kommen. Zu guter Letzt hatte es Jos gesamte Überredungskunst gekostet, die Leiterin zu überzeugen, Laras Kärtchen anzunehmen und es beim nächsten Treffen mit Wulf Geroldsen mit der Bitte um Rückruf an ihn weiterzugeben.

Lara hörte Jos Auto, bevor sie es sah. Der Honda röchelte und stotterte asthmatisch, lange würde er es bestimmt nicht mehr machen. Da ihr Mini jedoch bis Montag zur Wartung in der Werkstatt war, würden sie sich wohl oder übel auf die Klapperkiste verlassen müssen.

Jo kurvte an den Straßenrand und spritzte eine Matschfontäne auf den Gehweg. Dann beugte er sich zur Beifahrerseite, stieß die Tür auf und rief: »Sorry, nur rote Ampeln! Steig ein!«

Lara warf ihre Jacke auf die Rückbank, ließ sich auf den vorderen Sitz plumpsen, und noch ehe sie sich angegurtet hatte, preschte Jo auch schon los.

»Doktor French?«

Die Frau an dem Bistrotisch blickte auf. Die feinen blonden Haare trug sie zu einem locker gedrehten Dutt, aus dem an den Seiten ein paar Strähnchen heraushingen. Agnes French glich einem Püppchen. Einer blonden Barbie mit Stupsnase und graublauen Kulleraugen. Die gerade die beiden Besucher gründlich abcheckten. Lara hatte das Gefühl, geröntgt zu werden.

Nur das graue Twinset und die Perlenkette verdarben den mädchenhaften Eindruck. Im Näherkommen entdeckte Lara auch ein paar Fältchen rund um die Augenpartie und in den Mundwinkeln und korrigierte ihre Alterseinschätzung von Anfang dreißig auf Anfang vierzig.

»Sie sind Frau Birkenfeld? Bitte nehmen Sie Platz.« Mit einer hoheitsvollen Geste wies Agnes French auf den Stuhl neben sich. »Und das ist sicher Ihr Kollege, Herr Selbig.« Lara hängte ihre Tasche über die Lehne und setzte sich. Einen Händedruck schien die Frau vermeiden zu wollen, jedenfalls machte sie keine Anstalten dazu. Die Finger der Rechten berührten den Henkel des Teeglases, die Linke lag flach auf der Tischplatte.

»Sie sind etwas zu spät.« Die kleine Ermahnung hatte sie sich wohl nicht verkneifen können. Hinter dem mädchenhaften Äußeren steckte eine knallharte Businessfrau. Aber wie sonst käme jemand wohl jeden Tag mit Mördern, die auch noch psychisch schwer gestört waren, zurecht?

»Ich habe leider nicht allzu viel Zeit. Ein Termin.« Agnes French deutete auf den Tisch, wo ein großes flaches Smartphone demonstrativ neben der Teekanne lag.

»Auf der A9 war ein Stau.« Jo zog den Stuhl heraus und setzte sich. Lara schob die Hand in die Tasche, prüfte, ob das Diktiergerät eingeschaltet war, und zog zur Tarnung eine Packung Tempotaschentücher hervor.

»Wollen Sie etwas trinken? Ich kann den Kräutertee empfehlen.«

Eigentlich wollte Lara keinen Tee. In den letzten Tagen hatte sie schon viel zu viel davon in sich hineingeschüttet. Sie schüttelte den Kopf, sah Jo an und gab ihm mit den Augen ein Zeichen anzufangen. Sie hatten auf der Fahrt ausgemacht, dass er die Fragen stellen sollte und Lara zuhörte.

»Im Moment nicht, danke. Lassen Sie uns gleich zur Sache kommen, bevor Sie wegmüssen.« Er machte eine kurze Pause und winkte der sich nähernden Kellnerin ab. »Mark Grünthal ist in U-Haft.«

»Davon habe ich gehört.«

»Wir glauben daran, dass er unschuldig ist, und wollen ihm helfen.«

»Was kann *ich* dabei tun?« Agnes French hob die Tasse und trank einen kleinen Schluck. Ihre Fingernägel waren kurz geschnitten und sauber manikürt. Dass sie auch an Marks Unschuld glaubte, sagte sie nicht. Lara ließ den Blick zu ihrer Kette gleiten. Die Perlen hatten einen grausilbernen Schimmer, und zwischen jeder war ein winziger Knoten. Das Ding war echt.

»Tja, das wissen wir auch nicht so recht. Wir fischen ein bisschen im Trüben, aber jeder Hinweis könnte nützlich sein.« Jo hatte sich also für die »Bitte helfen Sie uns«-Tour entschieden. In Anbetracht der förmlichen Art dieser Frau war das wahrscheinlich die richtige Vorgehensweise.

»Wie Sie sich vielleicht vorstellen können, befinde ich mich in einem Zwiespalt, Herr Selbig. Ich möchte Doktor Grünthal gern beistehen, sehe jedoch nicht wie. Hinzu kommt, dass ich natürlich keine Interna ausplaudern darf und kann. Was haben Sie denn bis jetzt herausgefunden?«

Jo begann, im Telegrammstil die Ereignisse der letzten Wochen zusammenzufassen, und Lara beobachtete das Gesicht der Ärztin. Sie schien interessiert, wirkte aber dennoch unterkühlt. Hatte Mark nicht erzählt, er wäre schon seit Langem mit dieser Frau befreundet? Aber vielleicht hatte Agnes French auch nur Angst um ihren guten Ruf. Oder sie war grundsätzlich eine verschlossene Person.

»Deshalb hat er sich also dauernd bei mir nach Magnus Geroldsen erkundigt. Sein Interesse an diesem Patienten ist sogar schon unserem Klinikchef Dr. Dr. Solomon aufgefallen. Ich habe den Schlachter-Fall nur am Rande verfolgt, weil ich weder einen Fernseher noch viel Zeit für solche Dinge habe.«

»Mark ist davon überzeugt, dass die ganze Herzen-Sache mit Ihrem Patienten zu tun hat.«

»Er ist nicht *mein* Patient.«

»So meinte ich das auch gar nicht.« Jo spielte den Versöhnlichen. »Aber bei der Vorgeschichte von Geroldsen … So abwegig ist der Gedanke an einen Nachahmer oder Komplizen dann auch wieder nicht.« Agnes French goss sich Tee nach. Jo erklärte weiter. »Mark hat sogar den Vater von Magnus Geroldsen aufgespürt.«

»Das wissen Sie?«

»Er hat uns davon erzählt.«

»Mark muss Ihnen sehr vertrauen.«

»Das tut er.« Lara sah die Kellnerin erneut nahen und bestellte der Form halber einen Saft. Mark schien auch Agnes French ins Vertrauen gezogen zu haben. Wie sonst hätte sie wissen können, dass er mit Wulf Geroldsen gesprochen hatte?

»Doktor Grünthal hat uns gebeten, noch einmal mit dem Vater zu sprechen. Wir haben es gestern in diesem Obdachlosenheim versucht, in dem er gewohnt hat, aber er war nicht dort. Hat eine Sozialwohnung bekommen.«

»Was verspricht sich Mark davon?« Jetzt schien Agnes Frenchs Interesse erwacht zu sein. Sie hatte sich leicht nach vorn gebeugt, den Blick fest auf Jo geheftet.

»Er ist der Überzeugung, dass alles in Magnus Geroldsens Kindheit und Jugend begonnen hat.«

»Das ist ja interessant. Was Sie alles wissen … Mir hat Mark weisgemacht, er hätte ein persönliches Interesse an dem Fall. Und jetzt muss ich feststellen, dass er prompt alles an Sie weiterberichtet hat.«

»Wir haben früher schon zusammen ermittelt.« Lara hatte Mühe, ihren Unmut zu verbergen.

»Ermittelt?« Agnes French zog die exakt gezupften Brauen hoch. »Ist Ihnen klar, dass Mark in Teufels Küche kommt, wenn herauskommt, dass er Patienteninformationen nach draußen hat durchsickern lassen? Das könnte ihn seine Approbation kosten.«

»Das dürfte wohl im Augenblick sein geringstes Problem sein.«

»Da haben Sie auch wieder recht.« Die Augenbrauen rutschten wieder an Ort und Stelle. »Soweit ich informiert bin, konnte der Vater nichts zur Erhellung der Dinge beitragen.«

»Nun, zumindest eins hat Mark dabei von Geroldsens Vater erfahren: Magnus war schon als Jugendlicher in Therapie. Wenn wir wüssten, wer der damalige Therapeut war, könnten wir ihn dazu befragen.«

»Sie wissen aber auch alles. Ich bin überrascht.« An ihrem Gesicht konnte man das allerdings nicht sehen. Lara beschloss, dass sie die Ärztin nicht mochte.

Agnes French setzte die Tasse an, bemerkte, dass sie leer war, und stellte sie wieder auf den Untersetzer. »Ich bin der Meinung, das bringt nichts. Denken Sie wirklich, dass Sie dabei etwas Neues erfahren? Das Ganze muss mindestens zwölf, dreizehn Jahre her sein! Selbst wenn Sie den ehemaligen Therapeuten finden, wird der Ihnen keine Auskunft geben.«

»Kann schon sein, aber Mark hat uns darum gebeten, und deshalb werden wir uns um die Sache kümmern.«

»Sie sind ganz schön hartnäckig, wissen Sie das?« Lara war sich nicht ganz sicher, ob in den Worten der Ärztin Bewunderung oder Verärgerung mitschwang. Agnes French schaute auf ihr Smartphone, als wünsche sie sich, dass es endlich klingeln möge, aber das Handy tat ihr den Gefallen nicht.

»Eine Frage habe ich noch.« Jo klang ganz ruhig, und Lara bewunderte ihn dafür, dass er sich nicht aus der Reserve locken ließ. »Kennen Sie jemanden namens André Mann?«

»Bitte?« Ein kurzes Flackern in Agnes Frenchs Augen verriet Lara die Antwort. Natürlich musste sie Mann wenigstens dem Namen nach kennen. Laut Mark war der Typ erst vor Kurzem aus Obersprung entflohen.

»André Mann. Ein Maßregelvollzugspatient.«

»Wie kommen Sie denn jetzt auf den?« Die Ärztin trommelte mit den Fingern ein Stakkato auf die Tischplatte. »Ist das auch einer dieser Tipps von Mark?«

»Könnte man so sagen. Mann war doch auch in Obersprung, nicht?« Jo wartete, bis Agnes French genickt hatte, und fuhr dann fort: »Könnte er Kontakt zu Geroldsen gehabt haben, bevor er ausgebrochen ist?«

»Das Gleiche hat mich Mark auch schon gefragt. Und ich gebe Ihnen die gleiche Antwort, die ich ihm gegeben habe. Sie lautet: Nein. Das Ganze ist ein Hirngespinst. Geroldsen hatte zu niemandem außer zu Doktor Solomon Kontakt.«

»Schade. Vielleicht denken Sie noch einmal über die Sache nach und rufen uns an, wenn Ihnen etwas einfällt?« Das Gleiche hatte er gestern zu Marks Sprechstundenhilfe gesagt. Sie fischten im Trüben.

»Ich glaube zwar nicht, dass ich noch etwas Erhellendes beitragen kann, aber gut. Und nun muss ich leider los. Halten Sie mich auf dem Laufenden.« Agnes French zückte ihr Portemonnaie und winkte der Kellnerin. Eine Minute später war sie verschwunden.

»Ich finde, sie sieht dir ein bisschen ähnlich.« Jo kramte in seiner Geldbörse.

»Ich nicht.«

Jetzt sah er hoch. »Hoppla. Bist du wütend?«

»Sie war so … so zugeknöpft. Ich denke, sie ist Marks Freundin! Auf mich hat sie jedenfalls nicht den Eindruck gemacht. Oder wie fandest *du* das Gespräch?«

»Ein bisschen unterkühlt schon, da gebe ich dir recht. Mir kam es eher so vor, als wäre sie nur extrem vorsichtig. Und wenn sie nichts weiß, warum sollte sie dann spekulieren?«

»Die Frau ist eine Eislady. Was ist denn das für eine Kollegin!«

»Du vergisst, dass sie uns nichts zu Magnus Geroldsen sagen darf. Wie hieß noch mal der Typ, der ihn betreut?«

»Solomon.«

»Vielleicht sollten wir mal mit dem reden. Ich schlage vor, wir rufen am Montag in der Klinik an. Am Wochenende werden wir ihn kaum erreichen.«

»Montag, Montag! Und was machen wir in der Zwischenzeit? Dieser Vater von Geroldsen meldet sich auch nicht. Ich werde noch wahnsinnig. Ich darf gar nicht daran denken, wie es Marks Kindern jetzt ergeht. Ihr Vater sitzt als vermeintlicher Mörder in U-Haft. Die arme Joanna!« Auch Anna musste vor Sorge bald umkommen, aber das war Lara egal. Oder fast egal. Sie konnte den Gedanken einfach nicht loswerden, dass Marks Frau für ihre wilden Verdächtigungen gegenüber Lara ein klein wenig Strafe verdient hatte.

»Wenn du möchtest, fahren wir noch einmal nach Berlin rein und reden mit der Leiterin von diesem Obdachlosenheim. Es kann doch nicht verboten sein, uns Wulf Geroldsens Adresse zu geben. Wenn wir sie überreden können, sprechen wir mit dem Vater. Und dann machen wir uns auf den Rückweg und recherchieren zu diesem André Mann. Der läuft ja immer noch frei draußen herum. Ich wüsste zu gern, für welches Delikt er verurteilt wurde und was dazu geführt hat, dass er statt ins Gefängnis in den Maßregelvollzug eingewiesen wurde. Im Internet finden wir bestimmt etwas. Ich könnte auch die Datenbank der *Tagespresse* anzapfen.«

»Das klingt nach einem guten Plan.« Lara seufzte. »Ich würde zu gern mit Mark selbst sprechen. Der muss doch verrückt werden! Sitzt da drin fest und kann nichts tun!«

»Er hat ja uns.« Jo lächelte väterlich.

»Zwei taube Nüsse, die nichts gebacken kriegen!«

»Das ist ungerecht, und das weißt du. Wir tun, was wir können.«

»Ja, ja. Lass uns gehen.« Lara nahm ihre Tasche auf den Schoß, um das Diktiergerät auszuschalten. Im gleichen Moment vibrierte ihr Handy, und sie ließ die Tasche auf den Boden fallen. Noch ehe sie sie wieder aufgehoben hatte, war das Telefon verstummt. Es dauerte endlos erscheinende Sekunden, bis sie es ertastet und herausgeholt hatte. Auf dem Display stand »Praxis Mark«. Fast hätte Lara das Telefon fallen lassen, aber es gelang ihr in letzter Sekunde, es festzuhalten. Hastig drückte sie auf »Rückruf« und ignorierte die grimmigen Blicke der beiden älteren Damen vom Nachbartisch. Das Gespräch war wichtiger als die Etikette.

Die Stimme am anderen Ende klang aufgeregt. »Frau Birkenfeld? Hier ist Annemarie. Ich habe etwas gefunden.«

*

»Ich weiß, es ist Wochenende.« Annemarie warf die Tür ins Schloss und eilte Jo und Lara voraus ins Wartezimmer, wo sie vom Anmeldetresen zum Schrank und wieder zurück tigerte und dabei ohne Punkt und Komma redete. »Aber ich habe es einfach zu Hause nicht ausgehalten, mir ist die Decke auf den Kopf gefallen, da hat mein Mann gesagt, geh doch in die Praxis und räum dort ein bisschen auf, seit drei Stunden bin ich hier, zuerst habe ich die Akten geordnet und den Monatsabschluss vorbereitet, dann angefangen sauberzumachen …«

»Und dabei haben Sie dann etwas entdeckt«, unterbrach Lara den Wortschwall. Annemarie schaute verwirrt ob der Unterbrechung und blieb stehen.

»Was ist es?«

»Eine Akte. Eigentlich rühre ich Doktor Grünthals Schreibtisch nicht an, und auch die Putzfrau darf sich nicht an den Sachen vergreifen, aber heute … also ich habe mir gar nichts dabei gedacht …«

»Es ist in Ordnung. Niemand wird Sie deswegen ausschimpfen.« Die Anspannung schnürte Lara die Kehle zu, sodass sie kaum Luft bekam. »Sie haben also eine Akte gefunden.«

»Von diesem Geroldsen. Hier ist sie.« Schwester Annemarie hatte sich wieder in Bewegung gesetzt und schloss jetzt einen Kasten auf, dem sie einen hellblauen Hefter entnahm. »Sie lag unter der Schreibtischunterlage. Ich wollte gar nicht hineinschauen, aber die Buchstaben vorn drauf …« Wieder stockte sie. Jo nahm ihr die Mappe aus der Hand und hielt sie so, dass Lara die Aufschrift »M. G.« sehen konnte.

»Ich habe einen Blick hineingeworfen.« Sie rang die Hände.

»Wir werden es niemandem verraten. Wenn alles gut geht, wird auch keiner davon erfahren. Wir kopieren den Inhalt hier und legen den Ordner wieder an Ort und Stelle, dann merkt Mark gar nicht, dass Sie oder wir dran waren.«

»Nein!« Der Aufschrei ließ Lara zusammenzucken. »Nehmen Sie das Ding mit! Und den ganzen anderen Papierkram von diesem Geroldsen auch gleich noch!«

»Aber wieso das denn?«

»Stellen Sie sich vor, die Kriminalpolizei kommt auf die Idee, die Praxis zu durchsuchen! Was, wenn die diese Akten finden? Das macht Mark doch nur noch verdächtiger!«

»Sie haben recht. Sehr kluger Gedanke.« Jo, der für kurze Zeit verblüfft gewirkt hatte, war jetzt wieder die Ruhe selbst. »Was meinten Sie eben mit *anderem* Papierkram?«

»Na, das Gutachten von damals und Marks Aufzeichnungen zum Schlachter-Fall und zu Studer. Nehmen Sie *alles* mit!« Es klang dringlich. »Sie können es ihm ja wiedergeben, wenn er wieder draußen ist.«

Wenn er wieder draußen ist. Die gute Seele! Lara unterdrückte den Wunsch, die Sprechstundenhilfe zu umarmen. Wenigstens Annemarie glaubte fest an Marks Unschuld.

Sie tauschten sich noch kurz über die Ereignisse seit ihrem gestrigen Gespräch aus, dann packte die Sprechstundenhilfe die Akten in eine Stofftasche, und Jo und Lara verabschiedeten sich mit gegenseitigen Beteuerungen, sich über alle neuen Entwicklungen sofort zu informieren.

Im Auto klingelte Laras Handy erneut. Dieses Mal war es keine bekannte Nummer. Am anderen Ende meldete sich eine barsche Beamtenstimme. Der Mann fragte, ob er mit der Journalistin Lara Birkenfeld verbunden sei. Man habe ihre Visitenkarte neben einer Leiche gefunden und forsche jetzt nach, was sie mit dem Mann zu tun gehabt hatte. Der Tote sei Wulf Geroldsen.

46

»Der Begutachtete ist nicht in der Lage, auf andere Personen Rücksicht zu nehmen. Sein eigenes Gefühlsrepertoire, insbesondere für negative Gefühle, ist beschränkt, er imitiert hier die Körpersprache anderer Personen. G. nutzt die Gefühle anderer manipulierend aus. Er kennt weder Schuldgefühle noch Verantwortungsbewusstsein. Auffällig ist sein pathologisches Lügen. Nach der Psychopathie-Checkliste von Robert D. Hare tendiert G. zur Dimension zwei, also zu impulsiver Ausprägung. Anzeichen für ein neuroanatomisches oder neurobiologisches Geschehen in früher Kindheit, also Verletzungen des Gehirns, insbesondere der Frontallappen, gibt es nicht.« Lara sah zu Jo hinüber, der vor der hellblauen Akte aus der Psychiatrie saß, während sie sich Marks Gutachten vorgenommen hatte. »Ich versteh nur die Hälfte von dem Kauderwelsch.«

»Medizinerdeutsch. Das ist wie Juristendeutsch oder Behördendeutsch eine eigene Sprache. Das hier ist auch nicht besser.« Er tippte auf den blauen Ordner. »Obwohl deins noch verständlicher klingt. Das, was dieser Solomon notiert hat, wimmelt von Kürzeln, Fachbegriffen und Medikamentenbezeichnungen. Das werden wir nie bis Montag durchgearbeitet, geschweige denn kapiert haben. Ich müsste jedes zweite Wort nachschauen.«

»Wir wollten ja auch nicht Geroldsens gesamte Vorgeschichte durchlesen und verstehen. Vergiss nicht, dass wir in dem ganzen Papierwust nach jemandem suchen, der in Magnus Geroldsens Kindheit eine Rolle gespielt hat oder von dessen Therapie wusste.«

»Das hab ich auf dem Schirm. Wahrscheinlich wirst du da aber eher in deinen Unterlagen fündig. Marks Gutachten schließt ja auch die Vorgeschichte des Täters und den Prozess mit ein. Das, was *ich* hier habe, beginnt erst mit Geroldsens Einlieferung in Obersprung. Ich frage mich die ganze Zeit, wo Mark diese Akte herbekommen hat. Laut Frau Doktor French war allein dieser Doktor Solomon Magnus Geroldsens Therapeut, und weder sie noch Mark hatten etwas mit dem Patienten zu tun.« Er tippte wieder auf den aufgeschlagenen Ordner. »Das geht ja auch aus den Aufzeichnungen hier drin hervor.«

»Jemand muss sie Mark gegeben haben. Oder er hat sie heimlich kopiert, weil ihn der Fall nicht losgelassen hat.« *Oder weil er mir helfen wollte.* Lara schloss kurz die Augen und sah Marks kantiges Gesicht vor sich. In ihrer Brust glühte der Schmerz stärker, und sie öffnete die Lider schnell wieder. Das Hotelzimmer war modern eingerichtet. Direkt in die Wand über dem weißen Schreibtisch waren nebeneinander zwei Flachbildschirme eingelassen, einer fürs Fernsehen, der zweite fürs Internet. Gleich nachdem sie das Zimmer betreten hatten, hatte Jo sich mit einem Ausruf des Entzückens auf die Fernbedienungen gestürzt und begonnen, damit herumzuspielen. Lara schob ihr Handy zur Seite. Hoffentlich kamen heute keine weiteren Hiobsbotschaften herein.

Nach dem Anruf des Kripobeamten war sie so perplex gewesen, dass sie mehrere Minuten gebraucht hatte, um sich zu besinnen. Der Mann mit der bärbeißigen Stimme hatte ihr erklärt, Magnus Geroldsens Vater sei in seiner neu bezogenen Wohnung tot aufgefunden worden und es handele sich eindeutig um ein Gewaltverbrechen. Mehr könne er dazu nicht sagen. Weil man direkt neben der Leiche ihre Visitenkarte gefunden hatte, rufe er an, um herauszufinden, ob sie etwas wisse und wann sie den Mann zuletzt gesehen habe. Ihren Beteuerungen, dass sie Wulf Geroldsen noch nie im Leben getroffen habe und das Kärtchen nur über die Leiterin des Obdachlosenheims in seine Hände gelangt sein könne, schien er wenig Glauben zu schenken. Wie lange der Mann schon tot war, wollte oder konnte er ihr nicht sagen. Mit dem Hinweis, Lara solle sich für Nachfragen bereithalten, hatte er das Gespräch beendet.

Im Anschluss hatte sie eine halbe Stunde lang mit Jo im Auto herumdiskutiert, wer Geroldsens Vater umgebracht haben könnte und ob das etwas mit ihrem Fall zu tun haben könnte. Da ihnen jedoch zu viele Informationen fehlten, waren sie auf kein eindeutiges Ergebnis gekommen. Schließlich hatte Jo vorgeschlagen, heute nicht nach Leipzig zurückzufahren, sondern sich ein Hotelzimmer in Berlin zu nehmen, um morgen vor Ort zu sein, falls sie in den Akten aus Marks Praxis etwas fanden, das weitere Recherchen in der Hauptstadt erforderte. Ihr Argument, sie sei auf eine Übernachtung nicht eingerichtet, wurde mit der Entgegnung »Am Hauptbahnhof gibt es auch an den Wochenenden alles zu kaufen« beiseitegewischt. Lara schielte zu Jo hinüber, der sich schon wieder in seine Akte vertieft hatte, und wandte sich erneut der ihrigen zu.

Eine Stunde später lehnte sie sich mit einem Seufzen zurück, streckte die Arme über den Kopf und räkelte sich. »Mark hat während des Prozesses unzählige Notizen über die Aussagen der vor Gericht Befragten an den Rand gekritzelt. Kripobeamte und Rechtsmediziner sind für unsere Belange wohl unwichtig, also habe ich mich auf die Zeugen konzentriert, welche die Familie in irgendeiner Form kannten. Für uns kommen die beiden Au-pair-Mädchen, eine Kindergärtnerin und drei ehemalige Lehrer von Magnus Geroldsen infrage. Eigentlich waren es sogar vier Au-pair-Mädchen, aber nur die zwei Französinnen haben im Prozess ausgesagt. Die anderen beiden waren aus Australien und den USA – bisschen weit weg, um sie für eine Aussage vor Gericht zurück nach Deutschland zu holen.«

»*Vier*? Ganz schöner Verschleiß, oder?«

»Die bleiben ja meist nur ein paar Monate, maximal ein Jahr, glaube ich. Allerdings werden uns auch die zwei, die damals eine Aussage gemacht haben, auf die Schnelle nichts nützen, weil sie höchstwahrscheinlich seit mindestens zehn Jahren wieder in ihren Heimatländern leben. Interessanter könnten da die Lehrer sein. Die Kindergärtnerin lassen wir fürs Erste außen vor, Magnus war damals noch zu klein, und diese ominöse Therapie soll ja erst später stattgefunden haben.«

»Die Lehrer also. Gibt es Namen von ihnen?«

»Ein Lehrer, zwei Lehrerinnen.« Lara deutete auf die drei Zettel, die seitlich aus der Akte herausragten. »Da drin stehen ihre Namen, Adressen und sogar der jeweilige Wortlaut der Aussage. Mark hat Kopien der Originalmitschriften von den Vernehmungen und ihren Aussagen vor Gericht eingeheftet. Als gerichtlich bestelltem Gutachter standen ihm die ganzen Informationen wahrscheinlich auch zu.« Sie schwenkte ihre Hand in Richtung des Internet-Bildschirms über dem Schreibtisch. »Wir könnten versuchen herauszufinden, ob die drei noch am damaligen Wohnort leben, sie anrufen und um ein Gespräch bitten.«

»Was sagen wir denen, woher wir ihre Angaben haben? Der Prozess war schließlich nicht öffentlich, und weder die Aussagen noch ihre Daten sind der Allgemeinheit zugänglich.«

»Das versuchen wir möglichst zu umschiffen. Ich arbeite schließlich bei der Presse. Da werde ich schon Möglichkeiten haben, so etwas herauszufinden. Von Marks Akten sagen wir kein Wort. Das würde auch Schwester Annemarie gefährden.«

»Einen Versuch ist es wert.« Jo hatte schon in dem geschwungenen weißen Stuhl vor dem Schreibtisch Platz genommen, nach der Fernbedienung für das Internet-Terminal gegriffen und sich die Tastatur herangezogen. »Sag mir die Namen und Adressen an, dann geht es schneller. Wenn ich ihre

Telefonnummern im Netz finde, können wir jetzt gleich noch bei denen anrufen. Morgen ist der vierte Advent, anzunehmen, dass sie den daheim verbringen. Wir könnten morgen Vormittag da aufkreuzen und mit ihnen reden. Ich glaube nicht, dass sie uns am Telefon Auskunft geben werden.«

»Ich auch nicht.« Lara buchstabierte den ersten Namen und sah dabei zu, wie Jo ihn wie ein Besessener eintippte.

»So, das war's.« Jo, der Lara während ihrer Telefongespräche mit Argusaugen beobachtet hatte – hätte nur noch gefehlt, dass er ihre Worte mitsprach –, hievte sich vom Stuhl hoch, boxte in die Luft und stöhnte dabei. Dann kam er herüber und drückte ihr einen Kuss auf die Wange. Seine Lippen fühlten sich warm und weich an. »Zwei Treffer, ein Misserfolg. Ziemlich gut, finde ich. Da haben wir morgen allerhand vor.«

»Ich hoffe nur, dass die ganzen Aktionen Mark nützen und nicht nur vertane Zeit sind. Wenigstens unternehmen wir etwas. Ich überlege schon die ganze Zeit, ob wir versuchen sollten, Anna anzurufen, wenn wir schon in Berlin sind.«

»Nein, ich denke, das würde nichts bringen und uns nur Zeit kosten. Wenn sie unsere Hilfe braucht, wird sie sich schon melden.«

»Du hast ja recht.« Lara lehnte sich kurz an Jo, und er umfasste ihre Schultern.

»Ich schlage vor, wir fahren hinunter ins Restaurant und essen erst einmal etwas, ehe wir weitermachen. Wir müssen heute Abend noch über diesen André Mann Nachforschungen anstellen. Mark denkt, dass der Typ was mit der Sache zu tun haben muss, sonst hätte er uns nicht auf ihn hingewiesen. Mann könnte als Komplize von Studer infrage kommen. Weil Studer nicht mehr mitmachen wollte, hat er ihn umgebracht.«

»Das hatten wir doch alles schon, Jo. Ich glaube nicht, dass

Studer und Mann sich das alles allein ausgedacht haben. Zwei Exknackis, die in einer psychiatrischen Klinik waren! Welches Motiv sollten sie dafür gehabt haben? Da steckt noch jemand anderes dahinter. Vielleicht hatte Geroldsen doch die Gelegenheit, in Obersprung mit den beiden in Kontakt zu kommen?«

»Könnte sein. Lass uns das nachher diskutieren, jetzt habe ich wirklich Hunger.« Jo löste sich aus der Umarmung und zog Lara mit sich zur Tür.

47

»Das war ja wohl nix.« Lara ließ ihren Blick über die Fassade des Eigenheimes gleiten. Die gelben unverputzten Backsteine wirkten schmutzig. Dafür hing aus einem der Fenster im ersten Stock ein dicker Weihnachtsmann an einem Seil. Wahrscheinlich sollte damit der Eindruck erweckt werden, der Bärtige klettere gerade hinein, aber die ganze Installation sah nur wie der fehlgeschlagene Versuch eines Selbstmörders aus, der sich in einem extravaganten Kostüm hatte erhängen wollen. Im Garten stand ein meterhoher Hirsch aus Drahtgeflecht, verfolgt von einem Schlitten aus ebensolchem Draht. Die ganze Konstruktion war mit einem Leuchtschlauch umwickelt. Auch den gesamten Dachfirst und den Schuppen rechts des schmiedeeisernen Tores hatten die Bewohner mit Lichterketten verziert. »Entzückend. Spießbürgers Weihnachtstraum.«

»Im Dunkeln sieht es sicher stimmungsvoll aus.« Jo stapfte zu seinem Honda. Er fand auch für alles eine Entschuldigung. Lara verzog missbilligend den Mund und schüttelte den Kopf so deutlich, dass der Mann hinter der Gardine im Erdgeschoss es auch deutlich sehen konnte. Dann folgte sie Jo zum Auto, warf sich auf den Sitz, wurstelte ihre Arme aus der Jacke und legte los.

»Hätte der Typ uns nicht schon gestern Abend am Telefon sagen können, dass er nichts weiß? Bestellt uns hierher, nur um uns mitzuteilen, dass er sich an nichts mehr erinnern kann, weil das Ganze schon so lange her ist. Der war wohl bloß neugierig, wie zwei Journalisten aus Sachsen aussehen! Wir vergeuden hier unsere kostbare Zeit, und dem ist das völlig egal.

So ein Idiot! Er sollte selbst an diesem Fensterkreuz hängen, nicht dieser absurde Weihnachtsmann!« Ein Geräusch vom Fahrersitz ließ sie hinüberblicken. Jo hatte die Hand vor den Mund gelegt und versuchte krampfhaft, ein Lachen zu unterdrücken.

»Du bist unwiderstehlich, wenn du schimpfst wie ein Rohrspatz.«

»Aber ich habe doch recht!« Lara schlug die Faust auf das Armaturenbrett und musste dann selbst lachen. Gleich darauf wurde sie wieder ernst. Es gab keinen Anlass zur Fröhlichkeit. Mark saß immer noch in U-Haft, und sie hatten nicht den Hauch einer Spur, geschweige denn eine Ahnung, wie ihm zu helfen war. »Los, lass uns zu dieser Lehrerin fahren. Wie hieß sie noch gleich?«

»Gudrun Wendelstein.«

»Genau. Fahr endlich los!« Ein Stoß mit dem Ellenbogen und schon reagierte Jo und gab Gas.

»Das sieht doch schon anders aus.« Lara wollte die Hoffnung nicht aufgeben, dass sie heute noch eine Spur finden würden, mit der sie Mark helfen könnten. Und wenn der Strohhalm, an den sie sich klammerte, nur in dem Aussehen des Hauses bestand, vor dem sie jetzt parkten. Im Gegensatz zu der amerikanischen Dekoration des unwirschen Lehrers eben herrschte hier stille Genügsamkeit. Im großen Terrassenfenster stand ein Lichterbogen, und an der Tür hing ein Adventskranz aus Zweigen und Zapfen. Keine Drahthirsche, keine Leuchtschläuche. Jo war schon zum Tor gegangen, und Lara beeilte sich, ihm zu folgen. »Wohnen eigentlich alle Lehrer in Einfamilienhäusern?«

»Soll das ein Scherz sein? Die Frage kannst du dir doch wohl selbst beantworten.« Jo drückte auf den Klingelknopf.

»Ich versuche, mich abzulenken. Irgendwie werde ich das Gefühl nicht los, dass wir hier etwas finden werden.«

»Dein Wort in Gottes Ohr, wie meine Oma immer zu sagen pflegte.« Die Eingangstür schwang nach innen und gab den Blick auf eine kleine ältere Frau mit grauen Löckchen preis.

»Frau Birkenfeld? Ich habe Sie schon erwartet. Kommen Sie schnell rein, es ist kalt.« Gudrun Wendelstein wartete in der Tür, die gestrickte Jacke hing ihr bis in die Kniekehlen. Sie stellte zwei Paar Schlappen auf den Kokosteppich und wartete, bis Lara und Jo abgelegt hatten und hineingeschlüpft waren, ehe sie voraneilte.

»Wie wäre es mit einem Glühwein? Ich mische die Gewürzmischung selbst.« Lara nahm am Tisch Platz und betrachtete die Parade der Räuchermännchen auf dem Fensterbrett. In der Küche duftete es nach Weihrauch und Zimt. »Gern. Gemütlich haben Sie es hier.«

»Danke.« Ein Teller mit Plätzchen landete vor ihnen auf dem Tisch. »Die sind selbst gebacken. Heute Nachmittag kommen meine Enkel.«

»Super.« Jo, der voreilig schon die Hand ausgestreckt hatte, bemerkte Laras strafenden Blick gerade noch rechtzeitig und zog sie wieder zurück.

»So, und da wäre auch der Glühwein.« Gudrun Wendelstein wischte sich die knotigen Hände an einem Geschirrtuch ab und setzte sich nun ebenfalls. Es war perfekt. Wäre da nicht der eigentliche Anlass ihres »Besuches« gewesen. Lara beschloss, das Gespräch nicht länger hinauszuzögern. Sie waren nicht zum Vergnügen hier.

»Der Grund, weshalb wir hergekommen sind …«

»… ist Magnus Geroldsen«, beendete die alte Dame den angefangenen Satz. »Sie haben es mir ja gestern schon am Telefon angekündigt.« Dann seufzte sie tief und rang die Hände. »Wenn man doch nur alles rückgängig machen könnte!«

»Bedauerlicherweise ist das unmöglich, Frau Wendelstein. Sie erinnern sich noch an Ihren Schüler?«

»Nur zu gut. Leider.« Wieder seufzte sie. »Aber Sie sind doch nicht gekommen, um mich lamentieren zu hören. Was haben Sie denn für Fragen?« Noch während die Lehrerin sprach, verwarf Lara ihren Plan, Presserecherchen vorzutäuschen, und beschloss, der alten Frau die Wahrheit zu erzählen. Sie gab eine Kurzfassung der zurückliegenden Ereignisse, wobei Jo die Gelegenheit nutzte, mehrere Kekse zu verspeisen. Lara beobachtete die zunehmende Fassungslosigkeit im Gesicht der Zuhörerin, und ihre Zweifel, ob die gewählte Variante richtig gewesen war, verstärkten sich mit jedem Satz. Als sie endete, herrschte einen Augenblick lang Stille am Tisch, doch Gudrun Wendelstein fing sich erstaunlich schnell wieder.

»Der Vater ist auch tot?«

»Gestern haben wir erfahren, dass er ermordet wurde. Wir kennen jedoch keine Details. Dabei schien er sich nach Marks Angaben auf dem Weg der Besserung zu befinden, trank nicht mehr, hatte gerade eine Wohnung bekommen und Aussicht auf Arbeit.«

»Um den ist es nicht schade.« Ein harter Zug hatte sich in das Gesicht der Lehrerin geschlichen, und jetzt konnte man sehen, dass sie nicht nur mütterlich, sondern auch streng sein konnte.

»Das klingt gefühllos, ich weiß. Und normalerweise gönne ich niemandem etwas Schlechtes. Aber Magnus Geroldsens Vater war ein Despot. Ich habe mehrere Jahre lang miterlebt, wie der Mann Frau und Kinder tyrannisiert und ihre Bedürfnisse ignoriert hat. Das ging die ganze Zeit so. Für das Verhalten der Kinder gab es strenge Regeln, und wehe, sie vergaßen, sich danach zu richten. Dann wurden sie mit drakonischen Strafen bedacht. Das waren nicht unbedingt körperliche Züchtigungen, wenn Sie verstehen, was ich meine, so etwas hinterlässt ja Spuren am Körper. Nein, er hat ihre Seelen nachhaltig geschädigt. Die Kinder wurden tagelang wie Gefangene eingesperrt, mussten unsinnige Verhaltensmaßregeln auswendig lernen und auf Kommando aufsagen, er erteilte ihnen Schlafverbot und entzog ihnen seine Aufmerksamkeit. Und das war sicher nur die Spitze des Eisberges, denn ich konnte nur ab und an einen Blick hinter die bürgerliche Fassade erhaschen. Für mich ist der Vater mitschuldig an allem, was damals passiert ist.«

»Woher wissen Sie das alles?«

»Wie könnte ich den Fall jemals vergessen. Wie könnte ich Magnus und seine Geschwister vergessen ...« Gudrun Wendelstein drückte gedankenverloren den Wachsrand einer Kerze nieder, die in einem handgetöpferten Leuchter auf dem Tisch stand. »Manchmal ist den Kindern etwas herausgerutscht. Sarah, die Zweitälteste, war ja dann auch bei uns an der Schule. Die beiden Kleinen dagegen kenne ich nur vom Erzählen.«

»Wie lange haben Sie Magnus unterrichtet?«

»Drei Jahre lang. Bis zur Neunten. Dann bin ich pensioniert worden.«

»Dann kennen Sie ihn und die Familie genauer?« Der winzige Funken Hoffnung in Lara, der schon erloschen zu sein schien, glimmte wieder auf.

»So gut, wie man jemanden kennen kann, der sich nicht in die Karten schauen lässt. Der einzige Kontakt zum Elternhaus ergab sich durch Magnus' Mutter Regine. Sie besuchte die Elternabende und bemühte sich, mit uns zusammenzuarbeiten. Sie hat die Kinder auch stets in Schutz genommen, aber wahrscheinlich war sie zu schwach, um gegen den Tyrannen anzukommen. Ich gehe davon aus, dass der Vater auch sie massiv unterdrückt hat.« In einem anderen Raum begann ein Telefon zu läuten, aber die Lehrerin machte keine Anstalten, sich zu erheben. »Sie gehen davon aus, dass Magnus etwas mit den neuen Morden in Leipzig zu tun hat? Aber ist er nicht seit zehn Jahren in der Psychiatrie?«

»Er selbst kann die Taten nicht begangen haben, weil er, wie Sie richtig bemerkt haben, noch immer gut bewacht im Maßregelvollzug sitzt. Unser Freund Mark Grünthal ist der Ansicht, dass jedoch alles seinen Anfang in Magnus' Kindheit oder Jugend genommen hat. Es könnte sein, dass er bereits in jungen Jahren jemanden kennenlernte, mit dem er später bei der Tat zusammengearbeitet hat; ich nenne es mal einen ›Lehrmeister‹, also einen Komplizen, der älter war und schon ausgeprägte Gewaltfantasien hatte, die er mit Magnus als seinem Schüler realisieren konnte. Später hat dieser Komplize dann vielleicht Magnus die alleinige Schuld in die Schuhe geschoben.«

»Wo könnte der Junge denn so jemanden getroffen haben? Und warum sollte er bis heute darüber schweigen? Inzwischen ist er doch erwachsen und müsste zu der Einsicht gekommen sein, dass ihn die Existenz eines Komplizen entlasten könnte.«

»Warum er sich dazu nicht äußert, wissen wir auch nicht. Das Ganze ist ja auch eine sehr gewagte Theorie. Es könnte zum Beispiel eine tiefe emotionale Bindung zu dem Lehrmeister bestanden haben. So etwas hat es alles schon gegeben. Soweit wir wissen, hat Magnus Therapiestunden bei einem Kinder- und Jugendpsychiater besucht. Wir denken, dass er vielleicht dort jemandem begegnet sein könnte …« Lara betrachtete den dunkelroten Rand in ihrer Tasse und wischte sich mit dem Handrücken über die Stirn. Der Glühwein hatte ihr Gesicht erwärmt. Jo griff nach dem vorletzten Plätzchen.

»Jetzt, wo Sie es sagen, erinnere ich mich an diese Therapie. Frau Geroldsen war zu Beginn der Behandlung sogar in der Schule und hat mir ganz stolz berichtet, dass sich nun alles richten werde. Sie sei optimistisch, dass sich Magnus' aggressives Verhalten gegenüber Mitschülern und Lehrern und auch sein Hang zum Lügen schnell bessern würden.« Gudrun Wendelstein schniefte, kramte in der Tasche ihrer Strickjacke, brachte ein Tempo zum Vorschein und schnaubte dann heftig hinein, ehe sie weitersprach. »Wir hofften das im Übrigen auch. Alle hofften das. Die Kollegen, die Mitschüler, die anderen Eltern. Wer weiß, was aus dem Jungen geworden wäre, wenn seine Mutter diese Therapie nicht unvermittelt abgebrochen hätte. Da muss der Vater dahintergesteckt haben. Der hatte wohl kein Interesse daran, dass sein Sohn Interna aus dem Familienleben ausplauderte. Und so setzte sich Magnus' Fehlverhalten unkontrolliert fort, wurde schlimmer und schlimmer. Ich weiß von meinen Kollegen, dass er kurz vor der Versetzung an eine andere Schule stand, bevor er … bevor er …« Sie konnte den Satz nicht beenden. Lara stützte die Ellenbogen auf und verschränkte die Finger ineinander.

Jetzt kam die alles entscheidende Frage. »Kennen Sie den Namen des Therapeuten?« *Lass es sie wissen*, flehte sie im Stillen, *bitte lass es sie wissen.*

»Zufällig weiß ich es.« Die Lehrerin lächelte ein trauriges Lächeln. »Wir hatten nämlich vor Magnus schon zwei andere Fälle, die dort in Behandlung waren und gute Erfahrungen gemacht hatten. Im Gegensatz zu ihm.« Sie machte eine kurze Pause und fuhr dann fort. »Es war allerdings kein Therapeut.«

Lara sah, wie Jos Augenbrauen sich in der Stirnmitte zusammenzogen und er den Kopf schief legte, als höre er nicht richtig. Gudrun Wendelstein schien davon nichts mitzubekommen. Sie blickte in die Ferne. Ihre Finger kneteten das Wachs, das sie vom Rand der Kerze abgerissen hatten.

»Sondern eine Therapeutin.«

»Wie hieß sie?« Lara konnte nicht mehr stillsitzen. In ihren Beinen zuckte es, sie schob die Füße über die Fliesen und hörte das leise Quietschen, das die Sohlen der Pantoffeln dabei verursachten.

»Irgendwas Französisches. Lassen Sie mich überlegen …«

»French?«

Die Augen der Lehrerin leuchteten auf. »Das ist es! Frau Doktor French. Kennen Sie sie etwa?«

»Oh mein Gott.« Lara sah Jo an. Er hatte die Augen weit aufgerissen. Jetzt schüttelte er sich, schob den Teller mit dem letzten Plätzchen von sich weg und stand auf. »Bitte entschuldigen Sie, Frau Wendelstein, aber wir müssen los.«

»So plötzlich? Habe ich etwas Falsches gesagt?«

»Nein, keinesfalls.« Auch Lara erhob sich. »Das war alles sehr interessant für uns.« Den nächsten Satz verkniff sie sich: *Besonders die letzte Information.* »Aber mein Kollege hat recht. Es ist Zeit, dass wir gehen. Vielen Dank für den Glühwein und …«, sie blickte kurz zu Jo, »die Plätzchen.«

»Wenn Sie denken …« Die alte Frau folgte ihnen in den Flur und sah zu, wie sie in ihre Schuhe schlüpften.

Lara nahm sich nicht einmal Zeit, die Jacke anzuziehen. »Also danke noch mal, Frau Wendelstein! Sie haben uns sehr geholfen! Ich rufe Sie an!« Sie hetzte Jo nach, der sich nicht einmal verabschiedet hatte. Die verblüfften Blicke der alten Frau verfolgten sie bis zu Jos Auto.

*

In Laras Kopf wirbelte ein Sturm alle Gedanken durcheinander. Sie hatten doch erst gestern mit dieser French geredet. Und wenn sie sich recht entsann, hatte Jo dabei auch die Therapie von Magnus Geroldsen angesprochen. Warum hatte die Ärztin ihnen da nicht gesagt, dass *sie* die Therapeutin von Magnus gewesen war? Hatte sie Angst gehabt, in die Sache verwickelt zu werden, oder steckte etwas ganz anderes dahinter? »Jo, halt an! Wo willst du eigentlich in diesem Affenzahn hin?«

»Weiß ich auch nicht. Ich muss nachdenken.«

»Ich auch. Aber nicht, während du hier mit achtzig durch die Stadt heizt.«

»Hast recht.« Jo bremste so heftig, dass Laras Kopf nach

vorn geschleudert wurde, fuhr an eine Bushaltestelle und hielt. »Lass uns zusammen nachdenken.«

»Ich muss mein Diktiergerät abhören, um sicher zu sein.« Lara warf die Gegenstände aus ihrer Umhängetasche einfach auf den Rücksitz. »Hoffentlich habe ich es… hier ist es ja!« Sie rief den Ordner mit dem gestrigen Gespräch auf und ging auf Anfang. Stumm lauschten sie dann der kühlen Stimme von Agnes French.

»Halt. Spul zurück.« Jo räusperte sich. Dann sagte die Ärztin: »Ich habe den Schlachter-Fall nur am Rande verfolgt, weil ich weder einen Fernseher noch viel Zeit für solche Dinge habe.«

»Sie lügt. Im nachfolgenden Gespräch hat sich doch deutlich herausgestellt, dass sie alle Details kennt.«

»Richtig, aber ich suche noch etwas anderes.« Lara drückte den Startknopf, und das Gespräch ging weiter. »Hier müsste es kommen. Du hast ihr erzählt, dass Magnus schon als Jugendlicher in Therapie war und Mark hoffte, den Therapeuten von damals zu finden, um ihn befragen zu können. Und sie hat getan, als wüsste sie von nichts.«

In die atemlose Stille hinein sagte Agnes French: »Ich bin der Meinung, das bringt nichts. Denken Sie wirklich, dass Sie dort etwas erfahren? Das Ganze muss mindestens zwölf, dreizehn Jahre her sein! Selbst wenn Sie den ehemaligen Therapeuten finden, wird der Ihnen keine Auskunft geben.«

Lara hielt die Aufzeichnung an und blickte zu Jo. Seine Pupillen waren geweitet. Er flüsterte: »Denkst du das Gleiche wie ich?«

»Es gibt eigentlich keine andere Erklärung.« Lara hatte plötzlich einen Kloß im Hals. »Stell dir vor, wir sind womöglich schuld am Tod von Wulf Geroldsen!« Jo schüttelte ungestüm den Kopf, aber sie sprach trotzdem weiter. »Agnes French wusste zwar, dass Mark den Vater von Magnus aufgespürt und mit ihm gesprochen hatte, aber erst *wir* haben sie in unserem Gespräch darauf hingewiesen, dass Mark dabei von Magnus Geroldsens Therapie erfahren und uns gebeten hat, den Vater noch einmal aufzusuchen. Und jetzt ist Wulf Geroldsen plötzlich tot!«

»Ich mag eigentlich gar nicht weiter darüber nachdenken. Mir macht das Ganze Angst.«

Lara hörte Jos Erwiderung gar nicht. In ihrem Kopf waren plötzlich alle Puzzleteile zusammengefallen und ergaben nun ein Bild. Die Sätze sprudelten nur so aus ihr heraus.

»Wahrscheinlich ist sie davon ausgegangen, dass Wulf Geroldsen der Einzige ist, der noch wissen konnte, dass *sie* damals die Therapie durchgeführt hat. Dass du und ich Marks gesamte Akten haben, darunter auch sein Gutachten für das Gericht; dass er beim Prozess alles akribisch mitgeschrieben hat und wir nicht aufgeben werden und die Zeugen von damals aufsuchen, konnte sie nicht wissen.« Lara schnappte schnell nach Luft und fuhr dann fort. »Also muss sie sich gedacht haben, wenn der Vater weg ist, ist die Sache aus der Welt. Niemand wäre dann mehr übrig, der von den Ereignissen in Magnus' Kindheit wusste. Es war ja auch nicht zu erwarten, dass sich diese Lehrerin so genau an alles erinnern würde!« Sie packte Jos Arm und drückte ihn. »Ich muss ihr Blumen schicken. Ohne Gudrun Wendelstein wären wir nie auf den wahren Dreh hinter der Sache gekommen!«

»Denkst du tatsächlich, Agnes French hat Wulf Geroldsen umgebracht? Sie ist klein und zierlich, wie sollte es ihr gelungen sein, ihn zu überwältigen?«

»Ich glaube nicht mal, dass sie es eigenhändig erledigt hat. Sie muss einen Handlanger haben, einen, der für sie die Drecksarbeit erledigt. Vielleicht ist es dieser André Mann. Als du den gestern erwähnt hast, war in ihren Augen ganz kurz etwas zu erkennen – Angst? Wut? Ich kann es im Nachhinein nicht definieren, aber sie hat auf den Namen reagiert. Vielleicht hat sie Mann sogar geholfen zu entkommen, damit er draußen für sie agieren kann. Und Studer war auch in Obersprung! Den könnte sie auch beeinflusst haben!«

»Deine Fantasie macht jedem Thrillerautor Ehre, Lara.« Jo fasste ihre Hand und drückte sie. »Aber das Ganze hat einen entscheidenden Schwachpunkt: das Motiv. Warum das alles? Welchen Grund sollte Agnes French haben, all das zu planen und durchzuführen?«

»Es muss mit Mark zusammenhängen. Erinnere dich bloß mal an ihr unterkühltes Getue gestern. Sie hat nicht den Eindruck erweckt, dass sie ihm helfen oder uns unterstützen will.« Genau wie am Vortag brodelte der Zorn wieder in Laras Adern auf.

»Das klingt einleuchtend. Und doch kann ich mir nicht vorstellen, dass diese hübsche Person etwas mit der Sache zu tun hat.«

»Wenn eine schöne Frau im Spiel ist, seid ihr doch alle mit Blindheit geschlagen! Mensch Jo, schalte dein Gehirn ein! Die Tatsachen sprechen für sich.«

»Bis jetzt ist alles Theorie, aber gut. Nehmen wir einmal an, dass dein Konstrukt stimmt. Was denkst du, plant Agnes French als Nächstes?«

»Ich hoffe, gar nichts. Wenn es ihr Ziel war, Mark das alles anzulasten, hat sie gute Karten. Er sitzt in Untersuchungshaft, es gibt sogar DNA-Material, das scheinbar beweist, dass er mit der sechsten Leiche in Berührung gekommen sein muss, er kannte Geroldsen, er ging in Obersprung ein und aus, er therapierte Studer und könnte ihn dabei leicht als willfähriges Werkzeug instrumentalisiert haben. Beweise der Staatsanwaltschaft mal das Gegenteil! Das passt alles viel zu gut zusammen!«

»Zum Glück weiß Frau Doktor French nicht, was wir heute herausgefunden haben. Das ist unser einziger Vorteil.«

»Und wir haben ihr noch Hinweise geliefert! Sie muss Mark unglaublich hassen, wenn sie ihm das alles anhängen will. Glaubst *du*, dass sie jetzt aufhört, wo sie ihr Ziel erreicht hat und Mark festgenommen wurde?«

»Könnte sein. Allerdings kann sie sich nicht sicher sein, dass er nicht doch wieder freikommt. Er wird versuchen, Alibis beizubringen, außerdem könnten neue Beweise auftauchen, die ihn entlasten.«

»Neue Morde kann sie ihm ja schlecht anlasten, jetzt, wo er hinter Gittern ist. Wenn meine Theorie stimmt und sie ihm also weiter schaden oder ihn gar zerstören will, was könnte sie denn deiner Meinung nach jetzt noch tun?«

»Ich wüsste da etwas.« Jo fuhr sich durch die Haare, die daraufhin wie bei einem Igel nach allen Seiten abstanden, und atmete rasselnd ein. »Sie könnte seiner Familie schaden. Zum Beispiel den Kindern etwas antun. Das würde Mark vernichten und ihm jeden Kampfeswillen nehmen.«

»Das wäre perfide.« Lara sah die kleine Joanna vor sich und schluckte den aufkommenden Brechreiz hinunter.

»*Du* glaubst doch, dass sie so diabolisch ist, ich habe das nur weitergedacht.«

»Was wollen wir unternehmen?«

»Lass uns zu Marks Frau fahren und sie warnen. Wenn es ein Fehlschuss ist, halb so wild. Aber lieber einmal übervorsichtig sein, als zu spät zu kommen. Auf der Fahrt könntest du ein paar Telefonate führen.« Ohne sich wieder anzuschnallen, gab Jo Gas. »Ruf den Rechtsanwalt an und erzähle ihm von unserer Theorie. Vielleicht kannst du auch Schädlich erreichen. Er würde sich deine Hypothese wenigstens anhören. Was für ein Pech, dass wir ausgerechnet Sonntag haben!« Jo ballte die Rechte und boxte damit in die Luft, ehe er die Finger wieder auf den Schaltknauf legte. »Dieser Chef von Obersprung – wie hieß er noch gleich … Solomon könnte doch auch daran interessiert sein, was seine Kollegin da treibt. Vielleicht bekommst du seine Nummer heraus.« Die Reifen des Hondas quietschten, dann schlingerte das Auto um die Kurve. Jetzt war Lara sein Fahrstil jedoch egal. »Soll ich auch Anna anrufen und ihr sagen, dass wir vorbeikommen?«

»Lieber nicht. So ›aufgeschlossen‹, wie sie dir gegenübersteht … Wir überrumpeln sie besser.«

»Geht klar.« Lara, die die Nummer des Anwalts im Telefonspeicher gefunden hatte, wählte.

*

Da waren sie ja … Agnes French bemerkte nicht, dass sie lächelte. Durch das große Panoramafenster im rückwärtigen Bereich des Hauses konnte man hervorragend in die Küche sehen.

Anna Grünthal trug eine Küchenschürze und legte gerade das Nudelholz beiseite. Ihre Tochter, die mit erwartungsvollem Gesichtsausdruck neben ihr stand, hatte bereits eine dieser Ausstechförmchen in der Hand und schien darauf zu warten, loslegen zu können. Marks Sohn lümmelte auf einem Stuhl und daddelte mit dem Handy herum. Er wirkte gelangweilt. Vielleicht hatte die Mutter ihn gezwungen, beim vorweihnachtlichen Plätzchenbacken dabei zu sein, und jetzt wusste er nichts mit sich anzufangen.

Die Kleine sah ihrer Mutter ähnlich, der Sohn dem Vater. Agnes dachte an den Inhalt ihrer Tasche und dass es ihr wohl den meisten Spaß machen würde, diesen mürrischen jugendlichen Mark-Grünthal-Verschnitt leiden zu sehen. Sie trat einen halben Schritt beiseite, um besser hinter dem großen Lebensbaum verborgen zu sein, als sich Anna umdrehte, zur Spüle ging und die Hände aneinanderklopfte. Weiße Mehlwölkchen stoben in die Luft. Die Kleine hatte unterdessen begonnen, die silberne Form auf den Teig zu stempeln, ihre Zungenspitze, die aus dem Mund hervorlugte, schwenkte dabei im Takt von links nach rechts.

Für einen außenstehenden Beobachter wirkte das Ganze wie ein pastellfarben koloriertes Abziehbild einer heilen Familie. Nur an Annas gequältem Gesichtsausdruck, wenn sie sich so wie jetzt an der Spüle unbeobachtet fühlte, konnte man erahnen, dass etwas an dem süßlichen Klischee nicht stimmen konnte.

Agnes lockerte ihren Klammergriff um die Henkel der Tasche. Nur noch ein paar Minuten, und die mitgebrachten Utensilien würden zum Einsatz kommen. Eigentlich hatte sie gesehen, was sie wissen musste. Mark Grünthals nette kleine Familie war komplett daheim und würde zur Verfügung stehen. Es gab keinen Grund, länger zu zögern.

Jetzt würde sie schön um das Haus herumgehen, klingeln und der guten Anna Grünthal und den zwei Bälgern mit ihrer Pistole ein bisschen Angst einjagen.

*

»Da wären wir.« Jo fuhr den Honda hundert Meter vor Marks Grundstück an den Straßenrand und zog die Handbremse an. »Hoffentlich hört dieser Anwalt seinen Anrufbeantworter heute noch ab. Und Schädlich war, wie ich mitbekommen habe, auch nicht zu erreichen.«

»Der ist erst morgen wieder im Dienst. Dafür hab ich, wie du ja gehört hast, diesen Solomon drangekriegt.« Lara steckte ihr Handy ein und rollte mit den Augen. »Was für ein Schnösel! Der hat mich gar nicht zu Wort kommen lassen! Er hat gesagt, ich solle gefälligst seine Mitarbeiter in Ruhe lassen, und es reiche schon, dass Doktor Grünthal den Ruf seiner Klinik nachhaltig geschädigt habe. Jetzt sei ihm auch klar, warum Mark dauernd nach Geroldsen gefragt habe. Einmal habe er ihn sogar angerufen und so getan, als wolle er im Namen eines

Kollegen Erkundigungen einholen. Im Übrigen habe er Mark gleich am Freitag bei der Bundesärztekammer angezeigt, weil der Akten aus Obersprung entwendet habe. Was Besseres hatte der nicht zu tun, als seinen Kollegen anzuschwärzen … So ein karrieregeiler Schuft!«

»Solomon wird uns also nicht helfen.«

»Da kannst du Gift drauf nehmen. Doktor Doktor! Ein blöder Fatzke ist er!«

»Komm wieder runter und vergiss das Gespräch. Wir haben jetzt anderes zu tun.«

»Ich bemühe mich.« Lara versuchte, in den Bauch hineinzuatmen, wie sie es vor Jahren bei einem Yogakurs gelernt hatte. »Was wollen wir Anna eigentlich sagen?«

»Dass sie sich in Acht nehmen und die Kinder nicht aus den Augen lassen soll.«

»Ziemlich diffus. Hoffentlich glaubt sie uns.«

»Das werden wir im Gespräch merken. Zur Not müssen wir ein paar Details preisgeben.« Jo zog den Zündschlüssel ab und langte, ohne hinzusehen, nach seiner Jacke auf dem Rücksitz. Plötzlich erstarrte er mitten in der Bewegung. »Siehst du das? Da vorn? Der Typ in dem langen Mantel?«

Lara blickte in die angegebene Richtung. Weiter vorn war eine Gestalt um die Ecke gebogen, die sich jetzt schnell näherte. »Das ist kein Typ. Viel zu klein und schau mal, wie sie trotz der wuchtigen Stiefel trippelt.« Sie bekam keine Luft mehr. »Was mag sie vorhaben?«

»Ich hatte recht. Sie verliert keine Zeit und versucht es tatsächlich bei Marks Familie.« Jo rutschte nach unten. Lara, die sich ebenfalls im Sitz klein machte, spähte nach draußen, wo die Gestalt inzwischen das Tor zu Marks Grundstück erreicht hatte. Obwohl sie eine Schirmmütze trug und ein wollener Schal ihr halbes Gesicht verdeckte, gab es keinen Zweifel, wer da vor dem Einfamilienhaus stand.

Jetzt klingelte Agnes French an der Pforte. An ihrem angewinkelten rechten Arm hing eine Tasche. Eine große Tasche, eine Art Hebammenkoffer. Lara dachte noch darüber nach, was wohl darin sein mochte, als das Tor nach innen schwang und Agnes French das Grundstück betrat. Die Tasche an ihrem Arm baumelte hin und her. Dann fiel das Tor hinter ihr zu, und sie verschwand hinter meterhohen Thujasträuchern.

»Was jetzt?« Vor Aufregung war Lara heiser.

»Ruf die Kripo an, rasch! Melde einen Schusswechsel. Da reagieren sie am schnellsten. Wir haben keine Zeit für lange Erklärungen! Und dann hinterher! Beeil dich!« Er wartete, bis sie die Notrufnummer gewählt und ihr Sprüchlein aufgesagt hatte, angelte dabei seine Jacke vom Rücksitz und sprang aus dem Auto, noch ehe Lara aufgelegt hatte.

Die Pforte war wieder ins Schloss gefallen. Jo klingelte Sturm, aber niemand öffnete. Er blickte sich kurz nach Lara um, ehe er über den Zaun hechtete und zum Haus rannte. Lara setzte den linken Fuß auf die Klinke und bemerkte aus den Augenwinkeln, wie sich im Nachbarhaus ein Fenster öffnete und eine ältere Frau herausschaute, ehe auch sie über das Tor sprang. Das empörte »Was machen Sie da? Ich rufe die Polizei!« der Nachbarin wehte davon, ohne dass sie Zeit fand, darüber nachzudenken.

Glas klirrte. Drinnen fiel ein Schuss. Eine Frau schrie. Lara, die vor dem Haus angekommen war, sah, wie Jo einen weiteren Stein in das große Terrassenfenster warf, kurz abwartete, bis sich die Splitter auf dem Boden verteilt hatten, und dann hineinkletterte.

48

Die haben gesagt, ich könnte alles aufschreiben. Das würde mir helfen. Ich bin doch nicht bescheuert. *Natürlich* würde es helfen, wenn ich alles aufschreibe. Aber nicht mir, sondern denen. Vieles wissen sie nämlich noch nicht. Und sollen sie auch nicht wissen. Ich erkläre doch denen nicht die Welt! Da müssen sie schon selbst ein bisschen nachdenken. Aber da liegt ja der Haken ...

Ich kichere ein bisschen und sehe mich um. Niemand in der Nähe. Ich bin ganz allein mit meinen Gedanken. Und ich *kann* denken. Im Gegensatz zu fast allen hier. Ich tue jetzt einfach so, als ob ich alles notiere. Damit wirke ich beschäftigt, und sie lassen mich in Ruhe. Die ewige Fragerei nervt mich schon seit Tagen. Ich muss nur darauf achten, dass sie die Aufzeichnungen nicht in die Hände bekommen, darf die Zettel nicht aus den Augen lassen, nicht zur Toilette gehen, nie das Zimmer verlassen. Wenn ich fertig bin, esse ich das Papier einfach auf.

Wo soll ich beginnen? Bei Mark Grünthal diesem karrieregeilen Blender? Dem Retter der Welt? Allen konnte er etwas vormachen, nur mir nicht. Es war kaum zum Aushalten, wie er stets den liebevollen, verständnisvollen Therapeuten gegeben hat, einen, der alles und jeden versteht, der große Erfolge feiert und jeden Patienten so annimmt, wie er ist ... Schwachsinn! Manche von den Typen sind einfach nicht heilbar, und viele wollen auch gar nicht therapiert werden, das wissen wir doch alle. Nur Mark hat immer so getan, als könne er jedem helfen.

Ich kenne den guten Mark schon lange. Viel zu lange. So viele Jahre, seit wir uns im Hörsaal das erste Mal trafen. Es war eine schicksalhafte Begegnung, nur, dass wir beide das damals noch nicht ahnten. Doch schon nach wenigen Wochen schwante mir, was die Uhr geschlagen hatte. Mark Grünthal war wahrscheinlich schon am Gymnasium der Klassenstreber gewesen und versuchte nun, seine Erfolgsgeschichte nahtlos fortzusetzen.

Sein Ziel war es, alle zu übertreffen, *mich* zu übertreffen. Mark Grünthal schnitt in den Prüfungen besser ab, Mark Grünthal wurde von den Professoren in den Himmel gelobt, Mark Grünthal strich das Leistungsstipendium ein, das eigentlich mir zustand… ich könnte Seiten damit füllen. Was ich aber nicht tun werde. Natürlich war ich nicht die Einzige, die er zu überflügeln versuchte, aber anscheinend die Einzige, der es etwas auszumachen schien. All die anderen nahmen es einfach als gegeben hin, dass jemand über ihnen stand, dass sie nicht an die Spitze gelangen konnten.

Ich will nicht verschweigen, dass auch ich nicht schlecht abschnitt, aber ich brachte es in all der Zeit nicht ein einziges Mal fertig, ihn von Platz eins zu verdrängen. Immer war ich nur die Nummer zwei, und es gelang mir erst richtig, ihn zu überflügeln, als ich schon während des Studiums konsequent einen anderen Weg einschlug – Mark Grünthal wandte sich den Erwachsenen zu, ich den Kindern.

Aber tatsächlich passten Kinder und Jugendliche auch besser. Sie bargen ein größeres Potenzial für meine geplante Arbeit in sich. Die Beschäftigung mit noch unfertigen, formbaren Individuen gab mir die Macht, meine geistigen Fähigkeiten auszuprobieren, zu testen, wie weit menschliche Seelen beeinflusst werden konnten. Und die Möglichkeiten waren immens, wie ich schon sehr bald feststellen sollte…

Im Lauf der Jahre wurde ich immer besser, perfektionierte mein Vorgehen, fand zahlreiche Methoden, die kleinen Dummköpfe zu lenken, wohin immer ich es wollte. Medikamente, Suggestionen, Hypnose … Warum ich das getan habe?

Das Ganze war ein privates Forschungsprojekt. Natürlich bin ich nicht *verrückt*. Ich weise keine Symptome all dieser Diagnosen auf, die in irgendeinem Klassifikationssystem aufgelistet sind. Ich bin ganz normal. So normal, wie man es nur sein kann. Die *anderen* haben die Defekte. Jeder Einzelne von ihnen. Manche von diesen kleinen Marionetten, die ich gemacht habe, laufen heute noch da draußen herum …

Ich lege den Stift kurz beiseite, ehe ich weiterschreibe, verberge mein Lachen hinter der vorgehaltenen Hand. Die müssen nicht sehen, dass mich das Ganze ungemein amüsiert.

Erst als Magnus Geroldsen mit seiner überfürsorglichen Mutter in meine Praxis kam, ahnte ich, was außer ein paar kleinen Psychospielchen mit minderbemittelten Bälgern noch möglich war. Was ich erreichen würde, wenn ich ein ebenbürtiges, wenn auch noch unreifes Hirn vor mir hatte, jemanden, der in Ansätzen ähnlich dachte wie ich.

Was für ein Glücksfall, dass mir dieses Studienobjekt in so jungen Jahren in die Hände fiel! Der Junge war gerade mal vierzehn geworden, als seine Mutter ihn das erste Mal zu mir in die Praxis brachte. Und schon so weit in seiner Entwicklung! Nein, gestört war er nicht, ist er nie gewesen. Das ist Eure Version der Dinge. Ich bin ja auch nicht gestört, oder? Er war noch nicht auf dem richtigen Weg, suchte nach Möglichkeiten, seinen Fähigkeiten freien Lauf zu lassen, aber mit der richtigen Führung würde er in ein paar Jahren so weit sein, mich zu übertreffen. Zumindest war ich zum damaligen Zeitpunkt davon überzeugt.

Was hättet Ihr an meiner Stelle getan? So ein begabtes Kind

konnte man sich doch nicht entgehen lassen. Die Macht über die Psyche eines anderen hat mich schon immer am meisten fasziniert.

Natürlich habe *ich* Magnus geraten, die Therapie abzubrechen. Niemand sollte auf die Idee kommen, dass Magnus' Entwicklung und ich etwas miteinander zu tun hätten. Ihr habt doch nicht im Ernst geglaubt, dass sein Vater dahintersteckte? Der hatte doch außer der Arbeit nur seine zahlreichen Freundinnen im Kopf. Frau und Kinder waren ihm vollkommen egal.

Magnus und ich mussten unsere Beziehung im Geheimen ausbauen. Das hatte er auch schnell eingesehen. Und so verlegten wir unsere Verabredungen an verschiedene Orte, mal in ein Kinder- und Freizeitzentrum, mal in ein Café. Es gab unzählige Möglichkeiten, sich ungestört zu treffen …

Fast drei Jahre lang arbeiteten wir miteinander. Magnus schien mir so formbar, sog jegliches, was ich ihm vermittelte, auf wie ein Schwamm, und doch war es nicht einseitig, auch ich habe viel von ihm gelernt, ob Ihr das jetzt glaubt oder nicht. Dass er in der Lage war, mich über ein Jahr über seinen unstillbaren Zorn auf seine drei Geschwister im Unklaren zu lassen, ist doch der beste Beweis dafür. Ich war ihm deswegen nicht böse, im Gegenteil. Ohne dass es ihm bewusst war, habe ich Magnus in seiner Aversion bestärkt. Ich war neugierig, wie weit er in seinem Hass gehen würde, und habe so getan, als wisse ich davon nichts. Manchmal gibt es Dinge, die muss man mit sich selbst ausmachen. So wie meinen nie versiegenden Hass auf Mark Grünthal.

Könnt Ihr Euch den Verlust für mich vorstellen, als Magnus' schönes Konzept nicht aufging und man ihn plötzlich wegen Mordes verhaftete? Er hatte nicht schlecht geplant, das muss ich eingestehen, und doch leider ein paar Kleinigkeiten übersehen. Vielleicht war er zu jung für so ein bemerkenswertes

Vorhaben, hätte noch ein, zwei Jährchen warten müssen, aber im Nachhinein ist man immer schlauer.

Ich bin kein Herzfetischist, falls Ihr das denkt. Nicht im Geringsten. Eigentlich hat mich erst Magnus mit seiner Besessenheit auf den Dreh gebracht. *Er* war derjenige, der damit angefangen hat. Ich habe das Ganze bloß fortgeführt, weiterentwickelt, verfeinert und meine späteren Studienobjekte diesbezüglich angeleitet. Studer hat am besten darauf reagiert. Es machte ihm sichtlich Spaß, zuerst den Tieren und später den tschechischen Nutten die Herzen bei lebendigem Leib herauszuschneiden … Aber zu Studer komme ich noch. Ich muss chronologisch vorgehen.

Was glaubt Ihr, welchen Schock ich nach dem Verlust meines Lieblingszöglings erst erlitt, als ich erfahren musste, *wer* Magnus im Prozess begutachten würde? Mein Erzfeind: Doktor Mark Grünthal. Das Schicksal hatte mich eingeholt. Aber begegnet man sich nicht immer zweimal im Leben? Das Klischee scheint zu stimmen …

Der liebenswerte Mark … so nett und harmlos. Seine Patienten schätzen ihn. Seine Familie liebt ihn. Er liest viel, bildet sich weiter, bemüht sich. »Er bemühte sich« – steht das nicht in Arbeitszeugnissen, wenn jemand nicht in der Lage ist, seine Aufgaben ordentlich zu erfüllen? *Doktor Mark Grünthal bemühte sich, seine Patienten zu therapieren.* Obwohl keiner von diesen Gestörten tatsächlich therapierbar ist, das schrieb ich ja weiter oben schon. Aber das wollen die meisten, die in Obersprung oder anderswo arbeiten, nicht begreifen. Sonst könnten sie ja ihren Beruf gleich aufgeben. Ist ja sinnlos, das Ganze. Die ganzen Maßregelvollzugspatienten könnte man gleich nach ihrer Einweisung entsorgen. Sie sind minderwertige Ware, Ausschuss. Weg damit. Der einzige Sinn, den ihre weitere Existenz noch hat, ist es, als Studienobjekte zur Verfügung zu stehen.

Man kann Experimente mit ihnen machen, wie ich es getan habe, und ihre Reaktionen beobachten. Ein bisschen so, als ob man ein Hölzchen in einen Ameisenhaufen steckt und beobachtet, wie die kleinen Tierchen aufgeregt durcheinanderrennen. Keine der Ameisen erkennt, was da wirklich geschehen ist, aber sie reagieren.

Auch für die medizinische Forschung könnte dieser menschliche Ausschuss noch gute Dienste leisten, zur Erprobung neuer Medikamente zum Beispiel oder als Blut- und Organspender. Aber das ist ja in Deutschland verboten. Sehr schade. Man beraubt sich hier aus infantiler Humanitätsduselei einer großen Masse an Versuchskaninchen. Aber um sich das einzugestehen, braucht man ein *Gehirn*. Einen freien Geist ohne Beschränkungen!

Nachdem man Magnus verhaftet hatte, langweilten mich die Kinder plötzlich. Keiner kam meinem wunderbaren Zögling auch nur annähernd nahe, und so sattelte ich um und begann, mich mit Erwachsenen zu beschäftigen. Nach der dreijährigen Weiterbildung in Einrichtungen des Maßregelvollzugs konnte auch ich als forensische Psychiaterin arbeiten. Schließlich landete ich als Therapeutin in Obersprung. Sie sagen, ich hätte das absichtlich so eingefädelt? Um Magnus nahe zu sein? Darauf antworte ich nicht. Ich könnte mich sonst selbst belasten.

Hat jemand mein Lachen gehört? Nein? Gut so. Ich bin noch nicht fertig.

Zu Beginn war es in Obersprung sehr interessant für mich. Viele neue Studienobjekte … An Magnus musste ich mich vorsichtig herantasten. Ich glaube, er wusste vom ersten Moment an, dass ich da war; auch wenn ich anfangs nicht mit ihm sprechen oder anderweitig Kontakt aufnehmen konnte. Wir wollten doch den Chef nicht auf uns aufmerksam machen!

Doktor Doktor Frieder Solomon – ha! Er trägt seine zwei Doktortitel wie einen Schild vor sich her. Das zeugt nicht gerade von viel Selbstbewusstsein. Wahre Intelligenz bedarf keines Titels. Ahnung von Patienten und Therapie hat der Mann nicht im Geringsten, auch wenn er sich nach außen hin als der große Verwandlungskünstler hinstellt, der alle seine Patienten auf den rechten Weg zurückführt. Aus Böse mach Gut! Grotesk, die Umkehr auch nur bei einem einzigen Patienten für real zu halten! Solomon geht es nur ums Renommieren.

Die Stellung als Klinikchef – lächerlich. Was besitzt er schon, der arme Wicht! Die Frau ist ihm weggelaufen und hat die Kinder mitgenommen. Seitdem schikaniert er seine Angestellten noch mehr. Irgendwo muss er ja seinen Frust abbauen, nicht? Ich muss noch immer lachen, wenn ich mir ins Gedächtnis rufe, wie er mit seinem stets frisch gestärkten, blütenweißen Kittel durch die Gänge stolziert! Nie ist *Doktor Doktor* Solomon quer über den Platz gelaufen, um den Weg zum Therapiegebäude oder zu den Patienten abzukürzen. Immer schön außen herum auf den Gehwegplatten. Sich bloß nicht die gewienerten Schuhe schmutzig machen. Und wehe, der Hausmeister hielt die Wege nicht sauber! Dann prallte ein Gewitter auf den armen Mann nieder, das sich gewaschen hatte. *Doktor Doktor* Solomon ist ein dummer, eitler Pfau. Ein Angeber mit dem IQ eines Toastbrotes. Obwohl – das ist nicht ganz richtig. Ich sollte mich beim Toastbrot entschuldigen.

Wahre Größe braucht kein Angebertum. Echte Intelligenz zeigt sich gerade darin, in Bescheidenheit die eigenen Grenzen zu erkennen, darin, dass man nicht mit seinem Halbwissen herumprahlt und andere geringschätzt. Wenn es allerdings nur danach ginge, wäre Mark Grünthal auch intelligent. Im Bescheidentun ist er nämlich *großartig*.

Aber ich schweife schon wieder ab.

Manchmal hatte ich das Gefühl, dass Mark der Sache auf die Spur kommt. Als er zum Beispiel dauernd nach Magnus fragte und schließlich sogar seine Akte einsehen wollte. Hätte ich ihm die Akte kopieren dürfen? Nein. Habe ich aber. Ich musste ihm helfen, er war doch mein Freund, nicht? Und passte das Ganze nicht wunderbar in meinen Plan, Mark als Schuldigen zu präsentieren?

Ihr wollt wissen, was mit den anderen Kollegen in der Klinik ist? Sie sind nicht der Rede wert, das ist mit ihnen. Dumm, uneinsichtig, beschränkt, jeder einzelne. Sie waren Spielbälle für mich, Material für meine Denkspiele und Tests. Keiner von denen hat gemerkt, was eigentlich los ist. Gut, das mit Magnus hätten sie auch nicht merken *dürfen*, aber denken Sie doch selbst einmal nach! Hat in all den Jahren jemand entdeckt, dass ich Magnus' Medikamente durch Placebos ersetzt habe, ja, dass er und ich jede Woche miteinander kommunizierten?

Dabei musste es doch jedem Blödmann auffallen, dass der minderbemittelte Frank Studer und der von seiner Lust besessene André Mann viel zu einfältig waren, um sich solch perfekte Verbrechen auszudenken, dass ihr eingeschränkter Geist sich immer nur mit sich selbst beschäftigt hat.

Jeder, der über einen einigermaßen gesunden Menschenverstand verfügt – und dazu muss man nicht Arzt für Psychiatrie und Psychotherapie sein, meine Lieben –, jeder Neandertaler also konnte sehen, was dann letztendlich diese kleine Journalistenpute und ihr übereifriger Fotografenfreund entdeckt haben, dass nämlich Studer und Mann nur Hampelmänner, Marionetten waren und dass hinter dem Ganzen ein besonderer Plan, ein wirklich großer Geist stand.

Schon mal was von posthypnotischer Fremdsteuerung gehört? Nein? Dann recherchiert das gefälligst! Ich habe die Methode jahrelang angewandt und es darin bis zur Perfektion gebracht.

Die idealen Kandidaten für solche Zwecke sind Schwache, Geistesgestörte, Kinder und Jugendliche. Ich hatte von allen im Übermaß zur Verfügung.

Zusätzlich zu meinen posthypnotischen Befehlen habe ich den Kunstgriff mit den Elektroden angewendet. Studer hat besser darauf reagiert als Mann. Genial einfach. Der Idiot hat wirklich geglaubt, man hätte ihm da am Hinterkopf etwas eingepflanzt. Studer ist am besten auf die abstruse Story mit den Elektroden in seinem Kopf, die ich ihm suggeriert hatte, angesprungen. Wie eine hölzerne Kasperpuppe mit Fernsteuerung ist er jedes Mal, wenn ich ihn angerufen habe, losgezogen, um eine neue Nutte in Tschechien aufzureißen, sie mit den Mitteln, die ich ihm zur Verfügung gestellt habe, ruhigzustellen und die Spenderin dann in sein Haus in Taucha zu bringen.

Ich hätte die Inszenierung auch in Berlin statt in Leipzig durchführen können, aber erstens lebte Studer in Leipzig, zweitens war der Weg mit den bewusstlosen Opfern und dann mit den Herzen in den Behältern einfach zu weit bis nach Berlin, und drittens hatte ich keine Lust, zu dicht am Geschehen zu sein. Nicht dass einer von meinen Marionetten plötzlich noch auf die Idee kam, mich persönlich zu besuchen. Man weiß ja nie, nicht? Für die ersten Funde hatte ich diese stillgelegte Fabrik ausgewählt. Ein ideales Gelände, um mehrere Thermobehälter zu verstecken und Funkkameras anzubringen, die das gesamte Geschehen in Echtzeit auf meinen Rechner übertrugen.

Warum ich gerade die *Tagespresse* gewählt habe, wollen Sie wissen? Zufall. Zufall und der Tipp, dass Mark Grünthal dort eine kleine Freundin hatte, mit der er in den Vorjahren eifrig zusammengearbeitet haben soll. Leider habe ich zu spät bemerkt, dass die kleine Schlampe gar nicht mehr dort angestellt war. In Anbetracht dessen, was diese Lara Birkenfeld und ihr Fotografenfreund später für eine Rolle gespielt haben, wäre es besser gewesen, eine andere Zeitung zu bevorzugen, aber nachträgliches Lamentieren ist nicht mein Ding.

Nach den ersten drei Herzen bekam ich schnell den Eindruck, dass die Schreibroboter von der *Tagespresse* die Zusammenhänge nicht erkannten, und beschloss deshalb, ab Herz Nummer vier den Fundort etwas deutlicher mit den dort deponierten Schaustücken zu verknüpfen und ein paar anonyme Tipps zu versenden. Natürlich habe nicht *ich* die Briefe verschickt, so blöd bin ich nicht. Ich habe sie Studer und später Mann gemailt, die haben sie ausgedruckt und nach meinen Anweisungen weitergereicht.

Bei Herz Nummer fünf wollte ich Mark deutlicher ins Spiel bringen, irgendwann sollte auch der dümmste Bulle darauf kommen, dass Studer Marks Adjutant war, der für ihn mordete, aber dann begann dieser Dummkopf Studer plötzlich, eigene Wege zu gehen, bevor seine Zeit abgelaufen war.

Ich bin heute noch zornig, wenn ich daran denke, wie er mir voller Stolz erzählt hat, was er mit der kleinen Spionin aus seiner Therapiegruppe gemacht hat ... Er hatte sogar einen Fundort ausgesucht, der etwas mit Herzen zu tun hatte. Wie unüberlegt. Diese gedankenlose Aktion hätte mein ganzes wunderbares Konstrukt zum Einstürzen bringen können! Nun war er jemand, der mit einem der Opfer in Verbindung stand. Also musste er weg. Schnellstens, damit er nicht noch weiteres Unheil anrichten konnte. Wer weiß, was der Idiot noch alles angestellt hätte, wenn ich ihn nicht aus dem Rennen genommen hätte.

Durch Frank Studers geistloses Handeln war ich gezwungen, ein wenig umzudisponieren, und dabei muss es wohl angefangen haben, dass ich die Kontrolle verlor. Aber ich kann es mir nicht leisten, dass meine Marionetten eigenständig handeln. Zwar hatte ich zu dem Zeitpunkt schon begonnen, André

Mann zu präparieren, damit er Studers Aufgabenfeld übernehmen konnte, wenn die Zeit reif dafür war, aber eigentlich schien er mir noch nicht so weit zu sein. Leider nützte das alles nichts, mir fehlte die Zeit für langwierige Schulungen des neuen Probanden.

Studer bekam seine letzten Aufträge. Er hatte schon vorher ein Glas mit Marks Fingerabdrücken aus dessen Praxis entwendet und sollte nun den plötzlichen Wunsch nach einem Gespräch mit seinem Therapeuten verspüren, um Material mit Mark Grünthals DNA zu besorgen. Als er schließlich mit zwei benutzten Tempotaschentüchern aus dem Papierkorb und ein paar Haaren von Marks Mantelkragen wiederkam, war er endgültig entbehrlich geworden. Alles Weitere konnte André Mann erledigen.

Ich habe Studer angerufen und ihm gesagt, neue Aufträge warteten auf ihn und dass es etwas zu feiern gäbe. Er solle zum nächstgelegenen Supermarkt fahren und Alkohol kaufen. Man würde später anhand des Kassenbons in seiner Wohnung sehen können, dass er den Schnaps, der ihn umbringen würde, selbst gekauft hatte. Finden Sie mich genial? Ich auch.

Studer hatte jahrelang ein ernsthaftes Alkoholproblem gehabt, um es mal vorsichtig auszudrücken. Das, was er in seiner Garage noch zu tun hatte, war Schwerstarbeit. Warum nicht vorher ein Gläschen zur Entspannung? Was der Gute dabei jedoch verdrängt zu haben schien: Ein einziger Rückfall konnte ihm den Garaus machen, zumal, wenn er nach einigen Gläsern die Beherrschung verlor und sich ins Koma trank. Und so ist es ja dann auch gekommen, nicht wahr?

Während Studer wie aufgetragen, Lisas Leiche in Eilenburg entsorgte und dann mit den Vorbereitungen für unsere kleine Feier beschäftigt war, bin ich nach Taucha gefahren. Nicht ohne vorher noch ein Set aus zwölf Gläsern zu kaufen, wie sie Mark Grünthal in seiner Praxis für die Patienten verwendete. Wie gut, dass er diese billige Marke bevorzugte! Eins habe ich unterwegs entsorgt – so würde das Glas mit Marks Fingerabdrücken perfekt zu den anderen elf passen. Der Rest ist Geschichte. Ich fuhr zurück nach Berlin, gab am nächsten Morgen den Betreibern der Kiesgrube vor Ort einen anonymen Hinweis auf die Leiche der kleinen Lisa, damit man sie und nachfolgend den toten Studer recht schnell finden würde, und machte mich wieder an die Arbeit.

Leider entpuppte sich André Mann gleich bei der ersten Aufgabe als Stümper. Beim Auftrag, ein Mädchen zu entführen und es zu töten, um an ein weiteres Herz zu gelangen, ist ihm dieser Anhänger mit den Initialen des Opfers im Kofferraum durch die Lappen gegangen, das zweite hat er gar entkommen lassen. Dazu kam, dass er ohne mein Wissen die Opfer stets an der gleichen Stelle suchte – auf dem Leipziger Weihnachtsmarkt. Angeblich, weil es bei den Menschenmassen dort am einfachsten war! Das mit Marks Tempotaschentüchern und den Haaren bei der sechsten Leiche hat er allerdings super hinbekommen.

Zum Glück war die Siebte – Vanessa hieß sie, glaube ich – nicht in der Lage, ihren Entführer zu identifizieren. Aber das passte gut, schließlich saß Mark ja schon ordentlich in der Klemme.

Schade, dass Marks Frau bei unserem Handgemenge nur einen Streifschuss abbekommen hat. Ich hätte besser üben müssen. Aber eigentlich war das Ganze ja so auch nicht geplant gewesen. Ursprünglich sollte die Frau die Kinder fesseln, damit ich zuerst den Jungen und das Mädchen und dann sie erschießen konnte. Die Ehefrau des Serienmörders hat dem Druck nicht mehr standgehalten und die Kinder »mitgenommen«. So etwas kommt vor.

Eine Hauruck-Aktion, klar, aber nachdem diese eingebildete Journalistin und ihr Kollege schon so viel herausgefunden hatten, musste ich mir etwas einfallen lassen. Ich konnte doch nicht riskieren, dass sie Mark aufgrund der Recherchen dieser zwei Zeitungsleute wieder freiließen, ohne dass er vorher auch nur ein bisschen gelitten hätte. Den Tod von Frau und Kindern zu verkraften hielt ich für eine angemessene Aufgabe für einen überheblichen Mann wie ihn.

Aber es gibt ja noch André Mann. Er soll sich bloß vorsehen, dass sie ihn nicht schnappen da draußen. Wenn er mitdenkt, kommt er in einer guten Verkleidung zum Prozess. Ich jedenfalls würde ihn erkennen, so viel ist sicher. Vielleicht finden wir eine Möglichkeit, schon dort miteinander in Kontakt zu treten. Später kann er mir Briefe ins Gefängnis schicken.

Und Magnus ist ja auch noch da. Wenn er mit seinem Studium fertig ist – und das wird bald sein –, wird er seinen Prozess neu aufrollen. Er ist der klügste von all meinen Zöglingen, und ich bin sicher, dass er es schaffen wird freizukommen. Und dann wird er seine Pflichten erfüllen.

Es ist noch nicht vorbei.

Epilog

Das Licht der Kerzen spiegelte sich in den roten Glaskugeln wider. Das Wohnzimmer war überheizt, feiner grauer Nebel waberte durch die Luft. Sie hatten den alten handgeschnitzten Förster im Verlauf des Nachmittags mit mindestens zehn Räucherkerzchen bestückt, jeder drei Stück Stollen gegessen und sich dann gegenseitig die Geschenke überreicht. Lara prostete ihrer Mutter zu, die trotz der Hitze im Raum ihre Füße jetzt seit einer Stunde in dem beheizbaren Fußwärmer hatte, und nahm einen großen Schluck. Der Sekt kitzelte ihren Gaumen und prickelte dann kalt die Kehle hinunter. Vater legte die CD mit den Kantaten vier bis sechs des Weihnachtsoratoriums ein, kehrte in seine Sofaecke zurück und brummte behaglich. Alles war wie jedes Jahr. Die Welt konnte so ein friedlicher Ort sein, gäbe es nicht diese Frank Studers, André Manns oder Agnes Frenchs.

Sie dachte an Mark. Die Familie war über die Feiertage kurzerhand nach Dänemark in ein Ferienhaus gefahren. Dort, so hatte er Lara bei ihrem letzten Telefonat am Mittwoch gesagt, hofften sie, Abstand zu gewinnen; wünschten sich nichts sehnlicher, als unbehelligt zu sein, eine unbekannte Familie in einem fremden Land.

Vergessen würden sie das Ganze, wenn überhaupt, nicht so schnell. Sie wünschte es Mark, dass Anna und er wieder zueinanderfinden mochten, aber die Gefahr des Scheiterns war durchaus gegeben. Annas krankhafte Eifersucht würde wiederkommen. Zurzeit bemühte sie sich, gewiss auch um der Kinder willen, aber konnte das der alleinige Kitt für eine Ehe sein?

Andererseits konnte sie den beiden in der Sache auch nicht helfen. Lara trank noch etwas Sekt.

Auch bei der *Tagespresse* hatte es laut Jos Berichten im Nachhinein gewaltig im Gebälk gekracht. Die Kripo hatte nämlich herausgefunden, dass Tom beim vierten Herz *vor* seinem Anruf bei der Polizei zuerst einmal Patrick zum Fundort geschickt hatte, weil der Praktikant sofort nach dem Fund des Thermobehälters bei den Beamten – anonym, wie er glaubte – angerufen und sie davon informiert hatte. Es hatte einige Zeit gedauert, bis die Kripo herausgefunden hatte, wem die Nummer gehörte, aber irgendwann war es so weit gewesen, und nachdem sie auf ihn gekommen waren, hatte Patrick aus Angst vor Strafe gleich alles ausgeplaudert; auch, dass er und Hubert auch bei den ersten Funden ein zweites Mal auf dem Fabrikgelände gewesen waren, ehe die Kripo dort eintraf. Tom hatte abgestritten, etwas damit zu tun gehabt zu haben, aber die Seifenblase war recht schnell geplatzt, und jetzt harrte der Redaktionsleiter der disziplinarischen Maßnahmen, die ihm angekündigt worden waren.

Laras Handy summte, und sie wusste schon vor dem Blick auf das Display, wer ihr die SMS geschickt hatte.

»bis morgen! bin furchtbar aufgeregt xxx Jo«.

In Laras Kopf schwebten weiße Wattewölkchen herum. Mal schauen, was ihre Eltern von Jo hielten. Für den ersten Feiertag war er zum Gänsebraten eingeladen. Mutter hatte versucht, ihre Aufregung zu verbergen, aber es war nicht zu übersehen gewesen, dass sie überglücklich gewesen war.

Lara indes hatte immer noch keine Ahnung, ob Jo der Richtige war, aber wenn sie es nicht versuchte, würde sie es nie herausfinden.

Er träumt von einem Paradies auf Erden – und schickt seine Opfer durch die Hölle.

416 Seiten. ISBN 978-3-442-37697-1

Während einer Modenschau wird ein Model tot aufgefunden – ihr blutgetränktes Kleid verhüllt nur notdürftig mysteriöse Tätowierungen auf ihrer Haut. Die Journalistin Lara Birkenfeld, die für die *Tagespresse* über das Modespektakel berichtet, beginnt zu recherchieren. Weitere Menschen sterben. Als die vierte Leiche gefunden wird, erkennt sie, dass jedem Mord eine der sieben Todsünden zugrunde liegt. Ein Wettlauf gegen die Zeit beginnt – steht auch die junge Reporterin auf der Liste des erbarmungslosen Mörders?

Lesen Sie mehr unter: **www.blanvalet.de**